고종석은 1959년 서울에서 태어났다. 성균관대학교와 파리 사회과학고등연구 ~~~~~~~~~~~~~~~~~~~~~~ 고, 서른 해 가까이 신문 ~~~~~~~~~~~~~~~~~~~~

지은 책으로는 글 ~~~~~~~~~~~~~~~~~~~~~~~~~~ 사회비평집 《서얼단상》《바리에떼》《자유의 무늬》《신성동맹과 함께 살기》《경계 긋기의 어려움》, 문화비평집 《감염된 언어》《코드 훔치기》《말들의 풍경》, 한국어 크로키 《사랑의 말, 말들의 사랑》《어루만지다》《언문세설》《국어의 풍경들》, 역사인물 크로키 《여자들》《히스토리아》《발자국》, 영어 크로키 《고종석의 영어 이야기》, 시 평론집 《모국어의 속살》, 장편소설 《기자들》《독고준》《해피 패밀리》, 소설집 《제망매》《엘리아의 제야》, 여행기 《도시의 기억》, 서간집 《고종석의 유럽통신》, 독서일기 《책 읽기, 책 일기》, 인터뷰 《고종석의 낭만 미래》, 언어학 강의록 《불순한 언어가 아름답다》 들이 있다.

문학이라는 놀이

고종석 선집_문학

문학이라는 놀이

차례

▪▪

3부 친구의 초상

4부 시집 산책

5부 옛 노래 세 수

6부 우수리

1부

✦

시의 운명

✦

01
시의 운명

✦

~~~~~~~~~~~~

　지난 한가위를 전후로 달포가량 나는 유럽에 있었다. 두 해 만의 바깥나들이였다. 파리에서 처리해야 할 일이 몇 가지 있어서 홍콩을 거쳐가는 파리행 캐세이 퍼시픽에 몸을 실은 것이지만(홍콩을 경유해 비행시간을 늘이고 몸을 괴롭힌 것은, 멋이라고는 없이 크기만 한 홍콩 공항을 구경하기 위해서가 아니라 파리로 직행하는 것보다 다른 도시를 경유하는 것이 항공료가 훨씬 싸기 때문이다), 나는 유럽에 머무르는 동안 줄곧 그저 대서양 쪽으로 팔자 좋게 놀러온 것일 뿐이라고 속으로 우겨댔고, 유한 계급의 한가로운 기분 상태를 유지하려고 애썼다. 그리고 그 애씀은 어느 정도 보상을 받았다. 나는 유럽에서 잠시 동안 서울의 속도를 잊어/잃어버린 채 귀족처럼 느끼고 행동할 수 있었다. 로테르담의 한 카페에 앉아서 유리벽 바깥으로 바라본 보름달은 크고 아름다웠다. 서울의 달도 그랬을 것이다. 차면 기운다는 속담의 바탕이 바로 달인만 큼, 그 만월은 퇴락할 미래의 씨앗을 품고 있었던 것이지만.

내게 유럽이 낯선 곳은 아니다. 한동안 나는 그 대륙의 주민이었다. 나는 파리에서 백수로 다섯 해 가까이 살았고, 매인 데 없는 백수라는 그 이점 때문에 파리의 거리를 고샅고샅 살필 수 있었다. 그 시절 나는 시간을 죽이기 위해 파리의 크고 작은 거리를 끊임없이 걸었고, 그 무상의 배회가 서울에서 터진 외환 위기의 파편을 맞아 두 해쯤 전에 중단됐을 때, 그 조그마한(서울에 견주어 그렇다는 말이다) 도시의 뒷골목들은 거대한 서울의 어떤 대로들보다 내게 더 익숙해져 있었다. 그러나 그런 파리에서라고 할지라도, 가족과 떨어져서 허름한 호텔 방에서 혼자 아침을 맞곤 하는 것은 내게 낯선 경험이었다. 샌드위치와 햄버거를 질릴 정도로 먹어대는 것 역시 그랬다. 그것만이 아니다. 정처 없이 지하철에 몸을 싣고 차내 풍경을 관찰하는 것으로 시간을 보내는 것도 낯선 경험이었다. 나는 파리에서 살 때, 무작정 배회는 즐겼지만 무작정 승차는 별로 즐기지 않았기 때문이다. 이번의 유럽 체류를 통해서 나는 샌드위치와 햄버거로 끼니를 이어가는 것이 남에게 그리 추천할 만한 체험은 아니라는 것을 알았다. 그러나 정처 없는 지하철 여행은 그럭저럭 즐거운 경험이었다. 사람들의 표정, 생김새, 눈빛, 피부색, 머리카락의 형태와 빛깔, 옷차림만이 아니라, 전동차의 내벽에 요란스럽게 붙어 있는 광고판들도 눈길을 줄 만했다. 그렇게 나는 파리의 지하철을 즐겼다. 그리고 거기서 나는 시를 보았다. 시의 운명을 보았다.

문학 저널리스트들이나 평론가들이 듣고서 조금도 놀랄 일이 아니기는 하지만, 유럽에서 시는 죽었다. 문학은 죽지 않았지만 시는 죽었다. 한국에서는 죽지 않았지만 유럽에서는 죽었다.

죽은 시인들의 죽은 시

✦

문학의 죽음이라는 것은 현재의 일은 아니다. 사실의 기록이나 이론적 글쓰기를 배제한 좁은 의미의 문학에 대해서 말하더라도 마찬가지다. 문학의 죽음이 현재형으로 사용될 때, 그것은 일종의 메타포이거나 침소봉대이거나 이론적 곡예다. 문학은 살아 있다. 그 이유는 다른 데 있지 않다. 파리와 카이로와 요하네스버그와 부에노스아이레스와 뉴욕과 도쿄와 서울과 베이징과 모스크바에서, 여자와 남자와 노인과 청년들이, 밤과 낮을 가리지 않고, 영어나 스페인어나 러시아어나 프랑스어나 한국어나 일본어나 네덜란드어나 포르투갈어로, 수많은 소설들을 쓰고 있고, 그 소설 가운데 어떤 것은 수백만 부 수천만 부씩 팔려나가고 있으며, 그렇게 팔려나간 책들 대부분이 실제로 읽히고 있기 때문이다. 그러나 시의 죽음이라는 것은 메타포도 아니고 미래의 묘사도 아니다. 그것은 완료된 죽음이다. 적어도 유럽에서는 그렇다. 대중에게 읽히는 유럽의 생존 시인을 꼽는 데 양손이 다 필요할 것 같지는 않다.

물론 유럽 사람들이 시를 전혀 안 읽는 것은 아니다. 그들은 초등학교 때부터 고등학교를 졸업할 때까지 시를 읽는다. 문학 교과서에 올라 있는 '고전적인' 시들 말이다. 그들은 문학 교사의 지침을 받아 고전적 시인들의 시집을 사서 읽기도 한다. 그러니까 그들은 시를 읽는다기보다는 시를 공부한다. 학교 수업을 따라가기 위해서, 그리고 상급 학교에 진학하기 위해서. 그들이 공부하는 시를 쓴 시인들은 죽은 시인들이다. 살아 있는 사람들은 더이상 시를 쓰지 않는다. 시인은 죽었다. 그러므로 시도 죽었다. 실제로 유럽 서점들의 시집 코너는 늘 한산하다. 그곳을 어슬렁대는 사람들은 대체로 문학을 전공하는 대학생들이다. 대학입시를 위해서 시를 공부하는 중고등학생들도 시집의 독자들이기는 하지만, 그들이 대체로 선호하는 것은 시집이라기보다는 수험용 시 해설서들이다. 그들은 시를 감상하는 것이 아니라 시에 대한 표준적 이해를 주입받는다. 시에 대한 '순수한'―'창조적'이라는 의미에서 '순수한'―독자는 거의 사라져버린 셈이다. 그러니까 전통적 의미에서 시는, 유럽에서는, 죽었다. 죽지 않았다고 하더라도, 그 시들은 적어도 일상의 공간에서는 구축돼버렸다. 그것들은 박물관 안에 갇혀 있다. 학교라는 박물관 말이다.

그러면 모든 형태의 시가 유럽에서 완전히 사라져버렸는가? 그렇지는 않은 것 같다. 시를 '리듬을 실은 간결한 언어'라고 느슨하게 이해할 경우에, 유럽에서도 시는 번창한다. 노래 가사의 형태로 말이다. 6년쯤 전에 다른 자리에서도 그런 말을 한 적이 있지만, 앞으로 시가 살아남는 것은 노래 가사의 형태로일 것이라고 나는 생각한다. 실제로 시의 출발은 노래였고, 역사의 오랜 기간 동안 그래왔다. 신라의 향가도 노래였고, 중세의 음유 시인도 노래꾼이었다. 시의 그 출발점이 시에게 남겨진 미래다. 지금은 운문 문학의 주변부에 자리잡고 있는 작사가들이야말로, 미래 시단의 주류를 형성하게 될 것이다. 작사가들이 만들어내는 그 시들은 멜로디에 실려 가수의 입을 통해 대중에게 전달되면서 오래도록 강한 생명력을 유지할 것이다. 미래의 그 시는, 발생기의 시가 그랬듯이, 이미지보다는 음악이 승한 시일 것이다. 그러면 노래 가사가 아닌 시의 운명은 어떻게 될 것인가? 위에서 나는 파리의 지하철 안에서 시의 운명을 보았다고 말했다. 시의 운명이라는 것은 과장일 것이고, 시의 운명을 이루는 한 형식이라고 말하는 것이 더 적절할 것이지만.

지하철 시

✦

파리의 전동차 내벽에는 흔히 시가 붙어 있다. 내가 그것을 이번 참의 유럽 체류 때 처음 본 것은 아니었다. 이전에 가족과 함께 파리에 살 때도 나는 지하철 안에서 그런 시들을 자주 보았다. 그러나 사람은 보고 싶은 것만 보고, 의미화하고 싶은 것만 의미화하는 것인지, 그때는 지하철 안의 시에서 시의 서러운 운명 같은 것을 생각하지는 않았다. 내가 이번에 파리엘 들렀을 때 지하철 안의 시를 보고 시의 운명이라는 데에 생각이 미친 것도, 서울을 떠나기 전에 《동서문학》의 권두 에세이 청탁을 받은 탓인지도 모른다.

아무튼 파리 지하철 안의 시는 대가들의 시가 아니다. 그 시를 쓴 시인들은 죽은 시인이 아니라 살아 있는 시인이고, 그런 점에서 그 시는 박물관 속의 시가 아니라 일상 속의 시라고 할 수 있을지도 모른다. 그러면 그 시를 쓴 시인들은 누군가? 파리 지하철공사는 매년 파리 시민들을 대상으로 시를 공모한다. 아마추어 시인들을 대상으로 한 현상 공모인 셈이다. 응모된 시들 가운데서 추려진 몇 편의 시들은 지하철 전동차 안에서 시민들을 만난다. 파리 지하철의 시들은 그런 아마추어 시인들의 시인 것이다. 어떤 시에는 제목이 붙어 있고, 어떤 시에는 제목이 없다. 어떤 시에는 그 시를 쓴 이의 이름이 붙어 있고, 어떤 시에는 작자가 표시되어 있지 않다. 어떤 시는 여러 연으로 이뤄져 있고, 어떤 시는 한 연으로 이뤄진 단시다. 아마추어 시인들의 시인만 큼, 그 시들에서 예술의 향취가 물씬 풍기는 것은 아니다. 그러나 그 시들이 다 형편없는 것은 아니다. 어떤 시들은 대가의 시집에 끼어 있다고 하더라도 그리 튀지 않을 만한 격조와 울림을 지니고 있다. 예컨대 나는 파리에 이번 참에 들렀을 때, 지하철 1호선 전동차 안에서 이런 시를 발견했다.

> 그는 이 사막에서 너무 외로워
> 이따금 뒤로 걸었다
> 자기 앞에서 발자국을 보기 위해서

이 한 연이 전부다. 제목도 없고 작가 이름도 없다. 이 시가 파리 지하철공사가 공모한 시들 가운데 뽑힌 것이라는 사실만을 밝히고 있을 뿐이다. 이 시는 정치적 사회적 인간과 구별되는 개체적 인간, 모래알 인간의 초상이다. 시의 화자는 정말 사막에 있을 수도 있고, 사막에 있는 자신을 상상했을 수도 있다. 또는 흔히 '군중 속의 고독'이라는 상투어로 요약되는 대중사회 도시인의 소외감을 어떤 파리 시민이 "이 사막에서 너무 외로워"라고 표현했는지도 모른다. 아무튼 이 시의 주인공은 사막에서 너무 외롭다. 그는 혼자다. 가족도 이웃도 친구도 없다. 그 외로움을 지우는 처방으로 그는 무엇을 하는가? 그는 이따금 뒤로 걷는다. 뒤로 걸으면 자기 발자국을 볼 수 있고, 그 발자국에서 자기 아닌 다른 사람의 존재를 조작해낼 수 있기 때문이다. 자기 발자국에서 타인의 존재를 상상하는 것은 나쁜 믿음, 곧 자기기만이다. 그러나 그것이 고독의 무게에 짓눌린 한 개체가 고육지책으로 짜낼 법한 처방인 것도 확실하다. 실제로 이런 유형의 자기기만은 타인과의 유대감이 점차 엷어지는 대중사회에서 많은 사람들이 고독을 치유하기 위해 선택하는 처방이기도 하다.

자기 발자국에서 타인의 존재를 조작하는 것이 자기기만이라면, 이 시를 쓴 사람이 이런 자기기만을 옹호하는 것은 아닐 것이다. 그는 그런 자기기만을 통해서만 삶을 이어갈 수 있는 군중적 개인의 고독한 처지를 슬프게 응시하고 있을 따름일 것이다. 또 반드시 현대 대중사회가 아니더라도, 세계에 맞선 자아의 궁극적 보편적 고독이 이 시에 담겨 있다고도 할 수 있다. 한편으로, 그런 자기 앞의 발자국은 개인의 또다른 자아, 일상에 함몰되지 않은 내면의 목소리라고 해석할 수도 있다. 양식이나, 윤리적 균형감각이나, 반성적 이성이나, 자기성찰로 불리는 또다른 자아 말이다. 자기 앞의 발자국을 그렇게 해석할 때 이 시는 시공을 초월해서 인간이 취하는/취해야 하는 내성內省이라는 덕목, 자신과의 대화라는 덕목을 담고 있다고도 해석할 수 있다. 더 나아가, 문학이라는 것은, 또는 크게 보아 삶이라는 것은, 자기 앞의 발자국을 보기 위해 뒤로 걷는 과정이라고도 할 수 있는 것 아닐까? 그 발자국이 희미하거나 비뚤비뚤할 때 우리는 서글퍼지고, 그 발자국이 또렷하고 반듯반듯할 때 우리는 자긍심과 만족감을 갖게 되는 것 아닐까?

아무튼 나는 이 아마추어 시인의 시에서 좋은 시가 의당 갖추어야 할 의미의 겹을 감촉했다. 그렇다면 파리의 이 지하철 시는, 만족스러울 만큼은 아닐지라도, 전통적 의미의 시를 일상 속에 존속시키는 방법 가운데 하나라고도 할 수 있을 것이다. 그 지하철에서 이 시를 본 사람들은 저마다 어떤 생각을 할까? 안경 너머의 눈빛이 순한 흑인 청년, 쌀자루 옆에 맥없이 서 있는 중국 남자, 낱말 맞추기 게임에 몰입해 있다가 이따금 고개를 쳐드는 백인 소녀, 노동에 지친 듯한 표정의 뚱뚱한 아랍 여성, 일거리나 돈을 달라고 외치는 부랑인, 커다랗고 낡은 가죽 가방을 든 유대인 노인….

시의 박물관

✦

우리 사회의 경우, 시의 죽음을 이야기하면 흰소리 치지 말라는 핀잔을 받기 십상일 것이다. 비록 소설만큼은 아니지만, 시는 대중에게 아직도 사랑받고 있다. 한국의 웬만한 가정에는 시집이 몇 권씩 반드시 갖추어져 있다. 무엇보다도, 살아 있는 시인들이 우리 사회에는 수두룩하다. 모르기는 몰라도, 우리 사회만큼 시인이 넘쳐나는 데도 드물 것이다. 어떤 시집은 베스트셀러 자리를 소설과 경쟁하기도 하고, 그런 베스트셀러 시집이 반드시 최악의 시집인 것도 아니다. 미적으로 정련된 최고의 시집들이, 비록 시인들에게 부를 가져다주지는 못하지만, 웬만큼은 팔려나가는 곳이 우리 사회다.

그러나 이런 '한국적 예외'가 오래 계속될 것인가? 나는 그다지 낙관적이지 않다. 우리 사회에서도 다른 산업사회, 탈산업사회의 경우처럼 머지않은 장래에 시의 자리는 좁아질 것이다. 왜 그런가? 다른 무엇보다도, 시의 위세, 시인의 위세가 새로운 세대에게 계속 전수되기는 어려울 것이기 때문이다. 그것은 글쓰기의 민주화—대중화라고 해도 좋다—와도 관련이 있다. 파리에서와 같은 지하철 시를 통해서든 통신망을 통해서든 시를 쓰는 사람들은 예전보다 더 늘어날 수도 있겠지만, 그 시인들은 시 앞에서 경건한 예전의 시인들은 아닐 것이다. 아마추어 시인으로서의 그들이 자신들과 구별되는 '시인'에게 특별한 권위를 부여하고 그 시인의 독자가 되어줄 것 같지는 않다. 게다가 대중가요는 민주주의와 친화력이 큰 그 단순소박함을 무기로 끊임없이 시의 자리를 넘볼 것이다. 그래서 우리의 경우도 결국 시는 노래 가사의 형태로 대중에게 접근하게 될 것이다. 그리고 전통적 의

미의 시는 박물관 안에 갇힐 것이다.

　우리 시의 박물관은 문학 교과서만은 아니다. 우리의 경우 그 시의 박물관은 공공 건물의 벽면이나 공원의 시비 같은 것이 될 수도 있을 것이다. 서울 시내 몇몇 고층 빌딩 곁이나 공원 몇 군데에는 값비싼 대리석에 시를 박아놓은 시비들이 보인다. 그 가운데는 문학적 평가에서 논란의 소지가 큰, 살아 있는 시인의 시비도 있다. 우리는 박물관의 진열품을 선정하며 공공성이라는 기준을 내팽개치고 있는 것은 아닐까? 웅장한 건물 안에 진열된 유물의 예술적 빈약함은 뒷날 박물관을 찾을 관람객들의 발걸음을 더욱더 뜸하게 만들 수도 있다. 시간의 검증을 통과할 엄정한 기준 없이 당대의 세속적 힘의 관계를 반영해 선정된 유물들은 박물관을 이내 무덤으로 만들고 말 것이다. 설령 무덤이 되지 않을지라도, 그 박물관은 뒷날 기껏 조롱을 위한 견학의 대상이 될 것이다. 자신의 생애 중에 자신을 박물관 안으로 보낸 시인들의 용기가 경탄스럽기는 하지만, 그것이 아름다운 일은 아니다. 물론 그 시인들이 죽은 시인이 되기까지 많은 세월이 남은 것은 아니지만.

《동서문학》, 1999. 겨울.

02

기다림 또는 그리움

✦

4 · 19의 언어

〰〰〰〰〰〰

　사랑만큼은 아닐지라도 혁명은 시의 주된 연료다. 사랑과 혁명은 불거진 정념情念이라는 점에서 닮았고, 시는 그것을 담기 알맞은 그릇이다. 뛰어난 연시戀詩가 대체로 이별의 시이듯, 뛰어난 혁명시도 흔히 좌절한 혁명의 시다. 혁명의 좌절은 그 주체의 불행이겠으나, 시의 잠재적 행복이다. 성공한 혁명이 낳은 시는 공식주의 문학의 틀에 갇히기 십상이니 말이다. 그 점에서 1960년 4월혁명의 좌절은 역설적으로 시의 축복이었는지도 모른다. 4월 혁명의 시 언어들이 그 축복의 잠재력을 남김없이 선용하지는 못했다. 그 언어들은 더러, 관념 속의 혁명을 구가하며 공식주의의 나락으로 굴러 떨어지기도 했다. 그러나 4·19가, 그것을 좌초시킨 5·16 세력의 20년 세월 동안 그리고 다시 그 상속자들의 10년 세월 동안, 기억의 힘을 통해 문학과 정치를 묶어내며 진보의 희망을 조직해낸 것은 엄연하다.

4·19의 기억은 핍박받는 자들의 원기소였다. 4·19는 언젠가 다시 올 그 무엇이었다. 그래서 4·19의 노래는 드물지 않게 초혼 招魂의 노래가 되었다. "불현듯, 미친 듯이/ 솟아나는 이름들은 있다./ 빗속에서 포장도로 위에서/ 온 몸이 젖은 채/ 불러도 불러도 대답 없던 시절/ (…)/ 그들은 함성이 되어 불탄다/ 사라져버린/ 그들의 노래는 아직도 있다./ 그들의 뜨거움은 아직도 있다./ 그대 눈물 빛에, 뜨거움 치미는 목젖에"(김정환의 〈지울 수 없는 노래〉). '4·19 21주년 기념시'라는 부제를 단 이 노래에서 시인은 스물한 해 전의 '함성'을 듣는다.

함성은 4·19를 노래한 많은 시인들이 그 사건의 집단적 기억과 예사로이 포개는 이미지-소리다. "바람 불면/ 플래카드 펄럭인다./ 사그라진 함성/ 되살아난다"(이종욱의 〈4월〉)거나 "강 건너 버들잎 날리면/ 보리밭 둑을 타고 너는 오리라/ 땀에 젖은 얼굴 빛나는 함성/ 그 날의 총탄 속을 뚫고/ 너는 다시 오리라"(이시영의 〈아, 4월〉) 같은 시행들에서 화자는 그 날의 함성을 듣는다. 바로 이 환청이 1960년 4월과 시가 쓰여진 당대를 묶는다.

그래서, '그 날의 함성'이라는 다섯 자 표현은 4·19 시의 상투어가 되었다. 신경림의 〈4월 19일, 시골에 와서〉나 조태일의 〈난들 어쩌란 말이냐〉, 최하림의 〈1976년 4월 20일〉 같은 시들은, 그 됨됨이 저편에서, 이 다섯 글자의 상투성을 날렵하게 피하지

못했다. 그 함성은 더러 죽은 이들의 함성이어서, 양성우의 〈4월
회상〉에서처럼 '구천에 가득 찬 신음소리'로 변한다.

이 죽은 이들의 유해를 품어 안음으로써, 서울 수유리는 역
사의 이름이 되었다. 고정희의 〈수유리의 바람〉, 김창완의 〈수유
리의 침묵〉, 박몽구의 〈수유리에서의 잠〉, 박영근의 〈수유리에
서〉 같은 4월시는 아예 제목에서부터 수유리를 내세우고 있거니
와, 조태일의 "들끓는 눈물을 하늘에 뿌리며/ 비틀비틀 수유리를
찾아간다"(〈난들 어쩌란 말이냐〉)거나 최하림의 "검은 도시도 멀리
사라지고/ 기념비들만 수척하게 서 있는 공원"(〈1976년 4월 20일〉)
같은 시행에서도 수유리는 실패한 혁명의 아우라에 휘감겨 있다.

그 죽어간 이들의 붉은 피가, 혁명의 불길 이미지와 결합해,
진달래를 4월혁명의 꽃으로 만들었을 것이다. "진달래 피면/ 얼
어붙었던 형님의 피 /다시 녹는다/ 형님의 피/ 진달래가 들이마
셨다./ 진달래 꽃잎이 되었다./ 봄이 오면 우리/ 진달래꽃잎 따먹
으며/ 형님의 착하고 굳센 동생이 된다"(이종욱의 〈4월〉).

4월혁명시의 화단에는 진달래가 지천이다. 최하림의 〈1976년
4월 20일〉과 박봉우의 〈진달래도 피면 무엇하리〉, 신동엽의 〈4월
은 갈아엎는 달〉 같은 시들에서 진달래의 연분홍은 봄빛일 뿐만
아니라 핏빛이고 혁명의 빛깔이다. 최하림은 '고운 패혈처럼 피
를 토하는' 진달래꽃 곁에 접동새를 배치한다. 그 접동새는 서럽
게 운다. 그 울음은 이 새가 핏빛 진달래와 더불어 우는 피울음

이다. 이에 비해 박승옥의 진달래는 통곡하지 않는다. 이 혁명의
꽃은 "기어이 피울음을 거두어들이고" "마침내 우리들 피멍 든
몸뚱이를/ 세차게 일으켜 세웠다"(〈진달래〉). 고은의 〈돌아오라 영
령이여 새로운 영령이여〉에서는 진달래 대신 영산홍이 혁명의 핏
빛을 감당한다.

그러나 혁명시의 화단에 진달래처럼 붉은 꽃만 있는 것은
아니다. 황명걸의 〈빈 교정〉과 강은교의 〈4월에 던진 돌〉, 김창범
의 〈우리는 그러나〉 같은 시들은 개나리를 4월의 꽃으로 내세운
다. 또 "진달래도 피고 개나리도 피고/ 꺾이고 밟히고 다시 피는
4월"(신경림의 〈4월 19일, 시골에 와서〉)에서처럼 진달래와 개나리가
동거하기도 하고, "4월이여/ 우리는 너의 무엇인가// 온갖 거리에
개나리 같은 진나리/ 진달래 같은 개달래 우글우글 피고 있을
뿐"(신대철의 〈4월이여, 우리는 무엇인가〉) 같은 시행에서처럼 그 둘
은 한탄과 자기모멸 속에서 몸을 뒤섞기도 한다. 신대철의 시에
서 보듯 꽃들이 역사와 분리된 공간에서 피고 있는 경우도 있지
만, 4월혁명시에서 이 꽃들은 자주 그 날 죽어간 젊은이들의 은
유다. "그 날 밤/ 병원 문이 터져 나가고/ 십대의 꽃송이들이/ 가
닥가닥 찢긴 채/ 아직은 꺼져 가는 체온을 걷어가며/ 곁에 와 나
란히/ 자리를 마련하던 날"(허의령의 〈4월에 알아진 베고니아 꽃〉).
그 꽃들은 또 그 날 거리를 채웠던 젊은이들의 열정이기도 하다.
"빈 의자 모서리엔 그때의 그 뜨거운/ 꽃봉오리들이/ 남아 술렁

이었어요"(이태수의 〈다시 4월은 가고〉).

김창완이 "꽃샘바람 불리라 미리 알았다 해도 피고야 말/ 진달래 무더기로 저 길 위에 나뒹군다"(〈수유리의 침묵〉)고 노래했을 때, 그 꽃샘바람은 반혁명의 바람이었을 것이다. 이 꽃샘바람은 뒷날 하종오의 "남도에서 꽃샘바람에 흔들리던 잎새에/ 보이지 않는 신음소리가 날 때마다/ 피 같이 새붉은 꽃송이가 벙글어/ 우리는 인간의 크고 곧은 목소리를 들었다"(〈사월에서 오월로〉)라는 시행에서 '(이른바 신군부에 의해) 재생산된 반혁명'의 보조관념이 되기도 했다. 그러니까 정치적으로 해석하자면, 이 꽃샘바람을 일으킨 것은 1961년의 5·16 세력과 1980년의 5·17 세력이리라.

그러나 4월 공간을 살던 시인들의 예민한 감수성은 반동적 군부가 한강다리를 건너기 전부터 이미 혁명의 좌절을 예감하고 있었다. 혁명 직후에 쓴 〈푸른 하늘을〉에서 자유의 피 냄새와 혁명의 고독을 기꺼이 구가했던 김수영은 몇 달도 안 돼 "혁명은 안되고 나는 방만 바꾸어버렸다"(〈그 방을 생각하며〉)고 자조했고, 박봉우는 5·16 직전 "어린 4월 피바람에/ 모두들 위대한/ 훈장을 달구/ 혁명을 모독하는구나"(〈진달래도 피면 무엇하리〉)라고 한탄했다.

4·19를 노래한 많은 시인들 가운데, 이 사건을 민중사적 관점에서 파악한 이로는 신동엽이 두드러진다. 신동엽에게 4·19는 갑오농민전쟁과 3·1운동의 연장선 위에 있었다. 그리고 혁명의 4월 하늘은 영원永遠의 얼굴이었다. "우리는 하늘을 봤다/ 1960년

4월/ 역사를 짓눌던, 검은 구름짱을 찢고/ 영원의 얼굴을 보았다.// 잠깐 빛났던,/ 당신의 얼굴은/ 우리들의 깊은 가슴이었다// 하늘 물 한아름 떠다,/ 1919년 우리는/ 우리 얼굴 닦아 놓았다.// 1894년쯤엔,/ 돌에도 나무등걸에도/ 당신의 얼굴은 전체가 하늘이었다"(《금강》 서화).

역사의 봉우리와 봉우리를 잇는 이런 '능선稜線의 상상력'은 신동엽의 다른 시들에서도 작동한다. "4월이 오면/ 곰나루서 피 터진 동학東學의 함성,/ 광화문서 목 터진 4월의 승리여"(《4월은 갈아엎는 달》)라거나 "껍데기는 가라./ 4월도 알맹이만 남고/ 껍데기는 가라.// 껍데기는 가라./ 동학년東學年 곰나루의, 그 아우성만 살고/ 껍데기는 가라"(《껍데기는 가라》) 같은 시행들이 그렇고, "사월 십구일, (…), 아름다운 치맛자락 매듭 고흔 흰 허리들의 줄기가 3·1의 하늘로 솟았다가 또 다시 오늘 우리들의 눈앞에 솟구쳐오른 아사달 아사녀의 몸부림, 빛나는 앙가슴과 물굽이의 찬란한 반항이었다"(《아사녀》) 같은 시행도 한가지다.

신동엽의 이런 민중사적 4·19관을 고스란히 이어받은 후배 시인은 이시영이다. 그의 〈아, 4월〉에서 신동엽의 그림자를 읽는 것은 어렵지 않다. "너는 오지 않고 쉽사리 오지 않고/ 종살이에 지친 누이들/ 칡꽃이 희게 울 때 또 다른 주인 찾아 몸 팔러 갔네/ 종다리 빈 밭에 날 때/ 힘깨나 쓰는 동생들 서울 가 떠돌이가 되었네/ 애비 같은 비렁뱅이 되었네." 이 시의 화자는 기다린다. "감자 대를 뜯다가도 나는 너를 기다렸다/ 오늘도 동냥 나가 나는 너를 기다렸다." 김정환의 〈지울 수 없는 노래〉의 화자가 어떤 이름들을 미친 듯이 그리워하듯. 그러니까, 기다림은 그리움이다. 4월의 언어는 기다림의 언어, 그리움의 언어였다.

4월에

정희성

보이지 않는 것은 죽음만이 아니다
굳이 돌에 새긴 피
그 시절의 무덤을 홀로
지키고 있는 것은 석탑石塔뿐
이 땅의 정처 없는 넋이
다만 풀 가운데 누워
풀로서 자라게 한다
봄이 와도 우리가 이룬 것은 없고
죽은 자가 또다시 무엇을 이루겠느냐
봄이 오면 속절없이 찾는 자 하나를
젖은 눈물에 다시 젖게 하려느냐
4월이여

〈한국일보〉, 2006. 4. 18.

2부

✦

산문 산책

✦

01

김현, 또는 마음의 풍경화

✦

～～～～～～～

    문학비평가 김현(1942~1990)이 돌아간 지 16년이 되었다. 16년이면 한 사람의 생애와 정신의 궤적을 감정의 동요 없이 되돌아보기에 꽤 넉넉한 시간적 거리다. 그에 대한 친구들의 사랑도, 적들의 미움도 그 격렬함이 많이 잦아들었을 테다. 그가 작고하고 세 해 뒤에 16권으로 완간된 《김현문학전집》의 종이빛깔도 제법 누렇게 되었다.

    김현 이후 16년 세월은 이른바 '문지文知 동아리' 안에서 김현 신화가 더욱 굳건해진 세월이기도 했고, 그 동아리 바깥에서 김현 신화가 사뭇 바랜 세월이기도 했다. 서로 반대 방향으로 치달은 이 세월의 힘 가운데, 더 큰 것은 뒤쪽이었던 듯하다. 그것은 생전의 김현이 누린 권위가 워낙 컸던 탓이기도 하다. 정점에 이른 자에겐 또다른 상승의 가능성보다 추락의 가능성이 훨씬 더 크다. 아닌 게 아니라, 그 16년 세월은 김현 글의 모자람을 드 문드문 드러낸 세월이었다.

그 모자람은 김현 둘레 사람들의 글과 견주어서도 더러 드러난다. 김현 이후 16년은 김현의 제자나 후배 비평가들의 나이를 김현보다 더 먹게 만들었다. 그가 아끼던 후배 김인환과 황현산은 이제 그들의 선배보다 훨씬 더 나이를 먹었고, 그가 아끼던 제자 정과리는 스승이 도달했던 마지막 나이에 이르렀다. 그 제자와 후배들의 글들 옆에 나란히 놓일 때, 김현의 글은 어쩔 수 없이 낡아 보인다. 사실 이런 '낡음'은 이미 김현 생전에도 기미를 드러냈다. 김현의 어떤 글은 정치함에서 김인환만 못해 보이고, 자상함에서 황현산만 못해 보이며, 화사함에서 정과리만 못해 보인다. 생전에 낸 마지막 평론집《분석과 해석》의 서문에서 김현은 청년기부터 그때까지 자신의 변하지 않은 모습 가운데 하나로 '거친 문장에 대한 혐오'를 거론했으나, 그 혐오를 철두철미하게 실천한 것 같지는 않다. 청년 김현의 글에서는, 청년 정과리의 글에선 찾기 어려운 유치함과 허세 같은 것도 읽힌다. 현학은 '배운 청년'이 흔히 앓는 병이지만, 청년 김현은 그 병을 좀 심하게 앓았던 듯하다. 물론 김현은 이내 그 병에서 회복되었다.

그러나 김현의 글은, 이 모든 모자람에도 불구하고, 이 후배와 제자들의 글보다 훨씬 더 맛있게 읽힌다. 그의 윗세대나 동세대 평론가들의 글과 견주어서는 말할 것도 없다. 사실 김현은 문학평론을 그 자체로 읽을 만한 텍스트로 만든 거의 첫 비평가고, 어쩌면 마지막 비평가일지도 모른다. 그것은 김현이, 적어도 30대 이후의 김현이, 비평이란 수필의 일종이라는 사실을 알고 있었던 드문 비평가였다는 사실과도 관련 있을 테다. 그에게 비평은 논리와 지식의 전시장이 아니라 직관과 감수성의 연회였다. 김현은 비평을 제 앎을 드러내는 자리로 사용하지 않고, 마음(의 파닥거림)을 주고받는 자리로 사용했다. 작품론이나 작가론에서, 김현은 (초기 글들을 제외하고는) 자신의 불문학 교양을 거의 드러내지 않았다. 그러나 김현 특유의 직관과 감수성이, 모든 뛰어난 비평가에게 그렇듯, 오래 축적된 문학 교양과 어찌 관련이 없으랴?

김현이 자신의 직관과 감수성으로 작품에서 길어낸 의미가 늘 옳았던 것 같지는 않다. 다시 말해, 한 작품이 김현의 손길을 통해 늘 제 비밀을 고스란히 드러냈던 것 같지는 않다. 그러나 이 말은 얼마나 어리석은가? 한 작품에는 고정된 의미(들)만 있다는 속 좁은 문학관이 그 속에 웅크리고 있으니 말이다. 그것은 생전의 김현이 결코 동의하지 않았던 견해다. 그러니 이 말을 이렇게 바꾸자. 김현이 작품에서 길어낸 의미가 늘 표준적이었던 것 같진 않다고. 사실은 그 반대다. 김현의 말 읽기, 마음 그리기는 거의 언제나 독창적이었고, 바로 그 독창적인 의미화를 통해 한 작품을, 한 작가의 정신세계를 두텁게 만들었다. 모든 독창적 해석이 누군가에게는 오해로 받아들여진다면, 김현은 오해의 대가였다고도 할 수 있다.

김현은 한 작품을 그 안으로부터만 읽어내지 않았다. 그는 한 작품을 그 작가의 다른 작품 전부와의 맥락 속에서 읽을 줄 알았고, 무엇보다도 한 세대 내 또는 세대간 영향(의 불안)이라는 커다란 맥락 속에서 읽을 줄 알았다. 그것은 유년기 이래 평생 이어진 그의 글 허기증 덕분이었다. 김현은 동시대 비평가들보다 글을 훨씬 많이 썼지만, 진짜 잊어서는 안 될 점은 그가 동시대 비평가들보다 글을 훨씬 많이 읽었다는 사실이다. 설령 그가 이런저런 작품들에 매긴 자리(생전의 김현은 '자리매김'이라는 말이 싫다고 고백한 바 있다. 자리매김이란 관계맺기, 관계짓기보다 훨씬 고착적이어서, 한 번 자리가 매겨지면 변경하기가 힘들기 때문이다.《말들의 풍경》서문+은 그의 이런 생각을 매혹적인 한국어로 펼쳐 보이고 있다)가 늘 공정하게 보이진 않았다 할지라도, 텍스트와 콘텍스트를 넘나들며 작품과 작가에게 그럴듯한 자리를 마련해준 것은 김현 이전에 아무도 하지 못한 일이었다. 사후에 출간된 독서일기에서, 김현은 자신의 글을 괴팍하다고 평한 어느 소설가의 말을 거론한 뒤, "괴팍하다니. 나는 내가 쓰고 싶은 글을 썼을 뿐이며, 남들도 다 쓸 수 있는 글들을 쓰는 것을 삼갔을 따름이다"라고 적고 있다. 김현의 이 자부심은 온전히 정당하다.

김현의 글은 어느 순서로 읽어도 술술 읽힐 만큼 자기완결적이지만, 시간축을 따라 읽을 때 그 저자의 '인간적 매력'을 한결 또렷이 드러낸다. 그 '인간적 매력'이란 지적 정서적 윤리적 성숙의 여정이다. 청년 김현의 글에서 설핏설핏 보였던 문장의 어설픔, 현학 취미와 자기애는 만년 글에서 거의 말끔히 걷혀지고, 단정하되 윤기 있는 문체가, 타인에 대한 배려와 겸양이 독자를 맞는다. (물론 그는 자신의 '앎'에 대해서는 겸손했으나 자신의 '감식안'에 대해선 끝내 겸손하지 못했다. 그리고 자신의 감식안을 감식하지 못하는 한국 문단을 슬그머니 타박하기도 했다.) 기분 좋은 일이다. 지적으로든 정서적으로든 윤리적으로든, 나이가 늘 사람을 성숙시키는 것은 아니다. 그래서 나이와 함께 푹 익은 인격을 바라보면, 기분이 좋아질 수밖에 없다. 그것이 한 분야의 세속적 정점에 이른 이의 인격일 때야, 더 말할 나위도 없다. 게다가, 생전의 마지막 평론집《분석과 해석》과 유고 평론집《말들의 풍경》에 묶인 글들은 한국어 산문이 도달한 아름다움과 섬세함의 꼭대기를 보여준다.

　　김현은 문학이 정치에 직접적으로 개입해야 한다고는 생각하지 않았다는 점에서 비정치적 문인이었지만, 그의 문학평론은, 특히 만년에 이르러, 폭력의 문제를 중심으로, 정치의 고갱이를 건드리곤 했다.《르네 지라르 혹은 폭력의 구조》(1987)와 그즈음의 몇몇 평문에서 그가 탐색한 폭력의 의미는, 깊숙한 수준에서, 1980년 봄과 관련 있었다. 그리고 그것은 김현이 전라도 사람이라는 것과, 역시 깊숙한 수준에서, 무관치 않았던 것 같다.

사회적으로 성공한 전라도 지식인들이 흔히 그렇듯, 김현도 '억눌린 자'와 '억누르는 자' 사이에서, 아니 보편(적 지식인 됨)과 특수(한 소속감) 사이에서 정서적으로 동요하고 있었다. 제임스 쿤의《눌린 자의 하나님》을 읽고 쓴 1986년 5월 27일치 일기의 한 대목은 이렇다. "나는 전라도 사람으로서의 나 자신에 대해 숙고했다. 때로는 혐오하면서, 때로는 연민을 갖고서, 그러나 대부분의 시간은 도피의 마음으로. 전라도 사람이라는 것 때문에 하숙을 거절당한 것, 사투리 때문에 놀림받은 것, 전라도 사람임에도 불구하고, 80년 이후에도 조용하다는 것… 등의 것들이 뭉쳐져 내 가슴에 밀려들어왔다. 쿤의 책은 내 경험세계의 신학적 의미를 되묻게 만든다. 나는 억눌린 자인가? 아니다. 억눌림에서 벗어나기 위해 완전히 지배이데올로기에 종속되어 있는가? 그것도 아니다."

　　문학장文學場 속에서 권력을 효과적으로 획득하고 합리적으로 행사하는 방법을 알았다는 점에서 김현은 매우 정치적이기도 했다. 대학시절의《산문시대》에서《사계》와《68문학》을 거쳐《문학과 지성》으로 이어지는 그의 동아리운동에는 세대 전쟁과 세계관 전쟁이 버무려져 있었고, 김현은 늘 제 캠프의 우두머리 노릇을 했다. 그가 문학의 고유성과 (은밀한) 위엄을 그리도 강조한 것은 바로 그 자신이 '문학'이었기 때문이리라.

　　서가에 꽂혀 있는 김현 전집 가운데서 아무 거나 뽑아 들어

띄엄띄엄 읽노라면 문득 가슴이 울렁거린다. 거기에 내 글의 원형이 있기 때문이다. 세상을 바라보는 눈에서나 그 눈길을 담아내는 문체에서나 내 글은 김현의 글로부터 너무 멀리 떨어져 있지만, 그리고 격조와 깊이에서 도저히 김현의 글과 견줄 수 없지만, 그 근원은, 행복해라, 김현의 글이었다.

✦ 《말들의 풍경》 서문(앞부분)

말들은 저마다 자기의 풍경을 갖고 있다. 그 풍경들은 비슷해 보이지만 자세히 들여다보면 다 다르다. 그 다름은 이중적이다. 하나의 풍경도 보는 사람에 따라 다르고, 풍경들의 모음도 그러하다. 볼 때마다 다른 풍경들은 그것들이 움직이지 않고 붙박이로 있기를 바라는 사람들에게는 견딜 수 없는 변화로 보인다. 그러나 변화를 좋아하는 사람들에게는 그것이야말로 말들이 갖고 있는 은총이다. 말들의 풍경이 자주 변하는 것은 그 풍경 자체에 사람들이 부여한 의미가 중첩되어 있기 때문이며, 동시에 풍경을 보는 사람의 마음이 자꾸 변화하기 때문이다. 풍경은 그것 자체가 마치 기름 물감의 계속적인 덧칠처럼 사람들이 부여하는 의미로 덧칠되며, 그 풍경을 바라다보는 사람의 마음의 움직임에 따라, 마치 빛의 움직임에 따라 물의 색깔이 변하듯 변한다. 풍경은 수직적인 의미의 중첩이며, 수평적인 의미의 이동이다. 그 중첩과 이동을 낳는 것은 사람의 욕망이다. 욕망은 언제나 왜곡되게 자신을 표현하며, 그 왜곡을 낳는 것은 억압된 충동이다. 사람의 마음속에 있는 본능적인 충동이 모든 변화를 낳는다. 본질은 없고, 있는 것은 변화하는 본질이다. 아니 변화가 본질이다. 팽창하고 수축하는 우주가 바로 우주의 본질이듯이. 내 밖의 풍경은 내 충동의 굴절된 모습이며, 그런 의미에서 내 안의 풍경이다. 밖의 풍경은 안의 풍경 없이는 있을 수 없다. 안과 밖은 하나이다. 하나는 둘을 낳고 둘은 만물을 낳는다는 말의 참뜻은 바로 그것이다.

〈한국일보〉, 2006. 10. 3.

02

먼 곳을 향한 그리움

◆

전혜린의 수필

~~~~~~~~~~~~~

전혜린(1934~1965)이 생전에 낸 책은 모두 번역서다. 에리히 케스트너, 루이제 린저, 이미륵(이의경), 에른스트 슈나벨, 하인리히 노바크 같은 독일어권 문인들이 전혜린의 손을 거쳐 한국 독자들을 만났다. 전혜린은 또 프랑수아즈 사강이나 보리스 파스테르나크 같은 독일어권 바깥 작가들도, 독일어 중역重譯을 통해, 한국 독자들에게 소개했다. 그래서 생전의 전혜린은 번역문학가로 불렸다.

문단 한 귀퉁이를 저릿하게 만든 그의 자살 이후, 전혜린의 이름으로 두 권의 책이 나왔다. 수필집《그리고 아무 말도 하지 않았다》(1966)와 일기 모음《이 모든 괴로움을 또 다시》(1968)가 그것이다. 이 두 책을 통해 전혜린은 수필가가 되었다. 그리고 더 나아가, 전설이 되었다. 전혜린의 수필은 한 세대의 젊은이들을 열광시켰고, 그 젊은이들의 추앙을 통해 전혜린이라는 이름은 지적 독립성과 천재의 여성적 상징이 되었다.

전혜린의 짧은 삶은 '먼 곳을 향한 그리움'에 들려[憑] 있었다. 낭만주의의 한 연료라 할 이 정서적 오리엔테이션은, 거기 해당하는 독일어 단어 Fernweh를 곁들여, 전혜린의 글에서 거듭 표출됐다. 전혜린이 수필의 소재로 삼은 것은 대개 먼 곳이었다. 그 먼 곳은 자신이 떠나온 곳이었다. 그러니까, 먼 곳을 향한 전혜린의 그리움은 고향을 향한 그리움Heimweh이기도 했다. 그 먼 곳, 그가 떠나온 곳은 유럽이었다. 그의 태가 묻힌 곳은 평남 순천이었고 그가 자란 곳은 서울이었지만, 그의 마음의 고향은 서유럽이었다. 더 구체적으로는, 그가 20대의 네 해를 보낸 독일 뮌헨이었다. 특히 뮌헨의 슈바빙 구역이었다. 뮌헨에 있을 때나 서울에 와서나, 전혜린은 이 도시의 슈바빙 구역을 지상의 이상적 공간으로 여겼다. 그게 아니라면, 적어도 그렇다고 우겼다.

뮌헨대학에 다니던 1958년 〈한국일보〉가 공모한 해외 유학생 편지에서, 전혜린은 "감수성 있는 사람들이 젊었을 때 누구나 가진 청춘과 보헴과 천재에의 꿈을 일상사로서 생활하고 있는 곳, 위胃보다는 두뇌가, 환상이 우선하는 곳, 이런 곳이 슈바빙인 것 같다. (⋯) 이곳에서는 아직도 가난이 수치 대신에 어떤 로맨틱을 품고 있고, 흩어진 머리는 정신적 변태가 아니라 자유를 표시한 것으로 간주되며, 면밀한 계산과 부지런한 노력 대신에 무료로 인류를 구제할 계획이 심각히 토론된다"(《뮌헨의 몽마르트르》)고 썼다. 또 서울로 돌아와 대학 강사로 일하던 1963년에 쓴 글에서는 "나는 편견 없이 산다는 것이 무엇인가를 (슈바빙 구역에서) 본 것 같다. 정신만이 결국 문제되는 유일의 것이라는 것도. 국적도 피부색도 거기서는 문제가 되고 있지 않았다. 영혼의 교통이 가능하여 정신이 일치될 수 있으면 그만이었다. 벗이냐 그렇지 않느냐만이 문제였지 어느 나라 사람이냐는 문제되지 않았다"(《독일로 가는 길》)고도 말했다. 슈바빙 구역과 뮌헨을 향한 송가는 그의 다른 글에서도 여러 차례 되풀이됐다.

나라 바깥 경험이 일반화한 오늘날의 독자가 전혜린의 이런 판단에 선뜻 동의하기는 쉽지 않을 것이다. 1950년대든 지금이든, 지상의 어딘가에 국적도 피부색도 문제가 되지 않는 공간이, 아무런 편견 없이 오직 '영혼의 교통'만이 문제되는 공간이 있다는 것을 상상하기는 어렵다. 게다가, 설령 슈바빙에선 '영혼의 교통'만이 문제된다 하더라도, 그것 역시 또다른 '편견'(영혼 제일주의)의 소산이랄 수도 있을 테다. 전혜린은 (뮌헨의 슈바빙에) 설득된 사람이 아니라 매혹된 사람이었다. 홀린 사람이었다. 그 홀림은 장년의 김현이 제 청년기를 되돌아보며 명명한 '정신의 불구' 비슷한 것이었다. 그 홀림은, 그 불구는 유럽을 향한 전혜린의 눈길을 부박하게 만들 수밖에 없었다.

전혜린을 호린 것이 슈바빙만은 아니다. 눈으로 보았든 귀

로만 들었든, 유럽 전체가 전혜린의 마음의 공간이었다. 프랑스
가 그랬고, 오스트리아가 그랬고, 이탈리아가 그랬다. 유럽은 전
혜린이 세상의 모든 것을 판단하는 지적 미적 준거이기도 했다.
〈1964년 여름, 만리포〉라는 글의 첫 부분은 이렇다. "얼마나 오
랜만의 바다였는가? 그리고 자유! 아무것도 그 어느 것도 나는
다 털어버리고 훨훨 바다로 갔다. 리비에라와 똑같은 감색 바다
가 그곳에도 아무도 모르는 보석처럼 암석 틈에 차갑게 괴어 있
었다." 전혜린이 만리포 앞바다의 아름다움을 판단하는 것은 리
비에라 해안의 (어쩌면 상상된) 기억에 기대서다. 말하자면 만리
포 앞바다에서 전혜린이 리비에라를 향해 드러내는 감정은 향수
다! 전혜린에 앞서 유럽 취향에 크게 휘둘렸던 시인 박인환조차
이 경지에는 이르지 못했다. 한국에서 한국인으로 태어나 자란
사람으로서 전혜린에 맞먹는 정서적 수평에서 유럽을 제 고향으
로 삼은 사람은 불문학자 김화영 정도가 거의 유일할 것이다.

　우연찮게도, 전혜린의《그리고 아무 말도 하지 않았다》를
편집한 이는 대학 졸업을 앞둔 김화영이었다. "전설이나 신화 속
으로 사라져가는 사람들이 있다. 전혜린, 그도 그 중의 한 사람
이다. 어둠이 깔리는 박명의 층계 위에서 그 여자는 기다리듯이
서 있다"로 시작하는 이 책 서문의 끝에는 이어령이라는 이름이
적혀 있으나, 그 서문 역시 김화영이 쓴 것이다. 김화영의 고등학
교 시절 국어 교사였던 이어령은 이름을 빌려달라는 대학생 제

자의 청을 받고는, 단 한 군데만 고치고 나서 자신의 서명을 사용해도 좋다고 허락했다 한다. 그 일화를 털어놓은 글에서, 김화영은 "나는 원고를 가지고 온 친구와 둘이서 원고정리(상당 부분은 아예 뜯어고쳤다), 제목 달기, 에피그라프 첨가, 편집 등을 맡았다"(〈화전민의 달변과 침묵〉, 《바람을 담는 집》, 1996)고 회고한 바 있다. 죽은 이의 유고를 뜯어고치는 것이 편집자의 권한에 속하는지에 대한 윤리적 판단은 미뤄 두자. 김화영의 이 고백은 전혜린의 (미정리 상태의) 원고가 그만큼 허술했다는 것을 뜻한다. 그리고 그 허술함은 김화영의 손을 거치고도 말끔히 씻기지 않았다. 판을 거듭한 《그리고 아무 말도 하지 않았다》는 악문의 전시장이다.

먼 곳을 향한 그리움과 함께 전혜린 수필에 아로새겨져 있는 것은 극심한 정서 불안이다. 전혜린은 자살 충동과 삶의 의지 사이에서, 열정과 허무 사이에서, 들뜸과 처짐 사이에서, 독립 욕구와 의존 욕구 사이에서, 독단과 회의 사이에서 끝없이 동요했다. 그가 영혼의 집시를 자처했을 때, 그 '집시 됨'은, 그가 믿었던 것과 달리, 자유의 갈망에 있지 않고 불안의 일상성에 있었다. 이 불안은 생전에 활자화된 수필에선 그저 배음背音을 이룰 뿐이지만, 타인의 시선을 의식할 필요가 없었을 일기 텍스트 《이 모든 괴로움을 또 다시》에서는 날것 그대로 노출된다. 그 정직은 아름답다. 그러나 그 정직을 일기장 바깥으로 끌어내 공개하기로 결정한 유족의 심사도 아름다울까?(나는 그 심사를 이해하지 못하겠다.)

불안은 그 자체로 비범함이 아니다. 먼 곳에 대한 그리움도 그 자체로는 비범함이 아니다. 전혜린의 수필들은 비범함을 열망했던 평범한 여성의 평범한 마음의 풍경을 보여준다. 그것은 이를테면 '문학소녀'의 글이다. 최우등생으로 일관한 그의 학창시절과 죽음을 선택한 방식의 과격함에 대한 이런저런 상념이 독자들의 마음속에서 버무려지며 그의 글을 터무니없이 매혹적으로 만들었을 것이다.

그러나 나는 지금 전혜린의 텍스트와 불공정한 게임을 하고 있다. 그는 내 어머니 세대의 여성이다. 그가 지닌 재능이 아무리 컸다 하더라도, 전혜린의 지적 정서적 지평에는 1950년대 한국문화의 맥락이 깊이 개입할 수밖에 없었을 것이다. 다시 말해 그의 글의 한계는, 부분적으로는, 그의 시대의 한계이기도 하다. 그시대 한국문화의 궁핍함에서 잠시 풀려나 유럽의 한가운데에 발을 들여놓은 젊은 여성이 유럽에 대한 환상과 허위의식을 만들어내고 그곳을 제 고향으로 삼았다 해서, 그것을 무턱대고 비방하기는 쉽지 않다. 나는 나중에 말하는 자의 유리함에 기대어 불공정한 게임을 했다. 더구나 나는 전혜린보다 16년을 더 살았다. 그러니까 나는 초로의 나이에 이르러 청년 전혜린의 글을 헐뜯었다. 16년이면 제 둔함을 감추고 날램을 가장하기에 넉넉한 세월이다. 그러니까 나는 나이든 자의 유리함에 기대어 불공정한 게임을 했다.

서른에 이른 전혜린이 "삼십 세! 무서운 나이! 끔찍한 시간의 축적이다. 어리석음과 광년狂年의 금자탑이다"(《긴 방황》)라고 말할 때, 오직 자살할 용기가 없어서 그 끔찍한 시간의 축적을 그보다 훨씬 오래 견디고 있는 나는 부끄럽다. 오로지 일상의 관성에 떠밀리며 내가 세우고 있는 어리석음과 광년의 금자탑이 혐오스럽다. 딸에 대한 애정과 우애를 끝없이 확인할 때, 어머니의 현실감각으로 제 허영을 지워나갈 때, 전혜린은 애틋하고 아름답다. 그때, 그의 마음은 내가 다다를 수 없는 균형과 높이에 이르러 있다. 그러니, 내가 앞에서 늘어놓은 전혜린 험담은 모두 무효다.

〈한국일보〉, 2006. 10. 17.

03

화사한, 너무나 화사한

✦

정운영의 경제평론

~~~~~~~~~~~~

정운영(1944~2005)은 일급 마르크스 경제학자였지만, 여느 독자들은 그를 화사한 문체의 저널리스트로 더 기억할 것이다. 편저를 제외하면 그가 쓴 경제학 이론서는 벨기에 루뱅대학 박사학위 논문을 우리말로 옮기고 보완한《노동가치이론 연구》(1993)와 그 후속편이라 할 유작《자본주의 경제산책》(2006) 두 권뿐인 데 비해, 신문 글을 본격적으로 쓰기 시작한 1980년대 말 이래 그가 낸 칼럼집은 열 권에 이르기 때문이다. 그 칼럼들은 흔히 경제평론이라 부르는 장르에 속했지만, 경제라는 영역 자체의 전방위적 규정력과 필자의 예외적 박학에 기대며 정치 문화 등 사회 전 부문을 향해 더듬이를 곧추세웠다.

정운영은 문학 텍스트에 맞먹는 미적 광채를 신문 칼럼에 부여한 드문 저널리스트다. 하긴 그의 문체적 사치는 신문 글만이 아니라 본격 논문에서도 절제를 몰랐다. 그 점에서 정운영은 연구자이기 이전에, 저널리스트이기 이전에, 문장가였다. 설령 그의 글의 메시지가 세월의 풍화작용으로 흐릿하게 퇴색한다 할지라도, 그의 문장은 한국어가 살아 있는 한 또렷이 남을 것이다. 그의 소문난 퇴고벽, 교정벽이 사실이라면, 문장을 이루는 것이야말로 정운영이 진정 바라던 것이었는지 모른다. 그는 꿈을 이뤘다.

정운영은 우리가 앞서 엿본 전혜린과 어떤 정신세계를 공유하고 있었다. 유럽의 지적 자장磁場 안에 저 스스로 쏠려 들어가는 정신 말이다. 우연찮게도, 두 사람 다 젊은 시절 한때를 유럽에서 보냈다. 그들은 유럽을 잣대 삼아 세상을 판단했고, 유럽에 미치지 못하는 한국의 낙후성에 절망했다. 그러나 닮음은 그런 껍데기에서 끝난다. 부분적으로는 요절 때문에 전혜린이 지니지 못했던 학문적 훈련과 문필 훈련의 기회가 정운영에게는 있었다. 그리고 정운영은 그 기회를 남김 없이 활용했다. 그래서, 정운영의 글은 전혜린의 글이 그 편린도 보여주지 못한 경지에 이르렀다. 전혜린이 문학에도 학문에도 저널리즘에도 이르지 못했던 데 비해, 정운영은 그 셋 모두를 취했다.

말할 나위 없이, 이런 단순 비교는 불공평하다. 독자들에게 알려진 정운영의 글은 40대 이후의 글인데, 전혜린에게는 그 40대라는 것 자체가 없었기 때문이다. 31년을 조금 더 살고 자살한 전혜린에게는 30대라는 것조차 거의 없었다. 어떤 사람의 장년 이후 글을 또다른 사람의 청년기 글과 나란히 놓고 비교하는 것은, 특히 한국처럼 사회변동과 언어 진화의 속도가 빠른 사회에선, 공평하지 않다. 세대 차도 헤아려야 한다. 두 사람은 열한 살 차이고, 정운영은 전혜린이 작고하기 한 해 전 대학에 들어갔다. 1960년대 이후의 '근대화'라는 것을 거의 보지 못하고 죽은 전혜린과 그 근대화의 격랑 속에서 정신을 벼린 정운영의 글을 나란히 대볼 수는 없다.

그러나 이런 조건들을 모두 에누리해도, 정운영은 전혜린을 저 멀리 따돌린다. 그렇게 말할 수 있는 이유는 간단하다. 전혜린이 동시대의 또래에 견주어서도 평범한 문필가였던 데 비해, 정운영은 동시대의 또래에서 두드러진 문필가였기 때문이다. 그런데도 전혜린 신화에 맞먹는 정운영 신화가 만들어지지 않은 것은, 다시 말해 전혜린의 유고에 감돌았던 아우라가 정운영의 글에 없는 것은, 우리 사회의 지적 부피가 그 세월 동안 꽤 불어났기 때문일 테다.

정운영의 저널리즘 활동이 본격화한 것은 1988년이었다. 그 시점은 상징적이다. 오래도록 잠들어 있던 한국의 정치적 민주주의가 그 전 해 6월항쟁으로 깨어 기지개를 켜면서 백화제방의 시동을 건 것이 1988년이었기 때문이다. 정운영이 저널리스트로서 닻을 내린 곳은 그해 창간된 〈한겨레신문〉이었다. 그는 1999년까지 이 신문 논설위원으로 일했다. 이것 역시 상징적이다. 〈한겨레신문〉은 '진보'를 시대정신으로 파악하고 사회 전반의 민주화에 힘을 보태겠다고 다짐한 해직 기자들 손에서 만들어졌으니 말이다. 군사정권 아래서라면, 또는 1988년 이후에라도 보수 논조가 지배적인 신문에서였다면, 부분적으로 마르크스주의적 전망에 올라탄 그의 진보적 경제 칼럼들이 버젓이 활자화되기는 어려웠을 것이다. 〈한겨레신문〉이 직업 저널리스트로서 정운영이 머무른 유일한 거처는 아니다. 유럽으로 유학을 떠나기 전인 1970년대 초에 그는 〈한국일보〉와 〈중앙일보〉 기자로 일했고, 2000년부터 작고할 때까지는 〈중앙일보〉 논설위원으로 일했다.

정운영 칼럼을 화사하게 만든 것은 문체만이 아니다. 고금동서의, 현실과 텍스트 속의 수많은 장면들이 줄줄이 끌려나와 칼럼의 서두나 말미를 장식하며 필자의 박학을 증명하고 글의 때깔을 돋웠다. 그의 칼럼은 의견의 전시장인 것 이상으로 지식의 전시장, 취향의 전시장이었다. 그 지식과 취향이 의견을 압도할 때, 그의 칼럼은 허영의 전시장처럼 보이기도 했다. 박람강기는 누구도 흉내 내기 힘든 정운영 칼럼의 장점이었고, 그 휘황함으로 더러 논지를 흩뜨려버리기도 하는 단점이기도 했다. 이것은 정운영 칼럼의 앞머리를 으레 장식하는 일화들이 그 칼럼의 논점과 긴밀히 맞물리지 못하고 더러 버성겨 보이기도 했다는 뜻이다. 그것은 또 그의 칼럼 논지가, 더러, 깊이 내려앉지 못하고 널따랗게 퍼지곤 했다는 뜻이기도 하다. 그러나 그가 본론에 들어가기 전에 한바탕 벌이는 그 지식과 취향의 잔치는 독자들을 흘리는 '삐끼' 노릇을 했다. 나도 그 '삐끼'에 흘려 정운영 글에 중독된 독자다.

내 편견의 소산이겠으나, 정운영 칼럼의 화사함은 그가 줄기차게 옹호했던 노동계급이나 만년 들어 열중한 '민족'과는 어울리지 않았다. 그의 문체는 다분히 귀족적이었고, 줄잡아도 부르주아적이었으며, 서유럽의 문학 전통에 젖줄을 대고 있었다. 프롤레타리아의 검술 교사가 되고 싶어했던 역사상의 여느 부르주아 지식인처럼, (계급적으론 결코 부르주아가 아니었던) 정운영도, 물질적으로 가난하게 사는 것까지는 몰라도 몸에 간직한 부르주아적 상징재象徵財를 포기할 생각은 없었던 것 같다. 외환 위기를 기점으로 세계화에 거세게 저항하며 '민족'을 구가한 그의 목소리는 흡사 일제 시기 우국지사의 그것처럼 새됐지만, 기묘하게도 그 목소리는 프랑스 어디선가 흘러나온 반미주의의 메아리처럼 들렸다.

그의 만년 글에 아로새겨진 냉소와 신경질은 그가 줄기차게 쏟아낸 열정의 대상이 어쩌면 허깨비였을지도 모른다는 의심을 자아낸다. 그가 지지했던 프롤레타리아가 길거리나 작업장에서 마주치는 추레하고 이기적인 (다시 말해 구체적이고 손에 잡히는) 노동자들이 아니라 그의 머릿속에 갈무리된 '위대한 노동계급'이었듯, 그가 만년에 부여잡은 민족도 그의 유럽 취향에 낯설어하는 (그러니까 구체적이고 손에 잡히는) 동아시아 시골뜨기들이 아니라 그의 관념 속에서 빚어진 '세련된 한국민족'이었을지 모른다. 그렇다면 그는, 일각에서 수군거렸듯 만년에 '전향'한 것도 아니고, 그 자신이 아이러니의 맥락에서 자조自嘲했듯 '변절'한 것도 아니다. 그는 그저 일관되게 추상을, 관념을 사랑하며 그 관념의 사랑으로써 자신을 위안했는지 모른다. 단지 그 관념의 이름이 '노동계급'에서 '(재벌을 포함한) 민족자본'으로 바뀌었을 뿐이다.

만년의 한 칼럼에서 그가 누군가의 목소리를 빌려 '리무진 진보주의자 limousine liberals'를 타박했을 때, 직장생활의 불안정함으로 리무진 같은 것은 꿈도 꾸지 못했을 이 선배 저널리스트의 얼굴을 나는 무람없이 그 말에 포갰다. 이것은 물론 비아냥거림이다. 그러나 거기엔 경의도 담겼다. 정운영은 어느 글에서 경제학자 폴 크루그먼을 두고 (나쁜 뜻으로) 재승才勝이라 일컬었으나, 나는 정운영이야말로 (가장 좋은 뜻으로) 재승이라 말하고 싶다. 그 재주는 문재文才다. 정운영의 문장은 리무진이다. 초호화 (여기엔 아무런 비아냥거림도 없다) 리무진이다. 정운영 칼럼은 한국 저널리즘 100년의 축복일 뿐만 아니라, 신문학新文學 100년의 축복이기도 하다.

시시한 에피소드 둘

하나. 정운영 선생이 〈한겨레신문〉 논설위원으로 보낸 세월의 전반부를 나는 그 신문의 문화부 기자로 보냈다. 소설가이자 경제평론가인 복거일 선생이 1990년《현실과 지향 ― 한 자유주의자의 시각》이라는 평론집을 내자, 정 선생은 서평 전문지《출판저널》에 매우 비판적인 서평을 썼다. 세계관은 서로 대척이지만 이 두 사람은 동향 친구다. 대학 동문일 뿐만 아니라, 중학교 때부터 알고 지내던 사이라 들었다. 한 중학교를 다니지는 않았으나, 둘 다 아산 온양 인근의 수재로 꼽히던 터여서 학력 경시대회 시상식 같은 데서 얼굴을 마주치곤 했다 한다.

나는 복 선생에게서 정 선생 글에 대한 반론을 받아 문화면에 실었다. 이것을 계기로 그 신문 지면에서 세칭 '자유주의 논쟁'이 시작됐다. 너덧 차례 반론과 재반론이 오가며 벌어진 그 논쟁은, 두 사람 글의 격조에 크게 힘입어, 개인-보편과 집단-특수가 맞부딪치고 스며드는 아름다운 풍경을 만들어냈다. 정 선생이 세 번째 반론을 내게 건네며 "이걸로 끝이야. 말이 안 통해"라고 못박았을 때 나는, 논쟁을 더 끌고 싶은 욕심에서, "그러면 정 선배가 지는 건데요"라고 슬쩍 그를 자극했다. 그의 얼굴이 험악해졌다. "당신이 뭘 알아?" 편집국 옆에 따로 방을 낸 조사부에서도 들릴 만큼 쩌렁쩌렁한 목소리였다. 나는 파랗게 질려 꼬리를 내렸다.

둘. 정 선생이 1993년《시지프의 언어》라는 평론집을 냈을 때, 나는 문화면 머리에 실을 요량으로 12매짜리 기사를 써서 문화부장에게 넘겼다. 당시 신문사 안의 복잡한 사정으로 부장은 정 선생에게 적대적이었다. "세 매만 써." 힘이 쪽 빠졌다. "그럴 바에야 말죠." 나는 내 기사를 휴지통에 처박았다. 두 주일쯤 지나 회사 엘리베이터 안에서 정 선생과 마주쳤다. "기사감이 안 되나?" 그가 조심스럽게 물었다. 나는 부장과 협상했다. "여섯 매로 합시다." "네 매!" "다섯 매요." 그렇게 해서 기사는 다섯 매로 낙착됐다. 문화부 동료에게서 전말을 들은 정 선생은 얼마 뒤 내게 저녁을 샀다. 이름 모를 독주를 곁들인 근사한 중국 요리였다.

〈한국일보〉, 2006. 10. 24.

04

언어의 부력浮力

✦

이재현의 가상인터뷰 〈대화〉

~~~~~~~~~~~~~~~~

　　문화비평가 이재현이 〈한국일보〉에 연재해온 가상인터뷰 〈대화〉가 42회로 마무리됐다. 인터뷰는, 저널리즘에서 좁은 의미로 쓰일 땐, 인터뷰어(interviewer, 주로 직업 저널리스트)가 인터뷰이(interviewee, 특정 영역의 취재원)의 의견을 들어 옮기는 취재형식이나 기사형식을 가리킨다. 그러나 이재현이 실천한 것은 '가상'의 인터뷰이므로, 일종의 거짓 취재이자 거짓 기사다.

　　실은 인터뷰라는 것 자체가 미국인 역사학자 대니얼 부어스틴(1914~2004)이 40여 년 전에 명명한바 '의사사건擬似事件, pseudo-event' 곧 가짜사건에 속한다. 의사사건이란 오직 미디어에 노출되기 위해 존재할 뿐 실제 삶에서 그 밖의 기능이나 구실을 하지 않는 사건이나 행위를 뜻한다. 그 자체의 내재적 의미가 (거의) 없으므로, 의사사건은 미디어를 통해서야 '현실' 속에서 의미를 얻는다. 기자들을 초대해놓고 벌이는 이런저런 행사들이 대체로 의사사건이다. 인터뷰도, 그것이 미디어에 실리지 않으면 (거의) 아무런 의미가 없으므로, 의사사건이다. 여느 의사사건과 달리, 인터뷰는 미디어 스스로 만들어내는 의사사건이다. 미디어가 전하는 것은 인터뷰이의 의견이지만, 누구와 인터뷰할 것인가, 무엇에 대해 물을 것인가를 결정하는 것은 인터뷰어(미디어)이기 때문이다. 인터뷰 자체가 의사사건, 곧 가짜사건이므로, 가상인터뷰는 두 겹으로 가짜사건이다. 그것은 포스트모더니스트들이 좋아하는 하이퍼-(하이퍼-)리얼리티의 세계다.

가상인터뷰 〈대화〉에서 실존인물은 인터뷰어, 곧 이재현뿐이다. 인터뷰이는, 설령 특정한 역사적 인물과 포개져 있다 하더라도, 인터뷰어의 머릿속에서 가공加工된 가공架空의 인물에 가깝다. 〈대화〉의 인터뷰이 가운데는 리어왕이나 시마 고오사쿠(일본 만화 《시마 과장》의 주인공)나 조사이어 바틀릿(미국 텔레비전 드라마 〈웨스트 윙〉의 주인공)처럼 널리 알려진 픽션 속 인물도 있고, 된장녀 같은 관념적 전형도 있고, 에버원 같은 인간형 로봇도 있다. 더 나아가, 축구공이나 여론조사나 태극(기)처럼 날것의 사물이나 관념도 있다. 이런 가공의 인터뷰이가 늘어놓는 말이 저널리즘일 수는 없다. 그러니까, 이재현의 가상인터뷰 〈대화〉는 가짜 저널리즘이다. 거기서, 불려나온 인터뷰이는 인터뷰어 이재현의 꼭두각시라 할 수 있다. 여기서 인터뷰이가 꼭두각시라는 것은 그가 인터뷰어의 의견을 고스란히 복제해낸다는 뜻이 아니다. 다시 말해, 이재현이 복화술사 노릇을 하고 있다는 뜻이 아니다. 어느 땐, 인터뷰이는 혐오스러운 몰골과 제스처로 인터뷰어와 맞섬으로써 독자들로 하여금 인터뷰어의 의견에 동조하게 만들기도 한다.

그렇다면 '가상'이 붙지 않는 인터뷰는 '진짜' 저널리즘인가? 다시 말해 실재를 온전히 반영하는가? 그렇지 않다. 언어가 지닌 현실재현 능력의 한계나 기자의 편견(욕망) 때문에 기사라는 것 자체가(사실은 모든 장르의 글이) 현실을 일그러뜨리게 마련이지만, 인터뷰라는 형식은 특히 그렇다. 인터뷰는 취재형식 가운데 전형적인 의사사건인 데다가, 그것을 기사화하는 데는 거의 어김없이 재구성과 편집이 따르기 때문이다. 인터뷰 기사는, 흔히, 인터뷰이의 입을 빌려 인터뷰어의 의견을 드러낸다. 다시 말해, '가상'이 아닌 인터뷰에서도 인터뷰이는 인터뷰어의 꼭두각시가 되기 십상이다. 가상인터뷰에서와 마찬가지로, 실제의 인터뷰에서도 인터뷰이의 꼭두각시 노릇은 인터뷰어의 의견에 꼭 동조함으로써 이뤄지는 것은 아니다. 그는 독자들에게 불쾌감을 자아내는 방식으로 인터뷰어와 대결함으로써 자신을 고립시키고 인터뷰어의 견해에 설득력을 부여하기도 한다.

가상인터뷰는 인터뷰라는 장르가 인터뷰어에게 베푸는 이런 상황통제의 권능을 극대화한 형식이다. 그러니까 거기서 주목해야 할 것은 인터뷰이가 인터뷰어의 꼭두각시라는 사실 자체가 아니다. 주목해야 할 것은, 인터뷰어가 인터뷰이의 그 꼭두각시 노릇을 얼마나 자연스럽게 보이도록 만들었느냐다. 다시 말해, 인터뷰의 플롯을 짜내고 인터뷰이의 성격을 창조하는 인터뷰어의 '솜씨'다. 소설의 등장인물들은 근원적으로 작가의 꼭두각시이지만, 뛰어난 작품 속에서는 그들이 자율적 인간으로 보인다. 그와 마찬가지로, 인터뷰든 가상인터뷰든, 독자(나 시청자)를 설득하고자 하는 인터뷰어는 자신의 인터뷰이에게서 꼭두각시 냄새를 말끔히 지워내려 애쓸 것이다

이재현은 이 일에 성공했는가? 다시 말해 자신의 인터뷰이들을 자율적으로 (보이도록) 만드는 데 성공했는가? 42편의 〈대화〉 모두에서 그가 이 일에 성공한 것 같진 않다. 인터뷰어의 자기 주장은, 이따금, 그가 공들여 두른 겸손의 너울을 찢고 튀어나와 인터뷰이를 꼭두각시로 보이게 만들었고, 그럼으로써 〈대화〉를 드라마의 공간이라기보다 논설의 마당으로 만들기도 했다. 그럴 때, 우리의 인터뷰어는 고전적 의미의 저널리스트라기보다 이데올로그로 보인다.

그런데도 가상인터뷰 〈대화〉는 술술 읽혔고, 재미나게 읽혔다. 나만이 아니라 많은 독자들이 이 가상의 대화가 활자를 입는 화요일을 기다렸으리라. 그 이유는 크게 둘일 것이다. 첫째는 언어의 부력浮力. 이재현은 무거운 주제를 가볍게, 경쾌하게 실어 나

를 줄 안다. 이런 언어실천은 재주이기도 하고 취향이기도 할 것
이다. 그것은 상황에 따라 미덕일 수도 있고, 악덕일 수도 있다.
〈대화〉에서, 그 재주와 취향은 대체로 미덕 노릇을 한 듯하다. 그
의 더듬이가 향하는 쟁점들은 흔히 너무 무거워, 그의 언어가 그
리 경쾌하지 않았다면 쉽게 들여다보게 되지 않았을 것이다. 신
세대 독자들에게도 넉넉한 소구력을 발휘할 이재현 언어의 부력
에 떠밀려, 〈대화〉는 지표면의 논리적 윤리적 구성물을 넘어서
대기권의 여러 고도를 오르내리는 미적 구성물이 되었다. 그러니
까 〈대화〉의 미학을 낳은 것은 (무거운) 내용과 (가벼운) 형식 사이
의 긴장 또는 어긋남이다.

　둘째는 시의성. 장기長期 연재물의 필자는 체계의 유혹에 휘
둘려 저널리즘(어원적으로 '나날의 기록')의 현실구속에서 일탈하
기 쉽다. 그러나 이재현은 〈대화〉를 연재하면서 자신이 성실하고
유능한 저널리스트임을 입증했다. 그가 역사와 텍스트와 현실로
부터 불러낸 사람과 사물과 관념들은 너무나 다양해 설핏 난데
없어 보이기도 했지만, 그가 그(것)들과 나누는 대화는 거의 어김
없이 나날의 쟁점들과 밀착해 있었다. (그러니, 나는 그가 저널리스
트라기보다 이데올로그로 보일 때도 있었다는 말을 매우 조심스럽게 했
어야 하리라. 또 가상인터뷰는 가짜저널리즘이라는 말도 거둬들여야 하
리라.) 이를테면 그는 한국에서 미국이 지닌 의미를 캐기 위해 박
정희, 밴 플리트, 사마천, 박현채, 피카소, 래리 킹 등 수많은 사람

을 불러냈다. 그가 미국의 의미를 이렇게 거듭 묻지 않을 수 없었던 것은 지난 한 해 동안 한-미 자유무역 협정, 평택시 대추리의 미군기지, 전시작전 통제권 환수, 한국전쟁 당시 미군의 민간인 학살, 이라크 주둔 한국군, 북한 핵, 영어 조기교육 같은 '미국 문제'들이 줄곧 한국을 옭아맸기 때문이다.

이재현이 수행한 〈대화〉는 지금 이곳의 문제를 두고 벌인 대화였다. 그는 비정규직 노동자 문제를 엿보기 위해 프랑스공화국의 상징 마리안느를 불러왔고, 일본의 우경화를 살피기 위해 일본 제국군대 장교 이시와라 간지와 좌익 테러리스트 에키다 유키코를 불러들였다. 그는 시애틀 추장과 경제학자 헨리 조지를 초대해 부동산 광풍을 입에 올렸고, '도박 도시' 라스베이거스의 초석을 놓은 전설적 갱 벅시를 불러 '바다 이야기'를 이야기했으며, 축구공을 모셔서는 월드컵의 그늘을 함께 훔쳐보았다. 그래서, 한 편의 〈대화〉를 다 읽고 나면, 그날 그가 초대한 게스트가 바로 그 즈음의 '시사'를 실속 있게 체현하고 있음을 인정하지 않을 수 없다. 〈대화〉는 그러므로 골계와 기지와 반성의 언어로 쓰여진 2006년 시사연감이기도 하다.

이제 다시, 저널리스트 이재현이 아닌 이데올로그 이재현으로 돌아가자. 가상인터뷰 '대화'에 임하는 이재현의 '정치적' 입장은 뭐였을까? 아마도 그것은 그가 사마천과의 대화에서 털어놓은 '좌빠'일 것이다. 그는 사마천이 "자네는 좌파인가?"라고 묻자,

"저는 '좌빠'에 불과해요. 진짜 좌파는 아니고 좌파를 좋아하는 쪽이지요. 거의 맹목적일 정도로요"라고 대답한다. 물론 이것은 별 뜻 없는 말놀이일 수도 있겠다. 그러나 '좌파'가 못되는 '좌빠'의 자임에선 조직적 실천에서 발을 뺀 독립지식인(고립지식인?)의 자의식과 겸연쩍음이 어슴푸레하게 읽힌다. 그 자신 마르크스주의 문예이론에 사로잡혔던 1980년대라면, 이재현은 사마천의 물음에 떳떳이 그렇다고 대답했을 테다. 현실사회주의의 역사적 퇴각이 강요한 '반성'이 그를 '좌파'에서 '좌빠'로 '전향'시켰을 것이다. 그러니까 그의 '전향'은 한쪽 진영에서 다른 쪽 진영으로 넘어간 '진영간' 전향이 아니라(이 '좌빠'는 좌파를 '맹목적일 정도로' 좋아한다!), '운동'에서 '논평'으로 건너간 '층위간' 전향이었다. 그 '좌빠'는 그가 다른 자리에서 다소 자조적으로 들먹인 '인디 좌파'와도 맥이 닿아 있을 테다.

이 '좌빠'는 이제 더이상 노동계급을 보편계급으로 여기진 않는 듯하지만, 여전히 소수파의 옹호자다. 정통 좌파라면 무심하거나 백안시했을 수도 있을 동성애자나 된장녀에게 그가 내보이는 '우애'는 '좌빠'의 계급감수성이 중층적이고 개방적이라는 것을 뜻한다. 이 '좌빠'는 화려하지만 무모한 혁명의 기관차에서 내려, "지하와 지상을 들락거리며 당대의 흐름을 거슬러가다가 돌연히 출현하여 새로운 가능성들을 돌발적으로 제시하는"(다니엘 벤사이드) '두더지'(제40회 〈대화〉의 게스트)에게 자신을 투영하

며 잠재적 희망의 원리를, 저항과 전복의 전술을 모색(이 아니라면
몽상?)하는 듯하다.

〈한국일보〉, 2006. 10. 26.

05

시대의 비천함, 인간의 고귀함

✦

서준식의 《옥중서한》

~~~~~~~~~~

《서준식 옥중서한 1971~1988》(2002, 이하 《옥중서한》)을 읽는 것은 1970~1980년대 한국 사회의 가장 을씨년스러운 음지한 군데를 들여다보는 것이다. 그러나 그와 동시에, 그 을씨년스러움을 인간존재의 눈부신 고귀함으로 승화시키는 어떤 정신의 다사로운 양지를 엿보는 일이기도 하다. 그 그늘과 볕이 서로 맞서고 뒤섞이고 포개지며 빚어내는 긴장 속에서, 《옥중서한》의 사적인 언어는 한 시대의 무게를 통째로 감당하는 공적 언어로 바뀐다.

일본 교토京都에서 태어나 자란 서준식은 고등학교를 졸업하고 한국으로 유학와 서울대 법과대학엘 다녔다. 대학 재학 중이던 1970년 그는 형 서승과 함께 북한엘 다녀왔고, 이듬해 이일이 드러나며 간첩 혐의로 기소돼 징역 7년, 자격정지 15년형을 선고받았다. 징역형을 꼬박 치러낸 1978년에도 서준식은 자유를 얻지 못했다. 이른바 '사상전향'이라는 것을 거부한 탓에, 그는 사회안전법상의 피보안감호자로 그 뒤 10년을 더 갇혀 있어야 했다.《옥중서한》에는 그 17년 세월 동안 그가 가족과 친척에게 보낸 편지들이 담겼다.

서준식 자신이 서문에서 들췄듯, 전향 문제는《옥중서한》의 '라이트모티프' 가운데 하나다. 사람에 따라선 대범히 넘길 수도 있을 이 문제가 옥중의 서준식에게는 제 존재 전체를 걸어야 할 생명선이었다. 전향서 한 장 쓰면 풀려나올 수 있는데도 서준식이 그 길을 마다한 것은 그가 '뉘우칠 줄 모르는 공산주의자'여서도 아니었고, 내용보다 형식을 더 무겁게 여기는 '형식주의자'여서도 아니었다. 그가 형기를 마친 뒤에도 더 갇혀 있기로 결정한 것은, 세상사 가운덴 내용과 형식을 또렷이 가를 수 없는 일이 있다는 판단 때문이었다. "경우에 따라서는 형식을 간직하는 일이 바로 내용을 간직하는 일일 수도 있"(82년 3월 11일, 누이 영실에게)는 것이다. 서준식이 보기엔, 바로 '양심의 자유' 문제가 그랬다. 그의 '지상목표'는 "'석방되는 것'이 아니라 '부끄러움이 없는 것'"(83년 3월 25일, 아버님께)이었다.

1978년 이후 서준식에게는 전향서를 쓸 수 없는 이유가 하나 더 늘었다. 그해에 징역형 7년 만기를 채운 그는 그 뒤 '수형자'로서가 아니라 사회안전법상의 '피보안감호자'로 갇혀 있었다. 다시 말해 그는 잠깐 평양 구경을 한 데에 대한 '죗값'을 다 치르고도, '재범의 위험' 때문에 계속 갇혀 있어야 했다. "스스로를 공산주의자라고(나는 분명히 이런 식으로 주장한 일이 없다) 생각, 고백, 주장하는 사람은 형기를 다 살아도 석방하지 말아야 하는가? 혹은 행위를 저지르지 않아도 잡아 가두어 놓고 있어야 하는가?"(88년 2월 4일, 고종사촌동생 순전에게). 그러니까 형을 치르고 있는 '수형자들'에게 전향 문제는 온전히 개인적 결단의 문제였지만, '피보안감호자' 서준식에게 그것은, 거기에 더해, 위헌적인 사회안전법에 맞선 법률투쟁의 문제이기도 했다

서준식이 보안감호처분 갱신 결정 무효확인 청구소송을 제기한 뒤 이돈명 변호사와 겪는 갈등도 이 지점에 자리잡고 있다. 물론 이 변호사는 서준식에게 전향서 따위를 쓰라고 권고할 만큼 몰상식한 사람은 결코 아니었다. 다만 그는 법정에서 서준식의 '사상적 결백'을 드러냄으로써(다시 말해 서준식이 공산주의자가 아니라는 것을 증명함으로써) 보안감호처분의 부당성을 주장하려 했다. 그러나 서준식은 인간의 내면에 국가가 간섭하는 것 자체가 위헌이라는 점을 지적하고 싶어했다. 그러니까 이 변호사는 '사실'을 중심에 놓으려 했고, 서준식은 '법률'을 중심에 놓으려 했다.

파쇼체제 아래서 법률투쟁을 하는 것이 헛일이라고 판단한 이 변호사는 서준식의 석방 가능성을 되도록 높이기 위해 '사실' 쪽으로 싸움의 방향을 정한 것이지만, 사회안전법을 없애기 위

해 스스로 "속죄양"(88년 1월 15일, 고종사촌누이 순미에게)이 되기로 마음먹은 서준식에게 그것은 용납할 수 없는 싸움 방식이었다. "소송을 제기하여 (사회안전법의—인용자) 위헌을 주장하는 내가 법정에서 자신의 '사상적 결백'을 증명해 보인다는 것이 얼마나 본말전도된 일이며 자가당착인가?"(83년 5월 2일 영실에게).

전향 문제와 더불어,《옥중서한》을 떠받치는 또 하나의 주제는 사랑이다. 서준식에게 사랑은 약한 것에 대한 연민이었다. "생각해보면 나에게 '사랑'이란 언제나 '불쌍'과 거의 같은 뜻이었던 것 같다. 나는 불쌍한 사람이 아니면 진정 마음을 주고 사랑하지 못했다"(81년 12월 25일, 이종누이 선암에게). 감호소 생활 끝머리 무렵을 제외하곤 기독교(만이 아니라 온갖 형태의 '세속화한' 종교)를 줄곧 백안시했던 서준식이 예수의 삶을 살갑게 추적하며 그를 본받겠다고 다짐하는 것도, 예수에게서 약자의 벗을 발견했기 때문이다. 연민과 나란한 이 사랑은, 서준식에게, 이념이 아니라 윤리였다. 사촌누이들에게 보낸 편지에서 그가 거듭 '착한 삶'을 강조하는 것도 서준식이 이념의 인간이라기보다 윤리의 인간이라는 뜻이겠다.

서준식은 예수에 더해 백범에 대한 존경을《옥중서한》여기저기서 드러내고 있으나, 그가 닮은 것은 차라리 (《옥중서한》에서 몇 차례 인용되는) 시인 김수영이다. 결벽증(그 자신은 부정하지만), 신경질, 자의식 같은 뾰족함을 공유하고 있다는 점에서 그렇다.

(형 서승에 대해 서준식이 드러내는 마음의 뾰족함은 김수영이 박인환에게 드러낸 태도를 설핏 연상시킨다.) 그러나 서준식은 김수영보다 훨씬 굳셌다. 잠깐의 포로수용소 생활로 얼마 동안 정신을 놓아버린 김수영이, 폭압적인 전향공작이 되풀이되는 파쇼체제의 감옥에서 17년을 버텨내지는 못했을 것이다. 좋은 세월을 살았더라면, 서준식은 또 자신이《옥중서한》에서 몇 차례 호의적으로 거론한 로맹 롤랑(의 작품 주인공들)과 닮은(투쟁적이면서도 미적으로 고양된) 삶을 살았을지도 모른다.

《옥중서한》이 (일본의) 가족과 (한국의) 친척에게 보낸 편지들이라는 점으로 돌아가보자. 수신자인 가족 친척들도 당연히 서준식에게 편지를 보냈을 테다. 사실《옥중서한》에는 답장 형식의 편지가 여럿 있다. 그러니까《옥중서한》은 거기 드러난 텍스트 말고도 얼추 그 분량의(아마 더 많은 분량의) 텍스트를, 17년 세월 동안 서준식을 수신인으로 삼은 편지 텍스트를 배면에 거느리고 있는 셈이다.

교도소나 감호소 안에서와 마찬가지로 바깥에서도 세월이 흘러, 서준식의 부모와 그 항렬 친척 어른들이 차례로 작고하고, (사촌)누이들은 하나둘 출가한다. 출가한 누이들에게선 편지가 뜸해진다. 서준식은 그것이 서운하다. 그러나 코흘리개 조카들이 어느새 자라나 서준식에게 편지를 쓰기 시작한다. 누이들과 조카들은 진로와 연애와 공부와 살림살이 등 신변의 이런저런 걱정거리들을 서준식에게 털어놓고, 옥중의 오빠(형), 옥중의 삼촌은 지혜를 짜내 그들에게 조언한다. 다시 말해《옥중서한》은 한국 정치사의 가장 어두운 부분을 통과하는 어떤 가족 이야기이기도 하다.

한국어를 읽을 수 없는 일본의 조카에게 서준식은 일본어로 편지를 쓴다. 그러나 그의 모어, 일본어는 예전 같지 않다. "13년간이나 창고 한 구석에 팽개쳐놓았던 일본말을 끌어내어서 먼지를 털어봤더니 여기저기가 녹슬어버려 도저히 나의 뜻대로 움직여 줄 것 같지가 않다. 틀린 데가 있어도 웃지 말아라. 삼촌은 한국 사람이니까 일본말은 서툴러도 부끄럽지 않다."(84년 6월 8일, 조카 순이에게)

대학에 들어가기 위해 조국을 찾은 19세 청년에게 낯설고 불편하기만 했던 한국어는 30대 장년의 '사상범'에게 유일하게 편안한 언어가 되었다. 한국어와 일본어가 자리를 바꾸는 이 과정은 '자이니치在日' 서준식이 '본국인' 서준식이 되는 과정이기도 했다. 그리고 그가 감호소에서 풀려난 1988년을 기준으로, 서준식의 '본국인' 생활 21년 가운데 그가 자유로웠던 기간은 4년뿐이었다.

옥중의 서준식에게서 편지를 가장 많이 받은 이는 일본의 친누이 영실이다. 그러나 서준식의 편지는 영실에게 가장 가혹하다. 더러, 옥중에서 맺힌 짜증을 이 누이에게 한꺼번에 풀어버리는 게 아닌가 생각될 정도다. 그것은 옥중의 서준식이 정신적으로 가장 기댔던 사람이 영실이라는 뜻이기도 할 테다. 1981년 12월 16일자로 아버지에게 보낸 편지에서 서준식은 "저는 이중인격자입니다. 서울에 있는 동생들(사촌동생들―인용자)에게는 '지킬박사'가 편지를 쓰고, 영실에게는 '하이드 씨'가 편지를 씁니다"라고 쓴다.

그러고는, 아버지가 작고한 뒤, 마침내 이 말을 당사자에게도 털어놓는다. "영실아, 나는 이중인격자인가보다. 하얀 엽서(국내용 봉합엽서)를 펴놓고 펜을 잡을 때 나는 조심스럽게 자신을 숨기고, 해서는 안 될 이야기와 해도 될 이야기를 가려가면서 도덕 교사가 되고 성인군자가 된다. 하지만 푸른 엽서(일본의 영실에게 보내는 해외용 봉함엽서―인용자) 앞에서 나는 성인군자연하지 못한다. (…) 거기서 나는 (하얀 엽서를 받아보는 사람들이 상상을 못할 정도로) 절망하고 포악해지고 자학하고 서러워하고 염세에 빠지기도 한다."(84년 11월 1일, 영실에게)

이 편지에서도 엿보이듯,《옥중서한》은 세상에서 고립된 자가 수행하는 '마음 다스림'의 기록이기도 하다. 고립의 현실과 연대의 열망을 팽팽한 긴장 속에서 버무리며 서준식은 17년을 버텼고, 한국어로 짠 가장 순정한 텍스트들이 그 세월 속에서 흘러나왔다. 그를 가두어놓은 파시스트들은, 의도하지 않은 채, 한국어 서간문학의 웅장한 마천루 하나를 세우는 데 이바지한 셈이다.

서준식은《옥중서한》서문에서 이 편지텍스트들의 '라이트 모티프'를 민족, 자생, 전향, 종교로 간추렸다. 나는, 독자로서, 그와 달리,《옥중서한》의 '라이트모티프'를 양심과 기품으로 요약하고 싶다. 그 양심과 기품이 옥중의 그를, 그가 닮고 싶어했던 예수처럼, '스스로 권세 있는 자'로 만들었다.

〈한국일보〉, 2007. 1. 9.

06
나는 '쓰다'의 주어다
✦
《김윤식 서문집》

~~~~~~~~~~

　《김윤식 서문집》(2001)은 놀라운 책이다. 그 놀라움을 낳는 것은 텍스트의 내용이라기보다 형식이다. 아니, 텍스트 너머에 어른거리는 긴 세월의 고된 글 노동에 대한 상상이다. 이 책은 국문학자 김윤식이 1973년부터 2001년까지 낸 책들의 서문을 모아놓은 것이다. 어느 프랑스 비평가는 한 책을 이루는 여러 물질적 요소 가운데 본문을 뺀 나머지(서문이나 발문, 헌사, 판권 난, 저자 소개, 표제, 부제, 제사, 차례 따위)를 곁다리텍스트(파라텍스트)라 부른 바 있다. 그러니까 《김윤식 서문집》의 텍스트는 곁다리텍스트만으로 이뤄진 텍스트다.

　도대체 한 저자가 제 책의 서문만으로 또 한 권의 책을 만들자면 얼마나 많은 책을 써야 할까? 서문의 길이도 천차만별이고 책의 두께도 그럴 테니 섣불리 일반화할 수는 없겠다. 그러나 《김윤식 서문집》을 기준으로 어림짐작해보자면 100권 안팎이 아닐까 싶다. 이 책에는 저자가 낸 책 95권의 서문이 묶였다. 그 모두가 순수한 저서는 아니다. 책 끝머리에 모인 7편의 서문은 역서와 편서의 서문이고, 나머지 서문 88편에도 아주 드물게 같은 책의 개정증보판 서문이 끼어들긴 했다. 그러나 그것들을 빼도 이 책에 제 서문을 빌려준 김윤식 저서는 80권이 넘는다.

그것만 해도 보통 저자라면 엄두도 못 낼 양이다. 그런데 김윤식은 2001년 이후에도 기운차게 책을 내고 있다. 그러니까, 2001년까지의 저서 가운데《김윤식 서문집》에 그 이름이 빠진 책이 없다 쳐도, 김윤식이 지금까지 쓴 책은 100권에 바짝 다가간다. 거기에 편서와 역서를 보태면 김윤식이라는 이름을 달고 세상에 나온 책은 100권이 훌쩍 넘는다. 이 책들 대다수가 가벼운 읽을거리가 아니라 학문이나 비평의 영역에 속한다는 데 생각이 미치면 놀라움은 더욱 커진다.

《김윤식 서문집》의 서문, 다시 말해 서문들의 서문은 '말하지 않아도 되는 말들을 모으면서'라는 제목을 달고 있다. 그러니까 김윤식 생각에 책의 서문이란 '말하지 않아도 되는 말'이다. 물론 이 표현은 겸양에서 나온 것이겠으나, 서문을 곁다리텍스트로 여긴 프랑스 비평가의 생각과 통하는 데가 있다. 이 '말하지 않아도 되는 말들' 앞에 다시 '말하지 않아도 되는 말'을 붙이면서, 저자는 1962년 〈현대문학〉 8월호에 실린 자신의 '천료(추천 완료) 소감'을 옮겨놓고 있다. 문학청년의 치기가 묻어나는 그 소감에는 "노예선의 벤허처럼 눈에 불을 켜야만 나는 사는 것이었다"라는 문장이 보인다. 그의 지난 반세기 글 노동을 지탱한 것이 바로 '눈에 불을 켜야만 살 수 있는' 운명이었을 테다.

이렇게 많은 글을 쓴 저자가 글쓰기 자체에 대한 성찰을 피하기는 어려웠을 것이다. "글쓰기란 무엇인가? 혼자 하는 작업이다. 한밤중 원고지 앞에 앉아 있노라면, 그것이 우주만큼 넓고 아득하여 절망한다. 그렇다고 어디로 도망칠 곳도 없다. 우주가 나를 가두었던 것. 이 속에서의 작업은 일종의 게임인데, 상대는 누구이겠는가. 운명이란 이름의 나 자신이었던 것"(《김윤식평론문학선》, 1991, 서문).

김윤식은 말하자면 자신을 상대로 한 그 외로운 게임의 중독자였다. 요즘 젊은 세대 말로 글쓰기 '폐인'이었다. 김윤식이라는 이름은 동사 '쓰다'의 주어인 것이다. 그런데 그는 문학사가이자 문학비평가다. 다시 말해 그의 방대한 텍스트들은 다른 텍스트들을 분류하고 배열하고 논평하는 텍스트들이다. 그러니, 김윤식이라는 이름은 동사 '읽다'의 주어를 겸할 수밖에 없었다. 그의 읽기는 20세기 이후 한국에서 '근대'의 표지를 지닌 채 발설된 모든 문학텍스트를 향했다. 임화와 이상과 김동리가 보여준 이념의 엇갈림도, 이광수에서 신경숙에 이르는 세대의 엇갈림도 김윤식이 보기엔 근대성 안의 엇갈림일 뿐이었다.

'쓰다'와 '읽다'의 붙박이 주어 김윤식에게 소위 '명문名文'이라는 것은 어떤 뜻을 지녔을까? "명문을 쓰고 싶다는 생각을 아예 가져본 적이 없다. 다만 문법에서 크게 벗어나지 않는 문장이기를 바랐을 따름이다"(《문학사와 비평》, 1975, 서문). 이것이 겸양에서 나온 말인지는 또렷하지 않다. 자신이 엮은 《애수의 미, 퇴폐의 미—재북 월북 문인 해금 수필 61편 선집》(1989)의 서문에서 그가 '명문'에 대한 경멸을 거리낌 없이 드러내고 있기 때문이다. "다음과 같은 것에 대해서는 조금 말해볼 수는 있습니다. 곧 명문이란 없다는 점. 설사 그런 것이 있더라도 대수로운 것일 수 없다는 점입니다. 이 사실을 임화의 '수필론'과 서인식의 '애수와 퇴폐의 미'가 조금 말해놓고 있지 않습니까. 뜻을 전달하기 위해 말이 있다는 점에 보다 많은 관심을 갖는 일이 그것이지요. 말을 바꾸면, 되지도 않는 자기감정을 질펀하게 노출시켜 남을 감동시키고자 덤비거나 대단치 않은 스스로의 주제를 돌보지 않고 흡사 무슨 도사의 표정을 짓는 짓 따위에서 벗어나, 자기분석을 겨냥하는 일이 그것이지요. 자기성찰과 자기도취의 형식이 얼마나 다른 것인가를 알아보기 위해서도 수필이라는 이름의 산문형식이 필요하다고 저는 믿습니다." 이 진술은, 소설문학에 대한 그의 다른 발언, 곧 "(문학작품에 대한) 절대적 평가기준이란 무엇인가. '언어'가 그 정답이다. 언어의 밀도가 작품의 질을 평가하는 기준이라고 나는 생각한다"(《김윤식의 소설 현장 비평》, 1997, 서문)는 말과 통한다.

이 기준들은 보기에 따라 꽤 엄격하다. 김윤식의 문장은 이
기준들을 넉넉히 채우고 있을까? 나는, 조심스럽게, 아니라는 쪽
에 걸겠다. 문제는 명문이냐 아니냐가 아니다. 중기 이후 텍스트
에서 사뭇 가시기는 했으나, 김윤식 텍스트는 '문법에서 벗어나
는' 문장들을 너무 많이 품고 있다. 그의 웅장한 학문적 성채의
적잖은 부분은 읽어내기 힘들 만큼 조악한 한국어를 벽돌로 삼
아 세워졌다. 한 세대에 걸쳐 김윤식이 가장 영향력 있는 한국문
학 교사였다는 점을 생각하면, 문법에 대한 그의 이 대범함은 그
냥 보아 넘길 수 없는 직업적 나태였다 할 만하다. 그것만이 아니
다. 그의 문장에서 끝없이 되풀이되는 '-란 무엇이겠는가', '-가
아닐 것인가' 같은 표현은 그가 경멸해 마지않는 '자기도취에 빠
진 도사의 표정'에서 얼마나 멀까? '언어의 밀도'를 잃어버린 '명
문'의 허세에서는 또 얼마나 멀까?

김윤식이 '쓰다'의 주어일 뿐만 아니라 '읽다'의 주어이기도
하다는 점을 기억하자. 그의 글쓰기 무게중심이 중기 이후 '연구
자의 논리'(근대문학 연구)에서 '표현자의 사상'(현장 비평)으로 조
금씩 옮아가면서, 그 읽기 대상도 쉼 없이 쏟아져나오는 당대
소설 쪽으로 무게중심을 옮겨갔다. "'표현'과 '인식'의 완전한 일
치"(《작은 생각의 집짓기들》, 1985, 서문)라 스스로 정의한 비평에서
이 원로비평가는 성실했는가? 아니 그 비평의 전제인 읽기에서

그는 성실했는가? 그렇기도 하고 그렇지 않기도 하다. 고희의 나이에도 이어지고 있는 월평들은 김윤식이 이 시대의 가장 열정적인 소설 독자(가운데 한 사람)라는 것을 증명한다. 그러나 문단 한편에서 들추듯, 그의 비평은 해석의 타당성을 떠나 작품의 줄거리 자체를 그릇 잡아내는 일이 드물지 않다. 너무 많이 읽는 탓에 읽기의 '밀도'가 낮아졌는지도 모른다. 한국 근대문학 연구의 최고 권위자가 건네는 눈길은 아직 이름을 세우지 못한 작가들의 가슴을 한껏 설레게 하는 격려가 될 테다. 그러나 이 원로의 독서가 날림으로 이뤄지고 있다면? 그는 권위라는 자산을 너무 함부로 쓰고 있는 것 아닐까?

그러나 이런 트집이 무슨 소용이랴? 20세기 한국문학 텍스트를 김윤식만큼 많이 읽은 사람은 없다. 20세기 한국문학에 대해 김윤식만큼 많이 쓴 사람도 없다. 그가 아니었으면 도서관 한구석에 처박혀 세월을 보내다 사람들의 기억에서 사라지고 말았을 텍스트들이, 그리고 그 텍스트들의 저자들이, 김윤식의 손을 거쳐 한국문학사에서 제자리를 얻었다. 《김윤식 서문집》은 그의 이 끝없는 읽기-쓰기의 그림자다. 한국문학은 이 불세출의 독자-저자에게 큰 경의를 표해 마땅하다.

또다른 다산多産 저자들

다산성에서 김윤식과 겨룰 만한 저자가 한국에 있을까? 있다. 얼른 생각나는 사람이 시인 고은과 언론학자 강준만이다. 고은 저서의 저자 소개에 '저서 1백여 권'이라는 표현이 들어가기 시작한 것은 1990년 무렵이다. 그것이 사실인지 확인할 길은 없다. 고은 자신이 이미 그 무렵부터 저서가 얼마나 되는지 알 수 없다고 말해온 데다,《김윤식 서문집》같은 '물증'이 없기 때문이다. 그러나《만인보》나《백두산》같은 서사시들의 낱권을 각각 한 종으로 친다면, 고은의 저서가 100종이 넘는 것은 확실하다. 저서의 다수가 시집인 터라, 글자 수로 따져서 고은이 김윤식과 겨루기는 어렵겠지만.

고은의 산문은 한 시절 수많은 독자들의 심금을 울렸지만, 김윤식이 '명문'과 관련해 빈정거린 '도사의 표정'과 '자기도취의 형식'을 짙게 지니고 있었다. 또 청년 김윤식의 글보다 훨씬 더 문법에 대범했다. 그러나 이 약점들은 고은 특유의 주정적主情的 문체 속에서 서로를 지워내며 기이한 매력을 만들어냈다. 말하자면 일종의 강점이 되었다.

강준만은 그 저서 수에서 이미 김윤식을 앞지른 듯하다. 강준만 저서의 적잖은 부분은 자료의 가공/재구성 형식을 취하고 있다. 그 점을 탐탁지 않게 바라보는 눈길도 있지만, 그것은 강준만이 김윤식에 뒤지지 않는 '읽다'의 주어이자 실증주의자라는 것을 뜻한다. 더 나아가, 강준만이 사실과 현실에 바짝 붙어서 (미시)이론을 세우고 있다는 것을 뜻한다. 그가 여느 이론가와 달리 대중의 언어를 쓰는 데 대해서도 탐탁지 않은 눈길이 있지만, 그것 역시 이론을 학자들의 닫힌 담론 공간에서 해방시키고자 하는 건강한 욕망과 결부시킬 수 있겠다. 고은 같은 탐미 취향은 없으나, 강준만은 그 대신 '문법에서 벗어나지 않는 문장'을 구사한다. 이것은 그 같은 다산 저자에게 드문 강점이다. 강준만의 글은 김윤식이 강조한, "뜻을 전달하기 위해서 말이 있다는 점에 많은 관심을 갖는" '자기성찰'의 글에 가까워 보인다.

문법적으로 단정할 뿐만 아니라, 심미적으로도 반들반들 닦인 글을 쓰는 다산 저자는 없을까? 있다. 고은처럼 시와 산문을 넘나드는 김정환이 그다. 그러나 그의 저술 양이 고은이나 강준만에게 미치지 못하는 걸 보면, 아름답게 쓰면서 많이 쓰기는 어려운 모양이다.

〈한국일보〉, 2006. 6. 13.

07

최일남 산문집
《어느 날 문득 손을 바라본다》

✦

굽이쳐 흐르는 만경강

～～～～～～

《어느 날 문득 손을 바라본다》는 소설가 최일남이 최근 펴낸 산문집의 표제이자 이 산문집 첫머리에 실린 글의 표제다. 작가는 그 글에서 "내 가운뎃손가락의 돌출은 내가 살아낸 역사의 징표이자 응고"라는 감회를 토로한다. 또 "오른손 가운뎃손가락에 삐주룩이 돋은 옹이를 왼손 엄지로 자꾸 문지르며, 그동안 얼마나 굳었는가를 점검한다. 단단할수록 기분이 좋다. 농땡이를 부리는 바람에 돌기가 주저앉았다 싶으면 적이 실망하고 자책한다"는 고백도 보인다. 글 노동의 부하負荷를 컴퓨터 키보드 위 열 손가락에 고루 나누기 십상인 신세대 글쟁이가, 펜대와 원고지 '이우二友'에 기대어 한 생애를 버텨온 구세대의 소회를 고스란히 빨아들이기는 어려울 것이다. 나 역시 인생에서고 글쓰기에서고 이 책 저자의 까마득한 후배인지라, 젊은 시절 잠깐 동안

만 오른손 가운뎃손가락의 옹이를 살짝 경험했을 따름이다. 그래서 이 원로 작가의 손가락 옹이를 상상하는 내 마음은 직업적 경의와 경이로 파닥인다.

산문집《어느 날 문득 손을 바라본다》(이하《어느 날 문득》)가 최일남 문장의 높다란 경지를 보여주는 것은 아니다. 이 책은 그저 이 원로의 최근 문집일 따름이다. 그런 한편, '어느 날 문득'이 최일남 문장을 살피는 데 부적절한 텍스트도 아니다. 공식 문단 경력만 반세기가 훌쩍 넘은 이 작가의 글은, 그 장르가 소설이든 다른 산문이든, 그 긴 세월 동안 그리 큰 변이를 보여주지 않았기 때문이다. 소설가 최일남과 언론인 최일남의 글을 띄엄띄엄이라도 따라온 독자라면, 그의 글이 독특한 스타일을 지닌 만큼이나 그 내부적으론 세월을 뛰어넘어 동질적이라는 사실에 깊은 인상을 받을 것이다. 그것은 최일남 문장이 거의 진화하지 않았다는 뜻이다.

아니, 청년 최일남의 글들을 읽지 못한 내가 이런 진단을 내리는 것은 자발없는 짓일 테다. 오진을 피하기 위해, 이렇게 말을 바꾸자. 장년기 이래 최일남의 문장은 거의 진화하지 않았다고. 말하자면 한 세대 이상 최일남의 문장은 어금지금한 스타일을 유지하고 있었다. 보기에 따라 이것은 정체停滯라고도 할 만하다. 그러나 이것은 최일남이 아주 일찍부터 자신의 스타일을 굳게 세웠다는 뜻이기도 하다. 작가 자신이 자주 쓰는 말을 훔쳐오자면, 최일남은 '웃자란' 글쟁이였던 듯하다. 어쩌면 그는, 스타일에 관한 한, 생이지지生而知之의 경지에 있었는지도 모른다. 그 스타일의 굳건함은 소설에서든 에세이에서든 신문기사에서든 한결같았다. 작고한 소설가 김동리는 어느 해 세배 온 최일남에게(동리는 최일남을 등단시킨 문단 스승이다) "신문 칼럼에 비해 소설은 문예적이더라"는 덕담을 했다 하나(《그게 글쎄―나의 데뷔작》), 최일남에게 문학적 글쓰기와 저널리즘 글쓰기가 크게 차이났던 것 같지는 않다. 그의 소설 문장은 저널리즘의 기율에 묶여 어연번듯했고, 그의 기사 문장은 문학의 매혹에 끌려 바드름했다. 그의 삶만이 아니라 그의 문장도, 저널리즘과 문학의 경계에 있었다.

저널리즘과 문학 사이가 아니더라도, 최일남 문장은 경계의 문장이다. 그의 문장은 예스러움과 현대성의 경계에 있고, 토착성과 외래성의 경계에 있고, 전원풍과 도회풍의 경계에 있고, 귀족풍과 서민풍의 경계에 있고, 고전미와 유행감각의 경계에 있다. 최일남 문장에 점점이 박힌 외래어나 (젊은 세대의) 신어의 현대성은 글의 근간을 이루는 토박이말과 한자어의 예스러움과 길항하고, 토박이말의 토착성 전원풍 서민풍은 한자어의 외래성 도회풍 귀족풍과 길항한다. 그것은 구어체와 문어체 사이의 길항이기도 하고, 조선어 단어와 (설핏 보이는) 일본어투 문체 사이의 길항이기도 하다. 아니 그것들은 길항하지 않고 서로 어우러지며 두터움을 얻는다. 그리하여 독특한 최일남 문체를 이룬다.

최일남의 이 개성적 문체는 이름을 걸고 쓰는 소설이나 기명기사에서만이 아니라, 이름을 감춘 채 쓰는 신문 사설에서도 제 꼬리를 감추지 못한다. 1986년 서울 아시안게임의 여자육상 3관왕 임춘애는, 경기를 마친 뒤, "라면만 먹고 뛰었다"는 가난 고백으로 많은 사람들을 울먹이게 한 바 있다. 당시 이를 다룬 〈동아일보〉 사설 역시 최루성催淚性이었는데, 힌눈에도 최일남의 글임이 또렷했다. 최일남의 문체는 고스란히 최일남이라는 이름이다.

최일남 문장의 이 모든 경계성 또는 혼방성混紡性을 슬며시 그러나 어기차게 떠받치는 '디폴트값'은 전북방언의 리듬이다. 방언 어휘를 찾기 힘든 그의 글이 전북방언의 리듬에 실려 있다는 말은 생뚱맞게 들릴지도 모른다. 그러나 리듬은 어휘보다 훨씬 더 근원적인 것이다. 그래서 리듬을 버리거나 거기 동화하는 것은 어휘를 버리거나 거기 동화하는 것보다 훨씬 더 어렵다. 대학 시절 이래 줄곧 서울에서 산 이 작가의 글에는 고향 말의 리듬이 문신처럼 새겨져 있다. 아니, 이 작가 스스로 그 리듬을 고집했을지도 모른다. 최일남 문장은 전주평야를 흐르는 금강, 만경강, 동진강처럼 한국어의 평야를 살갑게 적시며 굽이굽이 흐른다. 그것은, 아주 깊다란 수평에서는, 판소리 가락과도 친화적이다. 최일남의 문어가 문득문득 구어 느낌을 주는 것도, 이 지식인의 언어가 더러 비속함에 대범한 것도, 모든 일에 문외한인

체하는 그의 말에서 어떤 의뭉스러움이 묻어나는 것도 그와 관련 있을 테다. 요컨대 최일남 문장을 이끄는 것은 입심이다.

《어느 날 문득》의 표지에는 표제 위에 '최일남 산문집'이라는 말이 붙어 있다. 산문은, 곧이곧대로 해석하자면, '흐트러진 글'이라는 뜻이다. 말하자면《어느 날 문득》에 묶인 글들은 흐트러진 글들이다. 그리고 그 글들엔, 작가 후기+의 "하다가 많아진 우리말과 글쓰기에 대한 서술이 객쩍다"라는 술회에서도 드러나듯, 말과 글에 대한 최일남의 생각이 많이 드러나 있다. 사실, 산문이라는 말의 축자적逐字的 뜻이 그렇다는 것이지, 이 글들 하나하나가 흐트러져 있다고는 할 수 없다. 그러나《어느 날 문득》이라는 책 자체는 전체적으로 꽤 흐트러져 보인다. 이 책의 편집에 어떤 체계가 반영되지 않았기 때문일 테다. 이 산문들은, 책 속에서, 질서 없이 흐트러져 있다. 그것이 저자의 뜻인지 출판사 편집자의 뜻인지는 알 수 없다. 이 책을 더욱 흐트러져 보이게 하는 것은 자주 보이는 오자, 탈자 들이다. 이것은 명백히 편집자의 직무유기다. 출판사는 이 원로의 글들을 책으로 묶으며 최소한의 에디터십도 발휘하지 않았다.

최일남이《어느 날 문득》에서 펼친, (우리)말에 대한 이런저런 견해들은 건전하고 소박하다. "어떤 형태의 문장이건 간에 시대성을 떠나 존재하기는 어렵다. 옛날의 명문이 오늘 읽으면 맛이 덜한 이유도 거기 있다"(이태준《문학독본》)는 견해는 지혜롭지만 평범하다. "얼핏 비슷한 말인 듯하면서 그때그때 정황에 따라 쓰임새가 조금씩 다르기 때문에 말 임자를 잘 만나야 제값을 받는 게 우리말이다"(쇠고기의 여러 요리법을 나열한 뒤에) "요컨대 우리말은 그렇게 발라내고 저미는 데 익숙하다" "우리말은 네모반듯하기보다 둥글넓적하고, 단단하기보다는 무른 편이다"(이상 〈우리말의 폭과 깊이〉) 같은 판단은 옳을 수도 있고 그를 수도 있다. 말하자면 이런 말들은 굳이 최일남이 아니더라도 할 수 있는 말들이다. 더러, 부정확한 정보에 바탕을 둔 견해도 보인다.

그러나 이 의견들을 펼치는 스타일은 오직 최일남만의 것이다. 〈라일락이나 마로니에〉라는 글에선 대학 동기생 이어령에 대한 찬탄이 꼬박 한 페이지에 걸쳐 나열된다. 〈이태준《문학독본》〉과 〈함석헌 선생의 말과 글〉이라는 글은 전체가 이태준과 함석헌의 문장에 대한 경의로 채워졌다. 그러나 재치 있는 담론 전파자로서라면 몰라도 문장가로서라면, 이어령에겐 볼 것이 거의 없다. 이태준도 최일남에게 미치지 못한다. 아마 함석헌 정도가 그 개성에서 최일남과 겨룰 수 있을 것이다.

한국 저널리즘의 역사에서 최일남은 신문 문화면의 혁신자로, 걸출한 인터뷰어로 기록될 것이다. 1950대 말 그는 〈민국일보〉 문화부장으로서, 그전까지 외부 필자들의 기고로 채워지는 것이 관례였던 문화면을 문화부 기자들의 기사로 채우기 시작했다. 1980년대 중반 그가 월간《신동아》에 연재한 〈최일남이 만난 사람)은 인터뷰가 고도의 전문성을 요구하는 장르라는 것을 서늘하게 보여주었다. 그러나 저널리즘과 문학을 포함한 한국어 일반의 역사에서라면, 최일남은 가장 개성적인 문체를 지닌 스타일리스트 가운데 한 사람으로 기록될 것이다. 초등학교 과정을 온전히 일본어로 마치고 중학교에 들어가서야 한국어 텍스트를 읽기 시작했던 불행한 세대에 그가 속했다는 점을 생각하면, 최일남 문장에 대한 경의는 더욱 더 커진다.

✦ 《어느 날 문득 손을 바라본다》 저자 후기

하다가 많아진 우리말과 글쓰기에 대한 서술이 객쩍다. 규모 있게 찬찬히 챙기기보다는 투정질하듯 변죽만 핥다 말았기 때문이다. 글도 어제 다르고 오늘 다르다. 말은 하물며 더하다. 이마에 예민한 센서를 달고 '날마다 빅뱅'에 대응하는 신진세력과 좌우대칭의 가녀린 더듬이로 일상의 변화를 겨우 감지하는 자의 차이는 어차피 심하다. 그런 판에 이런 산문집의 등장은 대체 무엇인가. 조잔한 글줄로 우세나 사랴. 그나마 팔 할이 스러진 옛 기억의 단편을 주위 모은 것이다. 《나이 들수록 왜 시간은 빨리 흐르는가》의 저자 다우어 드라이스마에 따르면, 기억은 '마음 내키는 곳에 드러눕는 개'다. 사람의 명령을 잘 듣지 않고 제멋대로 논다는 의미다. 기억은 또 수수께끼 같은 자기만의 법칙을 따른다고 했다. 경찰이 수첩에 기록된 범죄자를 가려내듯, 하필이면 괴롭고 수치스러운 일을 반복해서 떠올리게 하는 수가 많다. 노년의 어린 시절을 마흔 살 때보다 더 선명히 기억하게 만드는 역순의 요술을 부리기도 한다.

거꾸로 오늘의 이 순간을 꼭 기억해야 한다고 다짐한다? 몇 달이 못 가, 아니 겨우 이틀만 지나도 그 순간의 색깔, 냄새, 향기를 자신이 원했던 만큼 생생히 기억하기 어렵다.

〈한국일보〉, 2006. 8. 1.

3부

✦

친구의 초상

✦

01

푸른 그늘의 풍경

✦

당나귀와 먼지 요정 사이

~~~~~~~~~~~~~~~~

아픔

✦

시집 《생일》에 붙일 덧글을 쓰는 일이 내게 맡겨졌을 때, 나는 이 시집의 저자를 전혀 모르는 사람으로 생각하겠다고 마음먹었다. 내가 알고 있는 윤림(1958~2000)이, 차라리 내가 느끼고 있는 윤림이, 이 시집의 반듯한 읽기를 가로막을까 걱정스러워서였다. 요컨대 나는 이 시집을 윤림과 분리해서 읽고 싶었다. 그러나 교정지를 읽기 시작한 지 얼마 지나지 않아, 나는 그것이 지킬 수 없는 결심이라는 것을 깨닫게 되었다. 나는 윤림의 텍스트에서 윤림을 떼어놓을 수가 없었다. 윤림의 몸이 텍스트를 빚어내고 있다는 사실을 나는 피할 수 없었다. 윤림의 몸은 텍스트 도처에 있었다. 그건 어쩌면 당연한 일이기도 했다. 윤림의 몸을 통해서 나온 이 시들이 어떻게 윤림의 몸의 흔적을 지니지 않을 수 있겠는가. 나는 윤림의 얼굴을 지우고 또 지우려고 애썼으나, 그럴 때마다 그 얼굴은 이내 다시 나타나 활자 위에 앉았다. 내가 윤림의 친구라는 사실은 계속 내게 불리하게 작용했다. 내가 읽고 있는 시들의 풍경이 현실 속에서 윤림이 맞고 있는 정황일 것이라는 생각에서 나는 벗어날 수가 없었다. 나는 결국 내 최초의 결심을 거두고 활자 위에 포개진 친구의 얼굴을 직시하기로 했다. 그렇게 마음을 새로 정하고 나니, 그것을 정당화할 논리까지 떠올랐다. 정직이 최선의 방책이다, 편견이나 오독까지를 포함해서 내가 읽은 그대로를 쓰는 것이 오히려 친구에 대한 예의이고, 이 시집을 읽어줄 독자들에 대한 예의이기도 하다, 는 논리 말이다. 에둘러 말하는 것이 늘 예의는 아니다. 나는 투박하게 얘기하기로 한다.

내 친구 윤림은 아프다. 많이 아프다. 자신의 아픔을 드러내는 것이 항상 아름다운 일은 아니다. 그것을 소문내고 다니는 것은 더 그렇다. 그러나 그것이 추한 일도 아니다. 그것이 추하게 되는 것은 그 아픔을 과장할 때다. 화려하게 과장된 아픔으로 뭇 사람들의 연민을 구걸할 때다. 얼마나 많은 시인들이, 그 가운데는 당대의 비평적 찬사를 분수에 넘치도록 받은 시인도 있는데, 자신들의 아픔을 화사하게 과장함으로써, 아픔을 저잣거리에 자랑스럽게 벌여놓음으로써, 자신들의 시를 살해했는가. 윤림은 자신의 아픔을 과장하지 않는다. 그 아픔은 어쩔 수 없이, 그러나/그래서 천연天然하게, 그의 시에 배어 있을 뿐이다. 그의 아픔은 저 높은 곳의 추상적 아픔이 아니라 지금 이곳의 물질적 아픔이다. 그것이 때로 그의 시를 일종의 정신주의로 몰고 가기도 한다. 그것은 몸에 대한 이반離叛이라고 할 만하다. 몸은 생명의 거처이면서, 생명의 살해자다. 몸은 존재의 집이면서 부재의 인식/존재 근거다. 몸의 그런 이율배반성 때문에 우리는 아프다. 내가 쓸 밋밋한 독후감은 결국 친구의 아픔을 발설하는 것, 소문내는 것일 터이다. 그것이 푼수 없는 수다가 되지 않기를….

나는 위에서 시인의 아픔이 지금 이곳의 물질적 아픔이라고 말했다. 그 말을 다시 써놓고 보니, 무의미한 말이었다는 생각이 든다. 모든 아픔은 지금 이곳의 아픔이고, 또 물질적 아픔일 테니 말이다. 아픔이라는 것이 감각될 때, 그 아픔은 그것을 감각하는 사람의 몸에 시공간적으로 늘 들러붙어 있다. 몸이 있어서, 우리는 아프다. 그러니 이렇게 말하는 것이 낫겠다. 우리 시인의 아픔은 사회역사적 상상력에서 오는 것이 아니다, 라고. 말을 바꾸어, 그의 아픔은 어떤 윤리적 요청에서 오는 것이 아니다. 그의 아픔의 발원지는 시간 속에 갇힌 그의 실존 그 자체다. 그 아픔이 만들어낸 시선의 따스함이 향하는 곳도 고딕체로 쓰여진 역사나 인간이 아니라, 시인 주변의 약한 것들, 덧없음의 운명을 피할 수 없는 개별자들이다. 이 개인성의 아픔이야말로 생명을 지닌 모든 것들을 할퀴는 보편성의 아픔일 것이다. 길거리에 떠돌아다니는 말을 믿는다면, 역사는 승리자의 기록이고 시는 패배자의 기록이다. 승리자도 시를 기록하는 일이 있지만, 그것은 혼히 시라기보다는 표어나 포고문에 가깝다. 시는 본원적으로 쓰러진 자의 공간이다. 윤림의 시는 그런 본원적 의미의 시다. 약한 것의 기록으로서의 시, 패배자의 기록으로서의 시다. 거기에는 어떤 실천이성의 제스처도 없다. 윤림의 시는 그저, 무너져 흐르는 육체들을, 바스러져가는 사물들을 응시할 뿐이다. 그의 눈길은 사랑에 실려 있어서 훈훈하고, 진실을 우회하지 않아서 오싹하다.

불임의 육체

◆

개별자의 수준에서는 모든 것이 덧없다. 시간과 싸워 이길 수 있는 것은 없기 때문이다. 그래서 모든 존재는 부재不在의 잠재태다. 임시가 아닌 생은 없고, 잠재가 아닌 사물은 없다. 시인은 자신의 부재를 상상한다. 자신이 빠진 정경의 아름다움을 생각한다. 그의 시에는 그의 부재不在가 있다. 없음이 있다. 가령

> 난감한 이 동체–물을 줄 수도
> 시든 이파리를 따줄 수도 없는
> 나를 내보낼 것이다
> 벽에 붙여둔 빈 의자 하나가
> 실내를 조용히 응시하는 것으로 족하다

화가여, 그려다오

내가 빠진 그 실내정경화 아름다워도 되리라

〈실내정경화〉중에서

　같은 구절이 그렇다. 그 부재는 〈수렴지실水簾之室〉에서도 반
복해 나타난다.

　　내가 사랑하는 이 방에

　　비가 오면 물구슬발 드리워지니

　　한번 방문해주게

　　그때가 가장 아름답다네

　　그때를 가장 좋아했다네

　　와서 내가 없더라도

　　구태여 찾지 말게

　　추억 같은 걸 서랍에서 뒤지지도 말게

〈수렴지실水簾之室〉중에서

　창에 부딪치는 빗줄기를 시인은 물구슬발로 파악한다. 그것
은 즐거운 상상이다. 그런데 시인은 왜 굳이 '수렴'이라는 한자어
를 표제 안에 넣었을까? '물구슬발'이라는 말이 제목에 넣기에는
너무 이완되고 가벼워 보여서였을까? 자신의 부재를 노래하는

시인의 입에서 발설된 수렴水簾이라는 말은 수렴水廉을 연상시켜 섬뜩하고 고약하다. 그것은 의도적으로 수행된 말놀이였을까? 생각하기도 싫다. 빨리 넘어가자.

시인이 보기에 우리들의 삶은, 너나 할 것 없이 우리 모두의 삶은, '보트 피플'의 삶이다. 우리가 딛고 있는 땅은 땅이 아니다. 그것은 캄캄한 물 위를 가득 넣고 있는 나뭇잎들일 뿐이고, 우리는 그 나뭇잎에 실린 한 점 물방울일 뿐이다. 그래서 삶은 "깃발 대신/ 흔히 눅눅한 빨래가 나부끼는 항해"다. 그것이 "종종 이마에 미열을 지피는/ 정체 모를 멀미의 근원"이다. 느닷없는 물벼락의 세례도 피할 수 없다. 물론 그 삶에 끼여드는 황홀한 순간이 없는 건 아니다. "하지만 바다에 별이 내리듯/ 반짝이는 소금의 시간들이 있어요/ 이를테면 미풍에 실린 햇살의 황금화살이/ 굳게 여며진 가슴속을 관통하는 순간 같은 거죠/ 그때, 검은 아가리를 벌린 발 밑의 물이/ 향기로운 포도주로 화하는/ 거룩한 변용이 일어나기도"(〈나뭇잎배〉) 한다. 그러나 그게 다다, 이 항해의 역사에 기록될 것은. 그런 순간의 황홀들이 이런 불안의 항해를 견디게 하는 것이지만, 이 멀미 나는 항해 속에서 안심입명安心立命은 참으로 힘들다. 삶은 불안으로 점철돼 있다. 그러니까 그 불안은 불안들이다. 그것들은 때로는 불합리한 불안들이지만, 삶의 감각에 영향을 끼치는 현실적인 불안들이기도 하다. 예컨대

심판들은 믿을 수 없어

돈에 매수되었을지 몰라

관중들도 동원된 건지 몰라

나를 응원하는 사람이 한 명도 없으면 어쩌지

내 편이라곤 나 혼자뿐일지도 몰라

내가 유리할 때 공이 빨리 치지는 않을까

내가 몰릴 때 공이 늦게 치는 건 아닐까

삼류 복서의 불안은 끝이 없다

상대방의 주먹이 더 셀지도 모른다는

재앙 같은 생각으로부터 등을 돌려

잡동사니 불안들을 상대로

그는 섀도복싱을 계속하고 있다

_〈복서의 불안〉 전문

　같은 시에서, 시인은 그 불합리한 불안들의 목록을 보여준다.

　삶 자체가 본디 나뭇잎배 위의 항해일 뿐이지만, 아픈 삶은 시인의 표현을 빌리면 거기서 더 나아가 "금간 항아리"다. "베란다 한구석/ 언제부턴가 거기 있는 항아리 하나/ 금이 간 채 텅 비어 있다/ 항아리들의 폐차장은 어디에?/ 식구들의 관심은 기껏 이럴 뿐/ 보통 그것은 잊혀져 있다"로 시작하는 〈금간 항아리〉는 (아마 거기에 투사된 시인 자신의) 아픈 육체, 금이 간 육체를 덤덤히 바라본다. 그 덤덤함은 세상에 미만한 무정無情을 서늘하게 자각한 뒤의 덤덤함이다. 시인은 그 육체에 수태고지受胎告知가 없으리라는 것을 안다. 그 육체는 불임의 육체다. 그 육체에 남은 것은 깨지는 일, 버려지는 일뿐이다. 그러나 금이 간 육체라고 해서 좋은 일과 마주치지 말라는 법은 없다. 이를테면 위에서도 발설됐듯, 미풍에 실린 햇살의 황금화살이 굳게 여며진 가슴속을 관통하는 순간, 그래서 검은 아가리를 벌린 발 밑의 물이 향기로운 포도주로 화하는 거룩한 변용이 일어나는 순간 말이다. 그래서 그 시는 이렇게 끝난다. "그의 배에 간 금이 금처럼 빛나며/ 열린 유리문 틈으로 나비 한 마리가/ 날아 들어오는 일이/ 일어나지 말라는 법이 있는가/ 5월의 햇살이 그를 풍요로운 기쁨으로 가득 채우는데/ 그것을 어리석은 근심으로 바꾸어버리겠는가" 그렇다. 카르페 디엠, 바로 그날을 잡아라. 낡은 필름이 우리에게 환기시키듯, 세상의 모든 아침은 되돌아오지 않으니.

불확실한 삶, 아픈 삶은 인간의 삶만은 아닐 것이다. 그것은 생명을 받은 것들의 운명일 것이다. 삶의 위태로움에는 성역이 없다. 그 삶 속에서는 연약함이 오히려 힘일 수도 있다. 시인은 그것을 여치에게 배운다.

풀잎이 흔들리지 않았더라면
몰라볼 뻔했다.

가느다란 풀잎 위에 올라앉은

이 지상 것이 아닌 가벼움!

풀잎은 너의 호흡을 따라 가늘게 진동한다

풀잎 위의 너의 휴식은

아무도 배우려 하지 않는

연약함이 바로 너의 힘이라는 듯

노출되었어

풀잎이 속삭였나

너는 이내 사라지고 만다

풀들은 작은 물결을 일으켜

너를 숨겨준다

비밀이야

퇴짜맞은 나의 망막엔

가만히 숨쉬는 연둣빛 한 점

여전히 맺혀 있다

_〈여치〉 전문

이 시의 마지막 세 행에서 시인이 보여주는 감각의 발랄함을 기억하고 넘어가자. 그의 몸을 갉은 시간과 병은 그의 감각을 갉지 못했다. 그럴 만도 하다. 시인의 마음은 가슴에 있지 않고 발가락, 그 기이한 곳에 있으니까. 그것이 병과 공생하는 몸의 전술이니까.

> 내 몸의 변방
> 늘 습하고 시린 발가락 안에서
> 따뜻한 것들의 이름을 잊을까
> 끊임없이 발가락을 꼼지락거리게 하는
> 얼음에 갇힌 불꽃으로
> 녹는 법 없이
> 꺼지는 법 없이
>
> _〈마음의 처소〉 중에서

그래서 그가 바라보고 있는 나무, 그가 자신의 마음을 투사
한 나무는 "발가락에 힘주어/ 흙을 꽉 움켜"(《나무》)쥐고 있다. 그
것은 땅에 결박당하거나 못 박힌 게 아니라, 뿌리내린 것이고 땅
을 디딘 것이다.

그 나무는 수풀의 나무가 아니라 도시의 가로수일 것이다.
시인의 거처는 도시다. 그가 상상하는 향수의 콘셉트는 '도시의
노을'이다. 그 향수는 황혼녘 미열을 기본 향으로 삼아 먼지 한
스푼, 썩기 직전의 쓰레기 냄새, 재즈 카페의 자욱한 담배 연기,
늦은 밤 비틀거리는 술꾼의 체취, 새로 덮은 아스팔트와 갓 출력
한 인쇄용지의 알싸한 냄새, 큰사발라면 국물과 빅맥햄버거 부

스러기, 8차선 도로변 가로수의 낙엽 냄새, 지하 상가의 톡 쏘는 공기 같은 원료들을 섞은 뒤 찐한 산성비 몇 방울을 떨어뜨려 힘껏 흔든 것이다. 그 "향수의 이름은 자유"(〈향수〉)다. 그러나 꼭 그 이름을 사용할 필요는 없다. 향수가 불러일으킨 환상에 따라 그 이름은 "질주, 공기의 정精, 그로테스크, 접속, 누아르, 현기증…"이 될 수도 있다. 향수가 휘발하듯, 향수의 이름들도 휘발한다. 그것은 무거운 몸에서 영혼을 풀어내는 해방자들, 자유의 투사들이다. 도시의 공기만이 자유롭다. 그런데 그 도시 안에서 시인은 아프다. 그러나 그는 병과 싸우지 않는다. 그는 병에 몸을 맡긴다. 백약이 무효이기 때문이다.

> 저녁해는 자해한다
> 핏물 속으로 떨어진다
> 뾰족한 뉘우침이
> 그를 마구 찔렀던 것이다
> 아스피린을 한 움큼 삼켜도
> 처진 이파리 하나 들어올리지 못하리라
>
> _〈아스피린〉 중에서

이 시의 화자는 자신을 아픈 식물에, 아스피린을 한 움큼 삼켜도 처진 이파리 하나 들어올리지 못할 식물에 투사한다. 그는 배가 부르다. 수태고지를 받아서가 아니다. 그 육체는 불임―
이 식물성 시인에게 불임은 不姙이 아니라 不稔일 것이다. 여물
지 않는 육체, 익지 않는 육체임―의 육체 아닌가. 그의 배가 부
른 것은 복수腹水 때문이다. 복수로 불룩한 자신의 배를 바라보
면서도 시인은 딴 생각을 한다. 그는 '복수'라는 말의 울림을 못
마땅해한다.

> 그래, 뱃속에 가득 찬 건 복수다
>
> 모르지 않아
>
> 그래도 복수를 가득 담은 그릇이 되고 싶지 않아
>
> 내용물보다 이름이 더 싫은 너
>
> 너는 서투른 작명가, 이름짓기를 좋아했으니
>
> 내용물은 어쩌지 못하더라도
>
> 이름이라도 마음대로 바꿔보렴
>
> 그래, 이렇게 고쳐 부르겠다
>
> ―배에 용서가 가득 차니
>
> 보기 좋았더라
>
> _〈배에 용서가 가득 차니〉 중에서

이것은 달관일까, 장난기일까. 시인은 어둠 안에서 대체로
편안해하는 것 같다. 아니, 어둠 안에서 편안하려고 애쓰는 것

같다. 그 어둠은 생명이자 비-생명이다. 생명의 근원["샘에서 조금씩 어둠이 솟아난다/ 그것은 이내 물결이 되어/ 너를 요람에 태워 흔든다"(《어두운 방》)]이고 생명의 안식처["어스름 속에 마음도 저물어갈 때/ 돌아와 눕는/ 이곳/ 허공에 떠 있는/ 흔들리는 작은 방주"(《작은 방》)]라는 점에서 그것은 생명이지만, 그것이 생명의 역동성, 곧 활기라는 괄호 바깥에 있다는 점에서 그것은 비-생명이다. 어둠은 생명과 비-생명의 경계에 있다. 그것은 생명과 비-생명을 넘나든다. 그것은 생명으로 소란지만, 비-생명으로 고요하다. "어둠의 장막 뒤에서/ 정령들은 소란스럽다"(《소란한 고요》).

물론 모든 어둠이 시인을 편안하게 하는 것은 아니다. 가령 그가

종이컵에 커피 한 잔

두 팔 가득 펼쳐든 신문지 속을

그는 여유롭게 헤엄쳐 다니고 있다

이어폰은 귓속으로 음악의 샤워를 쏟아붓고 있다

한 점 흘러내리지 않는 그만의 음악

흘러넘치지 않는

일 인분의 평화

그것은 보이지 않는 철조망을 두르고

사람들을 돌려세운다

접근 금지

_〈저기 평화가 앉아 있다〉 전문

라고 노래할 때 그는 자족적인 독거녀獨居女처럼 보이지만, 그 독거에서 빛과 소리가 사라질 때 그의 마음은 아리다.

위아래로 벌집처럼

방들은 단단히 잇대어 있다지만

계란을 쌓아올린 듯 위태로움에 몸을 떠는 것은

밤에 버려진 자들의 몫

내 잔의 몫을 누가 나누어줄까

창가에 매달려

늦도록 꺼지지 않는 앞 동棟의 불빛들

숫자를 헤아리는 버릇이

밤에서 밤으로 이어지고

_〈밤·604호〉 중에서

그러나 우리의 시인은 대체로 어둠에 익숙하고 그 안에서 편안해하는 것 같다. 그가 사랑하는, 그가 편안해하는 어둠의 색은 검지 않고 푸르다. 그 푸르름은 짙푸르름인 것 같다. 그 짙푸르

름은 시인이 보기에 근원의 빛깔이고 안식의 빛깔이며 보호색이
기도 하다.

울트라마린으로 도배한 작은 방을 유영하는

_〈내 피는 붉지 않다〉 중에서

나를 저 밑으로 보내줘
가서 봐야겠어
-거기는 빛이 닿지 않는 어두운 물 속이야
거기서 돌아온 자는 없어
그러나 모든 것은 거기서 나오는 게 아닐까?
-거기로 돌아간다고 해야겠지

_〈그랑 블루〉 중에서

내게 푸른 그늘을 드리워주세요
빛의 범람은 나를 두렵게 해요
(…)
당신의 시선이 남김없이 나를 차지하려 한다면
나의 사랑은 헐벗고 시들 거예요
당신의 눈길이
푸른 그늘 너머에서 나를 부르면

나는 기쁨에 떨며 대답할 거예요

당신 앞에서 아무 근심 없이

아름답게 피어날 수 있을 거예요

_〈푸른 그늘〉 중에서

서늘하다-고 말할 때면 드리워지는 푸른 그늘

그 아래 오래 서성거리고 싶게 한다

_〈말더듬기〉 중에서

아픈 몸은 시인으로 하여금 육체의 '정화'를 원하게 한다. 그 정화는 때로 육체의 학대라는 형태로 상상된다.

정신이 얼얼하게

아니 온몸이 얼얼하게

누군가 나를 물 속에 처넣고

빡빡 비벼댔으면 좋겠다

(…)

땟국물 한 방울 남지 않게

단단히 비틀어 짜다오

정신이 번쩍 나게

맑은 물에 여러 번 행궈다오

솔기 속에 숨은 실오라기 하나 남지 않도록

탈탈 털어다오

_〈빨래 3〉 중에서

이 피부는 벗겨서 오선지로 쓸까? 거기에 쓸 음표로는 느티
나무 이파리가 이쁠 것 같애 강아지풀, 민들레 홀씨도 좋겠지
(…) 머리카락으로는 첼로의 활을 만드는 거야 (…) 그는 자기의
살갗이 징그러웠다 떨어지지 않는 돌비늘들 머리카락들은 나
일론처럼 질겼다 그것들은 정전기를 일으키며 마구 들러붙었
다 몸 속은 진흙으로 꽉 차 하느님이 다시 빚기 전에는 깨끗하
게 뚫릴 것 같지가 않았다

_〈음악에〉 중에서

시인은 얼마나 아픈 것일까? 그가 묘사하는 아픔은 아프게
물질적이다.

늑골 밑은 뻘밭이에요

하루에도 몇 번씩

게들이 기어나와 살을 깨뭅니다

쿡쿡 쩌릅니다

죽었니? 살았니?

(…)

벌레 먹은 나뭇잎 하나
가지 끝에서 흔들립니다
그 후는 아무도 모릅니다

<오리무중> 중에서

몸의 아픔은 흔히 죽음의 예감이다. 아픔 자체도 괴로움이지만, 그것은 흔히 죽음의 전조이기 때문에 이중의 괴로움이다. 죽음은, 자신의 죽음이든 친지의 죽음이든, 쉽게 익숙해지지 않는다.

죽음은 오래되고 낡았지만
언제나 생무명 찢어지는 소리로 왔다
담장을 넘는 낭자한 공포

<어느 날 또 죽음은> 중에서

슬픈 당나귀
✦
시인은 자신의 몸을 곧잘 당나귀에 투사한다. 그 당나귀는

"머리에 피딱지가 앉"은, "다리를 저"(《우리 동네》)는 당나귀고, "깊은 밤 여의도의 텅 빈 거리를 걸어"(《산책》)가는 당나귀며, "슬퍼도/ 짐을 지고 잘 걷"(《슬픈 당나귀》)는 당나귀다. 당나귀는 시인에게 무거운 육신의 표상이다. 그러나 이 당나귀에게는 비상(飛上이자 飛翔)의 기억, 아니 욕망이 있다.

> 언젠가 오래 전에
> 나비의 날개를 가졌었던 것만 같은,
> 구름 위에 앉아 하늘을 떠다녔었던 것만 같은
> 난데없는 이 기억은 어디서 온 것일까?
> 몸을 스쳐가는 어떤 그림자
> 슬픈 당나귀
>
> _〈슬픈 당나귀〉 중에서

그 비상은 육체 너머로의 비상, 삶 저편으로의 초월이다. 아마 그 비상의 욕망, 초월의 욕망이 시인으로 하여금 자신의 '몸-정신'을 먼지나 요정에 비유하게 만들 것이다. 먼지나 요정은 시인에게 정신이거나 정신의 부력에 실려 한없이 가벼워진 육체다. 먼지나 요정? 시인에게는 먼지와 요정은 다른 것이 아니다. 그것은 그러므로 먼지 요정이다.

요정에게 나이는 없다

이마에, 입가에, 눈가에

포로의 낙인을 찍는 억센 손도

그녀를 주저앉히지는 못한다

안녕, 안녕 손을 흔들며

징검다리를 건너뛰는 종아리는 상냥하다

긁히고 멍든 자국들은 싱싱하다

_〈먼지 요정〉 중에서

당신의 눈을 따갑게 하고 목을 아프게 하는 먼지 입자들이
뭐라고 생각하는가? 그게 나다. 내가 산화한 증거, 내 뼛가루들
이다.

_〈유령〉 중에서

나는 잡다하고

사방에 부유한다

나를 빚은 이는

차지게 반죽하여 정교한 솜씨로 나를 만들고

콧구멍에 숨까지 불어넣어주었지만

나의 질료는 티끌이었다

_〈먼지 序詩〉 중에서

그러나 그렇게 몸 가벼운 먼지도 해탈하지는 못하고 세속의
잡사에 시달린다. 그래서,

단 오 분도 고요가 지속돼본 적이 없는 세상에
망상을 질료로 빚어진 먼지는
선정에 든 물고기중〔僧〕이 태산 같기만 하다
_〈먼지는 물고기가 부러워〉 중에서

몸이 아플 때, 아름다움에 대한 감각은 더 날카로워지는지
도 모른다. 윤림의 아름다운 시들은 대체로 서경敍景을 깔아놓은
시들이다. 예컨대 아픔에 신세지며 쓰여진 것이 틀림없어 보이는
그의 시 〈눈〉은 거룩하게 아름답다. 그것은 눈을 소재로 삼아 한
국어로 쓰여진 가장 아름다운 시편 가운데 하나일 것이다.

배고픔을 위해서는
하늘의 만나가 되지 못하는
아름다운 헛것

겨울은 그르렁거리는 가래 끓는 소리로 깊어가고
막다른 데서는 하얀 각혈을 쏟곤 한다
그런 때면 부신 듯 눈을 가늘게 뜨고

먼 데를 바라보는 사람들
헛것의 아름다움은 맹독성이라서
스며들지 못하는 데가 없다
아무리 깊이 감춘 심장이라도
불러내 두근거리게 한다

인간이 마지막 외나무다리 앞에 섰을 때
빙하 같은 공포 앞에 백약이 무효일 때를 위해
마지막 소원으로 무엇을 남겨둘 것인가
누가 묻는다면 나의 답은 이것
흐르는 모차르트 위에 눈이 내리기를……
눈밭에 맨발로 서서
〈아베 베룸〉을 들으면
탄생의 상처가 없는 날개가
잊었던 듯 펼쳐지지 않을까
덫이었던 몸을 그대로 입은 채
승천할 수 있지 않을까
눈이 오면
하얀 환호처럼 눈이 오면
깃털처럼 가볍고 따뜻하리라
죽음마저도

인간의 오지로 열린 하얀 길

_〈눈〉 전문

　내가 아는 시인은 독실한 신앙인이다. 그는 이 시집에서
도 "종소리의 위로도 없이/ 하루가 저무는 비극은/ 끝나야 한
다"(〈종소리〉)고 말한다. 그의 신앙은 시간 속에 갇힌 육체를, 당나
귀를, 어쩌면 시간 너머의 정령으로, 먼지로 만들 수 있는 한 가
능성일지도 모른다. 그의 몸은 몸이면서 몸이 아니게 될지도 모
른다. 신앙인이 못 되는 나도 지금 이 순간 경건하다. 그 경건한
마음으로 내가 지금 바라는 것은 시인의 아픔이 눈물로, 그 자
신이나 친구들의 눈물로 이어지지 않는 것이다. 그가 같은 제목
의 시에서 말했듯, "이 둥그런 물의 방이 잘못해 터지면/ 순식간
에 물길이 넘쳐나/ 모든 것을 휩쓸어버리는/ 재앙을 맞는 수가
있"으므로. "젖은 날개로는/ 깎아지른 절벽 위로/ 날아오를 수
없"(〈눈물〉)으므로.

이윤림 시집《생일》발문, 2000. 5.

02

자명한 산책길에 놓인 일곱 개의 푯말

✦

시간 속에 흐드러지게 무르익은 감각

~~~~~~~~~~

하나, 나이 듦

✦

나는 첫 번째 푯말 위에 '늙음'이라고 쓸 참이었다. 그러나 마음이 아려, '나이 듦'이라고 눅인다.《자명한 산책》의 교정지를 덮고 나니 지난 다섯 해 남짓 동안 시인의 몸이, 그래서 결국은 마음이, 달리고 넘어지고 구르고 기고 일어서고 멈칫거리며 남겨놓은 자취가 아릿아릿 처연하다. 시인은 그 세월만큼 늙, 아니, 나이 들었다. 물론 시의 화자를 시인과 고스란히 포개는 것은 위태로운 읽기다. 그러나 특히 서정시에서, 화자의 목소리는 예사롭게 시인의 목소리와 겹친다. 화자와 시인의 격리가 또렷해 보이는 경우에도, 화자는 무심결에 시인을 대리하고 변호한다. 그래서 서정시는, 그 외양이야 어떻든, 서사시보다는 에세이와 더 핏줄이 가깝다. 황인숙은 본디 움직임의 시인이고 경쾌함의 시인이다. 그는 붙박이가 아니라 떠돌이다. 시인은 시업의 앞자리에서, 자기 존재를 하염없이 밀쳐 올리는 감각의 그 참을 수 없는 부력을 고양이의 움직임에 가탁한 바 있다. 그런데 시인이 이제 나이를 느끼는 모양이다. 황인숙의 발랄하고 감각적인 초기 시들을 기억하고 있는 독자들이라면,《자명한 산책》의 몇몇 시들에서 어쩔 수 없이 시간의 매몰찬 풍화작용을 실감할 것이다. 생체의 퇴화 속에서, 그는 내다보기보다 놀아다본다. 돌아다볼 때야, 그는 신난다.

그 때는 밤이 되면
설레어 가만히
집안에 있을 수 없었지요

어둠이 겹주름 속에
감추었다 꺼내고
감추었다 꺼냈지요, 만물을

바람이 어둠 속을 달리면
나는 삶을 파랗게
느낄 수 있었어요
움직였지요
삶이 움직였지요

빌딩도 가로수도

살금살금 움직였지요

적란운도 숲처럼 움직였지요

<그 때는 설레었지요> 중에서

　　시인이 앞을 내다볼 때, 갑자기 그의 시선은 애잔해진다. 마
주치고 싶지 않은 노년이 거기 버티고 있기 때문이다. 그럴 때 그
는 젊음과 약동이 빠져나가버린 실존의 무거움을 노래한다.

나는 감정의 서민

웬만한 감정은 내게 사치다

연애는 가장 호사스런 사치

처량함과 외로움, 두려움과 적개심은 싸구려이니

실컷 취할 수 있다

나는 행위의 서민

뛰는 것, 춤추는 것, 쌈박질도 않는다

섹스도 않는다

욕설과 입맞춤도 입안에서 우물거릴 뿐

(…)

나는 기억의 서민

나는 욕망의 서민

나는 生의 서민

_〈노인〉 중에서

이 시의 화자는 노인이다. 현실 속의 자연인 황인숙을 흐릿하게라도 짐작하는 독자들에게, 이 시의 화자가 시인과 겹쳐질 수 없는 것은 또렷하다. 우리의 시인은 어떤 기준으로도 노인이 아니기 때문이다. 그러나 이 노인의 목소리에서 시인의 음성을 듣는 것이 그리 엉뚱한 일도 아닐 것이다. 현재의 화자는 미래의 시인이다. 그리고 시인-화자의 마음은 신생의 대척점에 서 있다. 이 애틋하고 섬연한 시에서, 시인은 노인의 목소리로 자신의 어떤 미래(의 가능태)를 노래하고 있다. 그 미래 속에서 노인은 시인의 그림자이고 시인은 노인의 메아리다. 샐그러진 현재 너머의 그 미래는 둔감과 무력으로 음울하다. 미래를 내다보는 이 시선의 애잔함은 과거를 돌이키는 시선들의 경쾌함까지 더러 애잔함으로 물들인다. 미래라는 시공간 속에서 시인은 감정의 서민이고 행위의 서민이고 잠의 서민이고 기억의 서민이고 욕망의 서민이다. 다른 것은 그만두고라도 화자는 자신을 '감정의 서민'이라고 말한다. 무섭고 가엾어라, '감정의 서민'이라니. 그것이 혹시라도 이 시를 쓸 때의 마음 상태를 가리킨 것이라면, 시인은 시쓰기의 폐업을 예고하고 있었단 말인가? 우리는 그 답을 알고 있다. 시인은 이 시 이후에도 계속 싱싱한 시를 써왔다. 그리고 이 시에서도, 자신의 무감각을 털어놓는 화자의 목소리는 여전히 가붓하고 감각적이다. 그러나 그런 감각적인 목소리 너머로 화자의 표정을 세심히 살피면, 시인의 몸이 예전만큼 가볍지 않은 것 또한 또렷하다.

> 전엔 나도 햇볕을
> 쭉쭉 빨아먹었지
> 단내로 터질 듯한 햇볕을
> 지금은 해가 나를 빨아먹네
>
> _〈아, 해가 나를〉 중에서

햇볕은 해의 뜨거운 기운이다. "전엔 나도" 할 때의 그 과거의 화자는, 아마 어린 시절의 화자일 테지, "햇볕을 쭉쭉 빨아먹었"다. 다시 말해 양지를 걷노라면 그 해의 기운이 살에 스며들어 기운이 더 났다. 그러나 이젠 "해가 나를 빨아먹"는다. 나이가 들어가면서, 모자란 기운마저 해에게 빼앗기고 있다고 화자는 투덜거리는 것이다. "해가 나를 빨아먹네"에서 해는 물론 하늘의 해지만, 세월을 뜻하는 해로도 읽힌다. 7세기 전의 한 시인이 한

탄했듯, 한 손에 막대 쥐고 다른 손에 가시 쥐고 늙는 길 가시로 막고 오는 백발 막대기로 쳐봐야 시간의 파괴력에 맞설 수는 없다. 그러나 다시 한 번, 독자들에게 위안이 있으니, 예컨대 "단내로 터질 듯한 햇볕" 같은 표현에서 황인숙은 여전히 젊고 싱그럽다.

둘, 추억

✦

위에서 비쳤듯, 나이 듦의 한 징표는 추억으로의 몰입이다. 되돌아보는 것은 나이 든 자의 몫이기 때문이다. 모든 추억은 미화의 유혹에 취약하게 마련이지만, 늙음이 바라보는 젊음의 추억은 특히 그렇다.

폭우 소리를 들으면 달리고 싶지

다이아몬드 거리를 지나

그 끝에 안데르센이 있었으면 싶지

안데르센은 흘러간 팝송

사이를 사뿐사뿐 급사가 걷고

이국의 밤처럼

검고 쌉쌀한 기네스 맥주가 있지

그리고 내 옆엔 너희가 있지

_〈안데르센〉 중에서

너는 종종 네 청년을 그리워한다

하지만 나는 알지

네가 켜켜이 응축된 시간이라는 것을

(…)

그 모습은 내 동공 안쪽

뇌리에 각인돼 있고

내 아직 붉은 심장에

부조돼 있다

_〈방금 젊지 않은 이에게〉 중에서

　　시인은 과거의 어떤 에피소드를, 과거의 어떤 인물을 미화하
며 그 아름다움의 기억을 통해서 현재를 버텨낸다. 비록 현재는
초라하지만, 과거의 어떤 아름다움들은 화자의 "동공 안쪽 뇌리
에 각인돼 있"기 때문이다. 화자에게 젊음은 아름다움이다. 그가
현재에 심드렁한 것은 자신과 둘레의 아름다움이 예전 같지 않
기 때문이다. 아름다움이 (도량형의 기준이라는 의미에서) 진리고,
진리가 아름다움이라고 믿는 듯하다는 점에서 우리의 시인은 키

츠의 동류다.

셋, 탐미

✦

그렇다. 시인은 키츠의 동류다. '감각의 서민'이라는 자탄과
는 반대로, 나이 듦과 함께 시인의 탐미는 외려 오지랖을 더 넓
힌다. 그것은 그를 따라가는 우리들의 자명한 산책에서도 또렷하
다. 사실, 시업의 시작부터 시인은 정신보다 감각에, 현실보다 몽
상에 이끌렸다는 점에서 탐미주의자였다.《자명한 산책》의 몇몇
작품들에서 그 탐미는 거미와 관련돼 있다.

거미의 달이 기어간다

숨소리를 죽이고

조금도 망을 출렁이게 하지 않고

조금 바랜 빛깔의 실을 뽑으면서

살금살금 기어간다

누구도 몰래 빠져나가지 못하도록

휘감겨 붙게 꼼꼼히

망을 손보면서

저 잿빛 얼룩진

거미의 달의 궁둥이

진득거리고 메마른

수은의 실을 뽑는 궁둥이

_〈거미의 달〉 중에서

　　이 시는 먹구름 속의 희미한 달을 거미에 비유한다. 거미는,
이상의 단편 소설 제목 덕분에 널리 알려진 그 한자어 이름 지주
蜘蛛의 음색처럼, 흔히 불길과 음산의 상징이다. 실제로 사람에게
해를 끼치는가와는 상관없이, 사람의 눈에 비친 이 절지동물의
이미지는 기괴망측하고 우중충하다. 아침 거미는 기쁨이라는 말
도 있기는 하지만, 민화 속에서 거미가 맡는 역은 흔히 복수의 화
신이자 흉악한 요물이다. 〈거미의 달〉에서, 거미라는 비유를 통
해 달밤의 분위기는 음산과 불길의 끝 간 데로 치닫는다. 그 거
미의 달은 "누구도 몰래 빠져나가지 못하도록 휘감겨 붙게 꼼꼼
히 망을 손보면서" 기어간다. 독자는 그 순간 거미줄에 걸려든 곤
충처럼 오싹하다. 그러나 한편, 실제의 거미줄이 그렇듯, 밤하늘
위의 거미줄은, 그 달빛은, 그 "조금 바랜 빛깔의 실"은 또 얼마나
아름다운가, 하고 시인은 감탄하는 것 같다. 아닌 게 아니라, 너
무나 뛰어난 직조 솜씨로 아테나를 질투에 빠지게 해 불행을 자
초한 여자의 이름이 아라크네, 곧 거미였다. 달빛에서 거미줄을

뽑아내는 상상력의 탄력을 보라. 시인은 아직 젊다. 또다른 거미 시를 보자.

> 빨랫줄과 탁자 사이에
> 거미가 그물을 친다
> 나를 미끼삼아
> 물것들을 노리는 거다
> 거미는 흐린 거울의 공간을 지어놓고
> 그 테두리에 숨었다
> 블랙홀이며 암흑주머니,
> 한 번도 북적인 적 없는
> 시간인 거미
>
> 나는 후욱 흐린 거울을 불어본다
> 흐린 거울 속의 흐린 나무들과
> 흐린 불빛이 흔들린다
> (그런데 진짜
> 거미의 집은 어디일까?)
>
> 거미가 깊어간다
> 바람이 소슬, 거미줄을 흔든다

귀뚜라미 울음소리가 소슬소슬!

거미줄을 흔든다

나는 문득 쇠약해진다

_〈거미의 밤〉 전문

    화자는 거미줄을 거울에 견준다. 그는 아마 탁자 앞에 앉아 있을 터이다. 사람의 살 냄새를, 화자의 살 냄새를 맡고 거울 저편에서 달려들 물것들은 거울의 그물에 걸려 비참한 최후를 맞을 터이다. 그것은 블랙홀이며 암흑주머니다. 그런데 그 거울은 북적이지 않는다. 걸려든 먹이도 없고 주인인 거미도 없기 때문이다. 시인은 그 거미줄-거울이 북적이지 않는다고 말하는 대신에, 거미 자체를 "한 번도 북적인 적 없는 시간"이라고 표현한다. 거울의 공간 테두리에 숨어 있는, 그래서 보이지 않는 거미는 시인의 놀라운 상상력에 힘입어 한가한 시간으로, 한산한 공간으로 탈바꿈한다. 아닌 게 아니라, 우리들이 보는 거미줄은 대체로 호젓하다. 사람의 손이 오래 안 간 곳에는 더러 거미줄이 보이지만, 그 거미집은 '빈집'이기 십상이다. 거미는 제 집을 비워두고 어디 숨어서 먹이를 기다리는 것일까? 그 거미줄-거울 속의 나무들과 불빛에 화자는 반한다. 그리고 흔들리는 거미줄에서 쇠약을 느낀다. 그 쇠약은 귀뚜라미 울음소리를 거미줄의 흔들림(운명의 세 여신 모이라이의 실!)과 연결시킬 수 있는 탐미주의자의 쇠약이다. 그 쇠약은 '소슬소슬'이라는 귀뚜라미 울음소리에서 이미 예비돼 있었다. 첫 연의 마지막 행과 마지막 연 첫 행의 호응이 절묘하다. 화자는 시간이 깊어간다고 말하지 않고 거미가 깊어간다고 말한다. 거미가 시간이기 때문이다. 한 번도 북적인 적이 없는 시간.

시인의 탐미는 가장 더러워 보이는 것에서도 아름다움을 찾아낸다. 그럴 때 그 탐미는 일종의 악마주의로 치닫는 것처럼 보인다.

햇볕에 따끈하게 데워진
쓰레기 봉투를 열자마자
나는 움찔 물러섰다
낱낱이 몸을 트는 꽃잎들
부패한 생선 대가리에 핀
한 숭어리의 흰 국화

그들은 녹갈색과 황갈색의 진득거림을
말끔히 빨아먹고
흰 천국을 피워냈다
싸아한 정화의 냄새를 풍기며

나는 미친 듯이 에프킬라를 뿌려대고

한 천국을 지옥으로 만들고

지옥을 봉했다

그들을 그들이 태어난

진득거림으로 돌려보냈다

_〈움찔, 아찔〉 전문_

구더기들을 국화꽃 이파리에 비유한 이 도발적 탐미감이 놀
랍다. 화자는, 적어도 한순간은, 꿈틀거리는 구더기의 아름다움
에 취한다. 더불어 이 시는 일종의 생태시이기도 하다. 구더기는
더러운 것을 먹어 '정화'한다.(이것이 구더기의 생태에 실제로 부합하
는지는 잘 모르겠다.) 그럼으로써 '흰 천국을 피워낸다'. 그러나 화
자는 이내 그 '정화'의 냄새를 거역하며 미친 듯 에프킬라를 뿌려
댄다. 그것이 사실은 지옥을 만드는 것이라는 걸 알면서도 말이
다. 시인의 탐미는 시각적이고 순간적이며 집중적이다.

　걸인이 드러내놓은 등의 화상 자국에서 단풍잎의 아름다움
을 연상하는 〈시리다〉도 시인의 탐욕스러운 유미주의를 드러낸
다.(그러나, 미리 지적하고 넘어가자, 이 시 전체를 읽어보면 그 탐미는 연
민과 버무려져 있다.)

시몬, 네 등은 눈처럼 희다

붉은 화상이 커다란 단풍잎처럼

네 등마루에 구르고 있다

차가운 바람이 훅! 끼친다
길 위에 납작 엎드린 가랑잎이
팔랑 뒤챈다
시몬, 네 등은
얼음처럼, 얼음처럼 희다

_〈시리다〉 중에서

시인의 탐미는 한때 경쾌의 상징이었던 그의 고양이를 자족
하는 고양이로 만든다.

고양이가 운다
자기 울음에 스스로 반한 듯
부드럽게
고양이가 길게 울어서
고양이처럼 밤은
부드럽고 까슬까슬한 혀로
고양이를 핥고
그래서 고양이가 또 운다

_〈밤과 고양이〉 전문

시인이 시상의 실마리로 삼은 것은 고양이 울음이다. 고양이는 물론 낮에도 울겠지만 시인은 밤의 울음에서 착상을 얻는다. 미상불 고양이는 대표적 야행성 동물이다. 독립과 고독과 홀가분을 상징하는 동물답게, 고양이는 어둠이 사위에 내려앉은 뒤에야 원기를 뽐낸다. 고양이의 울음소리는, 특히 밤에 듣는 발정한 도둑고양이의 울음소리는, 갓난아이의 울음소리와 너무 닮아서 듣는 사람의 마음을 어지럽힌다. 그 울음은 독립을 얻기 위해 감수하는 고독의 울음인 것도 같다. 그러나 시인은 그 울음에서 부드러움을 발견한다. 그 울음은 고양이가 저 스스로 반할 만큼 부드러운 울음이다. 이 시에서 밤과 고양이는 서로 소통한다. 고양이의 울음이 안쓰러워 밤은 고양이를 핥아주고, 그 핥음에 격려 받아 고양이는 또 운다. 밤은 고양이의 친구이자 수호천사이자 어머니다. 시인의 상상력 속에서 밤의 혀는 고양이의 혀처럼 부드럽고 까슬까슬하다. 까슬까슬하다는 것은 고양이 혀의 가시돌기의 느낌일 터이다. 이런 이중적 감각은 우아하면서도 이기적인 고양이의 이중성을 상징하는 것 같기도 하다. 그 부드럽고 까슬까슬함으로 밤은 고양이를 어르고 달랜다. 위로받은 고양이는 다시 울며 응석을 부린다. 그 울음은 나르시시스트의 울음이다.

넷, 연민

✦

위에서 말했듯, 걸인의 등을 묘사한 〈시리다〉의 탐미는 연민과 뒤섞여 있다. 화자는 걸인을 무심히 지나치지 못한다. 왜냐하면

그는 꽥! 소리라도 지른 듯 돌아보게 한다
길거리에서 윗도리를 벗고 있으니까
그 벗은 웃통을 꿇은 무릎 위로 뻗고 있으니까
지금은 10월이니까

_〈시리다〉 중에서

실상 황인숙의 많은 시에서 탐미는 연민과 밀접히 연관돼 있다. 시인의 윤리적 충동은 그의 노래가 탐미의 허공으로 휘발하는 것을 억제한다. 그 점에서 그는 되다 만 악마주의자이고, 보들레르의 부실한 제자다.

울퉁불퉁
동네 집 사이로 난
좁은 계단 길에
부러진 목발 기대앉아 있네요
외로운 얼굴로 기대앉아 있네요

작은 목발이에요
손잡이에 감긴 하얀 헝겊에
뽀얗게 손때가 묻어 있어요
참 작은 목발이에요
부러졌네요

_〈골목길〉 중에서

화자는 계단길에서 작은 목발을 본다. 그는 때묻은 헝겊에 감긴 그 목발에서 아름다움을 느끼지만, 이런 미의식은 곧 그 목발의 주인에 대한 연민으로, 마음의 줄을 아프게 떨게 하는 일종의 윤리의식으로 이어진다. 이 시를 읽는 독자들이 작은 목발의 예쁨을 상상할 때 그 상상 속에는, 어쩔 수 없이, 불편한 다리로 힘겹게 계단을 오르는, 오르다가 발을 헛디뎌 다쳤을지도 모를 어린아이에 대한 연민이 스민다.《자명한 산책》에는 이런 연민의 시편들이 여럿 있다. 예컨대

모진 소리를 들으면
가슴이 쩌엉한다
온몸이 쿡쿡 아파 온다
누군가의 온몸을

가슴속부터 쩡 금가게 했을

모진 소리

_〈모진 소리〉 중에서

　　같은 구절을 보자. 화자는 모진 소리를 들으면, 그 소리를 들었을 무수한 다른 사람들을 생각한다. 자신이 아플 때 그는 타인의 아픔을 생각한다. 그것은 쉽지 않은 윤리적 상상력이다. 얼핏 지극히 개인주의적으로 보이는 황인숙의 많은 시들은 강한 공동체 윤리를 배음으로 깔고 있다. 황인숙 시의 윤리성에서 두드러진 것은, 이 시에서도 보듯, 그것이 화자의 윤리적 우위를 전제하고 있지 않다는 것이다. 그의 시에서, 연민의 주체와 객체는 위계적이지 않고 나란하다. 몸과 마음의 온전함, 그 완벽한 해방을 노래하는 이 자유의 시인은 평등의 시인이기도 한 것이다. 또다른 예를 보자.

노란 귤이 수북한 손수레

노점상의 애절한, 붉은 눈

눈이 붉은 밤

_〈열한 시 반〉 중에서

　　이 시에서도 색깔에 대한 미적 감수성은 빈자에 대한 연민

과 연루돼 있다. 밤늦은 시각인데도 팔리지 않은 노란 귤이 수북
하다! 문학사를 채우고 있는 탐미주의들이 흔히 자폐적 개인주
의의 침전물인 데 비해, 황인숙의 탐미주의는 세상살이의 풍경
을 향해 활짝 열려 있다.

시인의 연민은 사람에게만 미치는 것이 아니니,

> 동춘 서커스단에는
> 얼어죽은 코끼리의 박제가 있다고 한다
> 아주 오래 전 추운 봄날
> 수원에서 본 그 늙은 코끼리일까?
> 차가운 햇볕 속에서
> 낡은 천막처럼 펄럭였었다
> 그 잿빛 주름살의 고드름
> 주렁주렁 추위를 매달고…
> 오래도록 안부가 궁금했었다

_〈코끼리〉 전문

같은 작품이 그 예다. 그러나 동물을 포함한 자연을 감싸안
는 시인의 눈길이 동물해방전선이나 근본적 생태주의와 구별되
는 것은 그 출발점이 반-휴머니즘이 아니라 휴머니즘이라는 데
있다. 황인숙의 연민이 감응하는 것은 다른 무엇에 앞서 인간이

라는 동류에 대해서다.

다섯, 권태

♦

황인숙은 초기부터 감각의 시인이기도 했지만, 권태의 시인
이기도 했다. 사실 그 감각과 권태는 등을 맞대고 있는지도 모른
다. 권태를 이기려 그는 감각적이 된다. 1930년대의 이상을 권태
롭게 한 것은 벽촌의 일상이었지만, 세기말의 황인숙을 권태롭
게 한 것은 도시의 일상이었다. 그런데, 이번 시집에서는 권태의
켜가 많이 얇아졌다. 나이 듦이라는 현상에 너무 압도돼 시인이
권태를 챙길 여유가 없었을까? 그래도 그 권태는 배음으로 깔려
있다. 예를 하나만 보자면, 표제시 〈자명한 산책〉이 그렇다.

만약 숲 속이라면
독충이나 웅덩이라도 숨어 있지 않을까 조심할 텐데

여기는 내게 자명한 세계
낙엽더미 아래는 단단한, 보도블록

보도블록과 나 사이에서

자명하고도 자명할 뿐인 금빛 낙엽들

나는 자명함을
퍽! 퍽! 걷어차며 걷는다

화자가 독충과 웅덩이가 숨어 있는 위태로운 산책길을 그리
워하는 것은 아니다. 그는 모험가가 아니다. 그런 한편 그는 아무
런 자극도 불확실도 없는 이 자명성이 조금은 아쉽다. 화자는 자
명함이 다행스러우면서도 권태로운 것이다. 그래서 이 시는 이렇
게 끝난다.

내 발바닥 아래
누군가가 발바닥을
맞대고 걷는 듯하다

어쩌면 자명하지 않을지도 모른다는 기대다. 시인은 권태를
이기기 위해 일종의 동화적 신비주의에 기대고 있는 것이다.

여섯, 유희

✦

앞서 얘기했듯 황인숙의 이번 시집에서 정색을 하고 권태를
노래한 시는 드물지만, 화자의 권태를 슬그머니 드러내는 대목은
많다. 권태를 드러내는 가장 두드러진 형식은 아직도 계속되고
있는 그의 말놀이일 것이다. 예컨대 "식은 떡과 시든 계획과"(〈악
착같이〉) 같은 말장난은 권태와의 싸움의 소산으로 읽힌다. 그런
말장난이 어떤 순간에는 높은 품격을 얻기도 한다. 예컨대 〈그녀
는 걸었다〉의 "걸음, 걸음, 걸음"이라는 표현이 그렇다.

> 그녀는 걸었다, 긴 복도를
> 링거병을 끌고 졸음에 취한 나를 끌고
> 걸음, 걸음, 걸음,
>
> _〈그녀는 걸었다〉 중에서

병동에서의 산책을 묘사하는 이 시에서, '걸음'은 의성어 노
릇을 한다. 곧 '걸음, 걸음'은 '뚜벅, 뚜벅'의 역할을 한다. 한국어
를 부리는 시인의 자유자재를 생생히 보여주는 대목이다. 나무
들이 숨을 들이켜는 풍경을 묘사한

> 하늘과 땅의 광막한 사이가

모세관처럼 좁다는 듯 흡! 흡!

흡! 흡! 흡! 거대한, 흡!

_〈폭풍 속으로〉 중에서

    같은 구절에서도 시인은 '흡吸'을 의성어로 바꾸어놓고 있다. 달리 말하자면 의성어 '흡'을 흡吸과 겹쳐놓고 있다. 독자들은 되풀이되는 '흡'을 읽으며 자신도 숨이 차옴을 실감할 것이다. 말장난이 다소 유치해 보이는 대목도 있다. 예컨대

그의 화난, 환한 얼굴

날 나무라면 안 돼

그럼 풀이라 할게

_〈화난, 환한 얼굴〉 중에서

    같은 경우가 그렇다. 한글 닿소리글자 순서로 말놀이를 하고 있는 〈봄〉 같은 작품은, 같은 수법을 다시 써먹을 수야 없겠지만, 미워 보이지 않는다.

긴

내일

데려올

레일 옆

민들레

보는 이

설핏

오늘을

재다

_〈봄〉 전문

일곱, 리듬

✦

　평자들이 별로 지적하지 않는 황인숙 시의 중요한 장점은
그 리듬감일 것이다. 시인이란 결국 모국어의 속살에 도달한 사
람을 가리키는 말이라면, 그리고 모든 예술은 음악의 상태를 동
경하게 마련이라면, 황인숙이야말로 바로 그런 의미의 시인이고
예술가다. 실상 황인숙을 감각의 시인이라고 했을 때, 그 감각은
모국어 리듬에 대한 감각을 압도적으로 포함한다. 언뜻 너무 달
라 보이는 백석과 황인숙의 시를 내재적으로 닮게 하는 것은, 내
가 보기에, 모국어의 리듬에 대한 두 시인의 활달하되 완강한 집
착이다. 시를 산문과 구별하는 것은 리듬이다. 리듬의 그리스어
적 어원은 '흐른다'는 뜻이다. 시는 리듬이 생기도록, 자연스레 흐

르도록 배치해놓은 말무더기다. 그러나 그 리듬이 밖으로 불거져 나오면 그것은 노래다. 물론 시도 일종의 노래이기는 하지만, 그것은 특이한 노래다. 다시 말해 미적으로 매우 정련된 노래다. 시는 보통의 노래처럼 리듬을 노골적으로 드러내지 않는다. 좋은 시는 리듬을 감추면서 드러낸다. 그 감춤과 드러냄 사이의 팽팽한 긴장이 리듬의 거처다. 황인숙의 많은 시들은 그런 긴장된 리듬을 만들어내는 데 성공하고 있다. 한 예를 들자면,

> 두근거림이 흩날리는
> 공원 소롯길
> 환하게 열린 배경을
> 한 여인네가 틀어막고 있다
> 엉덩이 옆에 놓인 배낭만한
> 온몸을 컴컴하게 웅크리고
> 고단하고 옅은 잠에 들어있다

_〈벚꽃 반쯤 떨어지고〉 중에서

같은 경우가 그렇다. 이 시는 리듬은 보거나 들을 수 있는 것이 아니라 차라리 느껴지는 것이라는 금언의 생생한 예다. 그러나 나는 황인숙의 그 리듬이 앞의 시에서처럼 일종의 페이소스로 침잠할 때보다 발랄로 승화할 때 즐겁다. 예컨대 내가 이 시집

에서 가장 흐뭇하게 읽은, 〈사닥다리〉라는 절창을 들어보자.

봄이 되면
땅바닥에 누워있는 사닥다리를 세우겠네
은빛 사닥다리,
은빛 사닥다리를 타고
지붕 위에 오르겠네
사닥다리, 뼈로만 이루어진 사닥다리
한 디딤마다 내 발은 후들후들 떨겠네
내 손은 악착같이 사닥다리를 쥐겠네
사닥다리, 발이 손을 따르는 사닥다리

구름이 사닥다리를 타고 올라오네
대추나무가 사닥다리를 타고 올라오네
종달새가 사닥다리를 타고 올라오네
돌멩이가 사닥다리를 타고 올라오네
땅바닥이 사닥다리를 타고 올라오네
내 사랑이 아슬아슬 사닥다리를 타고 올라오네

봄이 되면
땅바닥은 누워있는 사닥다리를 세우네

사다리가 아니라 사닥다리다. 사다리라는 표현을 썼다면 이 시는 얼마나 맥이 빠졌을 것인가? 사닥다리의 '사닥'은, 마치, 오르는 걸음의 의성이자 의태처럼 들린다. 사닥사닥, 사닥사닥. "발이 손을 따르는 사닥다리"라는 착상도 유쾌하다. 보통은 발이 손을 이끌게 마련이지만, 사닥다리를 오를 때는 손이 발을 이끈다. 그것은 상승의 한 표징이기도 하다. 이 시를 천천히 읽어보라. 사다리를 오르는 손걸음, 발걸음이 웅크린 리듬에 맞춰 춤춘다. 황인숙의 사닥다리는, 야곱의 사닥다리처럼, 지상과 천상을 잇는다. 강렬하면서도 수줍은 리듬감에 실린 이 시의 상승감은 《자명한 산책》 전체를 유쾌하게 만든다.

시인이 한 화자의 입을 빌려 '감정의 서민'을 운위하고 있음에도 나는 거기 동의하지 않는다는 것을 앞에서 비친 바 있다. 《자명한 산책》에 묶인 시들은 황인숙이 여전히 감정의 귀족임을, 시간 속에서 흐드러지게 무르익은 시인임을 증명하고 있다. 그가 무감각을 노래할 때조차, 그의 노래는 얼마나 감각적인지…솟구쳐라, 시인이여!

황인숙 시집 《자명한 산책》 발문. 2003. 12.

제국에서 달아나기, 제국에 맞서 싸우기

✦

자연과 몸이라는 녹색 항생제로 대항하기

~~~~~~~~~~~~

착한 사람

✦

바탕이 시인이고 생업이 기자인 이문재는 언젠가부터 글쟁이들 사이에서 '발문가跋文家'라는 작위爵位를 누리고 있다. 본문 뒤에 그의 글을 실은 책들이 수북한 탓이다. 이문재를 조금은 안다고 자부하는 나는 그가 끊임없이 발문을 쓰는 것이 글 욕심 탓은 아닐 것이라고 짐작한다. 그렇다고 그가 발문을 붙이고 싶어서 안달이 날 만큼 매력적인 텍스트가 흔해터져서도 아닐 것이다. 어느 시대에나 좋은 것은 드문 법이니 말이다. 실상 그가 축성祝聖을 베푼 텍스트들은, 더러, 그 됨됨이가 그의 곁다리글에 못 미치는 듯한 경우도 있었다. 적어도 내 눈엔 그렇게 보였다. 시쳇말로 깃털과 몸통이, 객석과 무대가 뒤바뀐 격이다. 그러니, 이문재가 손가락이 부르트도록 발문을 써대는 것은 아마 마음이 여려서일 것이다. 그는 지인의 부탁을 물리칠 만큼 모질지가 못한 것이다. 마음이 여리면 손가락이 고생한다.

발문가 이문재가 제 시집의 발문을 내게 부탁한다. 나는 덥석 받는다. 내가 글 욕심이 많아서는 아니다. 글쓰기 말고는 생업을 가져본 적이 없는데도, 나는 이 유구한 생업에 꿋꿋이 게으르다. 그렇다고 내가 이 시집 텍스트의 아름다움에 환장을 해서도 아니다. 내가 발문을 쓰겠다고 한 것은 텍스트를 읽어보기도 전이었고, 또 줄글로 먹고살아온 내가 시를 놓고 잘됐다 못됐다 늘어놓는 것은 분수 모르는 짓일 터이다. 그렇다면 내가 이문재처럼 마음이 여려서? 아니다. 젊은 시절 마음이 여린 한때도 있었지만, 나는 마흔 줄 들어 어느 순간부터 내키지 않는 글은 절대 쓰지 않는다는 원칙을 대충은 실천하고 있다. 내가 이문재의 발문 요청을 덥석 받은 것은 그저 '발문가의 발문가'가 되는 영예를 누려보겠다는 얄팍한 허영 때문이다. 그의 텍스트에 발문을 붙임으로써, 나는 그가 발문을 붙인 수많은 텍스트들에 무임승차하게 되는 셈이다. 그럼으로써 내 생애의 몫으로 부과된 일정량의 발문 숙제를 단번에 해치워버리게 되는 셈이다. 내 이 전술적 허영의 실천이 이문재에게 복이 될지 화가 될지 나는 짐작하지 못한다. 화가 된다면 그건 그의 책임이고, 복이 된다면 그건 내 공로다. 세상은 불공평하다.

나는 이문재의 아주 젊은 시절을 알지 못하지만, 그를 생각할 때마다 1970년대의 청년문화라는 것이 연상된다. 텁수룩한

머리에 청바지, 허무와 염세의 제스처, 흰소리에 가까운 유머 따위로 버무려진 탈정치적 문화 말이다. 딱히 지금의 이문재가 그 '시큼들큼 문화'의 실천자라는 것이 아니라, 젊은 시절의 이문재가 그랬을 것 같다는 얘기다. 그 시절의 이문재는 예컨대 최인호의 소설 〈구르는 돌〉에서 막 튀어나온 듯한 '코믹 우울 몽상가'였을 것 같다. 아니, 지금의 이문재 얼굴에도 달콤한 불행 의식으로 생을 버티는 1970년대 젊은이의 표정이 있다. 대충 걸친 시대의 옷이 너무 헐거워 보이는, 길 잃은 '어른애'의 표정이. 나는 80년대가 끝나갈 무렵 그를 알게 됐는데, 참 착한 사람이라는 것이 첫 느낌이었고 그 느낌은 지금도 여전하다. 착하다는 말은 예술가에게 헌정될 때 욕이 될 수도 있겠지만, 내가 한 사람에게 헌정할 수 있는 최대의 찬사다. 내 생각에 착함은 거룩함으로 가는 문이다. 이 시집의 한 화자는 "티벳버섯은 연민과 배려의 네트워크입니다"(《티벳버섯 이-메일》)라고 말하고 있는데, 내가 보기엔 이문재야말로 연민과 배려의 네트워크다. 바로 그가 티벳버섯인 것이다. 이 착한 티벳버섯이 누리는 큰 즐거움 하나는 걷는 것인 듯하다. 이 시집에서도 '보행시'라고 할 만한 것이 여러 편 눈에 띈다. 그 시들 속에서 화자는 무엇보다도 걷기의 주체다. "걷고 또 걸어서/ 나는 오직 걷는다는 것만으로/ 이 단순함에 도달하고 싶었던 것이다/ 자연과 나 사이에 아무것도 없다"(《몇 볼트의 성욕》). 이문재의 다른 자아일 그 화자(들)는 이제 그저 걸을 뿐 예전과 달리 "젖은 신발 벗어/ 해에게 보여주지 않는다"(〈나는 걷는다〉). (〈나는 걷는다〉의 마지막 연 "나는 걷는다/ 내가 걷는다"를 유럽어로 옮긴다면 어떻게 해야 할지 나는 잠시 고민했다. 내가 잠시 고민했다.) 걸음이 시인-화자를 도통道通하게 했다. 걸음은 이문재 삶의 거름이다(이런 식의 말장난은 사실 내 말투가 아니라 이문재의 '개인기'다). 그는 자연주의자고 생태주의자다.

제국의 변방

◆

시집 제목이 '제국호텔'이란다. 그 표제는 나를 십여 년 전의 어떤 기억으로 몰고 갔다. 호텔에 대한 기억은 아니다. 도쿄東京의 잘 알려진 호텔을 비롯해 이 이름을 지닌 호텔들은 세상에 수도 없이 많을 테지만 말이다. '제국호텔'이라는 표제에 이끌려 내가 다다른 기억은 1992~93년에 내가 유럽에서 참가했던 저널리즘 프로그램이었다. '유럽의 기자들'이라는 이 프로그램에 참가하며 나는 또래의 외국인 기자들과 어울리게 됐는데, 중부-동부 유럽 출신 동료들은 대체로 제국이라는 말을 아련한 달콤함으로 회상했다. 그들에게 제국은 평화의 거처였다. 물론 그들이 제국을 직접 경험한 것은 아니다. 그 회상은 그들이 부모들, 조부모들의 회상으로부터 버무려낸 상상 속에서 제 나름대로 시도한

추체험이었을 뿐이다. 그들의 제국은 로마제국도, 몽골제국도, 막 무너진 소련제국도, 유일한 패권국가로 남은 미제국도 아니었다. 미국을 메트로폴리스로 삼는 은유로서의 지구제국도 아니었다. 그들의 제국은 가까이는 오스트리아-헝가리제국이었고, 좀 멀리는 신성로마제국이었다.

나는 서양사의 몸통을 이뤘던 이 중부유럽 대제국의 역사가 얼마나 평화로웠는지에 대해 깊이 알지 못한다. 그러나 30년 전쟁이나 제1차 세계대전 같은, 이 제국이 직접 연루됐던 큰 전쟁들만 얼른 떠올려봐도 제국의 시대가 그리 평화로웠을 성싶지는 않다. 그런데도 내 중부-동부 유럽 동료들의 상상 속에서 유럽의 모든 분란은 그 제국의 해체가 초래한 것이었다. 그러니까 그들에게 제국은 질서와 평화의 표상이었다. 오스트리아-헝가리제국은 소수자의 보호막이기도 했다는 것이 그들의 주장이었다. 제국의 붕괴 이후에 노골화한 유대인 박해가 그들이 내세우는 논거였다. 하긴 오스트리아-헝가리제국의 붕괴는 당대의 어떤 유대인들에게는 세계의 붕괴를 의미했는지도 모른다. 이 합스부르크제국의 해체를 전후해 유대인 지식인들 여럿이 자살이라는 '형이상학적 죽음'을 실천함으로써 제국의 붕괴를 애도했으니 말이다. 오토 말러(작곡가 구스타프 말러의 동생), 시인 게오르크 트라클, 물리학자 루트비히 볼츠만, 철학자 루트비히 비트겐슈타인의 형제들인 한스와 루디와 쿠르트, 반反여성주의 철학자 오토 바이닝거 같은 사람들이 그 리스트에 올라 있다.

　시집《제국호텔》에는 부제만 달리한 채 이 표제를 머리에
얹은 작품이 다섯 편 실려 있다. 그 시들의 무대는 제국의 변방
또는 식민지다. 시를 따라 읽는 독자는 대번에 그 변방이 한국이
고 본국이 미국이라고 상상한다. 그 변방은 중심의 문화로 덮여
있다.

> 프런트에서 왼쪽으로 이십 미터를 더 가면 스타벅스
> 오른쪽으로 다시 백오십 미터를 더 가면 맥도널드다
>
> 　　　　　　　　　　_〈제국호텔—서부전선 이상없다〉 중에서

　이 시들의 화자(들)는, 다소 모호한 구석이 없진 않지만, 아
마 식민지 출신의, 그러나 본국 정부를 위해 일하는 공무원인 듯
하다. 그는 식민지 출신이지만 관점은 철저히 본국적이다. 적어도
본국적이려 애쓴다. 그렇지 않다면 본국 정부가 그에게 특무를
맡기지는 않았을 것이다. "이곳 사람들은 오래된 책처럼 보인다/
누런 얼굴들 한 귀퉁이가 삭아 있다"(〈제국호텔—더이상 빌어올 미
래가 없다〉)거나, "제국백화점 앞 노천무대/ 어린 토인들이 매우
빠른 춤을 추고 있다"(같은 시)거나, "나로서는 고맙지 않을 수 없
는 일이지만/ 이곳의 사회적 인프라는 순진함과 비열함이다"(〈제

국호텔—인도에서 소녀가 오다》)라거나, "(대단한 것도 아니지만) 본국
언어를 배워놓지 않았다면/ 내 능력은 절반 이상 평가절하되었
을 것이다/ 본국어 단어를 매일 세 개씩 외운 것이 벌써 몇 년째
인가/ 이곳 언어는 아침 인사말 하나라도 구사해선 안 된다"(같은
시)는 대목에서 화자의 분열된 정체성이 또렷하다. 아마도 그 자
신 오래돼 한 귀퉁이가 삭은 누런 얼굴을 지녔을 화자에게는 '이
곳' 사람들이 '토인'이다.

　　시인-화자가 묘사하는 제국(의 변방) 풍경은 언뜻 조지 오웰
의《1984년》을 연상시키는 관리사회다. 아니,《1984년》보다 한
결 더 '부드러워진' 관리사회다. 적어도 '제국호텔' 시편들에서는,
《1984년》과 달리, 육체적 고문의 풍경이 펼쳐지지 않는다. 통제
는 결코 날것의 폭력으로 수행되지 않는다. 그곳에서 "@에 모여
사는 원주민들"(《제국호텔—비밀번호》)을 통제하는 것은 네트워크
또는 전원電源이다. 시인-화자가 "화면의 밖은 풍경의 바깥/ 전
원이 곧 삶이다/ 제국발전소에 연결되어 있지 않은/ 시민은 시민
이, 아니 생명체가 아니다"(《제국호텔—더이상 빌어올 미래가 없다》)
라거나 "언제나 접속되어 있는 e-인간들(e-말장난 좀 봐라!—인용
자)"(《제국호텔—서부전선 이상없다》)이라고 말할 때, 그는 제국이
적어도 뜨거운 폭력을 통해 관리되지 않는다는 것을 확언한다.
관리는 오로지 촘촘하지만 부드러운 네트워크를 통해 이뤄진다.
그러나 이 네트워크의 폭력이야말로 근원적인 것이다. 그것은 자

신을 변방의 감시자-관리자로 상상하고 있는 화자마저 자유롭게 놓아두지 않는다.

> 혼자 외로운 아침이지만 혼자 있는 것은 아니다
> 광속으로 광고를 살포하는 광케이블
> 여우는 화끈한 밤을 즐기시라는 콘텐츠를
> 보내왔다 오늘 오전 섹스코리아도 안녕하다
> 이 네트워크는 근본주의자들의 테러를 능가한다
> 샤워기에서 뜨거운 디지털이 뿜어져나온다
> 혼자 외로운 아침 나는 혼자 있을 수 없다
>
> _〈제국호텔─9월 22일 아침, 외롭다〉 중에서

이 변방의 관리자는 연결돼 있으면서도 외롭고 불안하고 불행하다. 그래서 그는 그 불행과 싸우기 위해 약을 먹는다. 그 약은 흔히 마약이라고 불리는 향정신성의약품인 듯하다. 화자는 "본국에서 가져온 가루약을 먹고/ 나른해지지 않으면 불안하다"(〈제국호텔─더이상 빌어올 미래가 없다〉). 그는 가랑잎처럼 둥둥 떠다니고 싶다. 부유하고 싶다. 그는 피로에 절게 되면 "제복을 벗고/ 알약을 물에"(같은 시) 타거나 "혼자 각성제를 먹"는다(〈제국호텔─9월 22일 아침, 외롭다〉). 그는 수동적으로, 관성에 실려 제국의 명령을 수행하는 사람이다. "몇 년째 낙엽이 썩지 않는다는" 것을 인식하고 있는 그에게는 "물이끼를 만져본"(〈제국호텔―
더이상 빌어올 미래가 없다〉) 기억이 있는데, 이런 자연에 대한 촉감
의 기억은, 뒤에서도 언급하겠지만, 이 시집 전체를 통해서 제국
과 맞서 싸우거나 거기서 달아나는 전략으로 제시된다. 본국 정
부를 위해 일하는 관리로서의 화자는 "저런 달무리가 며칠 더
계속되었다간/ 원주민들이 잃어버린 감수성을 회복할 것 같다/
경계하고 경계하고 또 경계할 일"(〈제국호텔―비밀번호〉)이라며 변
방의 식민지인들이 자연에 대한 감각을 되찾을까 두려워하지만,
그럼에도 정작 자신은 물이끼를 만져본 기억을 정겹게 회상한다.
　　이 제국의 변방에서는 더이상 빌어올 미래가 없다. 지금이
세상의(진화의) 끝이다. 그곳에서 꿈은 이루어지는 법 없이 늘 미
루어진다.

　　꿈은 이루어진다고?
　　제국에서
　　이루어진 꿈은 꿈이 아니다

　　그대들의 꿈★은 늘 미루어지게 되어 있다(다시 e-말장난!―
　　인용자)

　　　　　　　　　　　　　　〈제국호텔―인도에서 소녀가 오다〉 중에서

✦

시인은 시집 들머리에서부터 아예 더이상 빌어올 미래가 없다고 선언하고 있지만, 아닌 게 아니라 이문재의 얼굴은 늘 미래보다는 과거를 보고 있는 것 같다. 그에게 "옛날은 가는 게 아니고/ 이렇게 자꾸 오는 것"(《소금창고》)이다. 그는 과거를 되살려 과거를 뜯어먹고 사는 인간이다. 그게 시인이 이제 나이가 들어 그런 것만도 아닌 듯하다.

'제국호텔' 시편의 시인-화자는 더러 노골적으로 사회정치학적 상상력을 발휘하며 제국 체제의 부드러운 가혹함을 독자들에게 폭로하기도 한다. 그가 "제국박물관 앞에서/ 키가 작은 승려가/ 1인 시위를 벌이고 있었다/ 1인의 그림자는 즉시 삭제됐다/ 본국의 훈령은 단순 명료했다/ 기억 용량을 정확히 유지할 것"(《제국호텔―더이상 빌어올 미래가 없다》)이라고 말할 때, 그는 독자들에게 망각은 언젠가 보복을 불러온다는 것을, 이 '제국호텔' 시편들에 묘사되는 제국의 부정적 측면들도 그런 보복의 일부라는 것을 고자질하고 있는 셈이다. 꼭 제국의 시대가 아니더라도, 기억하지 않는 자는 보복당한다는 것은 역사가 지지해온 개연적 진리다. "장벽이 무너지자/ 모든 것이 장벽이었다"(같은 시)고 말하는 화자는 동서냉전의 진영체제가 사라진 자리에 잘게 나뉜 온갖 벽들이 들어서 있음을 안다. 적대의 벽이 다양화한 것이다.

그 벽은 이념이나 계급의 벽만이 아니라 인종의 벽, 성性의 벽, 종교의 벽, 지역의 벽, 궁극적으로는 서로 소통하지 않는 모든 개인들과 무리들의 벽이다. 그래서 "아버지를 선택해 태어난 자만이/ 돌을 던질 수 있"(《제국호텔—서부전선 이상없다》)고, "남서쪽 저지대나 북쪽 고원은/ 낡은 기계처럼 가르릉 소리를"(《제국호텔—더 이상 빌어올 미래가 없다》) 내기 마련이다.

부드러운 폭력이 지배하는 이 제국에서 열정은 정치와 연결되는 법이 없다. 사람들은 "서부전선 이상없"음을 굳게 믿으며 "지역적으로 생각하고 지구적으로 행동"(《제국호텔—서부전선 이상없다》)하기 때문이다. 관음증 환자인 동시에 노출증 환자인 젊은이들이 모인 광장에서 "새벽 세시 현재/ 본국 국기는 불태워지지 않았다"(《제국호텔—인도에서 소녀가 오다》)고 식민지 관리자-화자는 안도한다. 이 두 편의 시는 2002년 한일 월드컵 축구대회 때의 서울 풍경들을 거의 그대로 옮겨놓고 있는데, 나 역시 당시 그 엄청난 응원 인파에서 아무런 정치구호가 나오지 않았다는 사실에 놀랐고 실망했다. 한국 팀의 경기가 있는 날이면 거리로 쏟아져 나왔던 수백만의 인파는 유사 이래 한반도에서 터져나온 최대의 열정을 증명했지만, 그 파천황의 열정은 과연 제대로 소비된 것일까? 열정이라는 것도 무한한 재화는 아니라면, 이 제한된 재화의 소비에 적절한 방향을 주는 것은 열정의 생산 못지않게 긴요한 일이었을 것이다. 그러나 거리를 가득 채운 온갖 사회적 배경의 수백만 군중의 입에서는 '대~한민국' 이외에 아무런 정치적 구호가 나오지 않았다. 정녕 그것이야말로 불길한 일이었다. 이 열정 공간의 순간적 속살이 "광장은 정지화면이다/ 본국은 오전 아홉시/ 모두 제자리에 있다/ 오래된 책 표지들이 멈춰 서 있다/ 까마귀 수천 마리가 공중에 박혀 있다/ 분수대에서 누런 피가 솟구치다가 굳어 있다"(《제국호텔—더이상 빌어올 미래가 없다》)고 묘사될 때 그것은 얼마나 을씨년스러운가?

그러면 제국의 이 을씨년스러움에 맞서 어떻게 싸워야 하는가? 시인이 이 싸움의 무기로 내놓은 것은 생태주의적 상상력, 자연의 상상력이다. 제국에 대한 탐색을 시집 앞머리에 배치한 시인은 나머지의 상당 부분을 자연과 육체성의 구가謳歌에 할애한다. 사실 육체성과 자연에 대한 그리움이야말로 시집《제국호텔》을 이끌어가는 힘이다. 시인은 네트워크로서의 제국이라는 세균에 자연과 몸이라는 녹색 항생제로 대항한다.《제국호텔》의 상당수 시편들은 근대 이전에 존재했다고 상상되는 인간의 육체와 대지 사이의 삼투와 조화를 꿈꾼다. 시인-화자가 꿈꾸는 인간과 세계 사이의 관계는 근대과학이 가져온 '객관적'이고 보편적인 앎의 관계가 아닌, 개인들이 주관적으로 세계와 유지할 수 있었던 느낌의 관계다. 빛, 냄새, 맛 같은 구체적 세계의 질에 대한 경험으로서의 느낌 말이다. 시인-화자는 근대의 과학정신이 건설한, 수량화할 수 있고 측정할 수 있는 추상의 세계 대신에 주관적 느낌의 세계 속에서 삶을 이해하고자 한다. 앎에서 느낌으로의 이행, 자연과 육체(의 느낌)로의 경사는 시집 도처에서 고개를 쳐든다.

> 나 돌아갈 것이다
> 무심했던 몸의 외곽으로 가
> 두 손 두 발에게
> 머리 조아릴 것이다
> 한없이 작아질 것이다
>
> 어둠을 어둡게 할 것이다
> 소리에 민감하고
> 냄새에 즉각 반응할 것이다
> 하나하나 맛을 구별하고
> 피부를 활짝 열어놓을 것이다
> 무엇보다 두 눈을 쉬게 할 것이다

_〈도보순례〉 중에서

무엇보다도 시인은 네트워크로부터 탈주하고 싶어한다. 그 네트워크가 제국이기 때문이다.

장작불 잦아들고
몇 걸음씩 뒤로 물러나 있던
어둠이 성큼 다가와 있다
잣나무숲에 닿아 멈춘
어둠의 끝은 은하 저쪽 끝까지
곧바로 연결되어 있다

잣나무숲 속에는
전원이 없다
핸드폰을 끄고
침낭 속으로 들어가
얼굴을 내민다
내 얼굴과 어둠 사이에
아무것도 없다

마침내 언플러그드
빈틈없는 어둠
꿈 없는 잠
나는 탈주에 성공한 것이다

_〈비박〉 전문

세계에 대한 파스칼적 경건함을(그러나 화자는 일신교 신자가 아닌 듯하다) 연상시키는 이 시의 핵심 어휘는 '언플러그드'다. 화자는 절연돼 있고 싶어한다. 다시 한 번, 제국의 핵심적 특징은 네트워크를 통한 연결이기 때문이다. 그러니까, 시집《제국호텔》의 '제국호텔' 시편들과 상당수의 나머지 시편들은 그 제재의 거리에도 불구하고 내적으로 긴밀히 연결돼 있다. 결국 이 시집 자체가 하나의 제국 풍경을 이루고 있는 셈이다.

처음 며칠간은 휴대폰 벨소리가 수시로 들렸습니다

라디오조차 들을 수 없는 오지에서 벨소리가 환청으로 들린 것이지요

혼잣말을 할 때에는 손가락으로 무릎 위를 톡톡 치기도 합니다

전원電源에 연결되어 있던 삶에서 벗어나기가 여간 힘들지 않습니다

환청이 사라지는 것과 함께 향기들이 기습했습니다

한 홉씩 코를 틀어막는 냄새들이라니요

아픈 몸은 후각에 흔쾌해지면서 한 칸씩 몸으로 돌아오고 있습니다

_〈서신〉 중에서

여기서도 '전원에 연결되어 있던 삶'이란 곧 제국의 삶이다. 제국은 네트워크로 촘촘하고 전자파로 가득하다.

> 봄밤
> 이런, 휴대폰이 울린다
>
> 저런, 전자파가 저 여린 것들을
> 뚫고 지나가는 것이었구나
> 천지사방에서 전자파가
> 난반사하는 것이었구나
> 봄밤
> 고스란히 노출되어 있었구나
>
> _〈광합성〉 중에서

시인-화자는 제국의 일상이 힘들 때마다 "꾹 눌러 전원을 끈다"(〈격포에서〉). 그의 시적 작업은 탈제국의 몸부림이고, 그 구체적 전술은 네트워크로부터의 절연이다. 그 싸움은 국지전, 이라기보다 차라리 애절한 각개전투다.

뒷모습

✦

　내가 알기로 이문재의 가족사는 실향과 얽혀 있다. 그는 "반세기 전 북쪽에서 내려온 노인들"(〈제국호텔─서부전선 이상없다〉)의 자식 가운데 한 사람인 것이다. 시집《제국호텔》에서도 실향민 자식으로서의 자의식이 군데군데 드러나 있다. 그 자의식은 때로 독립적으로, 때로 생태주의의 틀 안에서 꿈틀거린다. 시집에서 되풀이되는, '북북서진하는 기러기떼'의 이미지는 실향민 자식의 귀향 욕망, 학습된 향수를 표상한다. 이 이미지가 처음 나오는 〈소금창고〉라는 시에는 "바다로 가는 길의 끝"이라는 표현이 나오는데, 나는 이 대목에서 문득 미셸 세르의 '북서항해'를 연상했다. 다섯 권의 '헤르메스' 연작 가운데 마지막 책 제목이기도 한 '북서항해'는 자연과학과 인문학 또는 예술적 실천 사이로 난 뱃길을 따르는 항해다. 세르는 이런 사잇길을 헤쳐가는 지적 항해를 통해 학문들 사이의 헤르메스가 되고자 했다. 이문재의 〈소금창고〉에서 바다 위로 북북서진하는 기러기떼는 잃어버린 고향땅과 실향민(자식) 사이의 소통을 확보하는 헤르메스라 할 만하다. 〈남북상열지사〉 같은 작품은 가을에서 겨울까지의 한반도 풍경을 에로스 이미지로 형상화하며 통일 염원을 흐벅지게 담아내고 있다.

짐짓 사랑을 확인한 여자가

스타킹을 벗듯이

단풍전선이 내려간다

(…)

짐짓 사랑을 확인한 남자가

스타킹을 신겨주듯이

땅 끝에서 화신이 올라올라 올 때까지

_〈남북상열지사〉 중에서

이 시의 메시지는 사실 '가자 북으로, 오라 남으로' 식의 투박한 것인데, 시인의 발랄한 상상력과 입담에 실리니 투박함이 한결 덜해 보인다.

시집《제국호텔》에서 내가 가장 오래 머물렀던 작품은 〈일본여관〉이었다.

기러기떼 날아가자

초저녁 하늘에 문득 화살표가 생긴다

저 팔랑거리며 가물거리는 표지가

맨 처음의 기억을 가리키는 것일까

전철역을 빠져나오자 더욱 어두워진

사람들이 광장 한켠에서 자전거를 찾고 있다

오늘처럼 날 선 11월 초승달을 바라보면

이가 시리던 때가 있었다

시장통에서 빠져나간 길들이 가늘어지고

해마다 수심이 낮아지는 강의 지류를 따라

이태리포플라들이 발뒤꿈치를 드는 것 같다

먼 집 현관에 늦은 불이 들어온다

철새들이 북북서진할 때면

뒤돌아서서 부르던 사람이 있었다

나를 낳고 죽을 때에

아주 젊었다던 여자가 있었다

_〈일본여관〉 전문

　　이 시는 시집 《제국호텔》의 변방에 자리잡고 있다. 배치가
그렇다는 것이 아니라 주제와 제재가 그렇다는 것이다. 그래서
이 시는 낯설어 보인다. 나는 이 시를 읽고, 내가 꽤 알고 있다고
생각했던 이문재의 낯선 모습을, 뒷모습을 보는 것 같았다. 문득
그도 늙었나보다 생각했다. 아니, 거꾸로 그가 '시운동' 시절의 청
년으로 돌아가나보다 생각했다. 그러나 이내 그 낯섦은 정겨움으
로 변했다. 이 시의 애상적 분위기를 데카당스라고 몰아붙일 수
도 있겠다. 그러나 나는 이 시가 좋다. "가지 않은 곳은 모두 미래
다"(〈샹그리라〉) 식의 잠언투 명제보다는 위에 인용한 "오늘처럼

날 선 11월 초승달을 바라보면/ 이가 시리던 때가 있었다"는 스산한 고백이나 "그때 나는/ 나에게 지극해야 했다(뭔진 몰라도 굉장히 힘들었겠다—인용자)"(〈2월〉) 같은 위기감의 토로에 내 마음은 더 떤다. 나도 늙었나보다. 아니 나도 청년기의 유치한 건강함이 그리운가보다. 세상을 뜻대로 살아내기가 쉽지 않다. 눈은 "내려오면서부터/ 더러워지는 것"(〈잔설〉)이고, "사랑은 지극한 인위人爲"(〈아침〉)이기 때문이다. 존경하는 벗의 시집 출간을 축하한다.

이문재 시집 《제국호텔》 발문, 2004. 12.

04
이인성 생각

✦

정교한 운산 위에 구축된 예술

～～～～～～～

인성은 내 술친구다. 손윗사람을 친구라고 칭하는 것이 엇
돼 보이긴 하겠지만, 술선배라는 말은 맵시가 없으니 술친구라고
해두자. 인성은 내 술친구다. 술자리 바깥에서 그를 본 기억은 거
의 없다. 그를 처음 본 것도 술자리에서였고, 가장 근자에 본 것
도 술자리에서다. 그 근자의 술자리에서 그는 이 발문을 주문했
다. 인성의 단아한 글들을 흐려놓을까 걱정돼 사절했으나, 그의
입이 이내 뾰족해져서 결국 수주受注하고 말았다. 다정도 병이다.
하긴, 주문 생산은 내 생의 업이기도 하다. 이 짧은 글이 발주자
의 마음에 안 들더라도 그건 내 탓이 아니다. 나는 여러 차례 사
절했으니.

인성은 내 술친구다. 내 짐작으로, 그의 친구들은 거의가 술
친구들이 아닌가 싶다. 그의 글친구들도 결국 술친구들이다. 그

는 술자리에서 사람을 사귀고, 정을 쌓고, 글과 세상에 대해 얘기하고, 때로는 싸우고, 어쩌면 정을 허물고, 그래서 헤어지기도 하는 것 같다. 그의 술친구들은 퍽 많다. 아니 퍽 많은 것 같다. 사실 나는 그의 썩 가까운 술친구는 아니어서, 그의 교유 범위가 얼마나 넓은지는 모른다. 다만 술자리에서, 그의 주위에 늘 친구들이 바글거린다는 사실은 알고 있다. 그 친구들은 그가 사랑하고 그를 사랑하는 사람들이다. 나도 그를 사랑하는 사람 축에 끼이지만, 그와 나 사이에는 무수한 친구들이 있다. 그를 중심으로 한 '이너'라는 것이 있다면, 거기에 내 자리는 없기 쉬울 것이다. 내 자리는 아마 '이너'와 '아우터'의 경계에 있을 것이다. 여우의 신포도 타령 같기는 하지만, 그게 서운하지는 않다. 이방인이 들이쉬는 공기는 자유의 공기이므로. 내가 설핏 아는 그의 술친구들은 대개 문지文知 안팎의 친구들이다. 그들은 예전엔 강 건너 신사동의 '고선'이라는 술집에 모였고, 요즘엔 서교동의 '예술가'라는 술집에 모인다. 그 술집들에서 인성의 삶이 흘렀다. 젊어서 인성은 여급을 '언니야!'라고 불렀으나, 요즘은 '아가야!'라고 부른다. 인성으로서는 정을 담아 그렇게 부르는 것이겠으나, 나는 인성의 그런 말투를 사랑하지 않는다. 내가 이런 말을 한다고 인성이 그 버릇을 고치지야 않겠지만.

인성의 소설은 잘 안 팔린단다. 나도 그럴 것이라고 짐작한다. 하긴 그의 소설이 잘 팔려 나간다면 그것이 이상한 일일 것이다. 그의 소설이 잘 팔려나가는 사회가 있다고 하더라도, 그것이 건강한 사회는 아닐 것이다. 자의식과 신경질로 무장한 채 끊임없이 관찰과 성찰만 하는 사람들이 우글우글한 사회는 그럭저럭 굴러가기도 어려울 것이다. 그러니, 그의 소설이 잘 안 팔리는 것이 슬픈 일은 아니다. 더구나, 얼마 안 되는 그의 독자들은 틀림없이 열광적인 독자들일 터이다. 그리고 인성은 아마 그것을 탐탁스러워할 것이다.

인성이 그런 소설을—그것이 위대한 소설일 수도 있겠지만, 여기서는 그렇게 안 팔리는 소설이라는 의미로— 쓸 수 있는 것은 물론 그가 안정된 직장을 갖고 있기 때문이다. 서울대학 선생에게 한국 사회가 베푸는 특별한 안온함을 생각하면, 그가 자신의 한결 같은—그것을 '선비적 태도'라고 부르든 '식물성의 저항'이라고 부르든— 문학적 정진을 마냥 뽐내기만 해서는 안 될 것이다. 그와 그의 주위 사람들과 많지 않은 독자들에게 다행스럽게도, 그는 그걸 마냥 뽐내기만 하지는 않는다. 그는 양식이 있는, 차라리 지혜가 있는 사람이다. 그는 자신의 소설 쓰기의 물질적 토대를 의식하고 있다. 그의 미끈한 직장은 그의 진득한 소설업을 보장한다. 인성 못지않은 진지함과 염결성으로 소설 쓰기를 시작한 사람일지라도, 그에게 탐스러운 직장이 없다면 인성의 소설 같은 것만을 미욱하게 쓸 수는 없을 것이다. 예절만이 아니라 예술도, 의식衣食 이후의 일일 터이므로. 나는 가난이 예술의 동력이라는 선동을 믿지 않는다. 그러나 인성만큼 깔끔한 직장을 가진 글쟁이라고 해서 누구나 인성만큼 진지하고 염결하게 문학을 대하는 것은 아니다. 의식이 족해야 예술이 나오지만, 의식이 족하다고 늘 예술이 나오는 것은 아니다.

인성은 최근에 문학이든 삶이든 결국 동류同類에 대한 배려라는 생각을 하게 된 모양이다. 이 발문을 주문한 술자리에서도 그는 내게 그 배려 타령을 늘어놓았다. 그가 말하는 배려는 아마 사랑의 최소한을 뜻하는 것이리라. 사실 인성은 줄곧 주위 사람들에게 배려를 해왔다. 나도 그런 배려를 받은 사람에 속한다. 내가 보기에 인성은 베푸는 사람이다. 물론 사람들도 인성에게 많은 것을 베풀었겠지만, 인성도 거기 뒤질세라 사람들에게 많은 것을 베풀었다. 나이가 들고 이름을 얻을수록, 남을 배려하고 남에게 베풀기는 어렵다. 나이가 들고 이름을 얻을수록, 배려받고 베풂받는 데 익숙해지기 때문이다. 그게 사람이라는 존재의 천박함일지도 모른다. 자존심을 지키면서도 겸손한 것, 그것은 얼마나 어려운가? 나는 인성이 깊은 속에서까지 겸손하다고는 생각하지 않는다. 그렇게 힘들여 소설을 쓰고, 자기 소설의 품격에 대한 확신을 지닌 사람이 어떻게 깊은 속에서까지 겸손할 수 있겠는가? 그러나 겸손을 외적으로, 즉 예의와 배려의 형식으로 물질화해내는 것만 해도 힘든 일이다. 그리고 흔히 듣는 말이지만, 겸손과 자긍을 겸하는 것은 어려운 일이다. 나는 인성이 그런 힘들고 어려운 일을 하는 사람이라고 생각한다.

별로 내세울 만한 일은 못 되지만, 나는 염세주의자에 가깝다. 나는 나 자신을 포함해서 사람을 그다지 신뢰하지 않는다. 탐욕과 포악과 비굴에서 사람에게 맞설 만한 동물이 있을지 모르겠다. 그래도 그런 탐욕스럽고 포악하고 비굴한 동물과 어울려야 하는 것이 삶이다. 그 삶을 조금이라도 덜 거칠게 만들기 위해서, 고래古來의 종교는 사랑과 베풂과 배려를 선동해왔을 것이다. 그러나 사람이 변하는 데에는 한계가 있는 것 같다. 다시 말해, 사람에게는 변하는 부분과 변하지 않는 부분이 있는 것 같다. 아무리 교화를 하려 해도 고칠 수 없는 부분이 있다.

서양말에서 '교육하다educare'라는 말은 어원적으로 '밖으로 끄집어내다'라는 뜻을 지닌다. 원래 있었던 것만을 밖으로 끄집어낼 수 있다. 누군가에게 선한 마음자리가 전혀 없다면, 교육을 통해서도 그를 선한 사람으로 만들 수는 없다. 사람에게는 선한 바탕과 악한 바탕이 있을 것이다. 교육과 환경에 따라서 어떤 부분이 더 많이 발현되거나 위축되거나 할 것이다. 그러나 선한 바탕이 아예 없는 사람에게서 선한 마음을 끌어낼 수는 없다. 나는 인성이 선한 사람이라고 생각한다. 본디 선한 부분이 많았던 사람이고, 그런 선한 부분을 끄집어낼 수 있는 교육(과 자기교육)을 받은 사람이라고 생각한다. 그것은 그의 삶이 복받은 삶이라는 뜻이다. 나는 인성이 지금보다 더 선한 사람이 되기를 바라지는 않는다. 다만 지금의 선함을 그대로 지녀 나갔으면 좋겠다. 얼마나 많은 사람들이 젊은 시절에 내비쳤던 선함을 간직하지 못하고 황폐해져버리는가? 나는 그의 소설에 대해서도 마찬가지 말을 하고 싶다. 나는 그가 지금보다 더 그럴듯한 소설을 쓰기를 바라지 않는다. 다만 지금까지의 결을 유지하며, 지금까지의 리듬으로 소설을 썼으면 좋겠다.

재능이라는 것은 귀한 가치라고 말하는 사람들이 있다. 대개 자신에게 재능이 있다고 생각하는 사람들이다. 나는 내게 재능이 있다고는 생각하지 않지만, 재능이라는 것이 귀한 가치라는 데에는 동의한다. 그러나 나는 그것이 '그렇게' 귀한 가치라고는 생각하지 않는다. 인성은 분명히 재능이 있는 사람이겠지만, 그가 재능만 있는 사람이라면 그 주위에 많은 사람들이 몰리지는 않았을 것이다. 나 역시 그가 오로지 재능만 있는 사람이라면, 그의 곁에 지금까지 얼씬거리고 있지는 않을 것이다. 인성은 늘 윤리라는 것을 경멸하는 듯한 제스처를 쓰지만, 내가 보기에 그는 매우 윤리적인 사람이다. 윤리라는 말은 오늘날 구닥다리의 명표가 돼버렸지만, 어떤 보편적 가치에 조응하는 윤리적 기준이 없을 때 사회는 자신을 지탱하기 어렵다. 아니 사회의 실핏줄인 인간관계가 지속되기 어렵다. 자신을 최고의 예술가로 생각할 사람에게, 더구나 자신을 소수 문학의 챔피언으로 생각할 사람에게, 너는 윤리적이다라고 말하는 것은 모욕이 될지도 모른다. 어디선가 필리프 솔레르스도, 예술을 말하며 윤리적 기준을 들이대는 것이 제일 멍청한 짓이라고 말한 적이 있다. 기억이 희미하기는 하지만, 독일 점령기의 어느 부역 문인을 평가하는 자리에서 그런 말을 했던 것 같다. 그러나 나는 그 말을 곧이곧대로 받아들이지 않는다. 예술이라는 것이 그저 일탈을 위한 일탈이 아니라 나은 삶에 대한 꿈이고, 그 나은 삶을 모색하는 삶의 한 형식이라면, 거기에도 윤리의 자리가 분명히 있을 것이다.

이 책에 실린 한 글은 그가 소설을 얼마나 힘들게 쓰는지를 보여준다: "빨리 끝맺어야겠다고 초초해질 때마다, 나는 반대로 더 더디게 쓸 방법을 찾곤 했다. (…) 그때 그 실제 방법은, 어떻게 지금 구상되어 있는 상태를 부수고 달리 쓸 것인가를 궁리하는 것이었다. 처음에 아주 개략적인 구성을 했었지만, 나는 그때그때 소설의 흐름이 요구하는 방향에 맞춰 새 구성을 짜서 그때까지 쓴 앞부분을 다시 해체시켜 고쳐 쓰고 다음 단계로 나아간 후, 다시 그 다음 단계에서 전체를 재조정해서 되풀이 앞부분을 고쳐 쓰는 식으로 일관했다. 예정대로 쉽게 쓰여지는 소설을 믿을 수가 없었던 것이다." 인성의 이 고백은 서양말 '시poema/poesis'가 '만들다'라는 뜻의 그리스어 동사poiein에서 나왔다는 것, 그리고 서양말 '예술ars'이 대체로 '자연natura'의 상대어로서, 질서를 구축하려는 인간의 활동 전반을 폭넓게 가리켰다는 것을 흐뭇하게 상기시킨다. 그가 그런 고백을 하지 않았더라도, 그의 소설을 한 편이라도 읽은 사람이라면, 그의 소설이 어원적 의미에서 시이고, 자연에 맞서는 인공人工·인위人爲로서의 예술이라는 것을 느꼈으리라. 이것은 인성의 소설에 대한 욕일까? 나는 그런 뜻으로 말하지 않았다. 자연과의 합일은, 취향에 따라 고결한 가치일 수도 있겠지만, 그것이 예술의 몫은 아니다. 나는 태고의 서양 사람들이 명명을 통해 드러낸 소박한 예술관을 대체로 받아들인다. 곧 나는 예술이 인위적으로 만들어지는 것이라고 생각한다.

인성이 산문집을 낸다 한다. 교정지를 훑어보니 반쯤은 내가 읽은 글이고, 나머지는 읽어보지 못한 글이다. 어느 글이나 그것은 흩어진 글, 흩뜨려진 글이라는 의미에서의 산문散文은 아니다. 즉 자연이 아니다. 그의 산문은, 그의 소설이 그렇듯—여기까지 쓰고 보니 소설도 산문인데, 하는 생각이 든다. 이렇게 바꾸자. 그의 에세이는, 그의 소설이 그렇듯—매우 정교한 운산 위에 구축돼 있다. 그것은 인위적으로 만들어진 글이다. 이것 역시 인성의 에세이에 대한 욕이 아니다. 그의 소설에서 그렇듯, 그의 에세이에서도 그의 신경질이 읽힌다. 그는 글에 대해 엄숙하다. 모든 것 앞에서 옷깃을 여며야 한다면 숨이 막히겠지만, 한두 가지의 엄숙함이야 어떠랴, 좋다.

겉으로 떠벌리지는 않지만 누구나 알다시피, 삶은 무의미하다. 있는 것은 유전자의 욕망, 널리 퍼지고 싶은 욕망뿐이다. 그러나 그 유전자의 확산 욕망, 그 날것의 욕망은 치부를 감추기 위해 의미 부여의 욕망을 낳고, 그 의미 부여의 욕망 가운데 가장 세련된 옷을 걸친 것이 예술일 것이다. 이 문집에 실린 글들은 예술에 속하고, 그 글들의 필자는 예술가다.

군말 편집부에 넘기기 전에 이 글을 한 번 훑어보니, 발문으로서는 너무 건조하지 않았나 싶다. 나는 어쩌면 이 글에서 인성에게 의식적으로 거리를 두려고 했는지도 모르겠다. 내 기억 속에도, 이런 발문에 어울릴 법한 몇몇 풍경들―인성과 내가 등장하는 살갑고 내밀하고 애틋한 풍경들―이 없는 것은 아니다. 나는 그런 풍경들을 끄집어내 화사하게 펼쳐놓을 수도 있었을 것이다. 그러나 그것이 인성과 나의 친분을 과장하는 듯해, 내키지 않았다. 은근한 것이 정情이다. 그 정을 내 마음 한구석에 꾹꾹 눌러 담아두기로 한다.

이인성 산문집《식물성의 저항》발문, 2000. 5.

05
황인숙 생각
✦
기품의 거처

~~~~~~~~~~~~~~~~~~~

    황이라는 성姓은 내게 그리 우아하게 들리지 않는다. (고라는 성도 그렇다.) 인숙이라는 이름도 내게 그리 우아하게 들리지 않는다. (종석이라는 이름도 그렇다.) 그런데 황과 인숙을 어우른 성명 황인숙은, 적어도 내게는, 매우 우아하게 들린다. (그러나 고와 종석은 한 데 어울러봐야 우아함하고는 거리가 멀어 보인다.) 우아하지 않은 황과 역시 우아하지 않은 인숙이 사슬을 이루며 우아한 황인숙을 이루게 된 것이 황과 인숙이라는 소리더미 사이의 공교한 물리화학적 상호작용 때문인지, 그렇지 않으면 내 뇌리에 황인숙이라는 사람의 이미지가 새겨지게 된 심리적 경로의 고유함 때문인지는 나도 모르겠다. 아무튼 일상생활에서 그 자체로는 별 쓸모가 없어 보이는 나트륨과 염소가 화합해 소금이라는 생필품을 만들어내듯, 투박한 황과 조야한 인숙이 어울려 황인숙이 되면, 적어도 내 느낌으로는, 은은한 아치雅致를 내뿜는다. 이 글에서 내 친구를 거론하며 인숙은, 이라고 할지 아니면 황인숙은, 이라고 할지 나는 잠시 망설였다. 인숙은, 이라고 말하는 것은 친밀감을 과장하는 태도다. 황인숙은, 이라고 말하는 것은 아치를 흘리는 태도다. 나는 친밀감을 버리고 아치를 골랐다.

황인숙은 내 친구다. 인연의 첫 매듭을 억지로 끌어올리자면 그와 내가 서로 모른 채 공유했던 유년의 어떤 공간까지도 끌어올릴 수 있겠지만, 그것은 한국인과 터키인과 핀란드인 사이의 인종적 친연을 찾아 헤매는 것만큼이나 '이데올로기적'일 테니 그만두자. 황인숙과 나는 사회에 나와서도 한참 뒤에 친구가 되었다. 그래도 그 어울림의 역사가 벌써 열댓 해 되었으니, 짧은 세월이라고는 할 수 없다. 그 짧지 않은 어울림의 자리는 대체로 술자리였고, 그 술자리는 대체로 친구들 여럿이 떠들썩하게 어울리는 자리였다. 그래서 나 혼자만 아는 황인숙의 어떤 실루엣 같은 것은 없다. 그러니 나는 이 뒷글을 쓰기에 알맞은 사람이 아닐지도 모른다. 그렇지만 나를 포함해서 그의 친구들이 익히 알고 있는 황인숙의 향기를─그래, 황인숙은 향긋한 사람이다. 황인숙이 내뿜는 향내는 기품의 향내다─대충이라도 늘어놓으며 이 자리를 감당하는 것이 뜻 없는 일은 아닐 것이다.

내가 황인숙을 보게 되는 것은 주로 술자리에서이지만, 그가 술꾼인 것은 아니다. 사실은 그 반대다. 황인숙은 술을 거의 마시지 않는다. 술자리에서 술기운에 떠밀려 술만큼이나 빠르게 흐르기 마련인 말에도, 그래서 그는 인색하다. 그러나 그는 참을성 있게, 가 아니라면 무심하게, 술자리에 끝까지 남아 있다. 그리고 술자리에 있는지 없는지도 몰랐던 그가 이따금 툭 던지는 한마디는, 한 방울의 와사비가 회 맛을 완전히 다르게 만들듯, 그 술자리의 맛을 화들짝 돋군다.

술집이 아닌 술자리도 있는데, 그곳은 안암동에 있는 어느 화가의 화실이다. 나는 황인숙을 통해 그 화가의 친구가 되었다. 자신의 한 친구와 또다른 친구에게 친구의 연을 맺어주는 것은 황인숙의 특기이기도 한데, 일단 인연을 맺어주고는 자기는 쏙 빠지는 것도 그의 버릇이다. 그래서 내게도, 황인숙 덕분에 알게 돼 황인숙보다 더, 는 아닐지라도 황인숙 못지않게 가깝게 된 친구가 몇 있다. 나와 그 화가 사이에서 황인숙이 빠져버린 것은 아니지만, 어느덧 그 화가도 내게 황인숙 못지않게 가까운 친구가 되었다. 그는 한국보다 유럽에 훨씬 더 알려진, 그림 값이 꽤 나가는 화가다. 한 해 가운데 서너 달은 이탈리아에 머무는데, 그가 서울에 있을 때는 한 달에 한 번 정도 그의 화실에서 친구들이 모여 술을 마신다. 거의 고정으로 모이는 사람들은 화실 주인과 황인숙과 나를 포함해서 보통 여섯이다. '그림 값이 꽤 비싼' 화가의 화실에 모이는 사람들답게(!) 다른 세 친구들의 직업이 (세속적으로) 버젓하다. 하나는 치과의사고 하나는 변호사고 하나는 대학 선생이다. 내가 세 해쯤 전에 신문사에 한 발을 걸쳐놓기 전까지, 황인숙과 나는 그 화실의 방문객 가운데 정상적인 벌잇줄이 없는 말 그대로의 '룸펜프롤레타리아' 지기지우知己之友였다. 내가 백수 생활을 접고 월급쟁이가 된 뒤, 황인숙은 그 모임의 유일한 '적빈자赤貧者'가 되었다.

'적빈자'라는 말이 내 친구를 모독하는 말로 들리지 않기를 바란다. 사실 나는 황인숙이 얼마나 가난한지를 잘은 모른다. 그가 직장이 없으니, 그리고 여유 있는 친척(사실 여유가 있고 없고를 떠나서, 황인숙은 아버지가 거의 혈혈단신으로 월남한 분인 터라 남쪽에 친척이 드물다)이 있다는 말을 그에게서 못 들었으니, 그의 가난을 미루어 짐작할 뿐이다. 그래도 그가 물질적으로 풍족한 사람이 아닌 것은 사실인 듯하다. 그러나 나는 그것이 별로 딱하지 않다. 무엇보다도, 황인숙 스스로 자신의 가난을 딱하게 여기지 않는 듯해서 그렇다. 그가 자신의 가난을 자랑스러워하는 것은 절대 아니지만, 그 가난이 그에게 짐스러운 것 같지는 않다. 그는 그저 자신의 가난에 무심할 뿐이다. 사실, 자신의 가난에 대한 황인숙의 이 무심은, 물질욕으로부터의 해방이라는 관점에서 보면, 근본주의적 생태론자들이 추천하는 가난의 적극적 실천보다도 더 높은 경지다. 황인숙은 자신의 가난을 거의 의식조차 하지 않는 것 같다. 가난이 반드시 사람을 남루하게 만들지는 않는다는 것을 내게 가장 인상적으로 가르쳐준 사람이 황인숙이다. 생애의 반고비를 훨씬 넘겨 사는 동안(황인숙은 10대 때 스무 살 넘은 자신의 삶을 상상만 해도 끔찍했다고 한다. 그런데 서른 마흔을 넘긴 지금은, 어차피 끔찍한 나이에 이르렀으니, 갈 데까지 가보자는 심정이란다) 수지를 맞춰본 달이 거의 없을 텐데도, 그의 태도에는 아무런 구김살이 없다. 매달 카드 결제일이 다가올수록 호흡이 가빠지는 나는 황인숙의 그런 '뻔뻔함'이 거의 신기하기까지 하다.

나처럼 황인숙도 서울내기지만, 내 원적지가 반도의 변두리 전라도이듯, 황인숙의 원적지도 반도의 변두리 함경도다. 나는 가끔, 황인숙이 북한에서 살았다면 어떤 사람이 됐을까를 상상하곤 한다. 그가 지금처럼 감각적인 시는 못 썼을 것이다. '건전시健全詩'를 쓰는 황인숙을 상상할 수는 없으니, 그는 아마 시인이 안 되었을지도 모른다. 시인이 되고 안 되고를 떠나서, 황인숙은 아마 그 사회의 변두리에 머물러 있기 쉬울 것이다. 내가 보기에 그는 타고난 정신적 귀족이니 말이다. 정신적 귀족으로서 황인숙이 내뿜는 선민적選民的 기품은 그 사회에서 마땅히 봉건시대의 반동적 유물로 판단됐을 터이다. 기품, 그래, 기품. 황인숙은 기품 있는 여자다. 기품이라는 말을 생각할 때, 내가 제일 먼저 떠올리는 사람이 황인숙이다. 그는 누구 앞에서도 움츠러드는 법이 없고, 누구 앞에서도 젠체하는 법이 없다. 움츠러들지 않는 것만이 아니라 젠체하지 않는 것도 내면의 견결한 자기긍정 없이는 힘들다. 그런 견결한 자기긍정을 내면화하고 있다는 점에서 황인숙은 귀족이고 아씨다.

그래도 황인숙이 그럭저럭 북쪽 사회에 적응하며 살기는 했을 것 같다. 그것은 이 타고난 아씨의 정신적 귀족주의를 상쇄하는, 아니 진정한 정신적 귀족주의에는 따라다니게 마련인 윤리적 다부짐과 연민 때문이다. 그는 가난한 살림일망정 원고지에 오직 글줄만을 흘리면서(황인숙은 아직도 컴퓨터를 사용하지 않는 '옛 인류'다) 꾸려나갈 수 있다는 것이 얼마나 다행스럽고 (자신보다 경제적으로 더 어려운 처지에 놓여 있는 사람들에게) 죄송스러운 일인지를 내게 여러 차례 이야기했다. 글 써서 먹고살기가 팍팍하다고 푸념하는 나를 책망하는 자리에서 말이다. 술자리에서나 거리에서나 황인숙과 함께 있을 때 불편한 점 하나는 그가 걸인이나 행상을 그냥 지나치지 못한다는 것이다. 지닌 돈이 없으면 그는 동행자들에게 '갈취'를 해서라도 그 사람들에게 푼돈을 쥐어주거나 뭔가를 산다. 그 '뭔가'가 자신에게 소용되지 않는 물건일지라도 그렇다. 친구들에게도 뭘 주기를 좋아해 황인숙이 얻게 된 별명이 '주자파' 또는 '주자학자'다. 중국 문화혁명기의 공산당 우파에게 경멸의 의미를 담아 들씌워졌던 주자파走資派나 송대宋代의 유학자 주희朱熹의 추종자라는 뜻이 아니라, '남들에게 뭔가 주자'를 삶의 가이드라인으로 삼고 있는 사람이라는 뜻이다. 황인숙이 친구들에게 주는 것 가운데는 책도 있다. 사서 선물하는 경우도 있지만, 대개는 자신이 읽고 난 책들을 준다. 내가 아는 황인숙은 허영만이나 이환주의 만화에서부터 김우창이나 김진석의 철학적 에세이에 이르기까지(심지어 상품설명서까지!), 글자로 된 것은(이라는 말은 '한글로 적힌 것은'이라고 고치는 게 낫겠다. 내 친구가 읽을 줄 아는 언어는 한국어 하나뿐이고, 게다가 그는 우리 세대 사람들 가운데서도 유별나게 한자에 영 젬병이니 말이다) 무엇이든 탐욕스럽게 읽어대는 남독광濫讀狂인데, 그는 자기가 읽은 책을 간직하는 법이 없다. 그는 말의 참뜻에서 독서인, 자유로운 독서인인 것이다. 황인숙의 눈물을 나는 몇 번 본 적 있는데, 그것이 자신을 위한 눈물이었던 적은 한 번도 없었다. 세상에 넘쳐나는 눈물의 상당량이 눈물을 흘리는 당사자를 위한 것이라는 데 생각이 미치면, 그리고 세상의 추함 가운데 하나가 자기연민이라는 데 생각이 미치면, 황인숙의 마음자리를 신뢰할 수 있을 것 같다. 황인숙 아씨는 그런 자기연민과는 아예 인연이 없는 것이다.

황인숙의 가까운 친구 하나가 새 정부 들어서서 한 부처의 우두머리가 되었다. 청와대의 제의를 받은 뒤에도 해당 부처 내 기득권자들의 반발 움직임으로 마음을 다잡지 못하고 있던 그 친구가 황인숙을 만나 이런저런 이야기를 나누는 자리에 나도 '깍두기'로 살짝 끼인 적이 있다. 그 자리에서 황인숙은 그 친구에게 이렇게 말했다. "네 순수함이 사람들을 감염시킬 거야. 망설일 것 없이 정부에 들어가. 그리고 이걸 게임이라고 생각해봐.

네 순수함이 얼마나 퍼져나갈 수 있는지, 그 사람들한테 얼마나 스며들 수 있는지를 확인해보는 게임."

나는 그때 문득 이런 생각을 했다. 황인숙 주변에 몰리는 사람들이, 나를 제외하고 대체로 순수하고 기품 있어 보이는 것은, 그 사람들이 본디 순수하고 기품이 있어서 그러기도 하겠지만, 황인숙의 순수와 기품에 엄청난 감염력이 있어서가 아닐까 하는. 내가 아직 순수하지 않고 기품과 거리가 있는 것은 내가 황인숙과 충분히 가까운 친구가 아니라는 뜻일 것이다. 그래도 황인숙은, 내가 그의 어설픈 친구라는 사실만으로도 자랑스러워지는 그런 사람이다. 내 친구의 문집 출간을 축하한다.

부기附記 책 뒤에 붙는 이런 글은 아름다운 말들로 치장되게 마련이다. 이 글도 그런 관행에서 자유롭지 않다. 그러나 이 글에 사용된 '기품'이나 '아치' 같은 말은, 이 말들이 너무 자주 사용돼 상투성의 때를 타기 이전의 싱싱한 뜻으로, 다시 말해 원래의 뜻으로 쓰였음을 특별히 강조해둔다.

황인숙 산문집《인숙만필》발문, 2003. 5.

06
이방인으로 사는 법

✦

에밀 시오랑과의 가상 인터뷰

~~~~~~~~~~

고종석 선생님은 초기의 책 몇 권을 제외하고는 모두 외국어로, 구체적으로는 프랑스어로 글을 썼습니다. 흔히 모국어는 작가에게 존재의 뿌리라고도 합니다. 외국어로 글을 쓰는 것이 선생님의 정체성을 위협하지는 않았습니까?

시오랑 여러 차원의 정체성이 있습니다. 루마니아 사람으로서의 내 정체성, 더 정확히는 루마니아어를 모국어로 익힌 사람으로서의 내 정체성이 프랑스어 작업에 치여 어느 정도 균열을 겪은 것은 사실입니다. 그러나 나는 루마니아 사람이기 이전에 그저 사람이고, 루마니아 출신 작가이기 이전에 그저 작가입니다. 그리고 작가의 큰 보람 가운데 하나는, 그것이 공식적으로 표명되든 그렇지 않든, 자신의 글이 될 수 있으면 널리 읽히는 것입니다. 그 글의 독자들 가운데 최량의 정신들이 포함돼 있다면 금

상첨화겠지요. 내가 프랑스어로 글을 쓰겠다고 마음먹은 것은 젊은 시절 말라르메의 시를 루마니아어로 번역하면서였습니다. 문득 이 작업의 효용에 의문이 들더군요. 번역 텍스트까지를 포함해서 루마니아어 텍스트를 도대체 얼마나 많은 사람이 읽을 것인가, 그 가운데 최량의 정신은 얼마나 끼어 있을 것인가 하는 의문 말이에요.

고종석 선생님은 결국 프랑스어의 힘, 그것은 제국주의적 힘이라고도 할 수 있을 터인데, 그 힘에 굴복해 투항하신 거군요.

시오랑 아니라고 말하지는 않겠습니다. 일종의 문화적 만유인력까지를 '제국주의적'이라고 표현하는 선생의 그 느슨한 언어 사용이 그리 달갑지는 않지만요.

고종석 문화적 만유인력이라는 표현이 재미있군요. 누구나 인정하듯, 존재하는 자연언어들의 질량에는 커다란 차이가 있지요. 그런데 왜 굳이 프랑스어였습니까? 선생님이 젊었던 시절에도 이미 영어의 질량은 프랑스어보다 훨씬 더 컸고, 독일어의 질량 역시 그 못지않았을 텐데요.

시오랑 사실 프랑스어로 글을 쓰기 이전에 독일어로도 글을 써본 적이 있어요. 베를린에서 공부할 때였지요. 그리고 젊은 시절의 내게 영어도 프랑스어보다 더 낯설지는 않았지요. 그러니까 내가 '아무도 읽어줄 사람 없는' 루마니아어를 버리기로 했을 때, 그 빈자리를 독일어나 영어로 채울 수도 있었겠지요. 그러나 내가 루마니아어를 버릴 결심을 했을 때, 나는 우연히 프랑스에 살고 있었습니다. 나는 부쿠레슈티의 프랑스 문화원에서 장학금을 받아 베르그송을 주제로 박사학위 논문을 쓴다는 구실로 파리로 왔고, 이 도시에서 기나긴 학창을 보내고 있었죠. 그 논문은 결국 완성되지 못했고, 나는 파리의 가장 늙은 학생들 가운데 하나였을 겁니다. 아무튼 루마니아어를 버리기로 했을 때, 내 주위에서 난무하는 외국어는 영어나 독일어가 아니라 프랑스어였습니다. 영국이나 독일로 근거지를 옮길 만한 경제적 여유도, 별다른 동기도 없었고요. 그래서 나는 자연스럽게 프랑스어 쪽으로 건너갔지요.

고종석 선생님의 그 결심은 루마니아어 문학에는 불행이었겠지만, 선생님에게는 다행이었군요. 방금 내비치셨던 대로, 선생님이 루마니아어로만 글을 썼다면 그 글을 읽어줄 사람이 그리 많지 않았을 테니까요. 아무튼 사람들은 선생님이 20세기 프랑스 문학사의 가장 뛰어난 산문가 가운데 하나라고 말합니다. 그러고 보면 선생님의 그 결심은 선생님에게만이 아니라 프랑스어 문학에도 다행이었군요.

시오랑 나를 추어올리는 건지 비아냥거리는 건지 잘 모르겠군요. 결국은 대부분의 책을 갈리마르에서 낼 수 있었으니, 내가 파리 문단에서 성공했다고도 할 수 있겠지요. 그러나 프랑스어로 글을 쓰는 것이 쉽지는 않았어요. 그것은 이 언어가 단지 내 모국어가 아니기 때문만은 아니었어요. 프랑스어로 글을 쓰기 시작하면서, 나는 이 언어가 독일어나 영어와도 다른 특별한 외국어라는 걸 깨닫게 됐어요. 뭐랄까, 내게 프랑스어는 동맥경화에 걸려 있는 언어 같았습니다. 수세기 동안 헤아릴 수 없을 만큼 많은 작가들이, 그 가운데 상당수는 대단히 뛰어난 작가들이었지요. 그 작가들이 섬세히 갈고닦아놓은 이 언어가 그 과거의 무게로 내 상상력을 짓눌러 글쓰기의 재량을 억압하는 느낌이었어요. 그전에 내가 독일어나 영어 같은 외국어로 글을 쓸 때는 내 생각을 표현하기 위해 그 언어들을 이용한다는 느낌이었는데, 프랑스어로 글을 쓸 때는 내가 이 언어의 촘촘하고 다닥다닥한 구조가 허용하는 생각만을 표현하고 있구나 하는 느낌이었습니다.

고종석 선생님은 지금 프랑스어를 비난하는 체하면서 그 언어를 추어주고 계시군요. 정확히는 프랑스어문학을 추어주고 계시군요. 제 생각에는 영어문학이나 독일어문학도 프랑스어문학 못지않게 뛰어난 작가들을 많이 내놓은 것 같아요. 그 작가들도 영어와 독일어를 섬세히 갈고닦아 반들반들한 문학언어로 만들어놓았죠.

시오랑 아, 그런가요. 아무튼 내 느낌이 그랬다는 겁니다. 선생의 말대로 사람들이 나를 20세기의 가장 뛰어난 프랑스어 산문가 가운데 하나로 꼽는다면, 그건 단지 내가 운이 좋아 그렇게 됐다는 거죠. 내 글의 상당 부분이 아포리즘이라는 것도 프랑스어가 내게 외국어라는 사실과 적어도 부분적으로는 관련이 있어요. 나는 외국어로 수다를 떨 자신이 없었습니다. 나는 이 육중한 외국어로 두서너 문장을 써놓고 그것을 되풀이 읽으며 기우고 고치고 다듬었지요. 내가 루마니아어로 글을 썼다면 그런 번거로운 퇴고를 실천하지는 않았을 겁니다. 나와 프랑스어 사이에 존재했던 메울 수 없는 틈 때문에 나는 미련스레 퇴고를 되풀이했던 것이고, 그것이 결과적으로 내 프랑스어 문장을 읽을 만하게 만들었는지도 모르지요. 그러니까 나를 아포리즘으로 밀친 동력은 니체를 아포리즘으로 밀친 동력에 견주면 다소 불순한데가 있었던 겁니다.

고종석 그런데 외국어로서도 영어나 독일어와 프랑스어가 사뭇 달랐다는 선생님의 느낌은 자연언어들의 표현 능력에 내재적 차이가 있을 수 있다는 뜻입니까?

시오랑 그건 참 미묘한 질문이군요. 그 잠재력에서는 차이가 있을 수 없다고 정치적으로 올바르게 말하기로 합시다. 그러나 역사의 우연으로 그 자연언어가 얼마나 풍성한 문학을 축적했느냐에 따라 어떤 시점에서 지닌 표현 능력에는 차이가 있는 것 아닐까요? 질량이 큰 언어일수록 표현 능력도 더 클 가능성이 있다, 이 정도만 해둡시다.

고종석 선생님이 루마니아 출신의 21세기 작가라면 지금 질량이 가장 큰 언어, 그것도 압도적으로 큰 언어인 영어로 글을 쓰실 가능성이 있습니까?

시오랑 가능성을 부정하는 것은 어리석은 일이겠지요. 그러나 나는 21세기를 살아보지 못했고, 적어도 내가 아랫세상에 존재했던 1995년까지는 프랑스어가 그리 위축된 언어가 아니었으니, 내가 경험해보지 못한 환경을 조건으로 뭐라고 단정할 수는 없습니다. 그리고 나는 파리를 좋아했어요. 해 뜨기 직전이나 해 진 직후 뤽상부르 공원 앞에서 생미셸 대로를 따라 센 강까지 느릿느릿 걸어갔다 돌아오는 것이 내 생애의 가장 큰 행복이었지요. 전원은 전원대로 걷는 맛이 있겠지만, 내가 가본 유럽의 도시로서 파리만큼 걷기 좋은 도시는 없었습니다. 파리에서 오직 영어만 사용된다면 혹 모르되, 그곳에서 프랑스어가 사용된다면 나는 21세기에 생을 다시 부여받는다고 해도 프랑스어로 쏠릴 것 같군요. 그러니까 내가 루마니아어를 버리고자 했을 때 우연히 파리에 살고 있었던 것은 분명히 우연이지만, 그것은 지금 돌아보면 내게 매우 행복한 우연이었습니다.

고종석 프랑스나 파리의 이미지에는 뭔가 사람들의 허영을 채워주는 요소가 있는 것 같습니다. 그래서 파리나 프랑스는 그 바깥 세계 사람들로부터 응당 받아야 할 몫에 비해 턱없이 높이 평가받고 사랑받고 있는 것 아닌가 하는 생각이 듭니다. 그렇게 된 세세한 사연은 오직 조물주만이 아시겠지만 말입니다. 그건 그렇고, 선생님은 아까 작가의 큰 보람 가운데 하나가 자신의 글이 될 수 있으면 널리 읽히는 것이라고 말씀하셨습니다. 그것은 선생님 글의 상표가 돼버린 짙은 염세주의와는 어긋나는 것 아닙니까?

시오랑 그것이 존재의 모순이겠지요. 세상에 태어났다는 것 자체가 내게는 골칫거리의 시작이었고, 그래서 나는 늘 절망의 꼭대기에서 살았습니다. 내가 84세로 고종명하리라고는 나 자신도 생각하지 않았습니다. 내 염세주의는 제스처가 아니었어요. 나는 삶과 세상의 부조리, 소외, 권태, 역사의 포악성, 이성이라는 질병 따위에 넌더리가 났어요. 그러나 내게는 보험이 하나 있었지요. 언제라도 자살할 수 있다는 가능성 말입니다. 내가 마음만 먹으면 그 순간 스스로 내 생을 끊을 수 있다는 최후의 희망을 원기소로 삼아 하루하루를 견디다보니 어느덧 84년의 생애가 흘러가더군요. 세계는, 삶은 무의미하다고 내가 역설했을 때 거기 진심이 담겨 있었다는 것을 의심하지는 마십시오. 그러나 그 한 편, 내 글을 누군가가 읽어주고 거기 공감하기를 바랐다는 것도 내 욕망의 또렷한 일부분이었습니다.

고종석 젊은 시절의 선생님을 파시즘 쪽으로 밀친 것이 그런 절망이었습니까?

시오랑 선생의 언어 사용은 계속 느슨하군요. 파시즘이라. 이 말은 언제부턴가 전형적인 으르렁말이 돼버렸죠. 누구나 적을 비난할 때 이 말을 마구잡이로 사용하는 바람에 파시즘은 모든 나쁜 것, 모든 싫은 것을 의미하는 거의 무의미한 말이 돼버렸어요. 좋아요. 한때의 내가 정치적 파시즘에 이끌렸던 것을 인정합니다. 부쿠레슈티대학에 다니던 시절 내가 잠시 철위대와 끈이 닿아 있었던 것은 사실입니다. 엘리아데나 이오네스코도 잠시 그 언저리를 어슬렁댔습니다. 그러나 우리는, 아니 내가 친구들까지 변호할 필요는 없겠군요, 나는 이내 이 폭력의 철학에 시큰둥해졌습니다. 세상과 삶에 대한 내 절망이 근본적이고 절대적이었기 때문입니다. 폭력을 통해서라도 세계를 개조할 수 있다면 그쪽에 내 몸뚱어리를 걸 수도 있겠지만, 내게는 그 가능성조차 보이지 않았습니다. 그 뒤로 나는 오로지 자살의 가능성에 기대어, 내 뜻과 상관없이 부여받은 생애를 벌레처럼 살았습니다. 그리고 어차피 벌레처럼 사는 삶인 바에야, 이방인으로 사는 게 나쁘지 않았습니다. 거기에는 일상적 씁쓸함에서 침전된 어떤 달콤함이 있었어요.

고종석 선생님의 글도 그렇지요. 선생님이 절망을 얘기할 때도 거기선 문득 어떤 달콤함이 배어나오거든요. 그래서 누군가는 선생님의 글을 철학적 로맨스라고도 했지만요.

시오랑 여전히 내 절망에 진심이 없었다는 비난처럼 들리는군요. 그래요, 누구도 남의 의식 속으로 들어가볼 수는 없지요. 아무튼 생애의 대부분을 나는 이방인으로 살았습니다. 파리 경찰국의 형사에게도, 조물주에게도, 그리고 나 자신에게도 이방인이었지요. 그리고 진정한 염세주의자로서 조언하자면, 세상은 한 번 살아볼 만합니다. 자살이라는 보험이 있는 한 말이에요.

《대산문화》, 2004. 가을.

07

해방적 허무주의, 탐미적 신경질

✦

황지우

~~~~~~~~~~~~

    가난이 어떤 관례와도 같았던 바닷가 유년기의 '연혁沿革'을 통해 시인 황지우 호號가 출항했을 때 시인의 나이는 푸르른 스물여덟이었다. 올해로 시인의 나이는 생후 사십 년을 꼭 채운다. 공자는 이 나이에 들어 마음의 홀림이 없었다고 한다.

    공화국의 번호가 두 차례 바뀐 지난 십이 년 동안 황지우 씨가 얻은 것은 이름이다. 그의 첫 시집《새들도 세상을 뜨는구나》는 시인에게 제3회 김수영문학상을 안겼고, 많은 평론가들이 그가 80년대의 최정상급 시인이라는 소견서에 서명했다. 감각과 통찰을 제휴시킨 그의 산문들은 그의 시 못지않게 어떤 독자들을 열광시켰다. 으레 대중예술가들과 연관지어서만 생각되는 팬클럽까지 그의 이름으로 만들어졌다고 풍문은 전한다. 어느 예술가에게도 마음속 깊은 곳에서 꿈틀거리는 자기현시욕이 있다면,

황지우 씨는 80년대의 가장 복받은 예술가에 속한다. 적어도 겉으로 보아서 그의 30대는 그의 절정기였던 것이다.

아니 그렇게만 말하는 것은 불공평한 일이 될 것이다. 시인 황지우 호의 순항은 자연인 황지우의 난항과 등을 맞대고 있다. 그 80년대의 초입에 그는 자신도 모르게 '김대중내란음모사건'이라는 것에 얽혀들어가 서슬 푸르던 합동수사본부에 끌려가 혹독한 고문을 받았다. 그리고 자신이 석사과정에 적을 두고 있던 대학에서 추방되었다. 그 사건은 대학 강단에 서겠다는 그의 오래고 절실한 소망을 결과적으로 증발시켰고, 그로 하여금 그의 절친한 벗에게 평생의 빚을 지도록 만들었다. 그는 고문을 견디다 못해 얼떨결에 한 친구의 이름을 뱉었고, 영문도 모른 채 끌려온 그 친구 역시 고문을 피할 수 없었다.

그 사건은 또 그 뒤 오래도록 김대중 씨에 대한 애증의 양가감정을 그의 마음속에 침전시켰다. 자기 삶의 궤도를 결정적으로 휘어놓은 것이 김대중 씨라는 생각이 그에 대한 미움을 부추겼지만, 그것이 어떤 피할 수 없는 운명의 사슬이었을지 모른다는 생각이 그 미움을 눅였다. 그는 85년 2·12 총선을 바로 앞두고 김대중 씨가 귀국했을 때 그를 맞으러 공항로에 늘어선 인파 속에 끼어 있었고, 87년 대통령 선거 때는 김대중 씨에 대한 비판적 지지 노선에 합류했다. 그리고 패배했고, 좌절했고, 낙향했다.

80년대 내내, 그리고 지금까지도 그는 출판사 두 군데서 문학잡지의 주간으로 잠시 일한 것을 빼고는 직장을 갖지 않았다. 그가 시간으로 출강했던 몇몇 대학을 직장이라고 부를 수 없다면 말이다. 그가 자신의 전공인 미학 공부를 포기했던 것은 아니다. 그는 대학을 옮겨 다니며 띄엄띄엄 학생 신분을 경신했고 지난 겨울에 겨우 박사과정을 마쳤다. 그동안에도 자리를 얻어보려고 애썼지만 그의 뜻대로 일이 풀리질 않았고, 지난해 말에 원서를 내보았던 어느 사립대학에서 그의 교수 자격에 대해 도리질을 했을 때, 그때에 비로소, 그는 대학 선생이 되겠다는 생각을 완전히 단념했다.

그러니, 이제 앞으로 그가 자신의 삶을, 아니 그의 5인 가족의 삶을 경제적으로 지탱하는 길은, 지금까지 그랬듯이, 글쓰기일 따름이리라. 다행스럽게도 그는 지난해에 받은 현대문학상의 상금으로 퍼스널 컴퓨터를 마련해 글쓰기의 생산성을 다소 높일 수 있었다.

여기까지 쓰고 보니 그의 얼굴 위에, 아마도 그보다는 못한 시인이겠지만 프랑스 근대 비평의 맨 앞자리를 차지하는 생트뵈브의 얼굴이 겹친다. 그리고 보니 문학백과사전 같은 데의 사진 속에서 입술을 꼭 맞붙이고 정면을 응시하는 모습이 그와 닮기도 한 생트뵈브는, 에밀 파게의 《생트뵈브의 젊은 시절》에 따르면, "사십 대, 오십 대까지 가난하고, 감각적이고, 겁 많고, 야심 많은, 근면하고 질투심 많은 학생이었다. 그의 가난에 대해서는 아무리 강조해도 지나치지 않는다. 그의 젊은 날의 친구들이 다 한 재산을 모았거나, 적어도 편안하게 살아가게 되었을 때에도, 그것은 그를 끈질기게 괴롭혔다."(나는 파게의 이 구절을 김현의 《프랑스 비평사: 근대편》, 문학과지성사, 1983에서 훔쳤다.)

　　김현의 덧붙임에 따르면 가난이 생트뵈브로 하여금 계속해서 글을 쓰게 만들었으며, 계속 글을 쓰기 위해서는 신용이 필요했는데, 그는 그것을 정확성·진실추구·조심성으로 획득했다. 그의 겁·질투심은 파괴적이고 부정적으로만 드러난 것이 아니라, 차라리 감각적인 것으로의 경사를 용이하게 해주는 긍정적인 측면도 갖고 있었다. 그것들은 내면화되어 사물에 대한 섬세한 관찰을 가능하게 해주었다. 그는 감각적인 가난뱅이였으며, 그것은 아델 위고(빅토르 위고의 부인)와의 불륜의, 그러나 플라토닉한 사랑으로 부정적으로 해소되었지만, 문학적인 측면에서는 지배계급과 비타협적인 성격을 형성시킨, 긍정적인 모습도 보여주었다. 여기까지가 김현의 설명이다.

　　가난과 사랑에 깊이 인각된 삶을 산 감각적인 가난뱅이 생트뵈브를 황지우 씨와 오버랩시키는 것이 이 한국 시인에게 명예가 되는지 아니면 저주가 되는지 나는 모르겠다. 그러나 생트뵈브가 가난 때문에 계속 글을 쓸 수밖에 없었고 사랑 때문에 시를 썼듯이, 그래서 생트뵈브에게 비평가와 시인의 공존이 가난과 사랑의 공존을 의미했듯이, 황지우 씨에게도 산문가와 시인의 공존이 가난과 사랑의 공존을 의미하는 것은 아닐까?

가난과 산문, 사랑과 시의 짝짓기로 우리는 이 두 사람의 얼굴 위에 또 한 사람의 얼굴을 포개어놓을 수 있다. 자신의 산문 쓰기를 매명행위라고 질타한 김수영이 그 사람이다. 생트뵈브나 황지우 씨처럼 도톰한 얼굴을 한 것은 아니지만, 김수영 역시 가난의 힘으로 산문을 쓰고 사랑의 힘으로 시를 쓴, "가난하고 감각적이고 질투심 많은" 시인이었다. 직장이 없는 황지우 씨가 생계를 위해 산문을 쓰기 수십 년 전에 무직의 김수영도 생계를 위해 산문을 썼고, 김수영의 산문이 60년대에 그랬듯, 황지우 씨의 산문도 80년대의 문학적 지형 속에서 독특한 돋을새김을 이루어왔다. 이런 짝짓기를 통해 이들 위에 포갤 수 있는 얼굴이나 이름은 문학사에 수두룩하겠지만, 또 개인사의 유비를 통한 이런 도표 만들기가 별 뜻 없는 파적을 넘어 30대·50대까지의 황지우 씨의 가난을 점치는 불길한 주술로 받아들여질 수도 있겠지만, 그것을 무릅쓰고 나는 내게 매력적으로 다가온 세 이름을 일렬로 늘어놓는다: 생트뵈브, 김수영, 황지우.

《사회평론》이 내게 맡긴 대담을 위해 내가 황지우 씨를 만난 곳은 신촌의 바로크라는 카페였다. 나는 그 자리를 위해 광주의 그의 집에 다섯 차례 전화를 했고, 다섯 번째야 그와 통화를 할 수 있었다. 내가 소설가 김향숙 씨와 얼굴을 이따금 혼동하는 그의 부인은 그가 왜 그렇게 집에 붙어 있지 않은지는 얘기해주지 않은 채 그의 부재를 미안해했다. 그녀는 황지우 씨의 시 속에서는 "십여 년 전 영치금을 넣어주고 간 중산층의 딸"(〈잠든 식구들을 보며〉)이며 "…내가 많이 아프던 날/ … / 저도 형과 같이 그 병에 걸리고 싶어요"(〈늙어가는 아내에게〉)라고 말한 여성이다.

그와 통화가 됐을 때 그는 우선 자신이 요사이 얼마나 바쁜가를 얘기했다. 동생인 광우 씨가 이번 14대 총선에 민중당 후보로 광주 동구에서 출마할 예정이어서 자신이 동생의 선거운동을 돕고 있다는 것이었다. 나는 그제서야 황광우 씨가 광주지역에서 출마할 것이라는 소문을 기억해냈다.

황광우라는 이름이 저널리즘에 오르내리기 시작한 것은 극히 최근이지만, 그의 필명인 정인·조민우·최윤희 등의 이름은 《소외된 삶의 뿌리를 찾아서》《들어라 역사의 외침을》《멍에를 이고 가는 사람들》 등의 책들과 여러 글들을 통해 진보적 학생층과 노동자들의 귀에 상당히 익어 있다. 그는 광주 제일고등학교 이학년 때인 75년에 유신반대 시위를 주동해 투옥·제적된 이래 투옥·제적·수배 생활을 반복하며 학교 안팎과 노동현장에서 줄곧 '운동'에 헌신해온 이론가이자 실천가이다. 인천지역 민주노동자연맹의 이론가였던 그는 이 그룹과 민주주의민족통일노동자동맹 그리고 노동계급 그룹이 통합해 합법적인 한국노동당을 발족시켰을 때 그 당의 강령을 기초했고, 노동당이 민중당과 통합하면서 민중당 공천으로 광주 동구에서 나서게 됐다. 황지우 씨는 그의 세 번째 시집《나는 너다》의 앞머리에 "나를 길러주신 나의 장형 우성 스님께, 세상의 부채를 지고 지금도 땅 밑을 기는 나의 아우 광우에게, 그러므로 이 세상의 모든 형제들에게 바칩니다"라는 헌사를 쓰고 있는데, 이제 그 광우 씨가 땅 위로 올라온 것이다.

나는 황지우 씨에게《사회평론》의 대담 이야기는 하지 않고, 몹시 보고 싶은데 서울에 올라올 일이 없느냐고 물었다. 도리로 보자면 그가 그리 바쁘지 않더라도 응당 내가 광주로 내려가야 할 일이지만, 내가 신문사에서 써야 할 기사가 주로 주말에 몰려 있는 데다가 총선 때문에 여느 달보다 앞당겨 내기로 한《사회평론》의 원고 마감일이 너무 촉박해 내가 몸을 움직일 겨를이 없었기 때문이다. 그는 마침 그날 서울에 올라올 일이 있다며 건축가 조건영 씨 사무실에서 만나자고 했다. 자기는 너무 바빠서 잠깐 동안밖에는 나를 못 볼 것 같다는 말을 덧붙이며. 그리고 그날 오후에 내가 조건영 씨 사무실로 전화를 했을 때 그는 신촌에서 보는 것이 좋겠다고 말했다.

내가 바로크에 도착했을 때 그는 아직 오지 않았다. 전날의 숙취에서 그때까지도 풀려나오지 못하고 있었기 때문에 나는 파인주스를 시켜 홀짝홀짝 빨았다. 귀에 아주 설지는 않으나 내가 그 제목을 알 턱이 없는 클래식 음악이 잔잔히 흐르고 있었다.

나는 문득 이 집에서 들려주는 음악이 바로크풍인 것인지, 이 집의 실내장식이 바로크 양식인 것인지, 그렇지 않으면 바로크가 별 의미치 없는 단순한 옥호일 뿐인지가 궁금해졌다. 그리고 유식한 황지우 씨가 오면 그걸 물어봐야겠다고 생각했다. (그러나 깜박 잊고 결국 물어보지 못했다.)

내가 그를 처음 만난 것은 88년 가을이다. 그는 내가 속해 있던 〈한겨레신문〉 올림픽 특별취재반의 객원기자 자격으로 경기장을 드나들었고, 나는 그의 오래고 열광적인 독자였으나 그의 자부심을 부풀리는 데 한몫 거들기가 왠지 싫어서 한동안 그를 외면하고 지냈다.

그는 〈한겨레신문〉에 경기 관람평을 두 차례 썼고, 그 두 번째 글이 데스크에 의해 훼손된 채로 게재되자 경기장에서 모습을 감추었다. 뒤에 그가 얼마나 힘들여 글을 쓰는지를 알게 되었을 때, 나는 그때 그가 받은 상처를 얼마쯤은 이해하게 되었다. 신문사에서는 늘상 일어나는 기사의 축약·윤색·재배열을 이 섬세한 시인은 견딜 수 없었던 것이다. 그에게 자신의 글에 칼을 대는 것은 자신의 영혼과 육체에 칼을 대는 것과 다르지 않았으리라.

오랫동안 시인 황지우 이상으로 산문가 황지우를 사랑했던 나는 그 조그마한 사건이 참 가슴 아팠다. '시 같은 산문'이라는 말은 어떤 산문에 대한 최상의 찬사가 되겠지만 그의 산문은 때때로 시를 넘어선다는 것이 내 생각이다. 서로 독립적이고 무관한 듯이 보이는 사물들 사이의 공통점을 상상력의 빨판으로 끌어당겨 비유의 진열장을 만드는 것이 시쓰기의 중요한 측면이라면 그는 물론 탁월한 시인이겠지만, 그런 뜻에서 그의 시인됨은 오히려 산문의 형식으로 발표되는 글들 속에서 더 도드라진다. 조금 과장해서 얘기하자면 그의 시는 그의 뛰어난 산문들의 우수리일 뿐이다. 그는 자신의 시로써 김수영문학상을 탔지만 그가 김수영을 이어가고, 이겨내고 있는 것은 산문을 통해서다.

그의 산문을 찬찬히 뜯어 읽어보면, 이따금씩 그의 글에서 마주치게 되는 감정의 과장과 호들갑을 마땅치 않게 생각하는 사람까지도, 그가 얼마나 정교하게 어휘를 선택하고 문장을 배열하며 연상의 나들이를 이끌어가는가를 발견하게 될 것이다. 그의 산문은 논리의 글인 것 이상으로 상상력의 글이며, 그 상상력은 가볍고 풍부한 것 이상으로 정교한 상상력이다. 그리고 그 가벼운 상상력(여기에서 '가벼운'은 상상의 대상이나 양태를 수식하는 것이 아니라 상상력의 수평을 가리킨다)의 한켠에는, 그 자신에게는 듣기 싫은 소리가 되겠지만, 나른한, 아니 긴장된 나르시시즘과 허무주의가 자리잡고 있다.

그 가벼운 상상력 속의 나르시시즘과 허무주의는 그가 혁명 시인이 되는 것을 막고, 그를 모더니스트로 만들고, 그로 하여금 "문학은 혁명에 관여하는 것이 아니라 그것의 조짐에 관여한다. 그리고 문학은 반혁명에 관여하는 것이 아니라 그것의 상처에 관여한다. 문학은 징후이지 진단이 아니다"라고 발언하게 한다. 하기는 그를 모더니스트라고 부르는 것도 부질없는 짓일 것이다. 브레히트가 리얼리스트라는 의미에서라면 그 역시 리얼리스트일 테니까.

그는 조금 우울한 얼굴로 자리에 앉았다. 그리고 블랙커피를 시켰다. 나는 그의 근황을 물었고, 그는 학교에 취직이 안 된 얘기며 동생의 선거일을 돕고 있다는 얘기며를 별 활기 없이 했다. 그는 마르크스가 너무 조급했던 것 같다며 마르크스주의의 퇴조와 운동의 사양을 쓸쓸하게 말했고, 김대중 씨의 정치적 운명에 대해 다소 냉소적으로 얘기했다. 그러고는 인도에 가고 싶다고 말했다.

> 나는 아직도, 세상이 나를 안 받아준다고 생각하고 있다.
> 이 대애단한 나,
> 세상은 너무 납짝하고 나는 너무 퉁겁다, 이거지
> 이력서만 해도 열번은 더 집어넣어 보았지만
> 내 아파트 평수만큼 늘 초과해 있는 삶덩어리
> 나도 이 덩어리가 싫다
> 나는 제자리에 그대로 있는데 아이들이 마구 자라니까

水位가 바로 코 밑에까지 올라와 있다

생활을 생각하면 이젠, 솔직히 말해서 공포스럽다

나는 언제나 한계에 있었고

내 자신이 한계이다

마스터베이션만도 못한 자존심,

그런 것이 있어서 이런다고는 생각지 않는다

어디엔가 나도 모르고 있었던, 다른 사람들은 뻔히 알면서

도 차마 내 앞에선 말하지 않는

不具가 내게 있었던 거다

(…)

여기가 너무 비좁다고 느껴질 때마다

印度에 대해 생각한다

물 위 제 그림자를 끌면서

江岸을 지나가는 기러기떼가

너무너무 아름다웠기 때문에

강둑에 기절해 쓰러져버린 인도 청년에 대해 생각한다

인도는 섬일까

강물 위 꽃잎 같은

스스로의 무게에 滿醉한

섬일까

여기가 비좁다고 느껴질 때마다

허말라야 근처에까지 갔다가

산그늘이 잡아당기면 딸려들어가

영영 돌아오지 않는 나에 대해 생각한다

_〈등우량선等雨量線〉,《문예중앙》, 92. 봄호.

　나는 내가 그를 만나자고 한 이유를 밝히고 빠르게, 도발적으로 질문을 퍼부었다. 그는 내 질문이 악마적으로 아름답다며, 그것이 아름답기 때문에 그 악의에도 자신은 상처받지 않는다고 상처받은 표정으로 말했다(그는 "미는 나의 본능이었다. 가난하게 살길 참 잘했다. 하마터면 난 구제할 수 없는 놈이 될 뻔했다. 남이 토해낸 것을 한 번만 더 보면 참 다채롭다"고 쓴 적이 있다).

　나는 당신이 형식주의자라고 생각한다. 당신의 초기 시는 말할 것도 없고 최근의 시나 산문까지를 포함해서 당신이 일관되게 관심을 가졌던 것은 형식 아닌가. 당신은 언젠가 수사가 중요한 것이 아니라 사상이 중요하다고 말했지만 당신이 정작 신경을 쓰는 것은 혹시 수사에 대해서가 아닌가.

　당신의 말투 속에는 '형식주의'라는 말에 대한 폄하가 배어 있다. '형식주의자'라는 말이 형식에도 관심을 쏟는 사람을 뜻한다면 내가 형식주의자인지도 모르겠다. 그러나 형식은 우리가 기델 수 있는 인간의 문화고, 그것을 통해 세상을 인식할 수 있는 렌즈다. 그것은 곧 바스러질 질그릇 같은 것일지도 모르지만 그 질그릇에 우리는 술을 담는다.

되풀이되는 추궁이겠지만, 당신은 화장을 너무 좋아하는 것이 아닌가. 사람들이 선시라고 부르는 당신의 일련의 시를 읽을 때도 나는 거기서 선사의 달관보다는 무대에 선 공연 예술가의 자의식을 더 느낀다.

화장은 삶이 너무 헐벗었을 때 우리가 존재하고자 하는 본능이다. 그러나 화장에도 수준이 있다. 높은 수준의 화장과 낮은 수준의 화장은 구별해야 한다. 나는 선사가 아니다. 이미 깨달아버렸다면, 달관해버렸다면, 어떻게 시를 쓰겠는가. 나는 아직도 시인이기를 원한다. 그 말은 내가 달관하고 싶지는 않다는 말이다. 선과 속 사이의 아슬아슬한 경계의 떨림이 삶이 아니겠는가. 의식적인 삶은 무대일 수밖에 없다. 남들의 시선이 공포스럽지만, 나는 때때로 많은 시선이 모이는 곳에서 섹스를 하고 싶을 때도 있다. 그럴 때 내가 어떤 한계를 넘어버린 것이 아닌가 하는 두려움이 있다. 당신의 화장이란 말은 욕설이지만 나는 그것이 조금도 아프지 않다.

누구나 동의하듯 형식이란 내용의 침전물이다. 그래서 나는 당신의 사상에 대해서도 그게 결국 부르주아문화의 파편이 아닐까 하는 혐

의를 건다. 당신의 삶을 '파탄'시켰다는 부르주아적 질서가 당신의 이름을 떠받치고 있는 것은 아닌가. 나는 당신이 결코 사회주의적 인간형은 아니라고 생각한다. 그렇기는커녕 내가 보기에 당신은 자본주의적 인간의 전형이다. 당신의 신경질·허무주의·엘리트주의·개인주의·소심증 같은 것이 그런 판단의 정당성을 보조한다. 그래서 나는 지금 당신이 민중당 후보의, 그렇다기보다는 한국노동당 후보의 선거운동을 하고 있는 것도 잘 이해가 안 된다. 당신이 혹시 자본제사회가 아닌, 그러니까 예전의 봉건사회나 사회주의사회에 태어났다면 지금보다 오히려 더 불행하지 않았을까.

우선, 내가 이 사회에서 결코 행복하지 않다는 사실을 지적해두자. 내가 글을 써서 한 달에 버는 수입은 삼십만 원이 조금 넘는다. 물론 인세 약간과 다른 수입이 있어서 아주 궁핍한 삶을 꾸려나가는 것은 아니지만, 나는 이 사회의 수혜자가 아니다. 내가 다른 사회체제 안에서라도 비슷하게 불행하기는 했겠지만, 더 불행하지는 않았을 것이다. 내 허무주의와 신경질에 대해서 말한다면, 그 허무주의는 나를 자유롭게 하고, 그 신경질은 나를 세련되게 한다. 나는 실천적 사회주의자는 못 되지만, 사회주의적 교양에 물들어 있고 사회주의적 교양이 빠른 속도로 번지기를 원한다. 나는 한국노동당의 강령을 읽어보지 못했지만 그 당을 이끌었던 사람들에게 반한 건 사실이다.

당신은 낭만주의자일 뿐이군.

낭만주의를 벗어난 예술은 인류사에 없었다. 자연주의 속에도 낭만주의는 있다.

허무주의가 당신을 어떻게 자유롭게 하고 신경질이 당신을 어떻게 세련되게 하나.

허무주의는 매이지 않으니까. 그리고 신경질은 선택 작용을 예비하니까.

당신의 허무주의는 결국 탈정치주의가 아닌가.

그래도 나는 역사가 급박하게 나를 부를 때 그것을 외면하기 어려웠다.

그러면 예술적 성취와 역사에의 구속은 서로 모순적인가.

모순적일 때도 있고, 그렇지 않을 때도 있다. 그것이 모순적일 때 나는 예술적 성취를 택하겠다. 시는 황홀한 정상이다. 요즘 나는 서정주를 다시 읽고 있다.

그때 그 근처 어디엔가 자리를 잡고 있는 듯한 조건영 씨가 들어와 황지우 씨를 재촉하고 다시 나갔다. 두 사람 사이에는 급한, 사적인 볼일이 있는 듯했다. 나는 서둘러 질문을 마무리했다.

당신은 당신을 열애하는 사람이 없어도 살 수 있는가.

나를 열애하는 사람이 없어도 살 수 있지만 내가 열애하는 사람이 없으면 살 수 없다. 내게 중요한 건 사랑의 능동성이다. 부르주아문화의 핵심은 유혹의 구조이고 그 한가운데에 이기심이 자리잡고 있다. 그 이기심이 인간의 조건임을 전제하더라도, 또는 그렇기 때문에 중요한 것은 수사가 아니라 사상이다(나는 이 말을 잘 이해할 수 없었지만 캐물을 시간이 없었다). 요즘 헌신에 대해서 생각하고 있다.

우리는 바로크를 나왔다. 그는 인사도 없이 연세대 쪽으로 걸어갔고, 나는 그의 쓸쓸한 뒷모습을 바라보다가 전철을 타기 위해 로터리 쪽으로 돌아섰다. 갑자기 허기가 왔다.

《사회평론》, 1992. 4.

08

단심丹心에서 흘러나온 푸른 노래들

✦

김정환

~~~~~~~~~~~

룩셈부르크에 있는 한 언론재단과 내가 일하고 있는 신문사의 호의로 나는 92/93년의 가을 겨울 봄 세 계절을 파리에서 보냈다. 서울에서보다 더 가난했으나 서울에서보다 덜 바빴던 그 시절, 내가 부스러기 시간들을 보낸 곳은 주로 책방이었다. 나는 센 강을 따라 늘어서 있는 헌책방들을 순례하거나, 대형 서점의 이 구석 저 모퉁이를 기웃거리며 시간을 죽였다. 내가 특별히 책을 사랑해서가 아니었다. 그러므로 특별히 어떤 책을 사기 위해서도 아니었다. 사실 내게는 읽고 싶은 책을 거리낌 없이 살 수 있을 만한 배짱도 돈도 없었다. 내가 틈틈이 책방엘 들른 것은 그저 돈 없이 시간을 보내는 가장 손쉬운 방법이 책방에서의 '아이쇼핑'이라는 경험적 지혜 때문이었다.

그 지혜는 서울의 종로서적에서 트였다. 중학교 시절, 탁구장이나 동시상영 영화관에도 갈 돈이 없을 때면 나는 종로서적엘 들러 시간을 죽였다. 1, 2층 매장을 통틀어서 남자 직원이라고는 눈을 씻고 찾아봐도 발견할 수 없었던, 온통 여인의 향기로 그득 찬 70년대 초의 종로서적에서 말이다. 나는 그곳에서 헤밍웨이의 대중소설들을 거의 다 읽었다. 구박의 눈초리 한 번 받은 적 없이. 고객을 잠재적인 절도범으로 생각하고 험상궂은 표정의 남자 감시원들을 곳곳에 배치해놓은 지금의 종로서적, 백과사전 같은 데서 필요한 부분을 노트라도 할라치면 금방 직원의 눈초리가 사나워지는 지금의 종로서적은 그 시절의 종로서적과 얼마나 달라져 있는 것인지…

　나는 샤틀레 레알의 상가 포럼데알에 자리잡은 대형 서점 프나크나 학생들의 젊은 숨결이 질투를 자아내는 생미셸 거리의 지베르쥔 같은 서점들에서 그런 향수어린 아이쇼핑을 했다. 바닥에 주저앉아 순식간에 만화책 몇 권을 훔쳐보기도 하고, 파리에 있는 묘지들의 유래와 위치를 알아보기도 하고.

　음악책 매장의 대중음악 코너에 즐비하게 전시돼 있는 가사집들을 발견한 것도 프나크에서였다. 사실 나는 《자크 브렐의 노래들》《세르주 갱스부르의 노래 모음》《조르주 브라상의 노래 선집》 같은 표제들을 보고 당연히 그 책들이 악보집일 것이라고 생각했다. 그러나 그 책들은 오선이나 음표가 전혀 없는 가사집이었다. 아니 차라리 시집이었다. 유럽어로 된 가사들이 대개 그렇듯 그 가사들이 시처럼 엄격하게 라임을 갖추고 있었기 때문에 더욱 그런 느낌을 받았는지도 모르겠다. 악보가 없는 가사집이 무슨 소용이람, 그런 책들을 누가 살까 하는 내 의구심은 그 코너에 바글거리는 사람들의 진지한 표정에 의해 정당성을 잃고 있었다. 문학책 매장의 시집 코너가 단지 시를 전공하는 극소수의 대학생들이나 겨우 유혹하고 있는 그 나라에, 냉정히 말하자면 전통적(아니 차라리 정통적) 의미의 시와 시인이 죽어버린 그 사회에, 새롭고 현대적인 대중적 시인들이 등장하고 있었던 것이다 (물론 위에 언급한 프랑스 대중가수들은, 육체적으로는, 이미 죽은 시인들이다).

애초에 나는 별다른 프랑스문화 애호자가 아니었고, 파리에서 잠깐 살다 온 지금도 여전히 그 사회의 문화에 별다른 정겨움을 갖고 있지 않지만, 프랑스어로 된 대중가요에는 얼마쯤의 호감을 가지고 있고, 이따금씩 술자리에서 맑지 않은 목소리로 그것들을 흥얼거리기도 하는 편이다. 내가 민감하게 반응하는 것은 그 노래들의 멜로디에라기보다는 그 노래들의 가사에 대해서다. 명백히 어떤 정치적 지향을 내보이고 있는 노래들이 아니더라도, 프랑스어로 된 대중가요의 많은 수가 삶에 대한 통찰과 어떤 느낌의 깊이를 보여주고 있다.

우리에게도 널리 알려진 이브 몽탕의 〈고엽〉이나 미셸 폴나레프의 〈홀리데이〉만 해도 그렇다. 〈고엽〉의 가사는 애초에 자크

프레베르의 시이기도 하지만, 운명의—이 시가 쓰인 사회적 맥락에서 보면 그것은 차라리 역사이고 더 구체적으로는 전쟁이지만—힘에 휘둘리는 개인의 무력함을 더없이 아름답고 슬프게 그려내고 있다. 특히 "삶은 그러나/ 서로 사랑하는 이들을/ 갈라놓아버리지/ 아주 슬며시/ 소리소문없이// 그러고 나면 바다는/ 지워버리지/ 그들이 찍어놓은/ 모래 위 발자국들을" 같은 구절이 그렇다. 인간의 삶과 바람〔願望〕에 대한 운명의 방해 공작은 대체로 "아주 슬며시, 소리소문없이" 진행된다. 그것이 떠들썩하게 이뤄진다면 우리는 그것에 대해 최소한의 대비라도 할 수 있으련만. 그러고 나서 운명은, 차라리 세월은, 그 삶의 찢김을, 그 삶 자체를, 망각으로, 차라리 원초적 부재不在로 밀쳐버린다. 이 노래의 가사에 실린 우수와 약간의 허무를 병적 정서라고 비판할 수는 있어도, 그 우수와 허무가 발산하는 아름다움마저 부인하기는 어렵다. 〈홀리데이〉도 그렇다. 이 노래는 박인희 씨에 의해 우리말로 번안돼 불리기도 했지만, 번안된 가사에서는 원래 가사에 묻어 있던 도시 빈민의 애환의 정서를 읽어내기가 어렵다.

이런 외국 노래들에 대한 나의 편애는, 어쩌면 유년기 이래, 싸구려 정서를 '탈문법적' 문장에 담은 우리나라의 대중가요 가사를 신물이 나도록 들어왔기 때문에 생긴 것인지도 모른다. 진보적 시인들의 민중지향적 시들을 가사로 채택하거나 말에 대한 감수성이 있는 작곡가들이 노랫말을 붙인 세칭 민중가요가 젊은 세대를 중심으로 불리기 시작한 80년대 이전에, 대중의 정서를 위안하거나 고양시킬 반듯한 가사를 만들어낸 이는 고작 박건호 씨나 김민기 씨 정도가 아닐까, 하고 나는 생각한다.

실천문학사로부터 이 시집의 두툼한 교정지를 받은 지 3주가 지나서야 겨우 짬을 내 그것을 일독한 내게 우선 떠오른 생각들이 이런 사적인 상념들이었던 것은, 이 시들이 눈으로 읽어야 할 시가 아니라 입으로 읽어야 할 시들이고 가능하다면 입으로 불러야 할 시들이라는 느낌 때문이었을 것이다. 그 느낌은 제2부의 첫 시 〈황혼〉에서 시작됐다.

붉은 노을 흩어져 고요한
눈물 고이고 거기서부터
여기까지 울컥임이 멈추지 않는다
누가 나보다 먼저 울고 있느냐
어기엿차 어기 어기엿차 어기

이 시집에 모인 시들 가운데서 별다르게 절창이라고는 할 수 없을 이 쓸쓸한 시는 언뜻 읽기에도 서러움의 가사였는데, 조금 지나자, 그 서러움을 밀어내는 또다른 가사풍의 시와 마주치게 되었다. 〈내 마음 먼 곳〉이라는 시다.

내 마음 푸른 종소리 가는 실개천

갈 길 고단한 마음

과거보다 먼가 내 마음 항상

안 되지 두 번 다시는

억울해서는 안 되지 내가 견디는 절망이

갈 길 껴안으리라

내 마음 붉은 진달래 시든 단풍잎

오갈 길 푸르른 역사여

미래보다 먼가 내 마음 항상

그렇지 두 번 다시는

아파해선 안 되지 내가 겪는 희망이

갈 길 드넓히리라

가깝기 위하여

더 먼 것을 담아야 한다 내 마음

나는 12행까지의 내용적·형식적 대칭성이 재미있어서, 이 시가 4분의 4박자 노래 가사의 1, 2절이라고 생각하며 읊조려보았는데, 조금 어색한 대로 꽤 그럴듯하게 불려지는 것이었다. 마지막 두 행은 후렴이 되고.

제3부에서 만난 시 〈젖은 눈동자〉에서 드디어 나는 이 시집에 실린 시들의 많은 수가 노랫말로 사용될 수도 있겠구나 하는

지레짐작을 하게 되었다.

> 노래엔 젖은 눈동자 남아
> 적시네 남은 생애를
> 어디서 솟은지 몰라
> 눈물샘 마르지 않네 노래엔
> 젖은 눈동자 남아
> 적시네 남은 멸망과
> 그 이후의 더 진한 눈물까지
> 적시네 적셔진 것이
> 기쁨이 될 때까지 기쁨이 젖은
> 육체일 때까지
> 노래는 오래 전부터
> 적시네 뜨거운 발자국
> 발자국에 남아 젖은 눈동자
> 검게 젖은 눈동자

한번 이런 지레짐작에 감염되고 나니, 도처에서 가사로 쓸 만한 시들이 발견되는 것이었다. 특히 '가사성'이 두드러진다고 내가 생각한 시들을 열거하자면, 제5부의 〈10월〉〈포옹〉〈나무〉, 제7부의 대부분의 시들, 제11부의 〈신비〉〈눈부심〉, 제12부의

〈폭풍〉, 제13부의 〈하얀 치아〉, 제14부의 〈별, 기타〉 〈아침〉, 제15부의 〈땅끝〉, 제16부의 〈슈퍼마케트〉 같은 작품들이다. 특히 나는 〈포옹〉 같은 시를 노래로 읽으며 비천한 환희와 아쉬움에 싸였다. 그 환희는 이 시를 부르며 내가 되새김질한 비유의 기발함 때문이었고, 그 아쉬움은 내가 이 멋진 '가사'에 곡을 붙일 재주를 지니지 못했다는 사실 때문이었다.

그 기억이 남아
빛나네
부서질수록 빛나는
포옹의 기억
남은 것이 남아
떨리네 떨리는 영상이
산산이 부서져
빛나는 기억이 다시
포옹하네 포옹의 기억을
내 몸은 시간의
모래시계
부서지고 흘러가고
다시 남는 것들의
쌓여짐

내 몸이 다시

포옹하네 부서진 것과

쌓여진 것과

그 너머까지

가야 하므로 내 몸은

사랑으로 부서지네

포옹으로

열리는 아픔과 이어지는 기쁨과

아 빛나는 기억의 육체여

그렇다. 육체야말로 우리가 '육체적으로' 느낄 수 있는 시간의 모래시계다. 이런 비유야말로 대중적인 비유고, 대중가요적인 비유고, 마침내는 고전이 될 비유다. 나는 이런 '세련되지 못한' 비유들이 대중의 입을 통해 널리널리 불려졌으면 좋겠다.

내가 이 시집의 몇몇 작품들에서 어떤 가사로서의 효용을 발견하게 된 것은 어쩌면 시집 전체에서 수없이 출몰하는 노래와 음악에 대한 이미지들의 영향 때문인지도 모르겠다. 아예 표제부터가 '현악 4중주'인 제7부를 접어두더라도, 그런 이미지들이 시집 도처에 그득하다. 아참, 어쩌면 또다른 이유가 있을지도 모른다. 내가 이 시집의 발문을 떠맡게 된 것은 한 달쯤 전 창작과비평사 앞의 어느 호프집에서였다. 김정환 씨는 그 자리에서 노래 〈제비〉를 불렀는데, 그의 목소리는 40대에 접어든 지금도 녹이 슬지 않은 채―그가 애연가요, 애주가라는 걸 생각하면 기이한 일이다―노래꾼으로서의 명성을 정당화하고 있었다. 내가 이 시집에서 노래의 기미를 느낀 것은, 그러니까, 내가 그 술자리에서 들은 그의 노래 때문인지도 모른다. 그래서 이 글을 쓰기 시작하기 전에, 그러니까 지금부터 두 시간쯤 전에, 나는 김정환 씨에게 전화를 했다.

　―이거 노래 가사를 염두에 두고 쓴 시들이죠?
　―아니에요. 그 가운데 한 편이 노래로 만들어지긴 했지만, 그저 시들일 뿐이에요.
　―그런데 왜 이렇게 다 노래 같지?
　―고종석 씨가 무슨 편견을 가지고 읽어서 그럴 거예요. 이거 이상한 글 나올까봐 걱정되네.
　―알았어요. 편견을 없애고 다시 읽어보죠. 그런데 발문은 짧게 써도 되죠? (나는 엊그제 당한 춘사椿事로 병원에서 오른쪽 가운뎃손가락을 꿰매고 붕대를 한 상태여서 컴퓨터 자판을 누르기도 여간 불편한 게 아니다. 가운뎃손가락을 굽히고 펼 때마다 마디가 찌릿찌릿하다.)
　―왜? 좀 길게 쓰쇼.
　―(제기랄.) 아니 뭐. 이 시들이 모든 걸 다 말하고 있잖아요. 쓸 만큼 쓸게요. 그런데 시집 제목은 뭐라고 붙였어요?

-뭐더라, 응. 노래는 푸른 나무 붉은 잎.

옳지, 그래. 것 봐, 노래잖아. 나는 이 시집 제목의 '노래'를 글자 그대로 좁은 의미의 노래로 받아들이기로 했다. 그래서 전화를 끊자마자, '편견을 없애고 다시 읽어보는 짓'을 포기하고 '이상한 글'을 쓰기로 했다.

나는 아까 프랑스 얘기를 하면서 "전통적(아니 차라리 정통적) 의미의 시인이 죽어버린 사회" 운운했지만, 사실은 노래꾼이야말로 가장 전통적이고 정통적인 의미에서 시인이 아닐까? 도대체 예술이라는 것이 복잡한 장르 분화를 겪지도 않았을 저 아스라한 선사시대나 고대까지 거슬러 올라갈 것도 없이, 중세의 사계를 이리저리 떠돌며 민중이나 제후에게 삶의 희로애락, 사랑의 황홀과 아픔 따위를 노래했던 것은 집시들, 음유시인들이었던 것이다. 그리고 그들이야말로 신분의 고하를 막론하고 당대 인간들의 정서를 대변하는 진짜 시인이자 노래꾼이었을 것이다.

시를, 입으로 부르는 '비천한' 그 무엇이 아니라 눈으로 읽는 '고귀한' 그 무엇으로 생각하는 버릇은 부르주아사회 특유의 현상인지도 모른다. 그런데, 과학기술혁명과 시청각문화의 창궐로 문학의 위기가 운위되는 요즘, 노래는 가장 전통적 의미에서 시일 뿐만 아니라 가장 현대적 의미에서 시이기도 하다. 시청각 매체의 십자포화 속에서 시라는 장르가 운명을 부지할 수 있는 길이 있다면, 그것은 노래의 형태로, 대중가요의 형태로 남는 것이다. 멜로디에 실리지 않은 시가, 또는 적어도 일정한 외형률을 지향하지 않는 시가 일반대중에게 널리 읽히는 시대는 앞으로 길게 지속되지 않을 것이다. 그리고 그것은 시로서, 그리고 시인으로서, 조금도 부끄러운 일이 아니다. 시란 본래 노래였으니까. 시인이란 본래 노래꾼이었으니까.

《노래는 푸른 나무 붉은 잎》에 묶인 시들을 내가 받고 있는 유혹대로 노래 가사로 읽든, 김정환 씨의 말대로 "그저 시"로 읽든, 이 시집에서 보이는 것은 짙은 서정성과 구체성이다. 그 서정성과 구체성의 폭과 깊이는 그의 첫 시집이자 아마도 그의 가장 뛰어난 시집이었을 《지울 수 없는 노래》(1982) 이상이다. 말하자면, 그가 《기차에 대하여》(1990) 같은 시집에서 드러낸 관념 취향, 사변 애호, 선구자적 영웅주의를 이 시집에서 발견하기는 아주 힘들다. 그는 민중의 검술선생이라는 작위를 팽개치고 다시 민중 속으로 '하강'하고 있는 것처럼 보인다. 그때의 민중은, 대체로, 자본가의 세상을 곧 끝장낼 것 같은 '위대한 노동자계급'이 아니다. 그들은 대체로 일상의 고단한 노동을 힘겨워하고, 자그마한―자그마한? 차라리 개인적인!―일에 희비를 표현하는, 그러면서도 미래를 위한 희망을 어렵사리 조직해나가는 도시 빈민들, 마치코바 노동자들이다. 그것은 그의 시가 이념의 한 사이클을

돌고 난 뒤 다시 원점으로, 과거로 회귀하고 있다는 것을 의미하는가? 아마도 아닌 것 같다. 그는, 그가 지금까지도 늘상 그래왔듯, 이번에도, 선회하고 있는 것처럼 보이는 것이 아니라 확장하고 있는 것처럼 보이기 때문이다. 그가 본디 지니고 있던 사고와 정서의 결들을 차례차례 보여주고 있는 것처럼 보이기 때문이다.

이 두 권의 시집에서만도 그가 보여주는, 차라리 그가 관심을 쏟는 삶의 측면들, 그 삶의 순간순간들이 사람들에게 유발하는 정서의 반응들은 아주 다양하다. 이 시집 전체를 감싸는 정서를 뭉뚱그려 '민중적 정서'라고 우겨 말하기로 한다면 그렇게 못할 것도 없지만, 그것은 차라리 인간의 보편적 정서들이다. 그 정서들은, 때때로는, 세상에서 '소시민적'이라고 말하는 정서이기도 하다. 그 정서들을 굳이 어떤 추상적 어휘에 구겨넣는다면, 그 어휘는 '민중성'이라기보다는 '순정성'이 될 것이다. 그 순정성이, 그 맑고 정갈한 정서들이 구체적으로 드러나는 형태는 사랑의 아픔과 환희이기도 하고, 무너지며 흐르는 세월을 바라보는 쓸쓸함이기도 하고, 일상의 노동이 주는 모멸감이기도 하고, 노동만이 먼 훗날을 잉태한다는 자부심이기도 하고, 자연에 투영된 인간의 희로애락이기도 하고, 자식 키우는 재미이기도 하고, 이상과 현실의 괴리에 대한 힘겨운 수납과 극복 의지이기도 하고, 역사에 대한 신뢰이기도 하다.

그런데 이 시들은, 그 상당수가 — 이따금씩 발견되는, 의미

단위와 행갈이를 의도적으로 어긋내 의미와 리듬 사이의 긴장을 만들어내고 있는 작품들까지를 포함해서(이런 시들을 보면 그 역시 김수영 이후의 시인이다. 이 시집을 잠시 치워놓고 생각한다면, 사실 시의 형식을 놓고 보거나 내용을 놓고 보거나, 계승의 측면에서나 발전·극복의 측면에서나, 김수영과 김정환 씨의 친연성은 세상에서 생각하는 것 이상이라고 나는 생각한다. 김수영의 그 '소시민적 자의식'과 김정환 씨의 때때로 영웅주의적인 민중주의가 내게는 서로 그다지 멀어 보이지 않는다. 김수영은 정말 자기 이웃과 함께 어깨를 겯고 행진할 수 있는 사람이 아니었던 것일까? 나는 그렇지 않다고 생각한다. 김정환 씨에게는 개인적 정서라는 것이 하찮기만 한 것일까? 나는 그렇지 않다고 생각한다. 나는 때때로 김수영의 시에서 김정환 씨의 출발점을, 김정환 씨의 시에서 진화된 김수영을 발견한다. 김정환 씨가 김수영문학상을 받지 못한 것은 참 이상한 일이다. 수상자들 가운데는 시적 성취로도 그렇고, 무엇보다도 김수영과의 친연성으로 보아 김정환 씨보다 덜 적절한 사람들이 있었는데. 하기야 김정환 씨는 김수영문학상만이 아니라 문학상이라는 것을 받아본 적이 없기는 하지만)—, 그 읽기의 단위를 음악의 소절과 대략 일치시키고 있다(라기보다는 그런 것처럼 보인다). 그것은 이 시들을 아주 크게 변형하지 않고도 노래 가사로 채용할 수 있음을 뜻한다. 아니, 이 시들을 크게 읽는 것은 곧 노래를 부르는 것이다.

정치사적 의미를 젖혀두고 순전한 문학저널리즘의 안목으

로만 보더라도 1960년과 1972년은 기억할 만한 해다. 지금 우리 문단을 이끌고 있는 재능 있는 문인들 가운데 많은 수가 그 두 해를 전후로 성년이 됐기 때문이다. 1972년에 대학에 들어간 김정환 씨도 그 가운데 한 사람이다. 그해는 소위 '시월 유신'이라는 친위 쿠데타와 함께 우리 사회가 본격적인 군사 파시즘으로 진입한 해다. 그 이후의 척박한 세월을 김정환 씨는 진보적 예술가로서, 예술운동가로서, 마침내는 운동가로서 살았다. 자신의 양심에 투철하고자 했던 그 시대의 많은 사람들의 삶이 그랬듯, 김정환 씨의 삶도 어찌 보면 수난의 연속이었다. '어찌 보면'이라는 말로 내가 암시하고자 했듯이, 그의 삶은 또 어찌 보면 영광의 연속이었다. 절망의 살거죽에 감춰진 희망의 힘찬 피돌기를 노래하는 제5부의 시 〈아름다운 절망〉을 보라.

그때 아름다움이 나를
깜깜하게 했네
아 희망은 절망의 속살
절망은 희망의
의상인 것을
아름다운 것은 절망인 것을
아 희망은 겨드랑에
식초 냄새 지우지 못하는

줄기찬 삶 그 자체

화려한 勞苦와 백주 대낮의

교통과 고층빌딩과

생선 싱싱한 수산시장

절망은 두 손에 묻어나

검게 광택나는

글썽임

그때 아름다움이 나를

눈부셔 눈 못 뜨게 했네

아 희망은 고단한 육체

절망은 그 육체의

죽음 같은 눈화장인 것을

1975년의 세칭 5·22 사건 이래 투옥과 징집으로 70년대를 보낸 그는, 80년대에 들어서도 자유실천문인협의회와 민문련과 민통련에 몸담으며 감옥을 집처럼 드나들었다. 그 과정을 통해 그는 한 사람의 자유주의적 지식인으로부터 마르크스-레니니스트로 변모했고, 80년대 말과 90년대 초에는 노동자 예술운동단체인 노문련을 이끌기도 했다. 그러나 그는 다른 무엇보다도 우선 문필가였다. 80년대 이래 그는 적어도 20권 이상의 시집, 소설집, 에세이집을 냈다. 그의 시와 에세이들은, 미학적 세련을 넘어서서, 광기의 시대에 대응해 비판적 지식인이 취할 수 있는 입장의 한 극점을 보여주었고, 그의 소설들은, 그의 시나 에세이들과 달리 크게 평가받지는 못했지만, 어쨌든, 그의 에세이들처럼, 잠언적이고 영웅적인 문체로 한 시대를 증언하고 있다.

87년의 대통령선거에서 다시 군인 출신의 대통령이 탄생했을 때, 그래서 그의 많은 동료 문인들이 허무의 늪에 빠져 있을 때도, 그는 의연히 역사의 진보에 대한 신념을 잃지 않고 자신과 동료들을 다독거리며 앞으로 나아갔다. 89년 이래 사회주의 체제가 몰락하며 동유럽의 지도가 엉망으로 뒤바뀐 뒤에도, 그는 좌파 기획의 새로운 수립을 스스로 다짐했을 뿐 세태에 영합하지 않았다. 나는 지금 그가 '몰락한' 마르크스-레니니즘에 대해 어떤 생각을 하고 있는지 모른다. 아마도 그는 여전히 마르크시즘의 '합리적 핵심'에 대한 신념을 간직하고 있을 것이다. 만약에 술자리에서 그가 내게 그런 투로 얘기한다면 나도 할 수 없이 그에게 동의할 것이다. 다만 그 '합리적 핵심'이 무엇인가에 대해 긴 얘기는 하지 않기로 하고 말이다.

그가 지금 당장 역사의 승리자로 보이지는 않는다고 하더라도, 그가 성년에 이른 이래 살아온 지난 20년의 삶은, 그것이 살아내야 하는 역사와의 간격을 최대한 좁히려는 삶이었다. 그런 삶들을 통해서—그러니까 지금 '승리'를 구가하고 있는 사람들이나 자포자기의 냉소주의에 빠져 있는 사람들의 삶을 통해서가 아니라—사실 우리 역사는 여기까지나마 도달했다. 우리들은 김정환 씨와 그의 동료들의 삶에, 그와 그의 동료들의 문학에 경의를 표해야 마땅하다. 그와 그의 동료들의 삶과 문학은 이성과 용기를 지닌 사람에게 그 시대가 열어놓은 거의 유일한 통로였으므로.

사람들끼리 늘상 가까이 지내는 것의 약점 가운데 하나는 때때로 우리가 바로 우리 주위에 있는 사람들의 값어치를 모르게 된다는 데 있다. 나는 김정환 씨가 바로 그런 우리의 주위 사람들 가운데 하나라고 생각한다. 우리가 너무나 가까이 있어서 그 값어치를 실감하지 못하게 된 보석 말이다. 나는 지금 그의 글쓰기에 대해 우리의 제도권 지식 사회가 내린 평가가 너무 인색했다고, 그 평가의 인색함을 때때로 그의 가까운 문학적 동료들까지도 그러려니 보아 넘기고 있다고 불평하는 중이다. (그의 동년배 시인인 이성복·최승호·황지우 씨들에게 80년대의 문학저널리즘이 쏟아놓은 그 휘황찬란한 찬사들을 생각해보라.) 또 창작적 글쓰기와 이론적 글쓰기 사이를 자유롭게 오가며 그가 열정적으로 그려낸 80년대적 지식인의 매혹적인(그래, 이 표현이 주관적이라는 것을 인정한다) 정신의 행로를 접어두더라도, 그가 그 연대에 소리 없이 맡아 해낸 운동단체의 궂은 치다꺼리들은, 그의 문학만큼은 아닐지라도, 그 야만의 연대를 살아내는 많은 사람들에게 보이지 않는 힘이 되어주었다. 아직은 젊은 그에게 이것은 큰 욕이 될 수도 있지만, 나는 이 시집의 제2부에 실린 작품 〈그 사람〉에

먼 미래의 김정환 씨 자신도 포함될 것이라고 우기고 싶다.

　　　역사가 몇백년 흐르고
　　　흐를수록 빈자리가 더 커보이는
　　　그런 사람이 있다 그것은
　　　아쉬움보다 크지만 뒤집어보면
　　　역사를 생애보다 더 찬란하게 만든
　　　빛나는 자리다 물론 그가 살았다면
　　　더 좋았을 것이다 그러나
　　　역사가 몇천년 흐르고
　　　흐를수록 바람보다 더 공허한 그가
　　　10년 더 살았다면 그 뒤
　　　빈자리가 100년쯤 더 커보이는
　　　그런 사람이 있다 그렇다
　　　빈자리는 저승에서 비지 않고
　　　이승에서 비고 또 빈다.
　　　빈 것이 더 커가는 세상의
　　　더 큰 이면으로 비고 또 비어가는
　　　그런 밤이 있다
　　　별이 소용돌이치고 마구 뒤집히는
　　　그런 밤이다

그래, 사실 빈자리는 저승에서 비지 않고 이승에서 비고 또
빈다. 나는 김정환 씨가, 내가 죽기 전까지는, 이승에서의 빈자리
를 만들지 말았으면 좋겠다. 그리고 무엇보다도, 사실, 싸움은 아
직 끝나지 않았다. 우리 생애의 싸움조차도 아직 끝나지 않았다.

올해 마흔인 그는 지금 완전한 실업자다. 예전이라고 해서
무슨 직장생활 같은 것을 길게 했던 것은 아니지만, 지금의 그는
재야단체의 직책 같은 것도 일체 맡지 않고 집에서 음악을 들으
며 글을 쓴다. 그의 유일한 호구 수단인 글을.

그의 건필을 빈다. 그리고 그의 새 시집 출간을 붉은 마음으
로 축하한다. 그가 언제까지라도 푸르르기를…

김정환 시집《노래는 푸른 나무 붉은 잎》발문, 1993.

4부

✦

시집 산책

✦

01
시인공화국의 정부政府
✦
김소월의《진달래꽃》

~~~~~~~~~~~~~~~~~~~

　나는 시인들의 공화국을 주유周遊하기 위해 정교한 로드
맵을 만들지는 않았다. 산책은 그때그때 내 변덕에 떠밀려 발
길 닿는 대로 진행될 것이다. 그럼에도 불구하고 첫 발을 김소월
(1902~1934)의《진달래꽃》(1925)으로 내딛는 것은, 최소한의 질서
감각에서 내가 완전히 자유롭지는 못하기 때문이다.《진달래꽃》
은 한국 현대시문학의 수원지水源地다. 아니 그것은 수원지일 뿐
만 아니라 가장 높은 봉우리 가운데 하나이기도 하다. 그것은 예
스러우면서도 현대적이고, 깊다라면서도 높다랗고, 순정하면서
도 풍만하다. 상투적 표현을 쓴다면,《진달래꽃》은 시인공화국
의 정부政府다. 공화국 창건기에 세워진 이 정부는 지금까지 장기
집권하고 있다. 장기집권하는 정부는 죄다 부패하게 마련이지만
《진달래꽃》에선 악취가 나지 않는다. 그것은 이 정부의 권력 행

사가 근원적이되 요란스럽지는 않은 방식으로 이뤄지고 있기 때문인지도 모른다.

오늘날, 교양 있는 시 독자들에게 그가 좋아하는 시인을 꼽아보라고 한다면, 소월이라는 이름을 대는 이는 거의 없을 것이다. 그들이 꼽는 이름들은 대체로 '문학과지성시인선'이나 '창비시선'의 리스트에서 발견될 것이다. 그러나 그들이 고백하는 취향을 결정한 것이 그들 나름의 독립적 판단인지는 확실치 않다. 오늘날, 교양 있는 시 독자들의 취향은 미끈한 문학비평가들과 날씬한 문학저널리스트들의 손아귀에서 빚어지기 십상이다. 이런 문학적 교양의 유행에서 벗어나 시를 제 몸으로 느껴보라고 주문한다면, 그리고 시인이란 모국어의 속살에 도달한 사람의 이름이라는 점을 피조사자들에게 환기시킨다면, 그들이 좋아하는 시인의 리스트는 사뭇 다르게 작성될지도 모른다. 그때, 소월과 《진달래꽃》은 교양 있는 시 독자들의 선호에서도 최상위를 차지하게 될지 모른다. 이런 사고실험의 결론이야말로 내 편견의 소산일 수도 있다. 아무튼 이 산책을 《진달래꽃》에서 시작하는 것은 그런 편견 때문이다.

시인은 모국어의 속살에 도달한 사람의 이름이라는 판단으로 돌아가보자. 그럴 때 내게 대뜸 떠오르는 시인은 소월과 백석白石이다. 한국어문학 바깥에도 제 모국어의 속살에 도달한 사람들은 수두룩하겠지만, 한국어가, 한국어만이 모국어인 나는 한국어 바깥 풍경을 상상할 수 없다. 소월보다 열 살 아래인 백석은 소월과 동향이고, 소월의 오산학교 후배다. 그들의 시가 한국어 화자들에게 깊은 울림을 주는 것은, 무엇보다도, 그들의 시어가 한국어 화자의 몸에 깊숙이 새겨진 기층 어휘들이기 때문일 것이다. 그들의 당대에 이르기까지 일천 수백 년간 한국어에 침윤한 중국제 한자어를, 그리고 그들의 당대 얼마 전부터 한국어 어휘장語彙場에서 중국제 한자어와 경쟁하기 시작한 일본제 한자어를, 그들은 자신들의 작업언어로서 반기지 않았다.

그러나 동향의 이 두 시인이 사용한 한국어는 한국인들에게 꽤 다른 질감으로 다가온다. 지금 한국인들의 마음만이 아니라 시인과 동시대를 살던 한국인들의 마음에도, 백석의 시가 소월의 시만큼은 드센 떨림을 유발하기 어려웠을 것이다. 그리고 그 이유 가운데 큰 것은 백석 시어의 강한 지방성에 있을 것이다. 백석의 서북 방언은 그 자체가 하나의 견고한 성채다. 그것은 서북 바깥의 한국인들에겐 더러 소통의 빙벽氷壁이다. 거기에 비해 소월의 서북 방언은 일종의 겨자와도 같다. 소월의 시에서 서북 방언은 뉘앙스다. 그 서북 방언은, 그의 시에서 이따금씩 보이는 한자어들처럼, 생선회에 풍미를 더해주는 와사비 같은 것이다.

《진달래꽃》의 시어가 기층 한국어라는 것은 그것이 민족적이라는 것 못지않게 민중적이라는 뜻이다. 소월의 한국어는 한글학회의 국어순화운동이나 이북의 말다듬기운동이 만들어낸

신新한국어가 아니다. 그것은 당대 민중의 입에서 자연스럽게 나왔던 진짜 한국어다. 그런 자연스러움은, 소월의 시에서, 어휘의 수준만이 아니라 말무더기의 수준까지, 곧 리듬의 수준까지 스며들어 있다. 그것이 그의 시를 노래로, 가락에 올라탄 진짜 노래로 만든다. 〈엄마야 누나야〉 〈옛이야기〉 〈못 잊어〉 〈진달래꽃〉 〈산유화〉를 비롯해 시집 《진달래꽃》의 많은 시들이 대중가요나 가곡으로 만들어졌지만, 그 시들은, 그런 제도적 노래가 되기 이전에도, 소월의 입 밖으로 나오는 순간 이미 노래였다.

"못 잊어 생각이 나겠지요"로 시작하는 〈못 잊어〉나 "봄 가을 없이 밤마다 돋는 달도"로 시작하는 〈예전엔 미처 몰랐어요〉를 한번 소리 내어 읊어보라. 그 소리들의 연쇄가 우리의 귀에 닿기도 전에, 우리의 구개와 가슴이 먼저 반응하며 언어와 유쾌하게 통정通情하는 것을 깨달을 것이다. 소월의 시가 한국어 화자의 육체에 친밀한 것은 물론 도드라진 정형성 때문이지만, 그의 뛰어난 시들은, 위의 두 시에서도 보이듯, 그 정형성을 유지하면서도 살짝 구부린 것이다. 그 구부러진 정형성 속에서 화자-독자의 감정은, 평평한 모래땅 위를 흐르던 물이 굽이에 이르러 휘어 감기듯, 순하고 천연스럽게 펼쳐진다. 그때 소월의 언어는, 네모 도시락 속의 식은 밥처럼 밋밋한 자수字數의 구속에서 살짝 벗어나, 본원적 정서의 여분을 서럽게 쓰다듬는다. 소월은 시를 쓰지 않고 시를 노래했다. 그는 시인의 원형으로서 가인歌人이었다.

시집《진달래꽃》의 많은 시는 사랑을 노래하고 있다. 그리고 역사 속의 많은 사랑노래들이 그렇듯, 그 시들은 결핍으로서의 사랑, 그리움을 노래하고 있다. 예컨대 〈삭주朔州 구성龜成〉의 화자는 "서로 떠난 몸이길래 몸이 그리워/님을 둔 곳이길래 곳이 그립"고, 〈산山〉의 화자는 "십오년 정분을 못 잊"는다. 그러니까《진달래꽃》의 연애시들이 노래하는 것은 사랑으로부터의 소외, 제가 사랑하는 대상으로부터의 소외다. 그 시들은 사랑의 노래이자 이별의 노래다. 더러 그 노래는 넋두리에 그치기도 하지만, 〈개여울〉이나 〈초혼招魂〉에서 보듯 정서의 밑동을 긁어내기도 한다. 이런 사랑, 이런 그리움을 표출하는《진달래꽃》의 몇몇 시들은, 그 애절한 설움의 정서 때문에, 화자가 여성인 것으로 이해되기도 했다. 그러나 그리움이나 설움은 여성의 정조라기보다는 차라리 모든 사랑(에 빠진 사람들)의 정조다. 화자가 여성이라는 것이 문맥에서 또렷이 드러나지 않는 한, 화자를 시인과 포개는 것이 오히려 자연스럽다. 예컨대 "추거운 베갯가의 꿈은 있지만/ 당신은 잊어버린 설움이외다"로 끝나는 〈님에게〉는 갓 스물에 이른 소월 자신의 실연시失戀詩가 분명하다. 비록 전통적 7.5조 리듬을 답습하고 있지만, 이 시는 실연의 심리를 정교하게 묘파한 절창이다.

〈님에게〉에서 보듯 시집《진달래꽃》의 그리움이 향하는 대상은 더러 '님'으로 호명된다. 그 '님'이 반드시 사람인 것은 아니다. 예컨대 "들으면 듣는 대로 님의 노래는/ 하나도 남김없이 잊고 말아요"로 끝나는 〈님의 노래〉에서, 그 '님'은 뮤즈나 시혼詩魂을 가리키는 것처럼 보인다. 역시 7.5조 리듬에 실린 이 작품에서, 화자와 뮤즈의 로맨스는 즐겁게 졸졸졸 흐른다. 뮤즈를 사랑하게 된 앳된 청년의 행복감, 가슴 두근거림, 조바심 같은 것이 투명한 단순성 속에서 아른거린다. 시집 《진달래꽃》이 보이는 결핍으로서의 사랑은, 유년기로의 퇴행 속에서 어떤 이상향을 그리는 〈엄마야 누나야〉에서 보듯, 지나간 과거를 향하기도 한다.

마치 밀레의 그림 한 폭을 연상시키는 〈밭고랑 위에서〉 따위의 (작위적이면서도) 힘찬 노동시가 한쪽에 버티고 있긴 하지만, 시집 《진달래꽃》의 세계는 애절하고 애달프고 애잔하다. 그러나 그 세계는 한恨의 세계라기보다 서글픈 홍興의 세계다. 이 생뚱맞은 홍은 화자의 젊음에서 비롯된 것인지 모른다. 순정한 젊음 속에서는 애잔함이나 수줍음이나 무력함마저 도도하다. 《진달래꽃》의 화자들은 이루지 못한 사랑을 노래하지만, 그 불운을 담담히 받아들인다. 이 서글픈 홍의 세계에 도덕이나 계몽이 들어설 자리는 없다. 더 나아가 종교가 들어설 자리도 없다. 무속을 비롯한 전통 종교든 기독교 같은 외래 종교든, 어떤 종교의 그늘도 《진달래꽃》에 드리워져 있지 않다는 것은 놀랍고 기쁘다. 《진달래꽃》의 화자들은 많은 경우에 무력했지만, 그 무력을 자율적 주체로서, 단독자로서 감당했다. 그 점에서 이 화자들은, 결국 소월은 근대적 개인주의자였다. 소월은 서른두 살에 아편을 삼키고 죽었다. "쓸데도 없이 서럽게만 오고 가는 맘"(〈잊었던 맘〉)이 너무 고단했나보다.

〈한국일보〉, 2005. 3. 5.

02
희망의 원리로

✦

김정환의 《지울 수 없는 노래》

〜〜〜〜〜〜〜〜〜〜

시인 김정환의 산문은 넌지시 시적이다. 이것이 그의 산문에 대한 찬사인지는 확실치 않다. 산문가 김정환의 시는 슬그머니 산문적이다. 이것 역시 그의 시에 대한 찬사인지는 확실치 않다. 그러나 김정환은 가장 반듯한 산문을 쓰는 시인이자, 가장 산뜻한 시를 쓰는 산문가다. 이것은 찬사다. 김정환의 시가 산문적이라는 것은 그것들이 산문시라는 뜻이 아니다. 김정환은 좀처럼 산문시를 쓰지 않는다. 불혹을 넘기고 낸 시집 《노래는 푸른 나무 붉은 잎》(1994)이나 《텅 빈 극장》(1995)에서는, 섬세하게 연산된 율격으로 시의 음악화를 꾀한 전과前過까지 있다.

그러나 입에 척 들러붙었던 소월의 《진달래꽃》에 바로 이어 김정환의 첫 시집 《지울 수 없는 노래》(1982)를 읽을 때, 시적인 것에서 산문적인 것으로의 이행을 체험하는 것은 어쩔 수 없다.《진달래꽃》에서 바깥으로 툭 불거져 있던 리듬은《지울 수 없는 노래》에선 속으로 푹 가라앉아 있다. 무엇보다도,《지울 수 없는 노래》의 노래들은 산문의 견고한 통사 기율을 준수한다. 김정환의 글쓰기에서, 시의 문법과 산문의 문법은 동일한 교본에 터 잡고 있다. 그의 산문정신은, 곧 그의 지성은 시적 허용의 남용을 허용하지 않는다.

재능에도 그 갈래별로 위계가 있다면, 문학적 재능은 음악적 재능에 견주어 하찮은 것임에 틀림없다. 글재주는 어느 정도 다듬어지고 벼려지는 것이지만, 가락을 만드는 재주는 태어난다 고밖에 할 수 없기 때문이다. 꼭 그래서는 아니겠지만, 1970년대 대중문학은 그 시대에 신중현이나 이장희가 대중음악에서 보여준 경지를 보여주지 못했다. 1970~80년대 민중문학도 김민기나 문승현이 민중가요에서 보여준 경지에 이르지 못했다. 음악과 문학의 이 거친 대비를 문학 내부로 가져와, 시와 산문의 대비에 포갤 수도 있을 것이다. 산문가는 훈련되는 것이지만, 시인은 태어나는 것이다. 천재 음악가가 가능하듯 천재 시인은 가능하지만, 천재 산문가는 불가능하다. 시인이 태어나는 순간 결정된다는 것은 시가 귀족의 글이라는 뜻이기도 하다. 이에 비해 산문가는 태어난다기보다 벼려진다. 벼림은 귀족의 일이 아니라 평민의 일이다. 그래서 산문은, 바로 그 이름이 가리키듯, 흩어진 글, 볼품 없는 글이고 평민의 글이다.

그런 맥락에서 소월은 천재였고 귀족이었다. 그러면 김정환은? 나는 조심스럽게 아니라는 쪽에 걸겠다. 적어도 그는 소월을 귀족이나 천재라고 부를 때의 그런 천재나 귀족은 아니다. 고전 음악에 대한 조예가 김정환만한 이를 한국 문단에서 찾기 어렵다는 사실이 그를 귀족이나 천재로 만드는 것은 아니다. 그에게 음악은 재능이라기보다 교양인 듯하기 때문이다. 그의 눈부시게 아름답고 열정적인 문장도, 내가 보기에, 어느 정도는 벼림의 소산이다. 그런데 천재란 벼림 없이 드러나는 재능이고, 귀족이란 오직 출생으로 얻게 되는 신분이다.

무엇보다도, 시든 산문이든 김정환의 글을 읽노라면, 그가 예술가인 것 못지않게 지식인이라는 것을 깨닫게 된다. 지식인은 태어나는 것이 아니라 만들어지는 것이다. 김정환의 글은 유물론의 바다를 헤엄치며 육체의 구체성을 구가하는 것 못지않게 관념과 놀아나는 지적 체조에 탐닉한다.《지울 수 없는 노래》에서도 더러 관념이 날아다닌다. 소월이라면, 그가 50년쯤 뒤에 태어났더라도, "처절한 근본적 참여"(〈빈대 걸음마〉)라거나 "눈부신 단순성"(〈동계훈련〉) 같은 표현은 쓰지 않았을 것이다. 그런 관념적 표현들은 시집《지울 수 없는 노래》에서 대체로 성공적이다. 그 관념들은 일종의 '낯설게 하기'를 통해 시 읽기의 자동화를 막는다.

《진달래꽃》의 세계가 밀실이라면,《지울 수 없는 노래》의 세계는 광장이다. 《지울 수 없는 노래》에는, 유신체제 출범과 함께 성년에 도달하고 광주학살의 충격에 휘둘리며 사회에 나온 젊은 지식인 예술가의 미적·윤리적 결단이 도사리고 있다. 이 시집은 김정환 문학의 출발점이면서 테두리다. 《지울 수 없는 노래》에도 《진달래꽃》만큼이나 설움과 그리움이 넘쳐 난다. 그러나 《진달래꽃》의 설움과 그리움이 사사로운 것이었다면, 《지울 수 없는 노래》의 설움과 그리움은 도드라지게 공동체적인 것이다. 그래서 "설움이 모여서 사랑이 될"(《타는 봄날에》) 때 그 사랑도 공적인 것이 될 수밖에 없었다.

《지울 수 없는 노래》도, 《진달래꽃》처럼, 한국 민족과 민중에 굳게 결합돼 있다. 그러나 《진달래꽃》이 그 결합을 언어 형식의 수준에서 이뤄냈다면, 《지울 수 없는 노래》는 그 결합을 언어 내용의 수준, 곧 이념의 수준에서 실천하고 있다. 김정환은 "더러워서 아름다운 조국의 땅더미"(《이태원에서》)에 발을 디딘 채 억새 같은 민중의 생명력을 노래했다. 그 해석을 두고 말도 많고 탈도 많았던 김수영의 〈풀〉과 달리, 김정환의 억새는 질긴 생명력의 민중에 대한 은유로 튼튼하다.

> 해마다 장마때면 이곳은 홍수에 잠기고
> 지나간 물살에 깎인 산허리 드러낸 몸을 보면서
> 억새는 자란다 그 홍수 치른 여름 강가 태우는 땡볕

억새는 자란다 떠내려가는 흙탕물은 한없어

영영 성난 바다만 같아 보이고

움켜도 움켜도 움켜잡히지 않는 발 아래 한줌의 흙

뿌리는 이대로 영영 이별만 같아 보이고

죽음같이 빨려들어가고만 싶은 진흙창 속으로

그러나 억새는 자란다

_〈마포, 강변 동네에서〉 부분

　김정환은 시대의 무당이었다. 개죽음으로 점철된 한국 현대
사에서 살아남은 이 젊은 무당은 "그대가 나의 미망未亡의 눈앞
에 펼쳐논 온통 샛노란 불볕, 벌판"(〈유채꽃밭〉)을 바라보며 "이렇
게 이렇게 살아남은 것"을 "못내 부끄러워"(〈길잃기〉)하지만, "남아
서 못난 사람들끼리/ 살아서 장한 사람들끼리/ 사랑하고, 꾀죄
죄한 살 비비"(〈초복〉)기를 기원한다. 싸우기 위해서는 우선 살아
있어야 한다는 것을, "반짝이는 것은 비참이 아니라 목숨이라는
것을/ 목숨은 어떤 비참보다도 끈질기다는 것을"(〈성탄〉) 그가 알
고 있기 때문이다.

　시집 《지울 수 없는 노래》를 이끄는 감수성은 희망의 원리
라고 부를 만한 것이다. 〈육교를 건너며〉의 화자는 "나는 오늘도,
이렇게 저질러진 세상의/ 끝이 있음을 믿는다"고 털어놓은 뒤
"나의 지치고 보잘것없는 이 발걸음들이/ 끝남으로, 완성될 때

까지/ 나는 언제나 열심히 살아갈 것"이라고 다짐한다. '희망의 원리'라는 표현을 유명하게 만든 에른스트 블로흐는 유토피아는 인간의식의 본질에 속한다고, 인간은 자신을 미래에 투사하지 않고는 살 수 없다고 말했다.《지울 수 없는 노래》의 시들은 희망의 원리를 떠받치는 이 유토피아적 이성의 정서적 등가물들이다. 김정환의 희망의 원리는 혹독한 80년대를 거치며 민중민주주의 변혁론과 버무려져《기차에 대하여》(1990)나《사랑, 피티》(1991) 같은 시집을 낳았다. 이 시집들의 가쁜 숨결이 설령 현실을 비껴갔다고 하더라도, 80년대의 맥락 속에서 그것이, 그것만이 윤리적이었다는 사실은 오롯이 남는다. "소스라쳐 내가 놀라는 것은/ 아직도 내게 돌려줄 것이 많기 때문이다 소름끼치는/ 동산 부동산"(〈바퀴벌레〉)이라거나 "나의 전신을 수도 없이 강타하는 것은/ 실상은 부드러운 그의 말씨이다/ 그가 하는 말 중에 민주라거나 투쟁이라거나/ 민중이라거나 자유라거나/ 이런 문자 그대로 황홀한 말들은 하나도 없다/ 그래서 내 몸은 수없이 두드려맞은 것처럼/ 더욱 욱신욱신 쑤시는 것일까"(〈이씨〉)라고 반성할 줄 아는 염결한 정신이 혁명행 열차에 탑승하는 것은 피할 수 없는 일이었는지도 모른다.

　　《지울 수 없는 노래》는 뛰어난 시집이다.〈성탄〉이나〈봄길〉을 비롯해, 적어도 이 시집의 전반부에 실린 작품들은 당대 한국 시문학이 목격한 미적 긴장과 생동의 정점에 자리잡고 있다. 말이 나온 김에, 이 시집을 떠받치는 것이 생명력이나 부끄러움만이 아니라 일종의 탐미 취향이라는 것도 지적해야겠다. 김정환을 탐미주의자랄 수는 없겠지만, 그의 화려하고 힘찬 말투는 드물지 않게, 의뭉스럽게, 탐미를 수행한다. 탐미가 데카당스나 요사스러움을 피하는 것은 쉬운 일이 아닌데《지울 수 없는 노래》의 탐미가 바로 그런 드문 예라는 것도 지적해야겠다.

《지울 수 없는 노래》를 상재했을 때, 시인은 이미 옥살이와 강제징집으로 시대의 소명에 응답한 상태였다. 이 시집을 낸 뒤 80년대를 거치면서도 그는 자주 신체의 자유를 군사정권에 압수당했다. 그가 시대의 어둠에 정면으로 맞선 윤리적 지식인이었다는 사실이 그의 예술에 덤의 값어치를 부여하는 것은 아니다. 그러나《지울 수 없는 노래》앞뒤의 시인 개인사를 염두에 두고 이 시집을 읽을 때, 활자들이 독자의 가슴에 더 깊이 박히는 것은 어쩔 수 없다.

〈한국일보〉, 2005. 3. 8.

03

감각의 향연

♦

서정주의《화사집花蛇集》

〰〰〰〰〰〰

　　미당未堂 서정주(1915~2000)의《화사집》(1941)을 읽는 것은 한국어의 관능 속에 깊이 잠겨 그 속살을 더듬는 것이다. 제 몸에 한국어의 감각을 새겨넣으며 자란 이가《화사집》앞에서 전율하지 않기는 쉽지 않다. 스물여섯 살 난 청년이 낸 이 얇은 시집은 한국어가 감당할 수 있는 감각의 가장 아스라한 경지에 우뚝 서 있다. 한 묶음으로 발설되고 두 세대가 지난 뒤에도 이리 휘황하니, 당대 독자들이《화사집》의 언어를 대하며 느꼈을 미적 충격의 아득함은 짐작도 못하겠다.

　　《화사집》과 나란히 놓일 때 싱거워 보이지 않는 한국어 텍스트를 찾는 것은 만만한 일이 아니다. 한국어 화자의 육체에 각인된 리듬을 고스란히 시화함으로써 시인공화국 정부를 헌걸차게 수립한 김소월의《진달래꽃》(1925)조차도, 나중에 말하는 자의 이점利點을 고려하지 않고 16년을 끌어내려 《화사집》 옆에 나란히 놓는다면, 문득 그 찬란함이 바래는 듯한 느낌을 줄 것이다.

한국 현대시문학의 가장 빛나는 성취들 앞에서 비교의 유혹에 넘어가는 것은 발칙하달 수도 있다. 그러나 40대 후반의 내가 가늠해보는 것이 사실은 10대 후반, 20대 초반 청년들의 작품들이라는 점을 상기시키면, 그 발칙함을 용서받을 수도 있겠다. 그 청년들보다 20여 년을 더 산 중년 독자로서 판단하건대, 묘사된 감각의 깊이에서 《진달래꽃》은 《화사집》에 크게 미치지 못한다. 물론 묘사된 감각의 깊이가 시적 성취의 높이와 늘 나란한 것은 아니라는 점은 지적해두기로 하자.

《화사집》의 세계는 미당보다 여섯 살 아래의 김수영이 그리 탐탁스럽게 생각하지 않았던 '노릿한 아름다움'의 세계다. '노릿한 아름다움'이라는 것은 김수영의 말이 아니라 내 말이고, 나는 '노릿하다'는 말에 아무런 부정적 함축을 담지 않고 있다. 그러나 사향麝香, 박하, 방초芳草, 핫슈(미당은 이를 아편의 일종이라고 설명하고 있으나, 대마를 원료로 해서 만든 해시시일 것이다), 꽃뱀, 고양이, 수캐, 노루, 몰약, 닭피 따위로 이뤄진 세계를 노릿하다고 하지 않을 도리는 없다.

노릿함이 《화사집》 전체를 관통하는 것은 아니다. 《화사집》의 세계는, 좀더 일반적으로 규정하자면, 봄빛의 세계라 할 만하다. 그 봄빛은 말 그대로 봄 경치이기도 하고, 생명체의 봄과 겹치는 관능과 욕정 곧 춘정이기도 하다. 이 둘을 아우르는 《화사집》의 봄기운을 생명충동이라 요약할 수도 있겠다. 청년 미당은 제 생명충동을, 제 쩔쩔 끓는 피를 악마적이라고 밖에는 할 수 없는 탐미의 극한에서 자주 노래함으로써, 《화사집》의 적잖은 공간을 원색적 노릿함으로 물들였다.

《화사집》의 세계를 한국어가 도달할 수 있는 감각의 끝간 데라고 말할 수 있는 것은, 그 공간 안에서 언어와 관능이 분리되지 않기 때문이다. 청년 미당은 서투른 탐미주의자들과 달리 관능을 언어에 부여하는 수고를 굳이 하지 않았다. 이 한국어의 주술사가 순식간에 지어놓은 시의 집 《화사집》 안에서는 언어가 곧 관능이다. "석유 먹은 듯… 석유 먹은 듯… 가쁜 숨결이야// 바눌에 꼬여 두를까부다. 꽃다님보단도 아름다운 빛…// 크레오파투라의 피먹은양 붉게 타오르는/ 고흔 입설이다… 슴여라! 베암.// 우리순네는 스믈난 색시, 고양이같이 고흔 입설… 슴여라! 베암"〈화사〉 같은 시행들에서, 언어와 관능은 온전히 한 몸뚱어리를 이루고 있다.

《화사집》에 보들레르의 그림자가 드리워져 있다는 것은 널리 지적된 바 있고, 〈부흥이〉 같은 작품은 보들레르가 사숙한 에드거 앨런 포의 〈갈가마귀〉를 한순간 연상시키기도 한다. 그러나 《화사집》의 미당은 추함 바로 앞까지 탐미를 밀어붙이고 어둠 바로 앞까지 밝음을 추구하는 감각의 자율적 항진 능력에서 오히려 선배들을 앞선다.《화사집》의 언어들은 그 한계 바로 이쪽에서 아슬아슬, 바들바들 떨고 있다. 그 언어들은 잘 익은 과일처럼 독자의 입에 침을 고이게 하지만, 익음이 지나쳐 문드러지는 법은 결코 없다.

가장 뛰어난 시인들의 경우에도 첫 시집이 대표 시집이 되는 것은 드문 일이 아니다. 그것은 시적 재능의 성격과 관련되는 것 같다. 수학적 재능이 그렇듯, 시적 재능도 매우 일찍 피어나는 일이 흔하다. 그리고 그런 재능의 극히 일부만이 나이 듦과 더불어 마모하는 일 없이 유지되거나 진화하는 것 같다. 미당은 만년의 다소 흐트러진 듯한 몇몇 작품들을 제외하면, 생애 전체를 통해 자신의 시 언어를 한국어의 최정상에 두었던 매우 예외적인 시인이다. 이젠 너무 남용돼 아무런 울림도 주지 못하는 상투적 표현을 다시 끄집어내자면, 미당의 시 언어들은 지난 세기 한국어에 벼락같이 쏟아진 축복이었다.

그렇기 때문에 우리는 여기서 미당의 죽음 앞뒤로 문단 안팎을 소란스럽게 한 그의 정치적 몸가짐 문제를 피해갈 수 없다. 미당의 경우를 두고 시와 정치의 관계를 따져보려는 논자들이 쉽게 치이는 덫은 문학과 삶, 또는 문학과 정치를 모순 없이 일관되게 설명하고자 하는 욕망의 유혹이다. 그래서 그의 행적에 비판적인 사람은 어떻게 해서든 그의 시적 성취의 허약함을 찾아내려 하고, 그의 문학적 성취에 매혹된 사람은 되도록 그의 행적을 호의적으로 이해하는 데 기여할 상황논리를 구성하려 애쓴다. 이렇게 문학과 삶을 내적으로 연결하는 것은 오컴의 면도날처럼 매력적이다. 그러나 중요한 것은 설명의 깔끔함이 아니라 사실 앞에서의 겸손함이다.

그렇다면 사실은 어떤가? 미당의 삶은, 적어도 그의 공적 자아의 행적은, 시시한 것이었다고밖에 말할 수 없다. 젊은 시절 태평양전쟁 시기에 쓴 전쟁선동시든 갑년이 넘어 군사깡패에게 바친 생일 축시든, 그런 문자 행위가 그에게 절박한 신체적 위협과 함께 강요되었다고는 도저히 상상할 수 없다. 그런데도 미당은 천연덕스럽게 그런 역겨운 언어들을 자신의 이름으로 활자화했다. 그리고 아무런 뉘우침 없이 '종천순일從天順日'이라는 궤변으로 그 행적들을 얼버무렸다.

그가 비슷한 세대의 몇몇 반동적 문인들에 견주어 실제로 누린 것 없이 이름만 더럽혔다는 점을 들어 도리어 그의 순박함을, 그 '시인됨'을 높이 사주자는 견해도 있다. 그가 실제로 누린 것이 대단찮았느냐는 판단은 별도로 하더라도, 그 사실이 그 행위들의 역겨움을 녹여주는 것은 아니다. 어떤 기준으로 보더라도, 그의 공적 자아는 시시한 것이었다. 《화사집》의 서시序詩 격인 〈자화상〉의 "세상은 가도가도 부끄럽기만하드라/ 어떤이는 내눈에서 죄인을 읽고가고/ 어떤이는 내입에서 천치를 읽고가나/ 나는 아무것도 뉘우치진 않을란다" 같은 대목은 그의 생애 전체를 미리 요약하는 예언의 울림으로 파닥거리지만, 이 구절들의 빛나는 진솔함이 그의 휘어진 생을 정당화할 수는 없다.

반면에, 그가 긴 생애 동안 발표한 단 몇 편의 역겨운 '기념시'들을 근거로 그의 시세계 전체를 깎아내리려는 시도 역시 옹색하다. 누군가가 미당의 시에서 아름다움을 느끼지 못한다면, 그것은 그가 아직 한국어에 익숙하지 않다는 것을 뜻할 뿐이다. 《화사집》에 실린 스물네 편의 시만으로도, 한국문학사는 그에게 경의를 표할 만하다. 결국 미당의 삶은 시시했지만, 그의 시는 시시하지 않았다.

이런 모순을 해결하기 위해 '인격의 불연속성'이라는 해법을 제출할 수도 있을 것이다. 이를테면 〈오장 마쓰이 송가〉를 쓸 때의 미당과 〈무등을 보며〉를 쓸 때의 미당은 다른 자아를 지녔다고 설명하는 식이다. 어제의 내 뇌세포들이 오늘의 내 뇌세포들과 완전히 동일할 리는 없으니, 이것은 보기에 따라 그럴 듯한 설명이다. 그러나 이런 자연과학적 곡예는 어떤 생애에 대한 평가 자체를 근본적으로 불가능하게 한다.

이런 평가의 혼돈과 불능을 치유할 길은 없는가? 있다. 문학적 재능 곧 글쓰는 재주라는 것이 본질적으로 춤추는 재능과 다르지 않다는 것을 선선히 인정하는 것이다. 그럴 경우, (시민으로서의 정치적 행적이 아니라) 문인으로서의 정치적 행적을 심문하는 것은 무용가로서의 정치적 행적을 심문하는 것만큼이나 부질없는 일이라는 점이 또렷해진다. 문학이라는 장르에 특별한 위엄을 부여하고 싶은 사람들에게는 슬픈 일이겠지만, 문학은 그 정도로 시시한 것이다. 엄중한 것이 삶과 역사라면, 하찮은 것이 문학이다. 미당은 시시한 삶을 살면서도 결코 시시하지 않은 문학을 이뤄냈고, 그럼으로써 문학이라는 행위 자체가 시시하다는 것을 역설적으로 보여주었다.

〈한국일보〉, 2005. 4. 5.

04

산업화의 뒤꼍

✦

신경림의 《농무農舞》

~~~~~~~~~~~~

    신경림의 첫 시집 《농무》(초판 1973, 증보판 1975)는 우리 시집
산책의 출발지였던 김소월의 《진달래꽃》(1925)보다 반세기나 늦
게 세상에 나왔고, 서정주의 《화사집》(1941)에 견주어도 30여 년
뒤에야 독자들을 만났다. 그러나 《진달래꽃》이나 《화사집》을 읽
으며 겪지 못했던 격세隔世의 느낌은 《농무》를 뒤적일 때 오히려
또렷하다. 그것은 앞의 두 시집을 빚어낸 연애나 관능 따위의 사
적 체험이 사회변동과는 큰 관련 없는 문학의 보편적 질료인 데
비해, 《농무》의 공간을 채우는 1960~70년대 한국 농촌 풍경과
농민 정서가 압도적으로 사회적 구성물이기 때문일 것이다.

    한국인 열넷 가운데 열셋이 도시에 살고 있는 시대에 《농
무》를 읽는 것은 빛바랜 사진첩을 들추며 시간 여행을 하는 것이
다. 당대 농촌 상황을 꾸밈없이, 섬세하게 재현한 《농무》의 리얼

리즘은 이 시집을 산업화시대 변두리 공간의 탁월한 문학적 풍속화로 만든 미덕이자, 고농축 산업화의 완료와 함께 시집을 급속히 낡아 보이게 만든 약점이기도 했다.

시의 집《농무》는 크게 보아 세 개의 방으로 이뤄져 있다. 안방에 담긴 것은 60년대 후반, 70년대 초 한국 농촌 풍경이다. 시집의 제1부에서 제4부까지를 아우르는 이 방은 신경림 문학의 한 라벨이라 할 이야기시의 특질이 가장 두드러지는 공간으로, 미시적 서사의 세계라 이를 만하다. 건넌방은 이 집을 증축하며 새로 만든 것인데, 73~75년 작품들이 모였다. 시집의 제6, 7부에 해당한다. 긴급조치로 상징되는 유신체제의 모지락스러움이 날로 더해가던 시국 탓인 듯, 정치의식의 날이 사뭇 벼려져 있다. 안방의 리얼리즘이 '있는 것'을 그리는 리얼리즘이라면, 건넌방의 리얼리즘은 '있어야 할 것'을 그리는 리얼리즘이다. 이 두 방 말고, 안방 뒤쪽에 골방이 하나 딸려 있다. 시집의 제5부에 해당한다. 이 골방 풍경은 안방이나 건넌방과 크게 다르다. 여기 모인 시들은 시인의 등단 초기인 56~57년 작품으로, 사회정치적 상상력 바깥에서 사적 정서를 다소 관념적으로 구가하고 있다. 시인은 등단 얼마 뒤 절필을 했고 10년의 침묵 뒤에야 시쓰기를 재개했는데, 그 10년 사이에 시인의 문학관이 크게 달라졌음을 확인할 수 있다.

시의 집《농무》의 안방에서는 산업화 또는 근대화의 이름으로 농촌 해체와 농민 분해가 본격화하고 있다. 이 방에 머물고 있는 사람들은 크게 세 부류다. 첫째는 토착농민이고, 둘째는 광산 노동자나 한산 인부, 장돌림 같은 떠돌이 외지인이고, 셋째는 농촌을 떠나 도시 변두리에 막 정착한 이농 빈민이다. 이 방은 '농무'라는 문패를 낳게 한 이 집의 핵심 공간이지만, 시인은 이 방에 들어와 있을 때 가장 우울하다. 언뜻 흥겨움을 연상시키는 '농무'라는 표제와 달리, 시집 《농무》는 결코 밝지 않다. 무엇보다도, 이 시집은 농촌 찬가가 아니다. 농민적 감수성을 약간이라도 지닌 관찰자라면, 도시의 구심력에 흐너지는 농촌을 찬미할 수는 없었을 것이다. 그렇다고 시인이, 요즘의 일부 생태주의자처럼, 잃어버린 농촌공동체를 미화하는 것도 아니다. 이 방에서, 시인의 눈은 회고의 눈도 아니고 전망의 눈도 아니다. 그 눈은 오직 관찰의 눈이다.

요즘과 달리 농촌에 젊은이들이 제법 남아 있던 그 시절에, 시인의 눈에 비친 농촌은 실의의 공간이다. 토착농민이든 떠돌이 외지인이든, 이 방 사람들은 죄다 불행하다. 그 불행의 기원은 궁핍이라기보다 훼손된 존엄이지만, 도시의 살 만한 사람들은 그것을 이해하지 못한다. "우리의 슬픔을 아는 것은 우리뿐"이고 "우리의/ 괴로움을 아는 것"도 "우리뿐"(〈겨울밤〉)이다. 이들이 제 불행의식을 눅이기 위해 기대는 가장 큰 버팀목은 술과 노름이다. 노름이라고 해봐야 "묵내기 화투"(〈겨울밤〉)나 "국수내기 나이

롱뻥"(〈장마〉), 또는 "(주막) 아낙을 불러 육백을 치"(〈눈길〉)는 정도
고, 술이라고 해 봐야 "소주에 오징어를 찢"(〈파장罷場〉)는 정도지
만, 음주나 도박을 주제로 한 시집이 아니고서야 《농무》처럼 술
자리와 노름자리가 자주 나오는 시집도 찾기 어려울 것이다.

술과 노름으로 삶의 낙 없음을 달래는 《농무》 안방의 거주자
들은 제 방을, 농촌을 싫어한다. 그들은 도시에 나갈 힘이 없어서
별 수 없이 고향에 남은 사람들 아니면, 도시에 적응하지 못하고
농촌을 떠돌거나 귀향한 사람들이기 때문이다. 귀향은 그들에게
귀양과 같아서, 그들은 끊임없이 도시를, 서울을 그리워한다.

> 못난 놈들은 서로 얼굴만 봐도 흥겹다
> 이발소 앞에 서서 참외를 깎고
> 목로에 앉아 막걸리를 들이키면
> 모두들 한결같이 친구 같은 얼굴들
> 호남의 가뭄 얘기 조합 빚 얘기
> 약장사 기타 소리에 발장단을 치다 보면
> 왜 이렇게 자꾸만 서울이 그리워지나
>
> _〈파장〉 부분

도시에 대한 그리움은 시골 붙박이들만의 것이 아니다. 떠
돌이 인부의 입에서조차 "아아 이곳은 너무 멀구나, 도시의/ 소

음이 그리운 외딴 공사장"(《원격지遠隔地》)이라는 말이 스스럼없이 나온다. 농촌에서, 다시 말해 고향에서 그들은 정주민 의식을 지니지 못한다. 백석의 초기 시에서 출렁이는 것이 타향살이의 시름이라면, 신경림의 초기 시에서 일렁이는 것은 고향살이의 시름이다.

"못난 놈들은 서로 얼굴만 봐도 흥겹다"(《파장》)지만, 농촌살이의 시름은 서로에 대한 미움을 낳는다. 그래서 "부락 청년들과 한산 인부들은/ 서로 패를 갈라 주먹을 휘두르고"(《그 겨울》), 더러는 "농사꾼들과/ 광부들의 싸움질로 시끄럽"(《산읍기행》)다. 물론 "이 못난 짓은 오래 가지는 않아/ 이내 뉘우치고 울음을 터뜨리고/ 새 술판을 차려 육자배기로 돌리"(《그 겨울》)지만, 그렇다고 "먼 도회지로 떠날"(《실명失明》) 꿈이 사라지는 것은 아니다. 더러 벌어지는 씨름판이나 농악판도 그들에게 생기를 불어넣지는 못한다. 《농무》 안방의 분위기는 혼전만전이라기보다 난장 뒤의 파장에 가깝다.

《농무》의 화자들은 이 집의 안방에 좀처럼 동화하지 못한다. 그 화자들과 부분적으로 겹칠 시인 역시, 농촌에 갇혀 있는 몸이 떠돎의 욕망으로 들썩거리는 것을 억누르지 못한다. 시인은 뒷날 기행시로 일가를 이루고 그 기행시 속에서 한결 편안해 보이기도 하는데, 그 비밀의 일단을 《농무》에서 드러난바 떠돎의 욕망으로 설명할 수도 있을 것이다. 《농무》에서, 농민의 자식들인 화자들은 이미 농촌에 대해서 타자다. 그들이 태어나 살 비비고 부대끼며 사는 농촌, 그들이 노래하는 농촌 속에서 그들은 생각 많은 이방인일 뿐이다. 이런 분열을 정직하게 그려낸 것이야말로 《농무》의 큰 미덕일 것이다.

나는 아직 《농무》의 안방 풍경 가운데 놓쳐서는 안 될 것들을 다 이야기하지 않았다. 이 공간의 특징 하나는 군데군데 죽음의 이미지가 웅크리고 있다는 것이다. 〈눈길〉의 "억울하고 어리석게 죽은/ 빛 바랜 주인의 사진 아래서" 같은 대목에서 설핏 비치기 시작한 죽음은, 〈폐광〉의

그날 끌려간 삼촌은 돌아오지 않았다.
소리개차가 감석을 날라 붓던 버력 더미 위에
민들레가 피어도 그냥 춥던 사월
지까다비를 신은 삼촌의 친구들은
우리 집 봉당에 모여 소주를 켰다.
나는 그들이 주먹을 떠는 까닭을 몰랐다.
(…)
전쟁이 끝났는데도 마을 젊은이들은
하나하나 사라져선 돌아오지 않았다.
빈 금구덩이서는 대낮에도 귀신이 울어
부엉이 울음이 삼촌의 술주정보다도 지겨웠다.

거나, 〈1950년의 총살〉의

> 빗발이 치고 바람이 울고 총구가
> 일제히 불을 토한다. 통곡하라
> 나무여 풀이여 기억하라 살인자의
> 얼굴을, 대지여. 1950년 가을
> 죄없는 무리 2백이 차례로
> 쓰러질 때, 분노하라 하늘이여 이
> 강의 한 줄기를 피로 바꾸어라.
> 그러나 살인자는 끝내 도주했다.
> 부활하라 죄없는 무리들아, 그리하여
> 증언하라 이 더러운 역사를.

같은 시행들에서 전경화前景化한다. 그 죽음은 아마 한국전
쟁 앞뒤의 민간인 학살과 관련 있을 터인데, 역사의 이런 되새김
은 석상石像의 입을 빌려 "학대하는 자와 학대받는 자의/ 종말을
보"고야 말겠다고 다짐하는 〈이 두 개의 눈은〉의 강렬한 사회정
치의식과 결합해 건넌방으로, 다시 말해 증보판에서 덧대어진
제6, 7부로 건너갈 준비운동을 하고 있다. 기실 〈이 두 개의 눈은〉
이나 동일한 주제를 청각과 연결시켜 형상화한 〈전야前夜〉 같은
시는 안방보다는 건넌방에 더 어울리는 작품이기도 하다.

그 건넌방의 풍경을 살짝만 살펴자. 제6부의 〈누군가〉와 제
7부의 〈어둠속에서〉에 슬며시 삽입되는 파리코뮌 일화는 시인
이 이 시집의 초판 출간 이후 더욱 악화한 시국으로 매우 급진적
인 정치관까지 포용했음을 짐작하게 한다. 이 증축된 건넌방을
포함하는 시의 집《농무》는 '창비시선'의 첫 권이 되었거니와, 안
방의 미시적 서사와 건넌방의 정치적 상상력은 그 뒤 2백수십 권
이 이어진 '창비시선'의 두 젖줄이 되었다.

　　나는 이 장을 시작하며《농무》가 격세지감을 준다고 말했
다. 그 말을 취소해야겠다.《농무》의 언어가 발설된 시대의 농촌
상황이 아직 종료되지 않았다는 점에서, 더 나아가 그 상황이 이
제 도시 안에서 고스란히 재현되고 있다는 점에서,《농무》는 낡
지 않았다.

〈한국일보〉, 2005. 4. 12.

05

전라도의 힘

✦

이성부의 《우리들의 양식糧食》

~~~~~~~~~~~~~~

한국 현대시의 공간에서 광주나 전라도가 정치적으로 다림질된 은유의 옷을 걸치게 된 것은 1980년 봄 이후다. 그해 5월 광주와 그 둘레에서 일어난 민간인 학살, 그리고 이에 맞선 시민 항쟁은 광주와 전라도를 밋밋한 지명에서 수난과 소망의 이중적 보조관념으로 바꾸어놓았다. 이런 인식과 상상력의 테두리 안에서 쓰여진 시들을 뭉뚱그려 '오월시'라고 불러도 좋을 것이다. 항쟁 직후에 쓰인 김준태의 〈아아 광주여! 우리나라의 십자가여!〉로 파종된 오월시는 이듬해 결성된 '오월시' 동인들의 용기와 감수성에 신세지며 움트기 시작했고, 한국 민주주의가 오랜 잠에서 깨어날 무렵 출간된 사화집 《아아 광주여 영원한 청춘의 도시여》(1988)에 일단 수습되었다. 미적 정제가 목소리의 새됨을 따라잡지 못한 작품들이 적지 않았지만, 이 시집의 갈피들을 팽팽하게 채우고 있는 윤리적 긴장은 한 시대가 문학 속에 어떻게 수용되는가에 대한 생생한 증언이라 할 만했다. 아무튼 오월시의 개화는 1980년 이후의 상황이다.

이런 문학사적 원근법에 익숙한 독자에게 이성부(1942~2012)의 두 번째 시집 《우리들의 양식》(1974)을 읽는 것은 기이한 체험이다. 그 기이함이란 시간감각의 비틀림이다. 5월 항쟁 여섯 해 전에 출간된 이 시집의 몇몇 작품들 속에서, 더구나 그 시들의 일부는 1960년대에 쓰여진 것인데, 광주와 전라도를 매개로 한 윤리적 상상력이 인상적인 미적 성취로 이어지고 있기 때문이다. 《우리들의 양식》의 어떤 시들은 1980년대의 오월시가 잘못 끼어들어간 것 아닌가 하는 혼돈을 낳을 정도로 소스라치게 예언적이다. 시인이

한 나라가 다시 살고 다시
어두워지는 까닭은
나 때문이다. 아직도 내 속에 머물고 있는
광주여, 성급한 목소리로 너무 말해서
바짝 말라 쩌들어지고
몇 달 만에 와보면 볼에 살이 찐,
부었는지 아름다워졌는지 혹은 깊이 병들었는지
아무것도 알 수 없는 고향, 만나면 쩔쩔매는

고향, 겁에 질린 마음을 가지고도

뒤돌아 큰소리로 외치는 노예, 넘치는 오기

한 사람이, 구름 하나가 나를 불러

왼종일 기차를 타고 내려오게 하는 곳

기대와 무너짐, 용기와 패배,

잠, 무서운 잠만 살아 있는 곳, 오 광주여.

_⟨광주⟩ 전문

라고 노래할 때, 1972년에 쓰여진 이 시에서 1980년 5월의 기억을, 미래의 기억을 엿보는 것은 차라리 악몽이다.

《우리들의 양식》에서 전라도는 수난의 공간이자 희망의 공간이다. 그곳은 "푸른 삽으로 저녁 안개와 그림자를 퍼내고/ 시간마저 무더기로 퍼내 버리면/ 거기 남는 끓는 피, 한 줌의 가난"(⟨전라도 2⟩)밖에 없는 땅이지만, 그와 동시에 "심장의 더운 불, 손에 든 도끼의 고요"로 "커다란 잠의, 끝남"(⟨전라도 2⟩)을 이룩할 땅이기도 하다. 백제 역시 이 시집에선 고대 국가의 이름을 넘어서 휘어진 삶의 상징적 시공간이 된다.

반도 서남쪽 사람들은

언제나 마음을 대지 위에 세우고도

그 몸은 서지 못한다.

지리산 깊은 골짜기의

농부 한사람의 죽음으로도

세계가 자기 몸에 피 적시는 까닭이 여기 있다.

_〈백제 1〉 부분

그러나 그곳은 또 질긴 생명력과 버팀의 땅이기도 하니, "어떤 제왕도/ 죽은 농부의 아내를 겪을 수는 없"고, "이 농부의 아내를 옷 갈아 입히지는 못하"고, "결코 떠나 살게하진 못하"(〈백제 1〉)기 때문이다.

광주는 시인의 고향이다. 그래서 수난의 시공간으로서 광주나 전라도나 백제를 노래할 때, 시인의 목소리에는 애정만이 아니라 가슴 에어내는 연민이 깊숙이 배어 있다. 다섯 편의 〈백제〉 연작과 여덟 편의 〈전라도〉 연작을 읽는 것으로《우리들의 양식》의 탐색을 마무리할 수는 없지만, 그 시편들에 이 시집의 핵심 주제가 응축돼 있는 것도 사실이다. 그 주제란 어려운 사람들끼리의 연대와 투쟁이다.

시집 들머리에서부터

벼는 서로 어우러져

기대고 산다.

햇살 따가워질수록

깊이 익어 스스로를 아끼고
이웃들에게 저를 맡긴다.

서로가 서로의 몸을 묶어
더 튼튼해진 백성들을 보아라.
죄도 없이 죄지어서 더욱 불타는
마음들을 보아라. 벼가 춤출 때,
벼는 소리없이 떠나간다.

벼는 가을 하늘에도
서러운 눈 씻어 맑게 다스릴 줄 알고
바람 한 점에도
제 몸의 노여움을 덮는다.
저의 가슴도 더운 줄을 안다.

벼가 떠나가며 바치는
이 넓디 넓은 사랑,
쓰러지고 쓰러지고 다시 일어서서 드리는
이 피묻은 그리움,
이 넉넉한 힘……

_⟨벼⟩ 전문

이라고 유창하게 표출된 어려운 사람들끼리의 연대와 투쟁의 다짐은 시집 전체에 출렁인다. 바로 앞에서 인용한 〈벼〉에서도 드러나지만, 시인이 보기에 투쟁할 힘. 맞버틸 힘은 그리움에서 나온다.

> 슬픔보다도 노여움보다도 먼저 지녀야 할 것이 있다.
> 우리네 그리움이다.
>
> _〈그대가 나를 문문이 보는구나〉 부분

결핍으로서의 사랑이라 할 그 그리움은 시집 여기저기서 기다림이라는 유의어로 대치되기도 한다. 시인이 그리워하고 기다리는 것은 "오 우리들의 기쁨, 온통 미쳐 날뛰는 사랑의 기쁨…"(〈저 바위도 입을 열어〉)이자 "구름 뒤에 남아 기다리는/ 뜨거운 햇살"(〈누가 살고 있는지〉)일 텐데, 아쉽게도 아직은 밤이다. 그러나 시인은 희망의 끈을 놓지 않는다. "밤이 한 가지 키워주는 것은 불빛"이고 "사랑"(〈밤〉)이기 때문이다. 더 나아가, 전태일을 기리는 것이 틀림없는 시 〈새벽길〉의 화자가 갈파하듯, "완성된 암흑의 한가운데"가 바로 "미래의 처음"이기 때문이다. 그래서 시인은 "기다리지 않아도 오고/ 기다림마저 잃었을 때에도 너는 온다"(〈봄〉)는 낙관주의를 잃지 않는다.

《우리들의 양식》은 민음사의 '오늘의 시인총서'로 나왔으나, 그 미적 감수성은 전형적으로 '창비시선'의 것이다. 이 시집이 나온 1974년은 '창비시선'이 출항하기 직전이었다. 이성부의 이후 시집들이 '창비시선'에 진열돼 있는 것은 그러므로 당연하다. 《우리들의 양식》과 '창비시선' 첫 권으로 나온 신경림의 《농무》(1975)는 1970년대의 이른바 민중시를 대표한다고 할 만한데, 그 속살은 사뭇 대조적이다.《농무》의 화자는 고향에서 도시를 그리며 시름겨워하지만,《우리들의 양식》의 화자는 서울에서 고향을 그리며 시름겨워한다. 꼭 그래서는 아니겠지만 후자의 목소리는, 전라도를 노래할 때조차, 전형적인 도시인의 것이다.《우리들의 양식》의 세계는 신경림과 함께 창비 시문학의 테두리를 만들어온 고은의 시세계와도 여러모로 다르다.《우리들의 양식》에서는 고은의 후기 시에서처럼 굵은 팔의 남성 화자가 자주 엿보이지만, 그 화자들이 고은 시들의 화자가 자주 그러듯 허세를 부리는 경우는 없다. 또 비교적 초기 작품들임에도 불구하고,《우리들의 양식》에서는 예컨대 청년 고은이 "기침은 누님의 간음,/ 한겨울의 실크빛 연애에도/ 나의 시달리는 홑이불의 일요일을/ 누님이 그렇게 보고 있다"(《폐결핵》) 운운하며 구가했던, 낯간지러운 '문예반적' 감수성도 찾아볼 수 없다.

그런데도《우리들의 양식》은 신경림이나 고은의 가장 뛰어난 작품들 못지않게 서정적이다. 사회정치적 상상력을 투영한 시는 투박할 것이라는 선입견을《우리들의 양식》만큼 보기 좋

게 허물고 있는 예도 찾기 어려울 것이다. 사실《우리들의 양식》
을 민중시집이라고 부르는 것도 썩 합당하진 않다. 시인이 도처
에서 민중지향적 목소리를 내고 있긴 하지만, 시집의 전반적 감
수성은

가난해도 누더기 입지 않는 마음,
차라리 알몸으로 누워 이기는 마음,

겉으로 살쩌 아파버린 고장에서
견디는 길은 이 뿐이구나.
삭지 않고 썩지 않아
싱싱할 길은 이 뿐이구나.

_〈풍경〉부분

　　같은 시행에서 드러나듯, 도도한 선비적 서정에 차라리 더
가깝기 때문이다. 도시의 건설 노동자로 설정된 표제작의 화자
조차 "내가 들고 오는 도시락의 무게를/ 구멍난 내 바지 가랑이
의 시대를/ 그러나 나는 읽고 있다"(《우리들의 양식》)고 말할 정도
로 섬세하고 예민하다.《우리들의 양식》의 화자들은 적어도 현실
의 '비루한 민중'에 미달한다.
　　그것은 이 시집의 화자들이 문학의 위엄을 신봉하는 것과도

관련 있어 보인다. 《우리들의 양식》의 가장 뛰어난 시 가운데 하나일 〈이 볼펜으로〉의 화자는 "이 볼펜으로/ 사랑을 적기 위하여/ 한 점 붉디붉은 시의 응결을 찍기 위하여/ 오늘 밤 나는 다른 마음이 되고 싶다"고 말한다. 그가 사랑을 실천하는 방식은 볼펜을 통해서, 시를 통해서다. 또다른 화자는

> 사람들은 자꾸 돌아보며 떠나간다.
> 시를 몰랐다면 나는 아마 살인자나 도둑이 되어
> 남의 피를 훔쳤을 게다. 혹은 눈물뿐인 사내도 되어
> 저 배고픔과 죽음들 쪽에
> 쓸데없는 슬픔만 보냈을 게다.
> 그러나 나는 아직 지키고 본다.
> 말없는 땅에 남아버린 것은 목마른 힘,
> 붉게 타는 논바닥의 고요, 노인과 아녀자와 마른 손들이
> 더듬어 찾는, 없는 사랑의 물기를 본다.
> 내가 더욱 시를 몰랐다면 뜬눈으로도
> 감긴 세상의 어둠을 붙잡지 못했을 게다.
>
> 〈마을〉 부분

라고까지 말한다. 《우리들의 양식》의 화자들이 끝내 말끔히 씻어내지 못한 문학주의의 버캐는 이 시집을 당대의 '모자라는

민중문학'으로 만든 동시에, 오늘날까지도 독자의 감수성을 깊숙이 자극하는 '넉넉한 문학'으로 만들었다.

〈한국일보〉, 2005. 4. 26.

06

식민지 조선인의 기품

✦

이용악의 《오랑캐꽃》

~~~~~~~~~~~~~~~~~

　《오랑캐꽃》(1947)은 이용악(1914~1971)의 세 번째 시집이다. 시집이 출간된 것은 해방 이후지만, 묶인 작품들은 1939년부터 42년 사이의 소산이다. 시인은 그에 앞서 시집 《분수령》(1937)과 《낡은 집》(1938)을 상재한 바 있고, 49년 좌익 선전선동 활동 혐의로 서울에서 검거되기 6개월 전 기존 시집의 수록 작품 일부를 포함하고 있는 네 번째 시집 《이용악집》을 냈다. 서울지법은 이용악에게 징역 10년형을 선고했고, 시인은 서대문 형무소에서 복역하다 인민군이 서울을 점령했을 때 풀려나와 북으로 갔다.

　해방기의 남로당 활동과 한국전쟁 중의 월북 탓에 이용악이라는 이름은 남한의 출판물에서 오래도록 복자伏字로 머물러야 했지만, 그가 일제 시기부터 사회운동에 깊이 간여했던 것은 아니다. 《오랑캐꽃》에 덧붙인 글에서 시인은 "그 이듬해(1943년) 봄엔 모某 사건에 얽혀 원고(《오랑캐꽃》원고—인용자)를 모조리 함경 북도 경찰부에 빼앗기고 말았다"고 술회하고 있지만, 그가 조직 원으로서 반제반파쇼 활동을 했던 것 같지는 않다. 그러나 이용 악은 시작詩作의 초기부터 타고나고 벼려진 실감에 기초해 식민 지 조선의 현실을 핍진하게 그려내며 민족문학의 자산을 불렸 다. 일제하에 민중시라는 것이 있었다면, 이 갈래의 월계관은 온 갖 상징자본을 누리며 새된 목소리로 관념적 급진성을 농한 임 화가 아니라, 성장기 이래의 가난과 노동 체험을 질료로 당대 조 선 민중의 아픔에 낮고 깊게 반응한 이용악에게 헌정돼야 할 것 이다. 시집《오랑캐꽃》은 그 이용악 문학의 가장 높은 봉우리다.

표제시 〈오랑캐꽃〉은 시집의 들머리에 놓였다. 오랑캐(말갈 족)와 관련된 역사적 장면의 기술로 시작되는 이 시는

너는 오랑캐의 피 한 방울 받지 않았건만

오랑캐꽃

너는 돌가마도 털메투리도 모르는 오랑캐꽃

두 팔로 햇빛을 막아줄게

울어보렴 목놓아 울어나 보렴 오랑캐꽃

이라는 연으로 마무리된다. 오랑캐와는 생물학적으로도 문 화적으로도 아무런 관련이 없건만 "어찌 보면 너의 뒷모양이 머

리태를 드리인 오랑캐의 뒷머리와도 같은 까닭"에 오랑캐꽃이라 불리는 풀꽃을 이 시의 화자는 바라보고 있다. 그는 이내 이 꽃의 상상된 설움에 깊이 감응하며 부당한 낙인에 힘겨워하는 모든 약한 것들에 대해 연대와 연민을 보낸다.

또래 시인들의 재능을 인정하는 데 매우 인색했던 서정주는 이 시를 두고 "가난 속에 괄시를 받으면서, 망국민의 절망과 비애를 잘도 표현했다"고 후하게 평한 바 있다. 이 작품의 '오랑캐꽃'을, 일본인들의 상상 속에서 불결하고 게으르고 믿을 수 없는 족속으로 굳어진 조선민족의 보조관념으로 해석하는 것은 충분히 일리가 있다. 그런 해석은 이용악이 다른 여러 작품 속에서도 식민지 조선인의 자의식을 짙게 드러내고 있다는 점에서 상당한 맥락적 설득력을 얻는다. 그러나 이 작품 하나만을 떼어놓고 살필 때 오랑캐꽃의 원관념에 대한 해석의 지평은, 특히 오늘날에 이르러 한결 더 넓어질 수 있다. 그 오랑캐꽃은 튀니지 출신 유대계 작가 알베르 메미가 정의한바 "어떤 공격을 정당화하기 위해서, 현실적인 또는 상상적인 차이들을, 공격자에게는 유리하고 피해자에게는 불리하도록 결정적으로 일반화시켜 가치를 부여하는 태도나 행위"인 인종주의의 피해자들 전부일 수도 있고, 온갖 통속적 상상 속에서 부정적 가치를 부여받는 장애인, 동성애자, '결손' 가족 구성원, 양심에 따른 병역 거부자 같은 문화적 소수파 일반일 수도 있다.

서정주도 이 시를 평하며 이용악의 가난을 내비쳤거니와, 그의 가난은 고향인 함북 경성鏡城에서 보낸 성장기 때나 일본 유학 시절이나 경성京城 문단에 얼굴을 들이민 뒤나 한결같았다. 예외적인 학업열정과 신분상승 욕구가 아니었다면, 그의 일본유학은 어림없는 일이었을 것이다. (약자에 대한 문학적 연대와 신분상승 욕구가 모순된다고 투덜거리지는 말자.) 조치上智대학 신문학과 재학 시절 이용악은 도쿄 근교의 해군도시 시바우라芝浦에서 품팔이 노동자로 일하며 어렵사리 학비를 조달했는데, 이 시절 체험은 시집《오랑캐꽃》에 수록된〈다시 항구에 와서〉에서도 슬그머니 회상되고 있다. 서정주는 서울 시절 이용악의 숙소가 봄부터 가을까지는 공원 벤치였고 겨울에는 친구 집이었다고 회고한 바 있다. 아마도 그런 가난이 이용악의 시선을 늘 낮은 곳으로 향하게 했을 것이다.

그 낮은 곳 가운데 하나는 유랑민, 유이민들이었다. 당대 중국 동북 지역에 산재해 있던 조선인 유이민에 대한 이용악의 관심은 시작의 초기부터 넉넉해 이를 소재로 한 일련의 작품들은 뒷날 유이민시라는 이름을 얻기도 했거니와,《오랑캐꽃》에 실린〈전라도 가시내〉는 이 갈래의 우뚝한 성취로 꼽힌다.

알록조개에 입맞추며 자랐나
눈이 바다처럼 푸를뿐더러 까무스레한 네 얼굴

가시내야
　　나는 발을 얼구며
　　무쇠다리를 건너온 함경도 사내

로 시작해

　　이윽고 얼음길이 밝으면
　　나는 눈포래 휘감아치는 벌판에 우줄우줄 나설 게다
　　노래도 없이 사라질 게다
　　자욱도 없이 사라질 게다

　로 끝나는 이 작품은 북간도의 어느 술막에 앉아 있는 화자
가 저보다 석달 전에 두만강을 건너와 술집 작부로 일하고 있는
전라도 여자에게 건네는 연대의 언어다.
　그 술막은 "두터운 벽도 이웃도 못미더운 북간도 술막"이다.
도처에 밀고자의 눈과 귀가 숨어 있는 이 술막에서 전라도 가시
내와 함경도 사내를 굳게 묶는 것은 가난과 실향과 천대의 체험,
좀더 근원적으로는 빼앗긴 조국이다. 화자가 "울 듯 울 듯 울지
않는 전라도 가시내"에게 "두어 마디 너의 사투리로 때아닌 봄을
불러주"겠다고 말할 때, 또 "너의 가슴 그늘진 숲속을 기어간 오
솔길을 나는 헤매이자"고 말할 때, 여기서 남성의 보호자 역할과

여성의 수동성을 간취하는 여성주의적 읽기는 유혹적인 만큼이나 부질없는 짓이다. 〈전라도 가시내〉의 공간에서, 식민지 조선 최변방 출신의 두 하층 남녀는 젠더의 자의식을 사치스럽게 만드는 정서적 동질성으로 굳게 묶여 있기 때문이다.

당대 조선 상황에 대한 역사적 상상력을 바탕에 깔고 이 시를 읽노라면, 문학의 위의威儀니 하는 것에 냉소적인 나 같은 독자도 문득 자세를 바로잡고 옷깃을 여미게 된다. 그때, 비슷한 시기에 서정주가 현란하게 구가한 감각의 아스라함은 문득 비천하게까지 보인다. 감각의 깊이에서, 《오랑캐꽃》의 시들은 도저히 《화사집》의 시들을 따를 수 없다. 그러나 감각의 격조와 기품에서, 《화사집》은 도저히 《오랑캐꽃》을 따를 수 없다.

《오랑캐꽃》의 언어가 늘 공적 공간을 파고드는 것은 아니다. 〈다리 우에서〉에서도 가난이 얘기되지만, 그 가난은

국숫집 찾어가는 다리 우에서
문득 그리워지는
누나도 나도 어려선 국숫집 아히

단오도 설도 아닌 풀버레 우는 가을철
단 하루
아버지의 제삿날만 일을 쉬고

어른처럼 곡을 했다

처럼 개인화돼 있다. 둘 다 5행으로 이뤄진 〈꽃가루 속에〉와
〈달 있는 제사〉는 각각 사랑의 간지러움과 돌아간 아버지에 대한
어머니의 그리움을 서늘하게 드러내고 있고, 〈두메산골〉 연작에
서는 시골살이의 기꺼움과 허전함이 깔끔하게 형상화되고 있다.
(특히 그 전문이

배추밭 이랑을 노오란 배추꽃 이랑을
숨가쁘게 마구 웃으며 달리는 것은
어디서 네가 나즉히 부르기 때문에
배추꽃 속에 살며시 흩어놓은 꽃가루 속에
나두야 숨어서 너를 부르고 싶기 때문에

인 〈꽃가루 속에〉의 경우, 작자의 이름을 가려놓는다면 사람들은 이
시의 작자로 필경 서정주를 지목할 것이다. 사뭇 대조적으로 보이는 이 두
시인의 닮음이 엿보여 신기하다.) 첫아이를 보게 될 아비의 어진 삶
에 대한 다짐을 담은 〈길〉 같은 작품이 셋째 연의 "나라에 지극
히 복된 기별이 있어"라는 대목 때문에 뒷날 임종국에 의해 친일
시로 지목되기도 했으나, 시집 《오랑캐꽃》은 일제하 민족문학이

목격한 가장 값진 성취 가운데 하나다.

섣부른 개인주의에 깊이 감염돼 애국심이나 민족애 같은 말을 들으면 경기를 일으키는 나도, 이용악을 읽다보면 문득 공동체라는 것을 생각하게 된다. 이용악의 시는 내게 "네 느낌이 아무리 소중해도, 너는 결국 관계 속의 너"라고 가르친다. 이용악이 남한에서 발표한 마지막 시는 〈새해에〉(1948)다. 그 전문은 이렇다.

> 이가 시리다
> 이가 시리다
> 두 발 모두어
> 서 있는 이 자리가 이대로
> 나의 조국이거든
>
> 설이사 와도 그만 가도 그만인
> 헐벗은 이 사람들이 이대로
> 나의 형제거든
>
> 말하라 세월이여
> 이제
> 그대의 말을 똑바루 하라

해방 이후 이용악 시가 꺼리지 않았던, 그래서 작품을 형편 없이 망그러뜨리곤 했던 전언의 직접적 토로가 이 작품에서도 버젓하다. 그것은 미적으로 나를 불편하게 한다. 그러나 그가 "설이사 와도 그만 가도 그만인/ 헐벗은 이 사람들이 이대로/ 나의 형제"라고 말할 때, 나는 윤리적으로도 불편하다. 다시 말해 부끄럽다. 문득 평양이 보고 싶다. 그의 고향 경성이 보고 싶다.

〈한국일보〉, 2005. 7. 5.

07

문학적인, 너무나 문학적인

✦

황인숙의 《새는 하늘을 자유롭게 풀어놓고》

~~~~~~~~~~~~~~~~

아름다움의 끝간 데는 공공선公共善의 울타리 안에 있다고 믿는 이들이 있다. 일리 있는 견해다. 뛰어난 정치시들은 그 아름다움의 한 자락을 공적 선함의 열망에 걸치고 있다. 이와 반대로, 공공선을 일종의 인습으로 여겨 이를 거스르는 데에 아름다움이 있다고 믿는 이도 있다. 역시 일리가 있다. 급진적 탐미주의자들은 공공선을 악마적으로 위반함으로써, 추함 바로 이편의 아슬아슬한 아름다움을 만들어낸 바 있다. 위반도, 준수와 마찬가지로, 미리 기준을 설정한 뒤에야 실천할 수 있다면, 이 믿음들은 양쪽 다 선함에 얽매여 있는 셈이다.

《새는 하늘을 자유롭게 풀어놓고》(1988, 이하《새는 하늘을》)를 냈을 때의 서른 살 황인숙은 어느 쪽이었을까?《새는 하늘을》의 언어는, 자주, 급진적 탐미주의자의 것 이상으로 감각적이다.

시집에는 화자나 그 정서적 대체물이 오관을 활짝 열고 세계의 자극에 온몸으로 감응하는 장면들이 수두룩하다.

> 온종일 비는 쟁여논 말씀을 풀고
> 나무들의 귀는 물이 오른다.
> 나무들은 전신이 귀가 되어
> 채 발음되지 않은
> 자음의 잔뿌리도 놓치지 않는다.
> 발가락 사이에서 졸졸거리며 작은 개울은
> 이파리 끝에서 떨어질 이응을 기다리고.
> 각질들은 세례수로 부풀어
> 기쁘게 흘러넘친다.

_〈봄〉 부분

같은 시행을 보자. 화자의 감각이 투사된 나무들이 빗물(의 소리)을 빨아들이는(듣는) 정도는 "채 발음되지 않은 자음의 잔뿌리도 놓치지 않을 만큼", "이파리 끝에서 떨어질 이응을 기다릴" 만큼 철저하고 남김없다. (이파리 끝에 맺힌 빗방울의 둥근꼴과 그것이 개울에 떨어지며 낼 소리의 낭랑함을 글자 '이응'에 견주는 재기란, 참.)

그러나 시집 전체를 통해서, 황인숙은 탐미주의자들의 (자

기)파괴 욕망을 드러내는 법도 없고, 인습이든 아니든 공공선을
거스르지도 않는다. 그렇다고 그가 공공선을 위해서 시를 쓰는
것도 아니다. 그에게 아름다움은 선함과 나란한 것도 아니고, 선
함을 거스르는 것도 아니다. 선함과는 아무런 상호관계 없이, 급
진적 탐미주의자들이 상정하는 음陰의 상호관계마저 없이, 아름
다움은 그냥 거기 있다고 황인숙은 믿는 것 같다. 그런 그를 부드
러운 탐미주의자로 부르기로 하자. 이 부드러운 탐미주의자는 화
자들로 하여금 조금씩 일렁이며 열리는 하늘을 통해 또는 조금
씩 열려 퍼지는 문을 빠져나가

　　　오, 저 스며들어오는
　　　이 세상것이 아닌 향기
　　　이 세상것이 아닌 빛깔
　　　이 세상것이 아닌 고요
　　　오, 이 세상것이 아닌 마음,

　　　　　　　　　　　　　　　　　　　　　_〈황혼〉 부분

　　을 감지해내게 할 만큼 섬세하지만, 시인-화자의 그런 예민
한 감각은, 뜻밖에도, 성적 관능으로 치닫는 법이 거의 없다. 하
긴 뜻밖이랄 것도 없겠다. 그는 급진적 탐미주의자가 아니라 '부
드러운' 탐미주의자니까.

황인숙의 언어들은, 독자의 정념을 이끌어내는 법 없이, 독자의 살갗을 간질인다. 의도된 것인지 타고난 것인지는 모르겠으나, 이런 관능의 절제가 《새는 하늘을》의 감각적 언어에 넉넉한 기품을 부여한다. 이런 절제는 이 시집의 화자들이 연애와 무관해서 가능한 것인지도 모른다. 아니, 그들의 연애 상대가 구체적 개인이라기보다 시나 문학 같은 관념이어서 가능한 것인지 모른다.

> 내 머릿속에 나무 하나가
> 그 뿌리를 억세게 뻗어
> 머리를 옥조이고
> 피를 흡빨고

로 시작해 강렬하고 섬뜩한 이미지들을 포개나가는 〈내 머릿속에 나무 하나가〉에는 연애에 막 들린 자의 신경질적 파토스가 넘실거리지만, 이 시 역시 여느 의미의 관능과는 무관하다. 화자를 "꿈속에서도 쉬지 못하"게 하는 나무가 문학이라는 관념이기 때문일 것이다.

> 오, 열려라, 바람이여
> 고통스럽겠지만

이대로 잠들지 말아다오, 언어여

실어失語가에 나직이 자리잡은

존재여

    라는 시행들을 통해 사랑의 대상이 뮤즈임을 또렷이 하고
있는 〈로망스〉도 마찬가지다.

    시인의 등단작 〈나는 고양이로 태어나리라〉(1984)는 시집
《새는 하늘을》에서 가장 널리 알려진 작품 가운데 하나다. 이 뛰
어난 시의 인상이 워낙 강렬했던 탓에, 시집《새는 하늘을》은 두
가지 오해를 사게 되었다. 첫째는 이 시집의 세계가 밝고 경쾌하
고 발랄하다는 오해다. "윤기 잘잘 흐르는 (상상 속의) 까망 얼룩
고양이"의 발랄한 행태에 내세의 화자를 투사한 〈나는 고양이로
태어나리라〉만이 아니라, 이 시집에 밝고 경쾌한 시가 없는 것은
아니다. 예컨대 소용없는 물건들을 시장에서 둘러보며 즐거워하
는 화자가 나오는, 황인숙 시로서는 예외적으로 관능이랄 만한
것이 암시되는 〈시장에서〉 같은 작품이 그렇다. 그러나《새는 하
늘을》의 공간은 근본적으로 불안의 세계다. 그 불안은 어른 되
기의 불안함이다. 앞에서 살핀 이성복의《뒹구는 돌은 언제 잠
깨는가》가 그랬듯《새는 하늘을》도 일종의 성장시집인 것이다.
그러나 청년 이성복이 어른 되기의 어려움을 더러는 치기까지
동원해 돌파하려 한다면, 청년 황인숙은 그 어려움을 될 수 있으

면 피하려 한다. 적어도 미루려 한다. 들머리에 놓인 〈잠자는 숲〉
이나 〈링반데룽〉 같은 시에서도, 화자는 "이대로 나는 어떻게 되
는 것일까?"(〈링반데룽〉) 불안해, 차라리 "은사시나무숲으로"(〈잠
자는 숲〉), 어린 시절의 따스한 자족적 공간으로 되돌아가려 한
다. 말하자면《새는 하늘을》에는 퇴행의 욕망이 또렷하다.

　　발달심리학자의 눈에 시인-화자의 이런 모습은 걱정스럽게
비칠지 모른다. 그러나 문학의 위대함은 의학적 '증후'마저 아름
다움으로 바꿔놓는 데 있다. "내 가슴은 텅 비어 있고/ 혀는 말
라 있"(〈잠자는 숲〉)음을 털어놓던 서정적 자아가

　　　　팔월의 어둠이 거미줄처럼 깔리고
　　　　등 댈 것이라곤
　　　　육교 기둥뿐.
　　　　처참하도록 유유한
　　　　홀로 유유한 평화.
　　　　파리 요람의 평화

　　　　　　　　　　　　　　　　　　_〈링반데룽〉 부분

　　를 불안해할 때(거미줄에 걸린 파리에 자신을 투사하는 화자가 제
자리를 파리의 '무덤'이 아니라 '요람'이라고 우기는 것이 재미있다), 시인
의 언어는 거의 치명적으로 아름답다. 부드러운 탐미주의자는

흔하다. 황인숙을 여느 부드러운 탐미주의자와 갈라놓는 것은, 급진적 탐미주의자가 선함을 희생시키고서야 빚어낼 법한, 치명적이리만큼 날카로운 아름다움을 그가 예사로 빚어낸다는 점이다. 《새는 하늘을》속에서 황인숙의 언어는 주술을 닮았다. 그는 말 한마디로 세계를 지었다 부쉈다 하는 동화 속 마법사 같다.

두 번째 오해는 '고양이의 시인'이라는 황인숙의 명성이다. 〈나는 고양이로 태어나리라〉를 비롯해 자신을 고양이에게 투사한 시들이 그에게 없는 것은 아니지만, 《새는 하늘을》은 무엇보다도 새와 나무의 시집이다. 적어도 이 시집에서, 황인숙은 새와 나무의 시인이다. "어떤 사냥꾼도 그처럼 많은 자기의 적에게 둘러싸인 적이 없었으리라"는 제사題詞 아래

이 숲.
들벚나무와 사시나무
뿌리 사나운 아카시아와 싸리나무, 소나무
뜻밖에 만난 놀란, 한 그루의 향나무와
밟은 적도 긁힌 적도 무수한
덩굴나무와 가시나무.
본 적은 있으나 이름 모를 나무들과
보지 못한 나무들
보지 못할 나무들

이 숲.

꿈틀거리는 나무 사이로

두려움없이 내가

지나갈 수 있을까?

나는 새처럼 가볍지도 않은데

이들은 내게 적의의 새를 날리지 않을까?

이 숲.

나무의 무리 가득한

숲

안개로

깊어지고.

_〈신성한 숲〉 전문

라고 노래하며 속된 이방인에 대한 나무들의 적의를, 다시 말해 그들의 살아 있음을 거룩하게 환기시키는 〈신성한 숲〉이나,

보라, 하늘을.

아무에게도 엿보이지 않고

아무도 엿보지 않는다.

새는 코를 막고 솟아오른다.

얏호, 함성을 지르며

자유의 섬뜩한 덫을 끌며

팅! 팅! 팅!

시퍼런 용수철을

튕긴다.

_〈새는 하늘을 자유롭게 풀어놓고〉 전문

며 하늘로 솟아오르는 새를 통해 자유의 홀가분함과 섬뜩함을 동시에 그린 표제시 〈새는 하늘을 자유롭게 풀어놓고〉에서, 새와 나무의 시인으로서 황인숙의 면모가 약여하다.

새와 나무 얘기가 나온 김에, 〈,〉라는 괴상한 제목의 시를 보자.

바람이 내 투망을 걷어갔어.

아니면 정신없이 걸린 새녀석들이

합심해서 삼켜버렸나?

휑하니 서 있는데

정말, 살금살금 움직이지 않고

서 있기도 오랜 만인데

땅바닥이 왜 이리 평평하냐!

어지러워. 둥근, 가는 나뭇가지에

발가락을 걸고 매달리고 싶다.

_〈,〉전문

이 시집에서 드물지 않게 보이는 변신의 욕망이 여기서도
파닥거린다. 제목 〈,〉는 쉼표이기도 하고 새 발가락의 형상이기
도 할 것이다. 평평한 데서 어지러움을 느끼는(!) 화자는, 문득 새
가 돼 발가락을 나뭇가지에 걸고 쉬고 싶은 것이다. 쉼표의 형상
과 의미를 동시에 부려 쓴 착상이 기발하다.

나무는, 앞에서 인용한 〈내 머릿속에 나무 하나가〉에서도
그랬듯, 더러 시에 대한 화자의 순정을 대리한다. 화자에게 시적
상상력이란

진정한 나무의
이마에서 뛰는 심장의
혈기방장한 이파리들!

_〈복 받을진저, 진정한 나무의〉부분

인 것 같다. 시를 대수롭지 않게 여기는 듯한 포즈는 오늘날
세련된 시인의 한 징표가 되었다. 시인이 아닌 나도, 시 독자일 뿐
인 나도 그런 포즈를 자주 두둔한다. 그러나 '영혼'이라는 말 한
마디에 "나의 피톨들은 햇살을 가르고/ 수억 개의 팔랑개비처럼

돌아간다"(《그가 '영혼'이라고 말했을 때》)고 털어놓는 시인-화자 앞에서, 자기가 죽으면 "가슴 위에 공책 한 권/ 그리고 오른손에 펜을 쥐어/ 포개어 놓"아 달라며

> 비바람이 뚫고 햇살이 비워낸
> 두개골 속을
> 맑은 벼락이 울릴 때,
> 그녀 오른팔 뼈다귀는
> 늑골 위를 더듬으리.
> 행복하게 삐거덕거리며.
>
> _〈비명碑銘〉부분

라고 말하는 시인-화자 앞에서 내 마음은 숙연하다. 《새는 하늘을》은 문학적인, 너무나 문학적인 시집이다.

〈한국일보〉, 2005. 8. 2.

08
이야기로서의 노래, 노래로서의 이야기
✦
김지하의 《오적》

~~~~~~~~~~~~~

문학사적으로 1970년대는 김지하의 담시譚詩〈오적五賊〉과 함께 시작됐다. 29세의 청년시인이 발표한 이 새로운 형태의 시는 문학사적 의의 못지않은 정치사적 함의도 더불어 지니고 있었다. 월간지《사상계》1970년 5월호에 발표된〈오적〉은 당시 야당 신민당의 기관지《민주전선》에 전재되며 반공법 위반 사건으로 확대돼 시인과 두 매체의 편집진을 감옥으로 보냈다. 1953년 창간된 이래 글자 그대로 한국 사상계의 둥지 노릇을 했던《사상계》는 이 사건으로 폐간 처분을 받았다.

누가 봐도 터무니없는 사건이었던 만큼 관련자들은 그리 오래지 않아 모두 풀려나왔으나, 그보다 여섯 해 전 대일對日 굴욕 외교 반대 투쟁으로 첫 옥살이를 겪었던 시인에게〈오적〉사건은 반反독재 민주주의운동의 새로운 출발점이 되었다.〈앵적가櫻

賊歌〉,〈비어蜚語〉,〈오행五行〉,〈분씨물어糞氏物語〉 등 그 뒤 잇따라 발표한 담시를 통해 권력 주변의 악취와 외세의 경제적 침탈을 풍자하고 민중의 참혹한 삶을 고발한 이 입담 좋은 젊은이를 황군皇軍 출신의 독재자 박정희는 도무지 좋아할 수가 없었다. 시인은 1974년 긴급조치 위반에 더해 국가보안법 위반, 내란선동죄 등의 어마어마한 혐의로 다시 구속됐고, 비상보통군법회의는 마치 장난처럼 그에게 사형을 선고했다.

그러나 이 젊은 시인은 〈오적〉 사건으로 이미 나라 밖까지 너무 이름이 알려진 상태였다. 구명운동은 삽시간에 국경 너머로 퍼져나갔고, 석방 탄원서에 서명한 장 폴 사르트르, 시몬 드 보부아르, 놈 촘스키, 하워드 진 같은 이름들의 무게에 질린 정권은 이듬해 2월 이번에도 마치 장난처럼 그를 풀어주었다. 출옥하자마자, 시인은 감옥에서 통방한 인혁당 사건 관련자 하재완의 참혹한 술회에 기초해 이 사건이 고문으로 날조됐다는 사실을 폭로했고, 정권은 다시 장난처럼 그를 가두었다. 이번의 옥살이는 장난이 아니었다. 시인은 박정희가 죽고 한 해 남짓이 지난 1980년 12월까지 독방에 갇혀 있어야 했다.

그렇다는 것은 김지하라는 이름이 70년대의 중량과 맞먹는다는 뜻이다. 감옥 속의 김지하는 70년대 한국문학의 치욕이자 축복이었다. 그것이 치욕이었던 것은 그를 감옥 안에 두고서도 70년대의 한국문학사가 별 탈 없이 하염없는 장광설로 쓰여지고 있었다는 점에서고, 그것이 축복이었던 것은 감옥 속의 시인 덕분에 한국문학의 당대가 순전한 미몽의 시기로 기록되는 것을 피할 수 있었다는 점에서다. 30대의 김지하는 감옥 속에서 70년대의 부하負荷를 제 몸뚱이 하나로 버텨내며 개인사의 수난을 문학사적·사회사적 활력으로 전화시켰고, 그럼으로써 70년대가 박정희의 연대로서만이 아니라 자신의 연대로, 김지하의 연대로 기억되게 만들었다. 설령 출옥 뒤 시인의 행적이 그를 따르던 사람들을 실망시키고 김지하라는 이름에서 빛을 덜어냈다고 해도, 그 이름이 70년대 한국문학과 한국정치의 가장 뜨거운 상징 가운데 하나라는 사실은 엄연하다.

그 뜨거운 상징의 출발점이 〈오적〉이었다. 〈오적〉의 문학사적 의의는 그것이 최초의 담시라는 데 있다. '담시'라는 용어는 중세 이후 유럽 여러 지역에서 성행한 소小 서사시 '발라드'의 역어譯語로 사용되기도 하지만, 김지하가 〈오적〉을 발표하며 이 말을 사용한 것은 그런 맥락에서가 아니다. 시인 자신의 짤막한 정의에 따르면, 담시는 단형短形 판소리다. 93년에 솔출판사에서 나온 담시전집《오적》의 자서自序에서 시인은 "판소리는 생명의 문학이다. 나의 담시, 그러니까 단형 판소리 역시 생명의 문법을 모토로 한다. 가락이 장단을 타거나 빠져나가는 중에 행간에 솟아나는 신명의 문법을 잘 살펴주시기 바란다. 언어 밑에 흐르는 신명의 분류 없이, 언어가 퉁겨내는 광활한 여백의 울림 없이 시, 특히 생명의 시는 없다"고 말한 바 있다.

그러니까 담시는, 판소리가 그렇듯, 활자로 고정돼 있는 언어가 아니라 활자 바깥으로, 활자들 사이로 뛰쳐나온 살아 있는 언어다. 그러고 보면, 오늘날 김지하의 라벨이 된 생명사상은 그의 담시에서부터 일찌감치 싹트고 있었는지도 모른다. 담시는 구연口演을 통해서만 완성되는 문학장르다. 판소리라는 민족적 구비문학의 전통 속에 자리잡은 이 장르는, 유럽 쪽의 신어新語를 빌리자면, 리터러처literature라기보다 오럴리처orature에 속한다. 〈비어〉의 첫 이야기 〈소리내력來歷〉은 안도安道라는 이농 도시 빈민의 참혹한 삶과 죽음을 그리고 있는데, 활자로 발표된 지 두 해 남짓 뒤인 1974년 세밑에 서울 명동성당에서 구연된 바 있다. 김지하 담시의 이 첫 구연의 주인공이었던 소리꾼 임진택은 80년대 중반 이후 〈분씨물어〉를 〈똥바다〉라는 제목으로 구연해 너른 호응을 얻기도 했다.

담시에 대한 긍정적 언술들에 따르면, 이 장르는 서사와 서정과 극을 녹여낸 장르고, 이야기와 노래를 통일한 장르며, 풍자와 해학과 코믹과 그로테스크를 버무린 장르다. 이 장르의 '열림'을 강조하는 이런 평가를 곧이곧대로 받아들이지 않는다고 하더라도, 현대화한 판소리로서의 김지하 담시가 서양 시학에 매몰돼 있던 당대 시단에 적잖은 충격을 가했으리라는 점은 짐작할 수 있다. 그것은 민중적 내용을 담아낼 민족적 형식을 모색하던 시인이 처음 다다른 징검돌이었다. 민중의 언어를 지향했던 만큼 담시는 어쩔 수 없이 군데군데 비속하지만, 결국은 청년지식인의 언어였던 만큼 또 어쩔 수 없이 군데군데 현학적이다. 담시의 만형 격인 〈오적〉은 수많은 언어로 번역됐는데, 민족어의 리듬에 깊이 밀착된 담시의 '신명'을 외국어로 느끼기는 어려울 것이다.

시詩를 쓰되 좀스럽게 쓰지말고 똑 이렇게 쓰랏다.
내 어쩌다 붓끝이 험한 죄로 칠전에 끌려가
볼기를 맞은지도 하도 오래라 삭신이 근질근질
방정맞은 조동아리 손목댕이 오물오물 수물수물
뭐든 자꾸 쓰고 싶어 견딜 수가 없으니, 에라 모르겠다
볼기가 확확 불이 나게 맞을 때는 맞더라도
내 별별 이상한 도둑이야길 하나 쓰것다.
옛날도 먼옛날 상달 초사흗날 백두산아래 나라선 뒷날
배꼽으로 보고 똥구멍으로 듣던중엔 으뜸
아동방我東方이 바야흐로 단군이래 으뜸
으뜸가는 태평 태평 태평성대라
그 무슨 가난이 있겠느냐 도둑이 있겠느냐
포식한 농민은 배터져 죽는 게 일쑤요
비단옷 신물나서 사시장철 벗고 사니

고재봉 제 비록 도둑이라곤 하나

공자님 당년에도 도척이 났고

부정부패 가렴주구 처처에 그득하나

요순시절에도 사흉은 있었으니

아마도 현군양상賢君良相인들 세살버릇 도벽盜癖이야

여든까지 차마 어쩔 수 있겠느냐

서울이라 장안 한복판에 다섯 도둑이 모여 살았것다.

_〈오적〉 도입부

〈오적〉은 글자 그대로 다섯 도적 이야기다. 이들의 이름은 재
벌, 국회의원, 고급공무원, 장성, 장차관인데, 원문에서 한자로 표
기된 이 괴상한 이름들은 죄다 개사슴록변犭이 달린 개견부犬部
의 글자들을 포함하고 있어서(예컨대 '장성'은 長猩) 이들이 사람이
아니라 짐승임을 보여준다. "사람마다 뱃속이 오장육보로 되었
으되/ 이놈들 배안에는 큰 황소불알만한 도둑보가 곁붙어 오장
칠보"다. 이 다섯 도적이 하루는 서울 동빙고동에 모여 도둑시합
을 벌이고 있는데, 어명을 받아 이들을 잡으러 온 포도대장이 되
레 이들을 지목한 가난뱅이 꾀수를 무고죄로 몰아 감옥에 가두
고 오적의 개 노릇을 하다가 얼마 뒤 그들과 함께 급사한다는 것
이 〈오적〉의 줄거리다. 고작 상류층의 부정부패를 풍자했을 뿐인
데, 이것이 무시무시한 반공법에 걸려든 것이다. 〈오적〉의 마지막

대목은 "허허허/ 이런 행적이 백대에 민멸치 아니하고 인구人口에 회자하여/ 날 같은 거지시인의 싯귀에까지 올라 길이 길이 전해오것다"인바, 시인은 〈비어〉의 둘째 이야기인 〈고관尻觀〉과 〈오행〉〈앵적가〉〈고무장화〉 같은 담시 작품들 역시 '전해온다' '전해오것다' 따위로 마무리함으로써 이 이야기들이 화자가 전해들은 것이라는 형식을 취하고 있다.

〈오적〉이 발표된 해에 상재된 첫 시집《황토》이후의 서정시들이 그랬듯, 김지하의 담시들도 시인이 감옥에 갇혀 있던 1970년대엔 한국에서 책으로 묶일 수가 없었다. 1976년 12월 일본의 한양사에서 나온《김지하 전집》은 그때까지 발표된 시인의 담시, 서정시, 희곡, 산문을 망라하고 있었는데, 이 책이 거꾸로 국내에 들어와 복사본이 나돌며 은밀히 읽혔다. 그 시절에는 김지하를 읽는 것조차 상당한 용기를 내야 하는 일이었다는 것을 오늘날의 젊은 독자들이 상상할 수 있을까? 그의 담시들이《오적》이라는 제목으로 처음 묶여 동광출판사에서 나온 것은 시인이 사면 복권된 이듬해인 1985년이었다. 시인은 이 책 서문에서 "오적이 있으니까 '오적'을 썼다"고 말했다.

김지하는 일급 서정시인이기도 하지만, 문학사가들은 그를 담시의 개척자로 더 기억할 것이다. 시인의 바람과 달리 담시가 그의 후배 세대에게 계승되지 못한 것은, 이 장르가 예찬자들의 평가와 달리 충분히 열려 있지 않다는 것을 암시하는지도 모른다. 아니, 열림 여부와 상관없이, 이 장르가 젊은 세대에게 산뜻한 매력을 주지 못해서 그런지도 모른다. 판소리를 쇼팽이나 브람스 음악보다 더 낯설게 받아들이는 세대가 담시를 즐기기는 어려울 것이다. 교보문고 같은 대형서점에서도 김지하 담시전집을 구하기 어려운 것이 요즘 형편이다. 70년대엔 읽고 싶어도 못 읽었던 그의 담시가 이젠 아예 안 읽히나보다.

〈한국일보〉, 2005. 8. 9.

09

허공의 시학

✦

오규원의《새와 나무와 새똥 그리고 돌멩이》

~~~~~~~~~~~~~~~~~~~~~~~~

오규원(1941~2007)은 한 세대를 대표하는 시인일 뿐만 아니라, 많은 시인들에게 영향을 준 시학 교사이자 시학자다. 유사성에 바탕을 둔 은유체계에서 인접성에 바탕을 둔 환유체계로의 이행, 개념적·사변적 의미에서 벗어나 날것으로서의 사물현상을 고스란히 드러내는 '날이미지'의 직조 같은 것이 최근 10여 년 그가 벼려온 시학의 핵심이다. 그는 그 과정에서 "시인은 이미지의 의식이다. 그러므로 나는 이미지의 의식이다. 그리고 이미지가 세계의 구조를 결정하는 한에서 나는 세계의 구조를 결정하는 의식이다"라는 우아한 선언을 제출한 바 있다. 이 선언은 시인 나름의 견자見者 시론의 고갱이라 할 수 있다.

지행합일知行合一에 대한 시인의 의지나 욕망을 의심할 이유가 없는 만큼, 최근에 나온《새와 나무와 새똥 그리고 돌멩이》

(2005, 이하《새와 나무》)를 견자 시론의 옹근 실천으로 보아도 좋겠다. 그렇다는 것이 이 시인-시학자의 작품을 곧이곧대로 이 시학자-시인의 가르침에 따라 읽어야만 한다는 뜻은 아닐 것이다. 오규원 자신의 말마따나 은유에서 환유로의 이행은 중심과 주변의 자리바꿈일 뿐이다. 은유가 가뭇없이 소멸하고 느닷없이 환유라는 신천지가 눈앞에 펼쳐지는 사태는 아닌 것이다. 실상 은유를 팽개친다면, 그가 '느낌의 구조화'라고 정의한 '(시적) 묘사' 자체가 불가능해질 것이다.

개념이나 사변 이전의 '날이미지'라는 것도 그렇다. 설령 그런 순수한 이미지라는 것이 있다 하더라도, 언어로의 재현 통로에는 무수한 개념과 사변의 병균들이 우글거리고 있어서, 말끔히 살균 처리된 위생공간으로서의 '날이미지시'가 가능할 것 같지는 않다. 그러나 돌아간 평론가가 조금 다른 맥락에서 거론했듯, 진실이란 결국 진실화 과정에 지나지 않는다. 존재 현상을 관념이나 사변으로 비틀지 않고 고스란히 옮겨놓으려는 시인의 안간힘은, 그러므로, 진실화 과정인 동시에 진실에의 착지着地이기도 하다. 시인의 그런 진실화 과정을 염두에 두고, 그러나 거기에 얽매이지는 않은 채《새와 나무》를 읽어보자.

시인은 자서에서 이 시집을 "새와 나무와 새똥 그리고 돌멩이, 이런 물물物物과 나란히 앉고 또 나란히 서서 한 시절을 보낸 인간인 나의 기록"으로 규정하고 있다. 시인은 '날이미지'를 "개념화되거나 사변화되기 전 두두물물頭頭物物의 현상"이라 정의한 바 있으므로 이 자서는 날이미지 시론의 되풀이랄 수 있지만, 바람결에 들은 그의 투병 소식 탓에 물물이라는 말이 문득 을씨년스럽다. 실제로 이 시집에는 화자 말고는 사람이 거의 드러나지 않는다. 이따금 드러난다고 해도, 그들은 풍경의 일부분, 곧 물물일 뿐이다. 시인은 그런 물물과 나란하다. 그는 물물을 내려다보지도 않고 올려다보지도 않는다. 그는 근대적 인간중심주의자도 아니고 원시적 물신숭배자도 아니다. 물물과 나란히 앉아서, 또 나란히 서서 시적 자아는 무엇을 하는가? 그는 본다. 그는 주변의 사물을 꼼꼼히 바라보며 제 망막에 도달한 빛을, 시인이 날이미지라고 부르는 그 빛의 느낌을 언어로 옮긴다. 그러니까《새와 나무》는 물물의 시집이자 빛의 시집, 가시광선의 시집이다. 이 시집이 견자의 언어인 만큼, 그 언어가 빛의 언어가 되는 것은 당연하다. 시인의 눈은 인상파 이후 화가의 눈이다.

《새와 나무》에 묶인 시들은 죄다 접속조사 '와/과'로 묶인 명사 둘을 제목으로 삼고 있다. 이 엉성한 접착제 '와/과'는 어쩔 수 없이 이음매를, 사이를 남긴다. 시인이 공들여 바라보는 것은 바로 이 '사이'다. 이 '사이'는 "강과 나 사이 강의 물과 내 몸의 물 사이"(〈강과 나〉)에서처럼 공간적이기도 하고, "새가 날아간 순간과 날아갈 순간 사이, 몇 송이 눈이 비스듬히 날아 내린 순간과 멈춘 순간 사이"(〈뜰과 귀〉)에서처럼 시간적이기도 하며, "강의 물과 강의 물소리 사이"(《강과 둑》)에서처럼 감각적이기도 하다. 이 사이는 비어 있음이고, 침묵이자 허공이다. 그리고 "침묵과 허공은 서로 잘 스며서 투명하다"(《하늘과 침묵》). 이 투명한 침묵과 허공은 라이프니츠가 존 로크를 비판하며 거론한 '빈 서판'(타불라 라사) 같은 것이다. 침묵은 "잎에 닿으면 잎이 되고/ 가지에 닿으면 가지가 된다"(《하늘과 침묵》). 허공은 "나무가 있으면 허공은 나무가 됩니다/ 나무에 새가 와 앉으면 허공은 새가 앉은 나무가 됩니다"(《허공과 구멍》).

여기서 우리는 《새와 나무》의 핵심 어휘 '허공'에 다다랐다. 실상 《새와 나무》는 허공의 시집이라 할 만하다. 《새와 나무》에서 허공의 이미지를 찾을 수 없는 작품은 거의 없다. 이 허공의 이미지가, 한 발 물러서서 세상을 관조하는 시인의 지적 견고함에도 불구하고, 시집 전체를 가슴 시린 적막의 정조로 물들인다. 《새와 나무》의 공간은 결코 어둡지 않다. 어둡기는커녕 하얗게 밝은데도, 적막하고 스산하다. 《새와 나무》에서 허공은 위에 인용한 시에서처럼 곧이곧대로 드러나기도 하지만, 사이, 침묵, 캔버스, 천지간, 하늘, 시간, 유리창 따위로 변주되기도 한다. 그 허공은 부재하는 존재이자 존재하는 부재다. 그것은 배경이자 전경이다.

나무들은 모두 눈을 뜨고 서서

잎 하나 없는 가지를 가지의 허공과

허공의 가지 사이에 집어넣고 있습니다

<새와 나무> 부분

　　같은 시행에서, "가지의 허공" "허공의 가지"는 예컨대 '루빈
의 술잔'이나 '마흐의 책' 같은 일종의 반전도형反轉圖形, reversible
figure이라 할 만하다.

　　아닌 게 아니라 시집《새와 나무》의 뛰어난 묘사들은 드물
지 않게 반전도형을 연상시킨다. "빗방울 하나가 유리창에 척 달
라붙었습니다// 순간 유리창에 잔뜩 붙어 있던 적막이 한꺼번
에 후두둑 떨어졌습니다"(《유리창과 빗방울》) 같은 시행에서도, 상
투적으로는 배경이 돼야 할 적막(침묵)이 전경이 되고, 전경이 돼
야 할 소리가 배경이 된다. 적막이 후두둑 떨어진다! 경이로운 광
경이다. 루빈의 술잔에서처럼 형形, figure과 지地, ground가 자리를
바꾸는 것이다. 그렇다면 오규원의 날이미지란 살아 있는 이미
지, 진짜 이미지, 본질에 닿아 있는 이미지라기보다 상투적이지
않은 이미지, 익(숙하)지 않은 이미지에 가까울지도 모른다. 오규
원은 새롭게 본다. 그가 옳게 보고 있는지는 확실치 않다. 옳음
은 인간의 인식 능력 너머에 있는지도 모른다.

　　《새와 나무》의 작품 하나하나에는 일급 화가의 터치가 묻어
난다. 심상한 풍경이 시인의 눈에는 얼마나 심상찮게 보이는가의

한 예로 〈아이와 망초〉라는 작품을 찬찬히, 그러나 시학자의 가르침 바깥에서 읽어보자.

> 길을 가던 아이가 허리를 굽혀
> 돌 하나를 집어 들었다
> 돌이 사라진 자리는 젖고
> 돌 없이 어두워졌다

돌이 사라진 자리가 젖었다는 것은 들린 돌이 옴폭 남긴 공간이 축축하다는 뜻이겠지만, 독자는 거기서 정든 돌을 떠나보내는 구멍의 젖은 눈시울을 떠올릴 수도 있다. 넷째 행의 돌 없는 어둠에서도 독자는 구멍의 어두운 정조를 읽자면 읽을 수 있다.

> 아이는 한 손으로 돌을 허공으로
> 던졌다 받았다를 몇 번
> 반복했다 그때마다 날개를
> 몸속에 넣은 돌이 허공으로 날아올랐다

수직운동을 되풀이하는 돌멩이에서 숨겨진 날개의 이미지를 만들어내는 나이 지긋한 시인의 젊은 감각이 싱그럽다. 시인 자신은 어느 자리에서 이 대목을 '환상적 날이미지'라 규정한 바 있다.

허공은 돌이 지나갔다는 사실을
스스로 지웠다

　그 지움 때문에 허공은 옛 허공과 똑같아 보이지만, 곰곰이
생각해보면 그 전후가 똑같은 것은 아니다. 이제 그 허공은 어떤
돌멩이가 지나간 허공이고, 그 사실을 지웠다고 하더라도, 지웠
다는 사실 자체는 영원히 지울 수 없기 때문이다.

아이의 손에 멈춘 돌은
잠시 혼자 빛났다
아이가 몇 걸음 가다
돌을 길가에 버렸다

　아이가 돌 하나를 집어 들어 장난을 하다 길가에 버린 것은
무심코 한 일일 터이다. 그러나 그것은, 굳이 혼돈이론의 나비효
과를 거론하지 않더라도, 우주에 변화를 가져오는 일이기도 하다.
아이는 자신의 무심한 행동으로 젖은 자리를 만들어내고, 존재와
부재를 교환하고, 허공과 돌을 조우하게 했다. 그것은 무한한 인
과의 사슬을 통해 우주에 커다란 변화를 만들어낼지 모른다.

돌은 길가의 망초 옆에

발을 몸속에 넣고

멈추어 섰다

이 역시 시인이 환상적 날이미지라 지목한 대목이다. 데굴
데굴 굴러가는 돌에서 시인은 돋아난 발을 본다. 그 돌이 멈추어
설 때, 시인은 (돌의) 몸 속으로 들어간 발을 본다. 새롭게 본다는
점에서, 이미지가 사고하도록 돕는다는 점에서, 오규원은 과연
견자다.

〈한국일보〉, 2005. 8. 23.

10
타락의 순결
◆
강정의《처형극장》

~~~~~~~~~~~~~~~~~~~~~~~

　누가 아름다움을 위해 순교할 수 있을까? 죽음의 연습이라
도, 시늉이라도 할 수 있을까? 누가 아름다움을 위해 자신을 으
깨고 남을 으스러뜨리며 자학과 가학과 피학의 향연을 벌일 수
있을까? 누가 아름다움을 위해 흉악망측스런 탈을 쓰고 악마와
거래하며 제 몸과 마음을 병통病痛의 소금기로 절일 수 있을까?
19세기 유럽문학사는 진지한 마음자리 위에 그런 몸부림을 섭새
김질해놓은 탐미주의자들을 몇몇 기록하고 있다. 그러면 한국에
서는? 이상과 서정주에게서 잠깐 그런 기미가 보이는 듯했다. 그
러나 이상은 너무 일찍 죽었고, 서정주는 그 체질이 (문화적) 보수
주의자였다. 젊은 시절의 황지우는 "미는 나의 본능이었다. 남이
토해낸 것을 한 번만 더 보면 참 다채롭다"고 으쓱거린 바 있지만,
그의 탐미주의는 정치적 올바름이라는 피륙을 찢어내지 못했다.

아니, 찢어낼 생각이 애초에 없었는지도 모른다. 약았달까, 지혜로웠달까? 온건했달까, 비겁했달까? 어느 쪽이 됐든 아름다움에 대한 황지우의 신앙은, 보신保身의 유미교唯美教라고까지는 말할 수 없을지라도, 망신亡身의 유미교에는 크게 미치지 못했다. 그 점에서 그는 사이비 사제였다. 유미신唯美神은, 그 취향이 파괴적이어서, 제 사제들에게까지도 망신을 요구하기 때문이다.

망신을 무릅쓴 진짜배기 탐미주의를 보기 위해서, 믿음의 순도로만이 아니라 제례의 우아함으로 신을 기쁘게 할 진짜 유미교를 보기 위해서, 한국 문단은 강정의 《처형극장》(1996)을 기다려야 했다. "나의 아름다운 음악을 위해 너는 죽어야 한다"(〈아름다운 적〉)는 선언을 듣기 위해서 말이다. 나온 지 10년이 돼가는 이 시집을 나는 최근에야 처음 읽었다. 놀라웠다. 그리고, 이 시집이 나올 즈음 내가 나라 바깥으로 떠돌고 있던 탓이기도 했지만, 이 놀라운 시집의 존재조차 모르고 있었다는 사실이 부끄러웠다. 《처형극장》은 주머니 속의 송곳 같은 재능의 자수刺繡다. 그 재능은 감수성의 재능이자 표현의 재능이다. 이 시집의 한 화자가 "해보지 않아도, 내 몸으로 행해보지 않아도 다 알 것 같던 선험의 미지의 탑塔을 내 구축하리라"(〈초토에서〉)고 말할 때, 시인의 자아가 투사돼 있을 그를, 그의 말을 독자는 믿어도 좋다.

《처형극장》의 아름다움은 음지의 아름다움, 검(붉)은 아름다움이다. 그 습한 아름다움은 들머리의 시 〈아름다운 흉조凶兆〉

에서 일찌감치 펼쳐진다. "세상의 어둔 습지에서 늙는 짐승들과/ 알몸으로 뒹구"는 신神들의 사랑은 "해골들의 입을 열"어 어둠의 말을 하게 하고, "어둠의 분말들이 일제히 흩어져 울리는/ 높푸른 종소리를 좇아 올라간"다. 그곳, 지옥에서, "무너져 아름다운 핏물을 뿌리며/ 빛덩이가 채찍처럼 일렁인"다. 이 시의 무대도 습지이거니와,《처형극장》의 분위기는 대체로 습하다. 한 화자는 "나의 습한 천성"(〈구멍에 대하여〉)이라고까지 말한다. 그러나 그 습함은, 그 축축함은 눈물과는 무관하다. "신학교를 중퇴한 그는, 눈물을 흘리지 않기 위해/ 자신의 몸 속에 어둠으로 향하는 구멍을 열어놓아야만 했다"(〈귀머거리 성자〉). 습기는 그 어둠으로 향하는 구멍에서 나오는 것일 터이고, 그것은 이를테면 라텍스의 끈적끈적함 같은 것이다.

죽음과 섹스의 상상력은 곰팡이나 버섯 같은 균류菌類의 홀씨처럼《처형극장》의 습한 공간에 널따랗게 퍼져 있다. 자목련 꽃잎 위에 아찔한 성적 판타지를 포개놓는 〈목련아, 목련아, 목련아〉 같은 작품은 그 심상한 예에 지나지 않는다. 이 시집의 화자들은 제 시선이 머무른 곳에서 성과 죽음의 희미한 흔적만 보여도 그와 연관된 상상력의 파노라마를 자욱히 펼쳐나간다. 성과 죽음이 악마주의자들의 탐미적 거점이었던 것을 생각하면 이것은 놀라운 일이 아니다. 그리고《처형극장》에 모인 작품들을 쓸 무렵 시인의 나이가 (성 충동과 죽음의 충동이 가장 깊은 곳에서 잇닿아 있다는 가설과는 무관하게) "(물리적) 청춘과 (관념적) 죽음이 맞붙은"(《I'm Waiting for the Man》) 20대 전반기였다는 점에서도 이것은 놀라운 일이 아니다. 놀라운 것은, 이를테면 "죽은 돌과 썩은 나무들이 교미하여/ 영원불멸의 미녀들을 뽑아내"(《서기 2001년 아침, 나는 외출하지 않았다》)는 장면을 (상상 속에서) 바라보는 화자의 시선이 너무도 천연스럽다는 점이다. 시인은 보려고 애쓰지 않는다. 그에게는 보인다. 우리가 앞 장에서 살핀 오규원의 시선이 벼려진 시선이라면, 강정의 시선은 타고난 시선이다. 게다가 강정의 화자들은 견자見者의 시선을 조롱할 줄 아는 견자다. "꿰뚫어보는 자의 눈이란 사실, 그 자신의 누렇게 썩은 피의 근원의 냄새가 나는 배꼽보다도 더 멍청해 보이는 게 아닐까?"(《초토에서》).

천연스러움은 그 시선을 담아내는 언어에서도 또렷하다. 한 화자는 "난 실상 개념어들의 시산屍山 같은 세기의 습속에 편입되는 이상에 늘 충실하다"(《시간아, 너 갈 데 있니?》)고 털어놓는다. 겸손이나 자책의 맥락에서 발설된 이 말은 되레 《처형극장》을 짜고 있는 언어의 단단함에 대한 자랑처럼 들린다. 《처형극장》에서 놀라운 점 하나는 문장을 부리는 시인의 강건한 힘이다. 언어의 느슨함을 시적 여백이라고 우기는 풍토가 미만한 시대에, 잘 지어진 건축물 같은 강정의 언어는 미덕이랄 수밖에 없다. 이렇게 튼튼히 조립된 언어들은, 이 시집에 출렁이는 격정에도 불구하고, 시인의 사고가 튼튼한 구조를 지니고 있음을 보여준다.

　　그러나 《처형극장》의 아름다움은 한국어의 내재적 아름다움이 아니라, 언어를 조직하는 힘의 아름다움이다. 소월이나 영랑의 시어에 길들여져 있는 독자라면, 이 시집의 상상력만이 아니라 언어에서도 거리를 느낄 것이다. 《처형극장》의 언어는, 어휘 수준에서든 통사 수준에서든, 일종의 번역어다. 더러는 "개념어들의 시산"이다. 영화배우 말론 브란도를 소재로 한 〈이런 우주를 말하라〉의 화자는 "나는 그의 가장 둔탁한 한국판版 각운"이라고 말하고 있는데, 이 발언은, 그것이 내던져진 맥락과 상관없이, 고스란히 시집 전체에 해당된다. 그것은 강정의 언어가 외국어로 번역돼서도 읽힐 수 있는 언어라는 뜻이다. 시인은 어느 자리에서 이상과 김수영에 대한 경의를 간접적으로 표한 바 있다. 아닌 게 아니라 〈이런 우주를 말하라〉에서만 해도 김수영의 말투가 강하게 느껴지고, 〈초토에서〉 같은 작품은 대뜸 이상(의 산문)의 요설을 연상시킨다. 그런데 이 두 시인은 한국어(의 리듬)에 그리 능했던 시인이 아니다. 그렇다고 《처형극장》을 리듬이 거세된 시집이라고는 할 수 없다. 단지 그 리듬이 이를테면 데스메탈의 빠르고 격렬하고 거친 리듬을 닮았을 뿐이다.

　　표제시 〈처형극장〉을 포함해 이 시집의 몇몇 작품이 극장을 직접 거론하고 있기도 하거니와, 시집 《처형극장》은 기다란 옴니버스 연극이랄 수도 있다. 이 연극은 모노드라마다. 유일한 등장

인물인 주인공의 대사 속에는 그때까지의 제 삶만이 아니라, 아마도 시인과 겹쳐질 화자의 시론詩論과 미학관, 인생관이 담겨 있다. 예컨대 "한 명의 인간이 그 자신의 망령과 함께 죽음을 실연實演하고 있다"(《극장》)거나 "배우인 나는 한 번도 죽어보지 않았기에 무대가 곧 나의 무덤임을 안다 나의 대본은 없다 나는 나를 펼쳐놓고 모방할 뿐이다"(《배우는 퇴장할 줄 모르고》) 같은 대목은 문학에서든 삶에서든 자신을 배우로 파악하는 시인의 태도를 드러낸다. 또 "내 삶이 한없이 망가지고 아름다워지는 타락의 순결"이라거나 "절대적 무화無化와 절대적 정화淨化의 길"(《초토에서》) 같은 구절은 시집 《처형극장》의 미학을 요약하고 있고, "병들지 않으면 살 수 없을 나, 완전한 죽음은 병 근처엔 다가오지 않아 치료받지 않으며 나는 모든 사소한 죽음들을 수락할 테야"(《당신을 만난 이후로》) 같은 대목은 죽음으로 죽음을 이기는 청년시인의 삶의 전략을 드러낸다. 《처형극장》은 이 점에서 일종의 병상일기다. 그것은 환각의 상태를 그리는 각성된 언어다.

인생을 실었든 내려놓았든, 문학을 포함한 예술의 일차적 지향은 아름다움이다. 다시 말해 문학은 장신구다. 목걸이나 귀고리나 반지 없이도 살 수 있듯, 사람은 문학 없이도 살 수 있다. 그러나 문학은 인류가 만들어낸 가장 아름다운 장신구다. 인간이 공작새나 벚꽃보다 아름다울 수 있는 것은 보이지 않는 이 장신구 덕분이다. 《처형극장》은 아름다운, 너무나 아름다운 장신구다. 그 검붉게 화려한 말의 잔치상 앞에서 독자는 어질어질하다. 이 시집 하나로 강정은 우뚝한 시인이다.

〈한국일보〉, 2005. 8. 30.

11

직립인直立人의 존엄

✦

김남주의《조국은 하나다》

~~~~~~~~~

《조국은 하나다》(1988)가 간행됐을 때, 김남주(1946~1994)는
10년째 징역살이 중이었다. 그러니까 이 시집에 묶인 작품들은
옥중에서 쓰여진 것이다. 옥살이에 따르는 속세간으로부터의 단
절은 더러 글쓰기에 유리한 조건이기도 하다. 이 시집에 실린 〈그
랬었구나〉라는 작품이 환기시키듯, 보에티우스의《철학의 위안》
이, 마르코 폴로의《동방견문록》과 세르반테스의《돈키호테》가,
체르니셰프스키의《무엇을 할 것인가》가, 그리고 신채호의《조선
상고사》가 옥중에서 집필되었다. 그러나 김남주는 이들 선배 수
인囚人들이 상상할 수 없었던 치명적 불리를 무릅써야 했다. 수인
들에게서 적어도 펜과 종이를 빼앗지는 않았던 역사상의 다른
야만적 체제들과 달리, 그를 가둔 '민주공화국'은 옥중의 집필 자
체를 금했기 때문이다. 〈그랬었구나〉의 화자가 "펜도 없고 종이

도 없는 자유대한에서 그 감옥에서 살기보다는" 차라리 역사를 거슬러 과거에 태어났으면 더 좋았으리라고 푸념했던 사정이 거기 있다.

그러면 《조국은 하나다》를 이루는 텍스트는 어떻게 분만되었는가? 시인은 못을 펜으로 삼아 은박지에 꾹꾹 눌러 제 노래를 새겼다. 김남주는 시를 쓰지 않고 시를 새겼다. 감시의 눈초리를 피해 그의 곱아드는 손으로 새겨진 이 시들은 감옥 밖으로 슬며시 흘러나와 한 시대의 상처를 드러냈고, 그 야만적 시대에 대한 가장 과격한 논고가 되었다. 김남주는 시인이면서 전사였다. 때로는 시인이기 이전에 전사였다. 그리고 그는 그것을 조금도 부끄러워하지 않았다. 《조국은 하나다》의 한 화자가 털어놓듯, 그는 혁명을 제 길로 삼아

그 길을 가면서
부러진 낫 망치소리와 함께 가면서
첨으로 시라는 것을 써보게 되었다

_〈시의 요람 시의 무덤〉 부분

김남주의 박해자들은 그에게 '공산주의자'라는 딱지를 붙였다. 저와 마음이 맞지 않는 사람들을 죄다 공산주의자로 몰아 짓밟고 가두고 죽여온 자들이 내뱉는 공산주의자라는 '욕'에 진

지하게 귀기울일 필요는 없을 것이다. 그러나 그런 자들이라고 늘 틀린 말만 하며 살라는 법은 없다. 김남주는 공산주의자였던가? 나는, 조심스럽게, 그랬을 수도 있으리라고 짐작한다. 그리고 자본의 숭배자들이 그에게 찍은 이 '낙인'을 김남주 자신이 어쩌면 명예로 받아들였을지도 모른다고 넘겨짚는다. 공산주의에 대한 신념은, 이 네 음절의 금기어가 노출되지만 않았을 뿐, 그의 시 여기저기에 자락을 드리우고 있는 것 같다. 그에게 "자본주의는 자유의 집단수용소"(《자본주의》)였고, 그는 "자본주의를 저주하다/ 그 놈과 싸우다 져서" 생애를 마감했다. 베를린 장벽이 무너지고 동유럽의 정치 지도가 어지럽게 뒤바뀌는 형세를 보며 살아낸 만년의 서너 해 동안에도 김남주는, 시에서고 생활에서고, 자신의 신념을 바꾸지 않은 듯하다. 그의 시와 생애의 궤적이 보여준, 차라리 순진하다고나 해야 할 염결성이나 새로운 세계, 새로운 인간에 대한 믿음은 그가 공산주의를 받아들인 것이 아니라 이 나눔의 세계관을 타고난 것이 아닌가 하는 생각까지 들게 한다.

자신이 사회주의자로 불리는 데 괘념치 않는 사람들은 한국에 수두룩하다. 냉전반공 체제가 지금보다 훨씬 더 굳건했던 이승만, 박정희, 전두환 시절에도 그랬다. 사회주의자라는 말은 너무 물렁물렁해, 고리키나 레닌이나 스탈린을 위한 딱지가 될수도 있지만 한편으로 버나드 쇼나 프랑수아 미테랑을 위한, 심지어 토니 블레어나 게르하르트 슈뢰더를 위한 딱지가 될 수도 있기 때문이다. 그러나 자신이 공산주의자로 불리는 것에 대범한 사람은 한국에 거의 없었다. 우리 사회에서 자신이 공산주의자라는 것을 인정한다는 것은 명예나 재산은 말할 것도 없고 신체의 자유와 생명까지를 내던지겠다는 선언과 다르지 않(았)기 때문이다. 1975년 옥중의 김지하 이름으로 발표된 〈양심선언〉의 핵심이 자신은 결코 공산주의자가 아니라는 절절한 고백이었던 것도 이해할 만한 일이다. 김남주는 사회주의자라는, 너무 막연해서 편리한 이름을 그리 내켜하지 않았을 것 같다.

김남주는 계급투쟁의 본질을 이해했고 그 대의를 선전하는 데 자신의 문학을 헌정했다. 자본가들이 두려워하는 것은 "(민중이 꾸는) 자유다 뭐다 해방이다 뭐다 통일이다 뭐다 그런 꿈"(〈개들의 습격을 받고 2〉)이 아니다. 그들이 두려워하는 것은 "밥을 가난뱅이들에게 나눠주겠다는" 생각이다. "민중의 밥을 되찾"겠다는 그 꿈이 김남주를 혁명가로 만들었다. 그리고 그는

허위는 허위를 유포하는 자가
살아있는 한 죽는 법이 없다
진실은 진실을 유포하는 자가
죽어도 죽는 법이 없다

_〈공식〉 부분

는 신념으로 시와 혁명을 일치시키며 살다 죽었다.

　　쉽게 살고 싶지는 않다 저 나무처럼
　　길손의 그늘이라도 되어주고 싶다

_〈고목〉 부분

　　는 소망 때문이었다. 폴 엘뤼아르도 베르톨트 브레히트도 공산주의자로 살다 죽었고, 부르주아문학의 우아한 치레로 독자들을 매혹한 알베르 카뮈마저도 한때는 공산주의자였던 바에야, 김남주가 설령 자신을 공산주의자로 생각했다고 해도 그것이 별난 일은 아니다. 더구나 그 공산주의는, 호치민이나 김산 같은 제3세계 공산주의자들의 공산주의가 그랬듯, 민족주의의 샴쌍둥이 같은 것이었다. 김남주를 길고 혹독한 감옥 생활로 이끈 남조선민족해방전선 준비위원회라는 것도, 나눔과 자유의 세계관에 마음이 끌린 민족주의자들의 동아리였을 것이다.
　　이념과의 틈새를 허용하지 않는 시들이 아름답기는 어렵다. 더구나 그 시들이 감시의 눈초리 속에서 새겨진 것들이라면 더 그렇다. 《조국은 하나다》의 시들도 그러하니, 적잖은 작품들이, 시인 자신이 고백했듯,

　　삭풍에 제 몸을 내맡긴 관념의 나무처럼

잎도 없고 가지만 앙상하다

<아 얼마나 불행하냐 나는─최권행에게> 부분

그러나 80년대의 '정치범 수용소'에서 새어나온 목소리가

바람에 지는 풀잎으로 오월을 노래하지 말아라
오월은 바람처럼 그렇게 서정적으로 오지도 않았고
오월은 풀잎처럼 그렇게 서정적으로 눕지도 않았다

<바람에 지는 풀잎으로 오월을 노래하지 말아라> 부분

고 외쳤을 때, 학살 이후의 5월에서 예전처럼 서정을 농하려던 관성이 움찔했던 것도 사실이다. 김남주의 이 가파른 시들은 극한의 상황에서 극도의 진정성을 담아 새겨졌고, 이 시에 고압으로 내장된 사랑과 증오의 합선은 일상에 안주하려는 독자의 가슴에 칼이 되어 꽂힌다.

1994년 2월, 김남주의 빈소가 마련된 서울 고려병원(지금의 강북 삼성병원) 입구에는 이 시집의 표제시 <조국은 하나다>가 내걸려 있었다.

"조국은 하나다"
이것이 나의 슬로건이다

꿈속에서가 아니라 이제는 생시에

남 모르게가 아니라 이제는 공공연하게

"조국은 하나다"

(…)

나는 이제 쓰리라

사람들이 오가는 모든 길 위에

조국은 하나다라고

오르막길 위에도 내리막길 위에도 쓰리라

사나운 파도의 뱃길 위에도 쓰고

바위로 험한 산길 위에도 쓰리라

밤길 위에도 쓰고 새벽길 위에도 쓰고

끊어진 남과 북의 철길 위에도 쓰리라

조국은 하나다라고

나는 이제 쓰리라

인간의 눈이 닿는 모든 사물 위에

조국은 하나다라고

눈을 뜨면 아침에 맨 처음 보게 되는 천장 위에 쓰리라

만인의 입으로 들어오는 밥 위에 쓰리라

쌀밥 위에도 보리밥 위에도 쓰리라

그가 꿈꾸었을지도 모를 고전적 공산주의는 물론이고 다부진 반외세 민족주의도 내 게으른 몸뚱어리와 의심 많은 마음자리는 감당해본 적이 없다. 그러나 그해 겨울, 시집을 떠나 담벼락에 나붙은 이 시는 한순간 내 마음을 후려쳤다. 자주적 통일국가 수립의 대의를 선전하는 시로서 이 이상 가는 것을 찾기는 어려울 것이다.

바로 그 통일된 조국을 위해 20대 이후의 삶을 온전히 소진시킨 시인이 곱은 손을 입김으로 데우며 "인간의 모든 말 위에", "인간이 세워놓은 모든 벽 위에" "조국은 하나다"라고 쓰겠다고 다짐하는 것을 상상하는 나는, 못 도막을 갈고 갈아

나는 내걸리라 마침내
지상에 깃대를 세워 하늘에 내걸리라
나의 슬로건 "조국은 하나다"를

이라고 새기는 옥중의 시인을 상상하는 나는, 그 순간 가슴이 울컥했다. 그러나 나는 이내 도리질을 쳤다. 좌파 시인으로서, 그는 역사와의 싸움에서 패배했다. 우파 시인으로서, 다시 말해 견결한 민족주의자로서 그가 역사와의 싸움에서 이길지 질지는 알 수 없으나, 나는 선뜻 그의 편이 될 수 없다. 그러나 그가 이기든 지든, 김남주라는 이름은 문학사와 정치사가 기록할 가장 아

름다운 이름에 끼이게 될 것이다. 제 시와 삶의 견줄 데 없는 치
열함을 통해서, 김남주는 인간의 존엄이 무엇인지를 보여주었다.

〈한국일보〉, 2005. 10. 18.

12

제 몸으로 돌아가는 말들

✦

이순현의 《내 몸이 유적이다》

~~~~~~~~~~~~~~~~

　　이순현의 첫 시집 《내 몸이 유적이다》(2002)는 제3부에 실린 〈새〉의 마지막 행 "내 몸이 저 새의 유적이다"에서 표제를 따왔다. 열어놓은 창을 통해 화자의 방으로 날아 들어온 새가 다시 창을 통해 밖으로 나가기까지의 궤적과 그것을 좇는 화자의 시선을 그린 이 시는 그러나 이순현 시의 전형적 모습을 보여주지는 않는다. 암시적 이미지들의 반사광선으로 반짝이는 마지막 연

　　　아래의 열린 창으로 새가 날아간다
　　　빛은 더이상 흔들리지 않는다
　　　잠시 눈을 뜨던 사물들
　　　깃털을 다 뽑힌 듯 그대로 얼어붙는다
　　　내 눈은 새의 길을 좇아

쭉 딸려나간다
텅 비는 내 안으로 푸른 공기들이 몰려들어
무수한 길을 낸다
내 몸이 저 새의 유적이다

가 인식론이나 '몸 철학'의 이야깃거리가 될 수 있다 하더라
도, 그것은 우연일 뿐이다. 이 시집의 주된 관심은 그런 철학적
층위에 있지 않다.

'내 몸이 유적이다'보다는 덜 우아할지라도, 이 시집에 더 어
울리는 표제는 '말들의 풍경'이다. 아닌 게 아니라 시인은 이 제
목의 작품을 제1부 끝머리쯤에 배치하고 있다. 시인의 눈에 비친
그 풍경 속에서,

젖을 빠는 입과 젖꼭지가 달린 유방처럼
자음子音과 모음母音이
요철凹凸로 결합한다

'자음'과 '모음'이 축어적逐語的으로 '아들소리' '어미소리'를
뜻한다는 것을 염두에 두면, 이 시행에서 대뜸 시인의 장난기를
읽을 수 있다. 시집 뒤에 붙은 〈말과 사물과 몸〉이라는 제목의 해
설은 이순현 시에서 "말과 사물의 간극이 몸을 통해 상호 침투

하고 융합하"고 있음을 읽어낸다. 그것은 빗맞았달 수 없는 관찰
이다. 서시 바로 다음에 배치된 〈사과와 사과라는 말과〉의 화자
만 해도

    사과라는 말과
    사과는
    세계가 다르다

    그들은
    내 입 안에서 만난다
    침으로 뒤범벅이 되어

라고 진술하고 있으니 말이다. 그러니까 이순현의 어떤 시들
이 '말과 사물과 몸의 시'인 것은 사실이다. 그러나《내 몸이 유적
이다》는 압도적으로 말의 시집이다. 시인의 관심은 말과 사물의
경계를 허무는 몸에 있다기보다, 말 자체에 있다. 설령 이 시집을
'몸의 시집'이라 부를 수 있다 하더라도, 이 시집에 거듭 등장하는
몸들 가운데 적잖은 수는 언어에서 멀찌감치 떨어져 있는 몸이다.
    이순현에게 몸은, 서시 〈내 몸처럼〉에서 드러나듯, 고작 말
의 보조관념일 때가 많다. 이럴 때 그의 시는 '언어와 몸'의 시라
기보다 '언어의 몸'의 시가 된다. 게다가 말과 몸을 병렬시킬 때조

차, 이 시집에서 몸은 말의 짝으로서보다 '에로그로(색정괴기)'의
자리로서 더 당당하다. "인간의 꽃은 구순과 음순에서 피어난다
말과 몸은 한 배를 타고 난 형제다"(〈나는 여기 피어있고〉) 같은 시
행에서도 마찬가지다. 한편 그에게 사물은,

맨드라미는

'꽃' 하고 부르면
'꼳' 하며 따라오는
음성기호의 투박하고 탁한 느낌에 따라

'꽃'의
섬세한 갈피와 미로의 이미지를
스스로 검열하고 삭제 수정한 다음
육질의 덩어리만 남겨놓았다

_〈맨드라미〉 부분

라는 시행에서 보듯, 말의 그림자일 뿐이다. 그에겐 언어가
사물의 그림자가 아니라, 사물이 언어의 그림자다! 이순현은 세
계에 다가가기 위해 언어를 부리는 것이 아니라, 언어 위에, 언어
의 형상에 맞춰 세계를 세운다. 아니 그에게는 언어가 그 자체로,

다시 말해 '세계'와의 관련을 갖지 않은 채로, 세계다.

그러니까《내 몸이 유적이다》는 말에 관한 말이랄 수 있다. 그렇다고 이 시집의 화자들이 말을 탐구하는 것은 아니다. 그들은 그저 말과 더불어 놀 뿐이다. 허물없는 사람들과 은밀한 한담이라도 하듯 에로틱한 것과 그로테스크한 것을 버무릴 때나, 아니면

> 모든 사이에
> 〈와〉
> 굴복시킬 수도
> 추방할 수도 없는
>
> 실존의 발원지
>
> _〈나무〈와〉사람〉 부분

에서처럼 짐짓 철학자연할 때나, 이순현의 화자들이 몰두하는 것은 말과의 '놀이'다. 그 놀이가 형이상학으로 솟구치는 듯 보일 때, 그 형이상학은 포즈일 뿐이다. 마찬가지로, 그 놀이가 패설로 미끄러지는 듯 보일 때도, 그 패설 역시 파적破寂을 위한 제스처일 뿐이다. 이순현의 화자들은 좀처럼 진지해지지 않는다. 그들이 진지함을 경멸할 수 있는 것은, 현실 안에 발을 들여

놓지 않고 언어의 놀이공원에만 머물기 때문이다.

그들이

ㅓ/ㅏ. 대척지에서 서로 기대는 우주목처럼 너/는 서쪽으로
나/는 동쪽으로 가지를 뻗고 있잖아. 나/의 다른 쪽 비밀을 읽
을 수 있는 건 너/밖에 없어. 누구에게든 너/나, 는 함부로 될
수 없지 않겠니

_〈너/나〉 부분

라고 말할 때든, 아니면

"새,

ㅅ은 사람ㅅ처럼

바닥에 닿는 각도가 불안정하다

모음 ㅐ는 속을 비우고

가벼운 뼈대가 되어

불안정한 각도를 떠받친다

뒤뚱, 뒤뚱, 이륙과 착륙을 반복한다

_〈거기 있다〉 부분

고 말할 때든, 독자들이 거기서 마르틴 부버의 사회철학이나

장 피아제의 인식론을 떠올릴 필요는 없다. 이 시들은 다른 무엇
에 앞서 한글 홀소리글자 'ㅓ'와 'ㅏ'의 꼴, 그리고 '새'라는 글자의
생김새에 바탕을 둔 말놀이기 때문이다. 물론 이 시들의 화자들
은 인용된 시행들의 앞뒤에 독자들을 지적으로 자극할 법한 이
미지와 진술을 요란하게 배치하고 있다. 그러나 거기 홀려서는
안 된다. 그것들은 독자들의 교양속물 취향을 만족시키기 위한
시인의 '서비스'에 지나지 않는다. 《내 몸이 유적이다》를 가장 잘
읽는 방법은 시인의 말놀이에 동참해 그것을 즐기는 것이다.

그 말놀이의 극점에 있는 시 가운데 하나가 〈기역을 중심
으로〉다. 이 시의 화자에 따르면 'ㄱ'은 "홀로 서지 못하고 영원
히/ 모음의/ 오지랖이나 발치에 빌붙어 살아"간다. 아닌 게 아니
라 우리말 자음은, 그것을 '닿소리'라고도 부르는 데서도 알 수
있듯, 모음의 도움 없이 홀로는 소리를 내지 못한다. 'ㄱ'을 '기역'
이라고 읽을 수는 있지만, 그것은 이 글자의 이름을 읽는 것이지
'ㄱ' 자체의 소리값을 내주는 것은 아니다. 그래서 화자는, 셋째
연에서, 모음의 오지랖이나 발치에 빌붙은 'ㄱ'을 나열한다. "ㄱ이
받치고 선/… / 개혁/ 자의식/ 교각/ 가족/ 교육/ 쾌락/ 권력/ 마
약/ 묵시록/ …"

그러던 화자는 문득 "토대가 불안하다"고 느낀다. 여기서 토
대란 물론 'ㄱ'인데, 그 굽어진 생김새가 영 안정감이 없어 보이는
것이다. 그래서 화자는 "ㄱ을 두드려 편다." 펴고 나니, 그 'ㄱ'들은

"——————————…………" 형상이 된다. 그 형상은, 뜻밖에도, "으으으으으으으으으…………"라는 신음소리로 바뀌며, "곳곳이 붕괴된다." 불안하게 굽은 'ㄱ'을 안정감 있게 'ㅡ'로 펴놓은 순간, 도리어 그 위의 건조물들이 무너져내려버린 것이다. 그 무너지는 건조물들은 개혁, 교각, 가족, 교육 같은 것이다. 그 결과는 당연히 "아비규환阿鼻叫喚// —여기요, 여기!"다. 삼풍백화점 붕괴 사건이나 9·11 테러를 떠올리면, 이 아비규환 속의 구조 요청을 상상할 수 있다. 문이라도 보이면 그리로 탈출하련만, 문은 도대체 보이질 않는다. 그래서 화자는 이렇게 투덜대며 시를 마무리한다.

> ㄱ이 받치고 서 있던 세계
> 도대체 들고나는 문은
> 어디 있었던 거지?

우리 사회의 가족이나 교육이나 교각의 부실함에 대한 야유를, 또는 개혁의 섣부름에 대한 염려를 이 시에서 읽는 것이 불가능한 일은 아니다. 그러나 그것은 재미없는 읽기다. 이 시의 '교각'이나 '개혁'은 성수대교나 국가보안법 폐지 같은 세상 속의 사물이나 사태이기에 앞서 "ㄱ이 떠받치고 선" 말이기 때문이다. 이 말들은 사물을 가리키는 것이 아니라 저 자신을 가리킨다. 다시 말해 자기지시적이고 재귀적이다. 아주 너그러운 독자라면, 이 말들이 사물과 자신을 동시에 가리킨다고 해석해줄 수도 있을 것이다. 그러나 그런 중의重義의 수사에 시인은 큰 관심이 없는 듯하다. 예외적으로 중의성이 발휘된 〈폭포〉라는 시에서조차, 폭포는 그림이나 영화(음악) 속의 폭포이거나, 김수영의 시 〈폭포〉이거나, "두 ㅍ"을 거느린 채 "안이비설신眼耳鼻舌身/ 안에도/ 바깥에도" 존재하는 저 자신(다시 말해 '폭포'라는 말)일 뿐, 현실의 폭포는 아니다.

세상을 향해 날아가는 대신 제 몸뚱이로 귀환하는 말들을 수두룩하게 품고 있는 시집이 《내 몸이 유적이다》 이전에는 없었다. 그것이 이 시집의 가장 큰 미덕이지만, 이 미덕은 거듭되면 악덕으로 굴러떨어질 미덕이다. 말하자면 이 미덕은 《내 몸이 유적이다》 한 권의 시집에 갇혀 있을 때 빛을 내뿜는 미덕이다. 《내 몸이 유적이다》를 읽는 것은 즐겁다. 거기서는 권태를 쉬이 견디지 못하는, 아니 권태를 꿰뚫어버리는 경쾌의 정신이 느껴진다. 이 시집은 프랑스 모럴리스트들이 '에스프리'나 '에클레르'라고 불렀던, 날쌘 만큼이나 매혹적인 지적 섬광으로 번쩍인다.

〈한국일보〉, 2005. 11. 8.

13

시간의 압제 아래서

✦

최승자의《내 무덤, 푸르고》

~~~~~~~~~~~~~~~~

《내 무덤, 푸르고》(1993)는 최승자의 네 번째 시집이다. 거기
실린 〈미망未忘 혹은 비망備忘 14〉라는 작품에는 "우연의 형식들
로 다가오는 모든 필연을 견디면서"라는 시행이 보인다. 시간 속
에 갇힌 인간의 무력함을 이토록 구슬프게 요약한 말도 달리 찾
기 어려울 것이다. 시간은 독재적이다. 그것은 선형線形의 무자비
함으로 인간의 자유의지를 앗는다. 우리가 체험하고 있는 시간
축이 직선으로 뻗어 있고 그것이 이 우주에 유일무이하게 존재
하는 시간축이라면, 생명체의 자유의지는 들어설 곳이 없다. 내
가 어느 순간 저지른 일 말고 다른 일을 저지를 수 있는 가능성
을 상상하기 위해서는 우리가 알고 있는 시간축 말고 다른 시간
축을 상정해야만 하기 때문이다. 자연의 인과율은 인간의 뇌를
구성하는 입자들마저 여지없이 꿰뚫는다. 우리에게 긍지를 주는

자유의 느낌은 결국 환상에 지나지 않는다. 우리가 우연으로 여기는 것은 죄다 필연이다. 선택이나 결정은 우리 몫이 아니다. 우리는 그 순간, 거기서, 그렇게 행동할 수밖에 없었다.

선형의 유일한 시간은 자유의지만을 앗는 것이 아니다. 그것은, 엄밀한 인과의 사슬을 통해, 현실 속 세계의 진행 전체를 가능한 유일의 것으로 만든다. 일어난 일은 일어날 수밖에 없었다. 서기 79년 8월 나폴리 만의 베수비오 산이 분화噴火해 그 남동쪽 항구도시 폼페이를 삼킨 것은 시간의 탄생 때 이미 정해진 일이었다. 그때 거기서 일어난 일이 우연이었을 가능성을 상상하기 위해서는 우리가 알고 있는 것과는 다른 시간축을 상정해야 하는데, 우리는 그 시간축을 경험해볼 방법이 없다. 다시 한번, 우리가 우연으로 여기는 것은 죄다 필연이다. 우리는 그 필연의 사슬에서 벗어날 수 없다.

물론 우리는 알고 있다. 물리학자들과 과학소설가들의 말랑말랑한 상상력 속에는 또다른 시간축이 존재한다는 것을. 소립자의 세계에서는 결정론이 힘을 잃고 우연의 주사위놀이가 벌어진다는 것을. 시간은 3차원 공간과 독립적인 것이 아니라 공간의 상태(이를테면 중력장의 영향)에 지배된다는 것을. 그래서 어떤 조건 아래선 시간과 공간이 서로 변환될 수 있음을.

그러나 현대물리학의 이 신비로운 전언은 우리 일상 속에서 결코 납득되지 않는다. 또 우연이라는 것이 양자역학 바깥에까지 존재한다고 하더라도, 우리가 세계를 통제할 방법은 여전히 없다. 딴 시간축으로 건너가 볼 수 없는 한, 내 로또복권이 일등에 당첨된 것은 '우연의 형식으로 다가온 필연'이었을 따름이다. 우리가 세계를 통제하고 있다고 느낄 때조차, 우리에게 자유의 느낌이 충일할 때조차, 우리는 현실 속의 유일한 가능성에, 곧 필연에 얽매여 있을 뿐이다. 이 필연의 세계에, 자유의지가 박탈된 세계에, 책임이 들어설 자리는 없다. 그래서 우리는, 허리케인 카트리나를 비난할 수 없듯이, 우리의 적들을, 범죄자들을 비난할 수 없다. 그때 우리는 무엇을 할 수 있는가?

　　허무의 사제인 나는 오늘밤도
　　너를 위한 허무의 미사를 집행할 뿐이다.

_〈내가 구원하지 못할 너〉 부분

　따지고 보면, 이런 '허무의 미사'마저 화자의 자유의지와는 무관하다. "너를 위한 허무의 미사를 집행"하는 것은, 유일하고 선형적인 시간축 안에서, 그에게 주어진 유일무이한 가능성이다. 곧 필연이다.

　《내 무덤 푸르고》는 이런 유일하고 선형적인 시간의 압제 아래 납작하게 펼쳐져 있다. 이 시집의 화자들은 시간의 압제에 맞서 싸우지 않는다. 그들은 시간의 압제에 제 몸뚱이를 맡긴다.

사실, 싸우든 굴종하든 달라질 것은 없다. 아니, 싸우는 것조차 결국은 굴종하는 것이다. 맨 처음에 최후의 분자운동까지가 미리 결정된 우리들의 시간 속에서는, 싸움이든 굴종이든 그렇게 될 수밖에 없었던 것이기 때문이다. 우리는 결정될 뿐 결정할 수 없다. 이것을 깨닫는 것은 서러운 일이지만, 이 서러운 깨달음조차 맨 처음에 이미 결정되었다. 유일하고 선형적인 시간 속에 갇혀 있는 한, 우리는 결코 자유로울 수 없다. 그러나 우리는 자유의 환상 없이는 살 수 없다. 그래서 이 시집의 한 화자는 말한다.

영원토록 길이 나를 가둔다.
영원토록 길이 나를 해방시킨다.

_〈미망 혹은 비망 14〉 부분

그 길 위에서, 다시 말해 시간 속에서, "희망은 길고 질기며／절망은 넓고 깊"(〈미망 혹은 비망 15〉)을 수밖에 없다.

《내 무덤 푸르고》의 앞부분에 실린 열여섯 편의 시는 〈미망 혹은 비망〉이라는 제목을 달고 있다. 말하자면 이 시들의 모티프는 기억이다. 기억은 생물체의 뇌에 새겨진 과거의 그림자와 메아리다. 그것은

말로든 살로든 못내 비비고

싫어하는 한 마리의 포유 동물.
그 뇌 속 회백질의 긴 회랑 속에서
언제나 울리고 있는 발자국 소리들.
사라지지 않는 발자국 소리들.

_〈미망 혹은 비망 6〉 부분

이다. 그것은 시간이 만들어낸 것이다. 기억은 시간 속에 존
재한다. 그런 한편, 기억을 지워내는 것 역시 시간이다. 시간은 기
억을 만들어내고 지워낸다. 그래서 〈미망 혹은 비망 6〉의 화자는
이어 말한다.

그래, 이 시간에도 추억들이,
차디찬 도랑물 속에 추억들이,
눈 꼭꼭 감은 시체들이 줄지어 떠내려가고,
기억의 짐을 싣고 밤배는 또 고단히
요단강을 거슬러오를 것이다.

〈미망 혹은 비망〉이라는 제목은 언뜻 이 화자들이 기억에
집착하고 있다는 느낌을 자아낸다. 그러나 이 시편들을 포함해
《내 무덤, 푸르고》의 공간 전체를 통해서 기억에 대한 화자의 태
도는 이중적이다. 화자들은 기억을 붙들고 있으면서도 한편으로

지워내고 싶어한다. 둘을 견줘보면 망각의 욕망이 외려 더 크다. 시집 표제를 첫 행으로 삼은 〈미망 혹은 비망 8〉의 화자만 해도

　　내 무덤, 푸르고
　　푸르러져
　　푸르름 속에 함몰되어
　　아득히 그 흔적조차 없어졌을 때,

에야 비로소

　　삶속의 죽음의 길 혹은 죽음 속의 삶의 길
　　새로 하나 트이지 않겠는가

고 말함으로써, 완전한 망각을 통해 평심에 이르고자 한다. 연작시의 표제 〈미망 혹은 비망〉은 일종의 시치미 떼기인 것이다.

　　이런 건망 집착은, "목숨은 처음부터 오물이었다"(〈미망 혹은 비망 2〉)거나 "칠십년대는 공포였고/ 팔십년대는 치욕이었다./ 이제 이 세기말은 내게 무슨 낙인을 찍어줄 것인가"(〈세기말〉) 같은 시행에서 보듯, 흘러간 시간이 존엄과는 거리가 있었다는 화자의 판단에 바탕을 둔 듯하다. 마흔이 채 되지 않은 나이에 쓴 시들에 죽음의 이미지를 거듭 들이미는 것도 시인이 살아낸 시간

의 시틋함과 줄이 닿아 있을 것이다. 〈무슨 꽃을〉의 화자는

> 아마도 이대로 이렇게,
> 초월인지 체념인지
> 햇빛인지 달빛인지
> 육십 평생이 맥빠진 산문처럼 흘러갈 것이다.
>
> (…)
>
> 삼십대의 허공에서 어느 한 순간,
> 너무도 지겨운 어느 한 순간,
> 나는 내 목숨의 끈을 가볍게 놓아버릴 수는 없을까?

라며 생의 시틋함과 죽음의 유혹을 노골적으로 털어놓는다. 그를 죽음의 유혹으로 이끄는 것은 "무슨 꽃을 보여주랴?/ 마술상자 속에 꽃이 다 떨어졌으니"라는 판단이다. 이렇게 된 마당에야, 그는 더이상 "일초일초 분명히 나를 비웃으며/ 시간이 내게 초치는 소리"를, 시계의 초침소리를 듣기가 싫은 것이다. 그는 시간의 압제에서 벗어나고 싶은 것이다.

그 '마술상자 속 꽃'의 다른 이름은, 고답적이기도 해라, 영혼이다.《내 무덤, 푸르고》의 화자가

내 영혼의 집 쇼 윈도는

텅 텅 비어 있다.

_〈너에게〉 부분

거나

그대 영혼의 살림집에

아직 불기가 남아 있는지

_〈그대 영혼의 살림집에〉 부분

라거나

몇 행의 시라는 물건이

졸지에 만원짜리 몇 장으로 휘날릴 수 있는 시대에

똥이 곧 예술이 될 수 있고, 상품이 될 수 있는 이 시대에

쓰자, 그까짓 거, 까아아아아아아아아아아아짓거.

영혼이란 동화책에 나오는 천사지.

_〈자본족〉 부분

라며 영혼에 집착할 때, 그 영혼의 고갈은 이 화자들의 책임

이면서 동시에 그것을 동화책 속으로 추방한 시대의 책임이기도

하다. 아뿔싸! 책임이라니? 시간이 지배하는 필연의 세계에서는 누구에게도 책임이라는 걸 물을 수 없다!

《내 무덤, 푸르고》는 시간의 냉혹함 앞에서 기겁해 무릎 꿇은 자의 시린 외로움으로 그늘져 있다. 화자들은 절망하고 두려워하고 분노하며 자기방기와 자기파괴의 경계를 서성인다. 그러나 이 극도의 의기소침은 최승자 특유의 지적이고 활달한 언어의 부력에 들려 시집 전체를 착잡한 생기의 공간으로 만든다. 《내 무덤, 푸르고》는 무기력의 입자들로 채워진 기력의 공간이고, 끔찍할 만큼 통찰적인 시집이다. 이렇게 된 것은 시인의 재능 '덕분'도 아니고, 시인의 재능 '탓'도 아니다. 유일하고 선형적인 시간 속에서는, 처음부터 일이 그렇게 될 수밖에 없었으니.

〈한국일보〉, 2005. 11. 22.

14

무적자無籍者의 댄디즘

✦

김종삼의《북 치는 소년》

~~~~~~~~~~

　《북 치는 소년》(1979)은 김종삼(1921~1984)이 작고하기 다섯 해 전에 나온 시선집이다. 앞서 출간한 두 권의 시집《십이음계》(1969)와《시인학교》(1977) 같은 데서 작품을 추려냈다. 동갑내기 시인 김수영의《거대한 뿌리》가 그렇듯,《북 치는 소년》도 한 시인의 정신세계를 비교적 요령 있게 농축해놓은 표본이다.

　김종삼의 연보는 시인의 고향을 황해도 은율로 기록하고 있다. 평양에서 초등교육을 받고 일본에서 중등교육을 받은 뒤 성년 이후의 삶 대부분을 남한에서 살았으므로, 그의 정신을 빚어내는 데 고향이 세세히 개입하지는 않았을 것이다. 그러나 분단 이후에 시인이 고향을 찾으려야 찾을 수 없었다는 사실은 그의 시 전반에 드러나는 부유浮游의 분위기와 얼마쯤은 줄이 닿아 있는지도 모른다. 시인 자신의 체험이 아닐 수도 있겠으나,

1947년 봄

심야

황해도 해주의 바다

이남과 이북의 경계선 용당포

사공은 조심 조심 노를 저어가고 있었다.

울음을 터뜨린 한 영아嬰兒를 삼킨 곳.

스무몇 해나 지나서도 누구나 그 수심을 모른다.

_〈민간인〉 전문

는 진술은 단박에 독자들의 가슴을 에어내며 실향민과 고
향 사이에 놓인 검디검은 심연을 환기한다.

김종삼의 시들은 그가 제 삶의 터전에서 편안함을 느낄 수
없었다는 것을 거듭 보여준다. 그 삶의 터전이 그의 고향이 아니
었기 때문이다. 그의 한 페르소나가

나의 본적은

몇 사람밖에 안되는 고장

겨울이 온 교회당 한 모퉁이

_〈나의 본적〉 부분

라고 변죽을 울리는 그 고향은 딱히 휴전선 너머 은율이 아니다. 같은 화자가 "나의 본적은 푸른 눈을 가진 한 여인의 영원히 맑은 거울"이라고 말하는 데서도 설핏 비치듯, 그 고향은 어떤 지순至純의 관념세계이고, 그 세계는 유라시아 대륙 저편에 놓여 있다. 실제로 《북 치는 소년》에선 수많은 유럽·북미계 고유명사가 와글거린다. 그 서양 고유명사들은 대개 음악가들이나 화가들의 이름이다. 김종삼의 향서向西 취향은 우리가 이미 비판적으로 읽은 바 있는 박인환을 외려 넘어선다. 생의 토양을 박탈당했다는 사정이 김종삼을 과격하게 밀어붙였을 수도 있겠으나, 그의 향수가 향하는 곳은 은율이라는 지리적 공간이라기보다 유럽에 본적을 둔 어떤 예술의 공간이다.

그런데도 김종삼의 시가 박인환의 시에 견주어 덜 거북스럽게 읽히는 것은 그의 서양 취미가 박인환의 것보다 사뭇 익혀져 있는 듯 보이기 때문일 것이다. 기호에 대한 퍼스의 분류를 훔쳐 오자면, 박인환의 박래어들이 대체로 도상icon이나 지표index에 그친 데 비해, 김종삼의 박래어들은 드물지 않게 상징symbol에 이르렀다. 김종삼은 외국 이름이나 외래어들을 그려다 붙이며 제 교양이나 취향을 드러내는 데 그치지 않고, 거기 의지해 정서적 확장과 공명을 이뤄내는 데 자주 성공했다. 말하자면 김종삼은 그 고유명사들을 장악하고 있었다. 물론 박인환도 영 뜬금없이 외래어들을 사용하지는 않았다. 그러나 그 박래어들을 향과 육즙이 듬뿍 담긴 상징의 과실로 익히는 데, 박인환은 김종삼에게 미치지 못했다. 그것은 박인환이 누린 생애가 김종삼의 절반에도 이르지 못했다는 사실과도 관련이 있을 것이다.

김종삼의 시에 이름을 들이미는 사람들이 (동료 시인들까지를 포함해) 거의 다 예술가라는 사실로 돌아가자. 그의 마음속에서 문학과 음악과 조형예술은 또렷한 경계가 없었던 듯하다. 아니 그는 음악의 세계에 조형을 부여하는 것이 문학이라고 생각했는지도 모른다. (음악은 김종삼의 시세계를 지배하는 가장 큰 주제 가운데 하나지만, 정작 그의 시는 음악보다 회화에 가깝다. 늘 성공적인 것은 아니지만, 김종삼의 시는, 〈아뜨리에 환상〉의 화자가 말하듯, "소묘의 보석길"을 따라간다.) '마라의 〈죽은 아이를 추모하는 노래〉에 부쳐서'(여기서 '마라'는 작곡가 구스타프 말러다)라는 부제를 단 〈음악〉은 본디 프리드리히 뤼케르트의 시에 바탕을 둔 말러의 연작 가곡을 다시 시로 환원하고 있고, "어디로 이어진지 모를/ 대철교의 마디 마디"(〈가을〉)는 "요한의 칸타타"에 견주어진다. 〈가을〉의 화자가 요한 세바스티안 바흐를 그저 '요한'이라고 부른 것이 바흐 집안에 이름난 작곡가가 많아 이를 구별하기 위해서만은 아닐 것이다. 그는 이 위대한 작곡가를 '요한'이라고 부를 만큼 그에게 친밀감을 느끼는 것이다. 〈아뜨리에 환상〉의 화자는 베토벤을 '루드비히 반'이라고 부르고 있다.

꽤 긴 동안의 생업이 음악과 관련이 있었던 사실과도 무관치 않겠지만, 김종삼의 시에는 음악가들이 자주 등장한다. 뉴욕 출신의 소프라노 가수 헐더 라샨스카(그의 시에서는 '라잔스카'나 '라산스카'로 표기된다)를 김종삼은 특히 편애했던 모양이다. 그는 이 여자의 이름을 제목으로 삼은 시를 세 편 썼다. 그 가운데 한 편이 《북 치는 소년》에 실려 있다.

> 미구에 이른
> 아침
>
> 하늘을
> 파헤치는
> 스콥소리

가 전문全文인 〈라잔스카〉에서 김종삼은 그녀의 예술세계를 기계 소리와 함께 밝아오는 새벽녘의 풍경에 견줬다. 이 시집에 실린 〈그리운 안니·로·리〉도 라샨스카가 부른 〈애니 로리〉에서 이미지를 얻었는지 모른다. 그녀가 1919년 컬럼비아사에서 취입한 앨범 〈애니 로리〉는 커다란 상업적 성공을 거둔 바 있다.

《북 치는 소년》에는 묶이지 않았으나, 〈라산스카〉라는 제목을 지닌 또다른 두 편의 시에서 화자는 이 소프라노 가수에게 들려[憑依] 노래한다. "인간되었던 모진 시련 모든 추함 다 겪고서/

작대기를 짚고서" 서럽게 노래한다. "나 지은 죄 많아/ 죽어서
도/ 영혼이 없으리"라고. 가슴이 저리다. 이런 시행을 보면, 시인
이 생전에 종교를 지녔는지는 알 수 없으나, 그의 시세계는 적어
도 부분적으로는 기독교적이다. "흘러가는 요단의 물결"(《고향》)
이라거나 "사해死海로 향한/ 아담교橋를 지나"(《시작 노우트》) 같은
시행들도 그렇지만, 그의 시에 드물지 않게 나오는 사원이나 교
회당이나 영아(지옥 변방의 림보는 세례받기 전에 죽은 아이들의 거처
다)도 그런 종교적 분위기를 거든다.

그러나 김종삼의 시세계는 대체로 기독교와 거리가 있다. 그
의 영혼은 뿌리내리지 못하는 영혼이었기 때문이다. 표제시 〈북
치는 소년〉에는 "내용 없는 아름다움처럼"이라는 시행이 보인
다. 젊은 시절의 김현은 이 대목을 시인의 미학적 자기반성의 맥
락, 자기비판의 맥락에서 해석한 바 있지만, 그것은 이 명민한 평
론가의 많지 않은 오독 가운데 하나인 듯싶다. 차라리, 김현의 짐
작과는 반대로, 김종삼이 추구한 것 자체가 바로 이 '내용 없는
아름다움'이 아니었을까? 이 시의 "어린 양들의 등성이에 반짝
이는/ 진눈깨비"만이 아니라 김종삼의 시세계 전반은 내용 없는
아름다움으로, 다시 말해 무구한 아름다움으로 반짝인다. 그 아
름다움은 무구한 만큼이나 비현실적인 아름다움이다.

김종삼의 육체는 남한 땅에 발을 딛고 있었으나, 그의 마음
은 늘 이 땅에서 떨어져 있었다. 이따금 그 마음은 두고 온 북녘

고향 땅을 향했고, 자주 위대한 예술가들의 고향인 유럽 땅을 향했다. 아니, 유럽 땅이라고 말하는 것은 옳지 않다. 사실 그의 마음은 그 예술가들의 상상된 마음에 들려 거기 갇혀 있었다. 아니, 이 말도 옳지 않다. 그의 마음은 예술의 세계에 갇혀 있으려 애썼으나, 그는 오르페우스가 되고 싶었으나, 그것조차 그에게 허락되지 않았다.

> 올페는 죽을 때
> 나의 직업은 시라고 하였다
> 후세 사람들이 만든 얘기다
>
> 나는 죽어서도
> 나의 직업은 시가 못된다
> 우주복처럼 월곡月谷에 둥둥 떠 있다
> 귀환 시각 미정.
>
> _〈올페〉 전문

　김종삼은 시의 세계에서조차 둥둥 떠 있었다. 그러니까 김종삼을 실향민이라고 할 때, 그가 잃어버린 고향은 황해도 은율이 아니었다. 그의 고향은 어디에도 없었다. 그의 본적이 "몇 사람밖에 안 되는 고장"이었다는 사실을 상기하자. 그는 (거의) 단

독자였고, 무적자無籍者였다. 사실은, 우리가 일상적으로 깨닫지 못할 뿐, 단독자와 무적자는 우리 모두의 처지이기도 하다.

엘리자베스 슈만의 노래도, 조반니 팔레스트리나의 미사곡도 들어보지 못한 독자가 김종삼의 시에 푹 빠져들기는 어렵다. 어쩌면 시인은 그것을 의도했을지도 모르고, 그런 젠체하기는 얄팍한 속물근성이라 비판받을 만하다. 그러나 이 외롭고 가난했던 시인의 속물근성에는 좋은 의미의 댄디즘(당디슴)이, (부르주아의 반의어로서) 진정한 예술가의 정신적 귀족주의가 버무려져 있었다.

〈한국일보〉, 2005. 11. 29.

15

불면의 크로노스

✦

조윤희의 《모서리의 사랑》

～～～～～～～

    불면과 멜랑콜리의 선후관계를 또렷이 가리기는 어렵다. 수면장애는 우울증의 한 신호이기도 하지만, 만성적 수면장애를 겪으며 사람이 밝을 수만은 없다. 어느 쪽이 먼저든, 불면과 멜랑콜리는 서로 꼬리를 문 채 영육靈肉의 둥그런 어둠을 만들어내는 것 같다. 조윤희의 첫 시집《모서리의 사랑》(1999)은 그런 둥그런 어둠 속에서 검푸른 실루엣으로 엎드려 있다.

    이 시집의 화자들은 쉬이 잠을 이루지 못한다. 곧이곧대로 〈불면〉이라는 표제를 단 시의 화자는

> 도둑맞은 밤
>
> 너는 잘나지도 못한 몰골을 하고
>
> 나를 내려다보고 있구나

유일한 목격자이며

공범자인 너

애꿎은 밑바닥만 긁어대며

이빨에 예리한

날을 세우는 품이

아직도 내게서

훔쳐야 할 것 남아 있나 보다

_〈불면〉 전문

    라고 푸념하고 있거니와, 다른 화자나 등장인물도 "불면증에 걸려 울"(〈내 그림 속으로 들어온 풍경〉)거나 "불면의 밤을 지나온/ 지친 육신을 눕힌다"(〈집시의 시간〉). 또다른 화자에게, "모든 나의 밤은 불면인 상태로 어둠 속에 웅크리고/ 있"(〈토탈 이클립스〉)다.

    이렇듯 잠을 잃은 화자들이, 딱히 병까지는 아니더라도, 음울한 일상 속에서 굼뜨게 흐느적거리는 것은 놀랍지 않다. 중심의 사랑이 되지 못한 '모서리의 사랑'은 화자들의 마음과 몸을 갉아내는 고립감과 무력감으로 어둡다. 그들은 "규격품이 아니어서/ 입구에도 걸리고/ 출구에도 걸리고/ 공정관리법에도 걸린다"(〈규격품이 아니어서〉). 〈슬픈 모서리〉라는 큰 제목 아래 묶인 들머리의 〈타락천사〉 연작은 자기모멸의 전시장이라 할 만하고, 〈넥타이 맨 나의 사랑은〉의 화자에게 보이는 것은 "생래적 절름발이의 슬픈 생生"이다. 그들에게 슬픔은 너무 친근해, 그들은 "나의 내출혈을 너를(슬픔을ㅡ인용자) 통해 본다"(〈그 여자의 그랑 부르 4〉). 방금 인용한 시행을 포함하는 연작의 제목에서도 드러나지만,《모서리의 사랑》의 빛깔은 '블루'다. 그것은 "칠부의 어둠"(〈달리의 시계 속에서는ㅡ블루, 블루〉)이다. 그리고 이 "칠부의 어둠"은 시집의 한 화자가 갇혀 있는 '봉인된 시간'의 조도照度이기도 하다. 그 화자는 "잊혀진 시간의 형벌을 감수하"(〈봉인된 시간〉)고 있다. 제 몸이 잡동사니로 채워진 채 봉인된 그는 "봉인된 시간 속에서/ 죽어갈" 운명이다. 그는 (멜랑콜리로 어두워진) 시간을 견디고 있다. 아니, 그의 생이 시간이다. 대책 없는 시간이다.

고대 그리스인들은 직선적이고 동질적인 시간을 크로노스 Khronos라 불렀다. 그리고 창세 신화의 맨 윗자리에 그들이 배치한 시간의 신에게 이 이름을 붙여주었다. (이 이름의 첫 소리를 표기한 로마문자 kh는 그리스문자 x를 전사轉寫한 것이니, 이 신을 'x-크로노스'라 부르기로 하자.) 초기 그리스인들의 상상 속에서는 이 신이 제우스의 아버지 크로노스(Kronos: 'k-크로노스'라 부르자)와 구별되었지만, 거의 비슷한 이름을 지닌 이 둘은 번잡한 신화 체계 속에서 자주 혼동되다가 마침내 동일시되었다. x-크로노스가 스스로 존재한 신이었던 데 비해, k-크로노스는 하늘의 신 우라노스가 제 어머니인 땅의 여신 가이아와 상관해 낳은 자식들 가운데 막내다. 그는 아버지를 몰아내고 우주를 지배하며 인류의 황금 시대를 열었지만, 저 역시 아버지의 운명을 따를까 두려워 자식 들을 낳는 족족 삼켜버리곤 했다. 그러나 그의 셋째 아들 제우스 는 어머니 레아의 분별 덕분에 아버지의 목구멍 속으로 들어가 는 운명을 피했고, 아버지에게 구토제를 먹여 제 형제들을 고스 란히 토해내게 만들었다.

조윤희의 화자들이 견디는 '봉인된 시간'에서 시간의 신 x-크 로노스를 끌어내는 것, 그리스인들의 예를 좇아 그 시간의 신 위 에 황금시대의 신 k-크로노스를 포개는 것, 그리고 어머니와의 사이에 낳은 자식들을 삼켰다 뱉은 k-크로노스의 에피소드들에

> 자기가 자기 내장 속으로
> 다시 기어들어가
> 다시 토악질하는
> 바다

_〈타락천사 4〉 부분

라거나

내 속에서 살해되었던 세상

나를 삼키며

다시 내 아들로 태어나기를 갈망하며

나를 자양분 삼아

살아갈 꿈을 꾸는

살모사 새끼

내 남자이자

내 아들인 세상

그들이 몽땅

나를 삼켜버렸어

_〈이미지 도둑 2〉 부분

같은 시행들을 겹쳐보는 것은 견강부회이기 쉬울 것이다. 시인은 이 케케묵은 서양 신화 따위는 전혀 염두에 두지 않았을 것이다. 실상 《모서리의 사랑》은 가족에 대한 화자의 순정하고 애틋한 사랑을 실은 시행들이 수두룩하다. 그러나 그리스신화에서 x-크로노스와 고스란히 포개진 k-크로노스가 로마신화에선 농경農耕의 신 사투르누스로 재현된다는 사실에 이르면, 그리고 그 이후 유럽인들의 상상 속에서 사투르누스가 환락과 멜랑콜리의 상징적 거처였다는 점을 상기하면, 우리의 어설픈 신화적·정신분석적 상상력을 이어나가고픈 충동을 억누를 수 없다.

조윤희의 화자들이 우울과 싸우기 위해 "볼륨을 최대한으

로 올린 채" 극도의 흥분을 꾀할 때, 불면의 밤을 쫓아내기 위해
"바리움을 삼킬" 때, "너는 질병이다/ 내가 나를 감당할 수 없을
때/ 나는 네 속으로 들어간다"(이상 〈사물함 속의 날들〉)고 처연히
털어놓을 때, 멜랑콜리의 일상으로부터 잠시나마 벗어나려는 이
일탈의 안간힘은 고대 로마인들을 자극적 놀이의 기쁨으로 그득
채운 사투르누스 축제(사투르날리아)와 그럴듯하게 포개진다. 그
리스인들이 크로노스로, 로마인들이 사투르누스로 불렀던 태양
계의 제6행성(토성)을 유럽인들이 우울질憂鬱質과 연결시킨 것도
야릇하다. 토성이 고대인들에게 알려진 가장 먼 행성인 데다 그
움직임이 느려 보였던 탓이겠지만, 중세의 점성술사들은 이 별
의 기운 아래 태어난 아이가 침울한 성격을 지니게 된다고 믿었
다. 영어사전 편찬자들도 Saturn(토성) 조금 아래에 saturnine(음
울한)이라는 표제어를 올려놓고 있다.《모서리의 사랑》은 크로노
스의 시집이자 사투르누스의 시집, 곧 토성의 시집인 것이다.

　　《모서리의 사랑》을 여성주의의 맥락에 배치하는 것은 유혹
적인 읽기다. '지워지는 여자'라는 부제를 단 〈그 여자의 그랑부
르 1〉만 해도 그렇다.

> 느릿느릿 끌리는 슬리퍼 소리가
> 좁은 공간에 무거운 줄을 긋는다
> 몇 번의 헛손질 끝에 가스레인지의

점화장치에 불이 들어온다

에서 시작해

　그 여자가 지워진다
　완강한 침묵의 코드를 뽑아버린다
　머리카락들이 해초로 흐느적거린다
　허우적거리는 지느러미
　그 여자의 빈 공간 위로 수포가 기어오른다

　로 끝나는 이 시는, 명시되지는 않았으나, 미국 시인 실비아 플라스의 자살 순간을 그린 듯하다. 서른한 살의 나이에 스스로 선택한 충격적 죽음을 통해 플라스는 폭압적 남성성에 질식한 순교자의 이미지를 얻었고, 이내 그의 이름은 여성주의 문학의 가장 강력한 아이콘이 되었다. 〈그 여자의 그랑부르 1〉은 그런 여성주의의 맥락에서 선배 여성시인에 대한 정서적 연대를, 그러므로 부분적으로는 (여성으로서의) 시인 자신에 대한 연민을 내비치고 있다고 해석할 만하다. "나를 붙들어매어 줄 시선 하나 있었으면"(〈내 그림 속으로 들어온 풍경〉) 하는 하소연을 비롯해, 시집 여기저기 점점이 박힌 신음들, 그 아픔의 언어들도 (화자들이 그 일원인) 여성의 사회적 처지와 무관하다고는 할 수 없다.

그러나《모서리의 사랑》이 차려놓은 언어의 성찬을 꼭 여성주의라는 네모 도시락에 눌러 담을 필요는 없을 것이다. 그런 여성주의의 틀을 고집하는 독자는《모서리의 사랑》의 적잖은 시들을 '여성적 수동성'의 현현으로 보아 결국 배제하게 될 것이다. 나는 이 시집을 그저 정서적 주변인의, 모서리 인간의 처절한 자기해부로 읽고 싶다. 화자들의 여성성은 그 주변성의 일부일 것이다.《모서리의 사랑》을 읽는 것은 그러므로 마음 아픈 시인의 자기분석을 엿보는 것이고, 마음의 지옥을 함께 헤매는 것이다. 그 헤맴은 외롭지 않다. 박상륭과 보르헤스와 무라카미 류가, 왕가위와 뤽 베송과 임권택과 에미르 쿠스트리차가 제 풍성한 텍스트들의 자락을 들이밀며 그 헤맴에 동참하고 있다.

위태롭게 아름다운 솔직함으로, 조윤희는 그 헤맴의 기록을, 그 '병상일기'를 버젓한 예술로 만들었다. 시인은 그 처절하고 아슬아슬한 자기분석을 통해, 제 치욕의 응시를 통해, 그 치욕을 설욕한다. 그렇게 그는 봉인된 시간을 슬며시 개봉한다. 아니, 개봉하려 한다. 어쩌면 시간의 문은 끝내 열리지 않을지도 모른다. 그러나 어찌하랴. 도로徒勞도 인간의 몫인 것을.

〈한국일보〉, 2005. 12. 6.

16

분단의 원原공간

✦

오장환의 《병든 서울》

~~~~~~~~~~~~~~

　오장환(1918~1951)은 한국전쟁 중에 병사했다. 1947년 북으로 간 이래 1988년 월북 문인들의 작품이 부분적으로 해금되기까지 그의 이름은 남쪽 독자들에게 강제로 잊혀져 있었다. 서정주, 이용악과 함께 1930년대의 가장 될성부른 청년시인으로 꼽히던 그가 33세의 나이로 요절하지 않았더라도 한국문학사가 크게 달라지지는 않았을 것이다. 이 말은 오장환이 대단찮은 시인이었다는 뜻이 아니다. 오장환의 문학적 조숙은 절친했던 친구 서정주에 견줄 만했고, 그가 세상에 남긴 시집들에는 당대의 가장 날쌔고 의젓한 문학정신이 응축돼 있다.

　그러나 오장환이 1951년의 병상을 떨치고 일어나 전후戰後까지 살아남았다 해도, 그가 이미 선택해버린 역사는 그의 문학에 축복으로 작용하지 않았을 것이다. 1951년 이후의 오장환에게 그럴싸하게 남아 있던 가상 운명은 둘이다. 하나는 전후의 숙청 바람에 휩쓸려 목숨을 잃거나 펜을 빼앗기는 것이다. 그가 해방기에 박헌영이나 임화와 맺은 친분은 이런 시나리오에 무게를 실어준다. 또 하나는, 소련 기행시집《붉은 기》(1950)에서 그 자락을 드리우기 시작한, 체제의 공식주의 문학에 온전히 동화하는 것이다. 설령 그것이 시인의 체질에 맞지 않았다 하더라도, 그 체제에서 글쓰기를 업으로 삼기로 했다면 그에게 다른 가능성을 상상하는 것은 비현실적이다. 어느 쪽이 되었든, 1951년 이후의 오장환이 한국문학에 이바지할 바는 크지 않았을 것이다.

시간을 1951년에서 조금 더 위로 올리면 다른 가능성을 상상할 수도 있다. 만일 그가 해방기의 정치바람에서 벗어나 있었다면, 그래서 시집《성벽城壁》(1937)과《헌사獻詞》(1939)의 데카당스와 설움을《나 사는 곳》(1947)의 포실한 서정의 체에 밭으며 자족의 예술 속으로 걸어 들어갔다면, 요컨대 남쪽에 남았다면, 1951년 이후의 오장환은 서정주에 버금가는 시인이 됐을 수도 있다. 그랬다면 20세기 한국문학사는 천황제 파시즘에 부역하지 않은 대大시인을 기록하는 기쁨을 누렸을 수도 있다. 그러나 되돌아보는 자의 유리함에 기대어 앞서간 자의 불민不敏을 탓하는 것은 얼마나 꼴볼견인가? 무엇보다도, 해방기의 양심적 정신이 북에 이끌린 것은 거의 필연이었다. 그 시대의 평양에서 오늘날의 저 괴물 같은 체제를 내다볼 수 있었던 사람은 많지 않았다.

게다가, 오장환은 월북하기 전까지의 글쓰기만으로도 한국문학사의 적잖은 페이지를 요구할 자격이 있다.

《병든 서울》(1946)에 묶인 19편의 시는 오장환이 해방 이후에 쓴 것들이다. 시집이 나온 순서로는 《성벽》과 《헌사》에 이어세 번째지만, 이듬해인 1947년에 간행된 《나 사는 곳》의 작품 대다수가 일제 말기에 쓰여진 터여서 《병든 서울》을 오장환의 네번째 시집으로 치는 것이 예사다. 《병든 서울》의 적잖은 작품들은 화자의 정치적·이데올로기적 입장이 비교적 또렷한, 이른바계기시occasional poems다. 〈8월 15일의 노래〉라거나 〈연합군 입성환영의 노래〉 또는 〈3.1 기념의 날을 맞으며〉 같은 표제나 부제들이 그 계기성을 고스란히 드러낸다. 이런 기념시적 성격과 정치이데올로기적 경사가 심미적 감수성과 원만하게 깍지를 끼기는어렵다. 《병든 서울》역시 이 어려움을 날렵하게 해결하지는 못해서, 앞선 시집들에 견주어 그 언어들이 문득 버성겨 보이는 것이 사실이다. 그러나 주머니를 바꾸었다고 해서 송곳이 뭉툭해지는 법은 없다. 시인의 재능은 기념시들에서도 의연히 빛을 내뿜으며 《병든 서울》을 해방기 정치문학의 한 정점으로 만들었다. 거기에는, 해방과 함께 급격히 풀리기 시작한 정치적 태엽의 동역학 속에서 한 심미적 정신이 정치적 올바름을 향해 나아가며벌인 고투가 기록돼 있다.

시인은 해방을 병상에서 맞았고, 《병든 서울》의 서문도 '서울대학부설의원 입원실에서'로 마무리되고 있다. 그러나 이 시들이 병상에서 쓰여진 것은 아니다. 시인 자신임이 분명한 표제작 《병든 서울》의 화자는 "8월 15일 밤에 병원에서 울었다." 해방의 기쁨 때문에 운 것은 아니다. 그는 "그저 병든 탕아로/ 홀어머니 앞에서 죽는 것이 부끄럽고 원통하였다." 아픈 몸 때문에 만사에 시큰둥했던 화자에게 해방의 의미가 실감된 것은 그날 밤을 지내고 나서다.

> 그러나 하루아침 자고 깨니
> 이것은 너무나 가슴을 터치는 사실이었다.
> 기쁘다는 말
> 에이 소용도 없는 말이다.
> 그저 울면서 두 주먹을 부르쥐고
> 나는 병원에서 뛰쳐나갔다.
>
> _〈병든 서울〉 부분

이 화자-시인은 그 뒤로 날마다 밖으로 뛰쳐나가 감격시대의 희망과 좌절을 노래했다. 8·15 덕분에, 그는 울어야 할 이유를, 살아야 할 이유를 또 하나 발견했다.

8월 15일, 9월 15일

아니 삼백예순 날

나는 죽기가 싫다고 몸부림치면서 울겠다.

너희들은 모두 다 내가

시골구석에서 자식 땜에 아주 상해버린 홀어머니만을 위하
여 우는 줄 아느냐.

아니다. 아니다. 나는 보고 싶으다.

큰물이 지나간 서울의 하늘이⋯⋯

그때는 맑게 개인 하늘에

젊은이의 그리는 씩씩한 꿈들이 흰 구름처럼 떠도는 것
을⋯⋯

〈병든 서울〉 부분

일제하에서 아무런 정치운동에도 몸을 싣지 않았던 데다
그 시절 간행한 시집들이 짙은 문학주의의 자장磁場 안에 있었다
는 점을 들어, 해방기 오장환의 정치시들과 정치활동을 시류 편
승의 맥락에서 백안시하는 견해도 있다. 그러나 그 시집들에 묶
이지 못한 1930년대 후반의 장시長詩 〈전쟁〉과 〈수부首府〉가 급진
적 문명비판을 수행하고 있었다는 점을 생각하면, 그리고 무엇
보다도 1937년 초에 발표한 어느 글에서 시인이 다음과 같이 제
정체성을 선언하고 있다는 점을 생각하면, 그의 '입장 선회'에 대
한 눈흘김을 거두어도 될 것 같다. "'그는 시인이다'와 '그는 인간

이다' 하는 둘 가운데 어느 것이 되겠느냐고 묻는다면 서슴지 않고 나는 '인간이 되겠다'라고 맹세할 것이고, 또 참다운 인간이 되려 노력할 게다. 시라든가 노래 혹은 춤 이러한 것은 우리 인생에서 뗼 수 없는 생활에의 한 태도이나 또한 그 이상의 아무것도 아닌 것이라, 나는 정상한 인간의 행로 가운데 문학의 길을 밟으려 한다"(《문단의 파괴와 참다운 신문학》). 보들레르와 랭보의 그늘 아래서 시업詩業에 들어선 듯 보였던 이 19세 청년시인에게, 뜻밖에도, "조선에 새로운 문학이 수입된 지 30년 가까운 동안 어느 것이 진정한 신문학이었느냐고 한다면 그것은 《백조》시대의 신경향파에서 '카프'에 이르기까지 그들의 그룹"이었다. 오장환에게 문학보다 더 중요한 것은 인간이었고, 그의 정치문학은 입장의 '선회'가 아니라 '노정露呈'이었다.

그래서, 그가

아름다운 서울, 사무치는, 그리고 자랑스런 나의 서울아,
나라 없이 자라난 서른 해,
나는 고향까지 없었다.

_〈병든 서울〉 부분

고 털어놓을 때든,

한때, 우리는 해방이 되었다 하였고 또 온 줄로 알았다
그러나
사나운 날세에
조급한 사나이는
다시금,
뵈지 않는 쇠사슬 절그럭거리며
막다른 노래를 부르는구나

_〈찬가〉 부분

라고 한탄 속에서 싸움을 다짐할 때든, 그의 진심을 믿어도
될 것 같다.

나에게는 울음뿐이다.
몇 사람 귀 기울이는 데 팔리어
나는 울음을 일삼아왔다.
그리하여 나는 또 늦었다.

_〈나의 길—3·1기념의 날을 맞으며〉 부분

는 반성 속에서

아 나에게 조그만치의 성실이 있다면

내 등에 마소와 같이 길마를 지우라.

먼저 가는 동무들이여,

밝고 밝은 언행의 채찍으로

마소와 같은 나의 걸음을 빠르게 하라.

며 동도同途의 벗들에게 편달을 청할 때도 그렇다.

"병든 서울, 아름다운, 그리고 미칠 것 같은 나의 서울"에서, "춤추는 바보와 술 취한 망종이 다시 끓"(이상 〈병든 서울〉)는 서울에서, "내 나라의 심장 속/ 내 나라의 수채물 구녕/ 이 서울 한복판"(〈이 세월도 헛되이〉)에서, 오장환은 "지난날의 부질없음/ 이 지금의 약한 마음"(〈공청共青으로 가는 길〉)에 대한 겸연쩍음을 애써 지워내며, "우리는 어찌하여/ 우리의 원수를 우리의 형제와 우리의 동무 속에 찾아야 하느냐"(〈내 나라 오 사랑하는 내 나라〉)고 한탄하며, 제 병약한 몸뚱이를 곧추세우며, 울고 노래하고 싸웠다. 그 울음과 노래와 싸움 속에서 해방기 문학과 정치가 만나고 엇갈리는 동안, 그가 사랑하는 서울은, 그가 되돌려받은 조국은 골육상잔의 피바다를 향해 엉금엉금 기어가고 있었다.

〈한국일보〉, 2005. 12. 13.

17

불안이라는 이름의 레이더

✦

조용미의《불안은 영혼을 잠식한다》

~~~~~~~~~

조용미의 첫 시집《불안은 영혼을 잠식한다》(1996, 이하《불안은 영혼을》)의 표제시에는 "신성한 외로움에 빠진 나의/ 둥근 영혼을 누가 불안하게 하는가"라는 시행이 보인다. 화자의 이 발언은 푸념이나 넋두리의 맥락에 얹혀 있지만, 그 불안은 보기에 따라 숨겨진 축복이기도 하다. 쓰기에 따라 독毒이 약藥이 되듯, 화자의 둥근 영혼을 뾰족하게 갉아먹는 불안은 한국어의 얼개에 심미적으로 접합되며 한 편의 버젓한 시를, 더 나아가 한 권의 버젓한 시집을 만들어냈다. 기실 모든 미적 지향은 크든 작든 일종의 심리적 불안과 동거한다. 극도의 안정은 극도의 무딤과 통하기 때문이다. 불안은, 그때그때 조절은 해야겠지만 송두리째 제거해서는 안 될 미적 원기소다. 그렇다면, 제 영혼의 불안에 대한 화자의 푸념 앞에서 독자가 하염없이 안쓰러워할 일만은 아니겠다.

다시 처음의 시행으로 돌아가자. "신성한 외로움에 빠진 나의/ 둥근 영혼을 누가 불안하게 하는가." 어쩌면 화자는 답변을 이미 포함하고 있는 질문을 하고 있는지도 모른다. 그의 영혼을 불안하게 하는 것은 외로움일 수 있다. 그것이 설령 '신성'하다고 하더라도, 외로움은 드물지 않게 불안의 선행先行 감정이다. 앞선 것이 꼭 뒤따르는 것의 원인이 되란 법은 없지만, 화자의 불안이 화자의 외로움 때문일 가능성을 미리부터 배제할 필요는 없다.

그러나 이 시행에서 벗어나, 그리고 이 시행들을 포함하고 있는 작품에서도 벗어나, 시집《불안은 영혼을》의 공간 전체에서 화자(들)를 불안하게 만드는 게 누구인지를 한번 톺아보자. 아니, 〈불안은 영혼을 잠식한다〉의 화자는 '누가'라고 묻고 있지만, 그것을 '무엇이'로 바꿔놓는 것이 좋겠다. 시집《불안은 영혼을》의 공간 안에서는 인물들이 그리 두드러지지 않기 때문이다. 무엇이《불안은 영혼을》의 서정적 자아를, 그의 영혼을 불안하게 하는가? 그것은 "따르르릉// 혼미한 꿈을 두 쪽으로 가르며/ 내려치는 소리의 벼락"(《어둠 속에 벨이 울릴 때》)이거나 "파편이 되어 나를 찌르"는 "어제 내가 한 말들"(《내가 한 말들이》)일 수도 있다. 그러나 더 근원적으로, 이 시집의 화자(들)를 불안하게 하는 것은 그(들)의 병치레인 듯하다.

대체로 동일한 자아의 분신들인 듯한 이 시집의 화자들은 몸이 아프다.

> 적십자병원에서 돌아오던 길
> 꽃그늘 아래에선 죽음의 냄새가 났다
>
> _〈그 길〉 부분

거나

> 주머니에 손을 찔러넣고,
> 밤이 와도 불이 꺼지는 일이 없는
> 75병동의 긴 회랑을 지나 몽유병자처럼
> 밤새 병원의 여기저기를 헤매다니네
> 스르륵스르륵 긴 옷자락을 끄을며
>
> _〈여름 새벽〉 부분

　같은 시행들에서 병원과 인연이 깊은 화자의 처지가 드러난
다. 화자의 병이 어떤 종류의 것인지, 그것이 치명적인 것인지 아
니면 그럭저럭 견디며 지니고 살 만한 것인지는 또렷이 드러나지
않는다. 그러나 화자로 하여금 병원을 들락거리게 하는 병이 무
엇이든, 그의 허리가 실하지 않다는 것은 이내 알 수 있다.

등뼈는 편할 날이 없었다
요통의 생生이여

_〈직립〉 부분

라거나,

석고로 만든 척추를 달고
고름같이 누런 달 품에 안고
나 여름내 비 맞고 다녔네.

_〈허리에게〉 부분

라거나,

오늘 밤 거리의 보도블럭을 핥고 다니는
음험한 안개처럼
척추의 마디마디가 다 풀어져 내려
나는 등뼈 없는 생선처럼 허옇게 떠
방바닥에 놓여 있다.

_〈쓸쓸한 편지〉 부분

같은 시행들에서 허리 아픈 화자의 힘겨운 일상이, 그의 불

안이 읽힌다. 화자가 "몸의 어딘가에 통증이"(《몸의 어딘가에》) 있다고 털어놓을 때, 그 통증은 대체로 허리 쪽에서 그를 공격한다.

아픈 사람은 민감할 수밖에 없다. 그 민감함은 주위 사람들을 힘겹게 하는 신경질로 나타날 수도 있지만, 사물과 사태의 기미幾微를 섬세하게 탐지하는 레이더 노릇을 할 수도 있다. 시인에 대한 그럴싸한 정의定義 하나가 보통 사람들이 무심코 흘리는 기미를 대뜸 알아채는 사람이라면, 시인은 누구나 조금씩은 아픈 사람인지도 모른다. 몸과 마음을 완전히 망가뜨리지 않을 정도의 아픔은, 거기에 따르는 불안은, 그러니까 시인됨의 필요조건 가운데 하나다. 《불안은 영혼을》의 화자들이 기미를 알아채는 데 능한 것도 그 아픔과 불안이 베푼 축복일 것이다. 조용미의 화자들은, 그 부실한 몸에 기대어, 하늘 흐린 날 "젖지 않는 가벼움에 몸 떠는 공기들"(《흐린 가을날》) 속에 무엇인가가 있음을, "굴광성 식물이 되어/ 햇살을 향해 일렁이는"(《햇볕 쬐기》) 솜털을, "소리보다 먼저 냄새로 오"(《비는 다 내게로 왔다》)는 비를, "후, 약한 입김에도/ 스케이트 선수가 되어/ 물 위를 미끄러져가"(《먼지의 힘》)는 먼지를, "광활한 한 페이지 사막을 건너는/ 낙타의 먼지 같은 발걸음"을 내딛는 "바람 부는 날의 책벌레"(《책벌레》)를, "새벽 4시"의 "벽오동나무 푸른 정맥들"(《벽오동나무 꽃그늘 아래》)을 알아차린다. 그들의 아픔과 불안은 세상의 기미를 섬세하게 받아내는 촘촘한 체다.

그 아픔과 불안을 숙명처럼 지닌 채 화자들은 길을 걷는다. 병 못지않게 《불안은 영혼을》의 공간을 채우고 있는 것이 길 이미지다. 위에서 인용한 〈그 길〉에서도 "적십자병원에서 돌아오던 길"이 언급되었지만, 조용미의 길이 시간의 선형성線形性에 대한 오래된 은유로만 사용되는 것은 아니다. 예컨대 구약성서의 한 대목에서 이미지를 취한 "소금기둥이 된 뒷덜미를 버려두고/ 내가 가야 할 길"(《동화사에서》) 같은 시행에서 길은 그저 산중에서 만난 소나기를 피해 "젖은 땅이 두 다리 사이를 과속으로 달리"도록 서둘러야 할 길이다. 이 '길'에서 인생여로의 은유를 읽어내는 것은 과잉해석일 것이다.

그러나 "서울을 떠나면서도 줄곧 내가 끌고 가야 하는 이 무겁고 질긴 끈, 줄이 끝나는 곳에 길이 끝날 것이고 나는 그곳에서만 내릴 수 있으리라"(《줄이 끝나는 곳에 길이 끝난다》)라거나, "사람을 만나러/ 낯선 길을 찾아나선다"(《사로잡힌 영혼》) 같은 시행에서 길은 시간이나 인생역정에 대한 고전적 비유에 닿아 있다. 또

외로운 영혼들은
전부
길 위에 있다

_《내 책상 위의 천사》 그리고〉 부분

같은 잠언투의 시행에서, 길은 어떤 과정이나 삶의 역정이라는 고전적 함축과 한데〔露天〕라는 함축을 동시에 품고 있다. 이렇게 조용미의 길은 여러 겹이다.

노골적으로 〈길〉이라는 표제를 단 시도 있다. "용서하고 싶은 사람이 있네/ 용서받고 싶은 사람이 있네"로 시작하는 이 시는 서로 어긋난 길에 대해서, 누군가와의 어긋난 인연에 대해서 얘기한다. 말하자면 이 시에서 길은 고전적 함의 안에 자리잡고 있다. 그 첫 연은, 아마 시인이 의도하지는 않았겠으나, 한국어 통사구조의 내재적 부실함 탓에(어쩌면 그 덕분에) 의미의 다층성을 획득하고 있다. '용서하고 싶은 사람'은 물론 '(내가) 용서하고 싶은 사람'으로 읽어야겠지만, '(누군가를) 용서하고 싶은 사람'으로 읽을 수도 있다. 그리고 '용서받고 싶은 사람'은 물론 '(내가) (그에게) 용서받고 싶은 사람' 다시 말해 '나를 용서해주었으면 하고 내가 바라는 사람'으로 읽어야겠지만, '(누군가에게) 용서받고 싶은 사람'으로 읽을 수도 있다. 그러나 이 두 행을 뒤쪽으로 읽으면 가해자와 피해자의 구별이 또렷해져 시의 맛이 한결 밋밋해질 것이다.

《불안은 영혼을》의 화자가 만만찮은 음악 애호가라는 것, 특히 첼로 음악에 관해선 거의 전문가의 귀를 지닌 듯하다는 것을 지적해두자. 그는 첼로 대가들의 연주를 이런저런 나무에 비교할 줄 알고(〈첼로주자를 위하여〉), "한없이 내려가는 정신의 두레

박"(《무반주 첼로》)으로 (아마 바흐의) 첼로 음악을 길어낼 정도다. 기미를 알아차리는 데 능한 이 시인의 재주가 표나게 드러난 것이겠으나, 일반 독자가 그 시행들에 온전히 감응하기는 어려울 것이다. 시인의 두 번째 시집《일만 마리 물고기가 산을 날아오르다》(2000)에 실린 〈벚꽃나무가 내게〉라는 작품에는 "그의(첼리스트 모리스 장드롱의—인용자) 연주는 너무 프랑스적이라／ 사실 나를 사로잡진 못했지만"이라는 시행이 보이는데, 이런 진술은 시인이 화자(의 경망이나 허영)를 조롱하거나 야유하는 맥락에서가 아니라면 듣기 거북한 게 사실이다.

아무려면 어떠랴.《불안은 영혼을》의 조용미는 제 앞에 펼쳐진 길을 외롭게 걸어가며, 아픈 몸과 불안에 잠식된 영혼을 다독거리며, 불안정한 것의 아름다움을 만들어냈다.

〈한국일보〉, 2005. 12. 27.

18

서울 엘레지

✦

정은숙의 《비밀을 사랑한 이유》

~~~~~~~~~~

　　정은숙의 첫 시집 《비밀을 사랑한 이유》(1994)는 생활의 육질로 탐스러운 과일이다. 여기서 탐스럽다는 것은 익을 대로 익어 입에 침이 고이게 한다는 뜻이 아니다. 과즙으로 흐무러질 듯한 연시나 황도의 맛과 빛깔은 정은숙의 시어들과 거리가 있다. 그렇기는커녕 이 시집은 차라리 견과류에 가깝다. 단단한 껍질로 싸여 있는 그 열매의 맛은 달콤쌉쌀하다. 그 달콤쌉쌀함은 정은숙의 시어들이 간직한 맛이면서, 이 시집의 화자들이 영위하고 있는 생활의 맛이다. 그 맛에는, 아뿔싸, 중독성이 있어서, 이 시집을 이미 읽은 독자로 하여금 그것을 되풀이 읽게 만든다. 이해되지 않아 다시 읽는 게 아니라, 금단증상 때문에 다시 읽는다. 나는 지금 이 시집에 지독한 찬사를 보내고 있다.

　　시인은 자서에서 시집을 내는 감회가 "멀쩡한 재킷 안에 입

은 내 젖은 속옷의 불편함"이라고 털어놓았다. 그 불편함은 "〈일〉
과 〈나〉 사이에 끼인 나의 부조화"(《내 몸에서 독향이》)와 무관치
않을 것이다. 시인이 유능한 출판편집자라는 텍스트외적外的 정
보를 모른 채 이 시집을 읽는 독자에게도, 그 화자들의 대다수가
일에 치여 사는 생활인이라는 점은 단박에 또렷하다. "눈떠 보게
되는 나날의 일력日曆과/ 밀려드는 주간 계획, 월간 계획서"(《아득
한 나날》)라거나 "오자는 나의 적./ 틀린 문장은 흩어진 이교도./
나는 적을 죽이고/ 대열을 바로잡는다"(《직업병》) 같은 시행의 화
자는 아마 시인 자신일 것이다. 《청록집》을 비롯해 우리가 앞서
읽은 몇몇 시집과 《비밀을 사랑한 이유》를 표나게 갈라놓는 점
이 바로 이 생활의 무게다. 정은숙 읽기는 그러므로 생활의 발견
이다.

　《비밀을 사랑한 이유》는 생生으로 둘러싸인 생활이다. 나는
지금 말장난을 하고 있는 것이 아니다. 시집의 첫머리와 끝머리
에 배치된 작품에는 각각 〈생, 그것을 모른다〉와 〈인생〉이라는 제
목이 붙어 있다.

　　　아무런 감탄도 일없다는 이 삶에서
　　　눈떠 자신을 싣고 갈 장의차를 기다리며
　　　그뿐이다. 무엇을 쫓고 있는가,
　　　절묘하게 꾸며진 한 편의 이야기.

움켜쥐면 화인火印만 남기고 사라지는 물 같은 유체遊體들

_⟨생, 그것을 모른다⟩ 부분

이라거나

아이를 낳고 아버지는 하품을 한다.
산고는 너무 길었다.
산고는 너무 큰 상처를 남긴다.

(…)

엄마는 종종 운다.
아빠는 그런 엄마를 종종 울린다.
아이 곁에 엄마가 눕는다.
깃털이 하나 툭 떨어진다.

_⟨인생⟩ 부분

같은 시행들에서 보듯, 이 시들은 말하자면 정은숙 인생론
의 총론 격이다. 그리고 그 두 작품 사이에 끼인 채 섬세한 생활
이미지들을 내비치고 있는 나머지 시들은 시인을 그런 인생론에
이르게 한 각론이랄 수 있다.

그 인생론에 별스러운 점은 없다.《비밀을 사랑한 이유》의 인생론은, 다소 난폭하게 말하자면, 오래전 한 드라마 주인공의 입에서 되풀이 발설되면서 그 시대의 유행어가 된 바 있는 '인생 무상, 삶의 회의'에 가깝다. 그러나 정은숙은 세련되고 예민한 도시 시인의 감수성으로 생활의 우울한 세목들을 경쾌하게 낚아챔으로써, 그 별것 아닌 인생론에 강렬한 위의威儀를 부여한다. 그러니까,《비밀을 사랑한 이유》의 매력 또는 마력은 이 시집의 육질을 이루는 생활세계의 풍성함만이 아니라, 그 생활세계를 돌아보고 엿보는 시인의 눈썰미에 기인한다.

나는 방금 정은숙을 '도시 시인'이라 일컬었다. 물론 이 시대의 시인 대다수는 도시 시인이다. 그러나 그 소재와 스타일에서 정은숙만큼 도시 이미지가 짙은 시인을 찾기는 어렵다. 그는 도시인으로서 바라보고 도시인으로서 발언한다. 도시 이미지의 시적 챔피언이라 할 김수영조차, 그간의 사회변동 탓이겠지만, 정은숙보다는 덜 도시적이다.《비밀을 사랑한 이유》를 채우고 있는 생활의 육질은 도시생활의 육질이다. 큰 틀에서 첫 시집의 연장선 위에 있으면서도 언어의 긴장은 외려 풀려 있는 시인의 두 번째 시집《나만의 것》(1999)에는 〈서울, 사랑, 1999〉라는 작품이 실려 있다. 이 시의 둘째 연은 "이제 떠났던 그 어디에서든지/ 서울의 열기를 그리워하지"로 시작하는데, 정은숙의 첫 시집《비밀을 사랑한 이유》는 시인이 그토록 사랑하는 도시, 서울의 시집이

랄 만하다. 대중가요투로 얘기하자면, 이 시집은 서울 엘레지고,
서울 야곡이다.

서울이라는 이 거대도시의 생활을 이루고 있는 것은 우선
밥벌이다. 그 밥벌이는 냉혹하다. 그래서 "걷잡을 수 없이, 콧물
이/ 한없이 낮은 톤의 목소리를 비웃으며/ 흘"러도 "문득 수화기
저편에서/ 아지못할 거룩한 중년이 나를 꾸짖"으면 "오랫동안, 나
는, 아플 수가 없다"(《감기와의 화해》). 또 "늘그막에 얻은 아들이
코가 깨졌다고/ 수화기 저 너머에서 아내는 숨넘어가는 소리를
하"지만, "금년부터 벤츠를 운전하는 이 기사"(물론 고용된 자가용
차 운전기사다 ─ 인용자)는 "핸들에 24시간 매달려 있"(《고요 속에
몸풀기》)을 수밖에 없다.

시인 자신이 투영돼 있을 화자들은 야무지게 일하며 야무
지게 살지만, 그 노동의 삶 갈피에선 문득 회의가 묻어난다. 그는
"놓아 버릴 수도 계속 쥐고 있을 수도 없는 밧줄에 감겨"(《모독 5》)
"돌아서서 이 길이 아닌 길로 접어든다고 해도/ 바로 갈 수 있으
리란 걸 확인 못 하겠"(《모독 4》)다고 푸념한다. 직장인으로서 그
의 삶은 "간신히 존재하려고 무릎이 깨지도록 기어가면서"(《세상
의 하루》) "내가 좋아하는 푸른색 멍이 들라고/ 사지를 흔들며 벽
에 부딪치곤 하는"(《모독 1》) 삶이다. 〈양재동, 하오 2시〉의 화자가
"커피심부름과 갖은 홀대와 음흉한 시선"에 시달리는 '스무 살
처녀 미스 조'에게 연민을 느끼는 걸 보면, 여성이라는 조건과 밥

벌이의 험난함 사이의 역학을 시인 자신이 의식하고 있는 게 분명하다. 사실,《비밀을 사랑한 이유》를 여성주의의 맥락에 가둘 필요는 없겠지만, 이 시집 화자들이 일터에서 겪는 고난은 대개 화자의 성적 조건과 무관치 않다.

〈양재동, 하오 2시〉에도 "눈물의 시간과 데이트하는 스무 살 처녀"라는 시행이 보이거니와,《비밀을 사랑한 이유》의 몇몇 페이지는 눈물로 촉촉하다. "얼굴을 건반에 박은 채 울고/ (…)/ 냉장고에 기대어 우는 아침이여"(《세상의 하루》)라거나 "철든 뒤 처음 눈물이 흘러 차창을 적시는 걸 본다"(《집 떠난 인생》)거나 "비가 되어 내리는 너의 눈물"(《일기장 1》) 같은 대목들이 그렇다. 이 눈물은 대체로 생활의 힘듦 속에서 흘러나오지만,

> 서로 견디는 자들이 나눠 마시는 한 잔의 물.
> 문득 여자의 눈에도 맑은 물이 고인다.
>
> _〈낙타에게 길 묻기〉 부분

에서처럼 (싸우지 않고) 서로 견디는 자들이 나누는 연대의 눈물이기도 하다. 이 눈물이든 저 눈물이든, 시인에게 그것은 "우리를 살아내게 하는 힘"(《낙타에게 길 묻기》)이고, 천상의 보석처럼 고귀한 상징인 것 같다.

《비밀을 사랑한 이유》를 채우고 있는 생활이 꼭 일터와 관련

된 것은 아니다. 이 시집의 공간에는 아내 몰래 하는 연애(〈좋은 것이 다 만족스럽지는 않아〉)나 남자들끼리의 시시껄렁한 잡담(〈카페의 여자〉)이나 해외 입양(〈나의 사랑, 나의 운명〉) 같은 세태들이 버무려져 있다. 애인과 아내 사이에 끼인 화자의 미묘한 처지를 그린 〈좋은 것이 다 만족스럽지는 않아〉는 한 편의 상큼한 단편소설처럼 읽히며 시인 정은숙의 이야기꾼 재능을 보여준다. 변기에 앉아 애인의 전화를 받게 된 화자를 내세운 〈무선 전화기의 하루〉에도 시인의 반성적 유머감각과 기지가 넘실댄다.

시집 표제 '비밀을 사랑한 이유'는 〈소설의 사랑〉이라는 시에 드러나 있다.

> 그가 비밀을 사랑한 이유는
> 그것이 그들 만남을 에로틱하게 만들고
> 그리고 기막힌 전복을 포함하기 때문이다.
>
> _〈소설의 사랑〉 전문

첫 시집에서 제 삶의 비밀을 상당 부분 드러냄으로써, 정은숙은 '기막힌 전복'을 포기한 듯하다. 그것이 그의 "뒤늦은 후회"(자서)를 낳았을 것이다. 그러나

> 그 여자의 직업은 시인.

그렇다. 시보다 더 유명해지고 싶은

욕망에 시달리는,

창부다.

좀더 나은 그림을 위해

사려 깊은 표정을 위해

사투리를 버렸다.

_〈매스 미디어와 간통하는〉 부분

같은 비아냥이 시인 자신을 향한 것이든 다른 시인을 겨냥한 것이든, 그런 욕망이 문학적 욕망의 일부인 것도 엄연하다. 중요한 것은 그 욕망이 어떤 됨됨이의 시를 낳았느냐 하는 것일 터이다. 그 점에서 시인의 후회는 쓸데없는 짓이었다. 《비밀을 사랑한 이유》는, 시인을 아주 유명하게 만들지는 않았겠으나, 일하는 여성의 눈에 포착된 거대도시의 생태를 생생하게 보여준 뛰어난 시집이다. 이 시집은 그 소재와 스타일에서, 그리고 꿀릴 것 없는 높이와 깊이로, 신경림의 70년대 시집 《농무》와 버젓한 대칭을 이룬다.

〈한국일보〉, 2006. 1. 3.

19

저묾의 미학

◆

고은의《해변의 운문집韻文集》

～～～～～～

　《해변의 운문집》(1966)은 고은의 두 번째 시집이지만, 시인
자신이 그 후기에서 환기시켰듯 선시집選詩集에 가깝다. 첫 시집
《피안감성彼岸感性》(1960)에 이미 실렸던 〈폐결핵〉 〈요양소에서〉
〈눈물〉 같은 작품이 재수록됐을 뿐만 아니라, 첫 시집 이후 발
표된 작품 가운데 상당수를 일단 제쳐두었기 때문이다. 제주 서
귀포에서 쓴 것으로 돼 있는 이 후기에서 가장 인상적인 문장은
"이 세상의 80세는 이제 50년밖에 남아 있지 않다"는 진술이다.
선문禪門 출신의 33세 시인이 배포 크게 발설한 이 미래의 '50년'
은, '밖에 남아 있지 않다'는 조바심을 고스란히 정당화하며, 미
증유의 문학적·정치적 정열로 채워져왔다.
　《해변의 운문집》을 읽기 전에 염두에 두어야 할 일이 있다.
시인은 1983년에 이전 사반세기 시업詩業을 두 권의 두툼한《고은

시전집》으로 정리하면서 적잖은 가필을 했다. 그러니까 1958년 등단부터 1983년까지의 작품들은 대체로 두 개의 판본이 있는 셈이다.《해변의 운문집》도 예외는 아니다. 더구나 〈폐결핵〉을 비롯해 첫 시집에서《해변의 운문집》으로 옮겨진 다섯 편의 작품은 재수록 과정에 이미 적잖은 가필을 겪은 터여서, 전집에 수록된 텍스트까지 합하면 세 개의 판본이 존재한다.

《해변의 운문집》에 재수록되며 원래의 43행이 16행으로 줄어들어 가장 큰 수정을 겪은 첫 시집의 〈교상기도橋上祈禱〉는 제목까지 〈한강에서〉로 바뀌었는데, 이 작품은 전집에서 다시 19행으로 늘어나며 〈흑석동에서〉라는 새 제목을 얻었다. 또다른 재수록 작품 〈삼월원사三月願寺〉 역시 전집에서 본문이 수정된 외에 제목이 〈천은사운泉隱寺韻〉으로 바뀌었다. 이미 발표돼 문학사의 일부가 된 작품들에 다시 손을 대는 것이 바람직하달 수는 없겠으나, 이 시인의 경우에 가필은 대체로 작품의 됨됨이를 낫게 한 듯하다.

가필의 큰 방향은 이렇다. 우선 본디 발표될 때 남용되었던 쉼표와 마침표 따위의 구두점이 크게 줄었다. 전집에는 구두점이 아예 없는 시들이 수두룩하다. 그보다 더 중요한 것은 이 시인의 문체적 '특징'으로까지 거론되던 비문들이 많이 바로잡혔다는 사실일 것이다. 통사론 수준에서도 그렇고 의미론 수준에서도 그렇고, 전집의 텍스트들은 원래의 텍스트들보다 한결 한국어 문법을 존중한다.

의미와 이미지 수준의 개신改新도 주목할 만하다. 지천명에 되돌아보는 약관의 언어들이 무참했던 듯, 시인은 젊은 시절의 치기를 슬그머니 지워냈다. 예컨대 〈요양소에서〉라는 큰 제목 아래 묶인 첫 작품 〈작별〉의 첫 연은 본디

서서 우는 누이여.
너의 비치는 치마 앞에서, 떠난다.

였으나, 전집에서는

서서 우는 누이여
너의 치마 앞에서 내가 떠난다

로 바뀌었다. '비치는'이라는 말이 여지없이 드러내는 소싯적의 근천스러움이 마음에 걸렸던 듯하다. 또 시집 들머리에 실린 〈대망待望〉에는 "몇 사람의 남양인南洋人이 오기 전에"라는 구절이 나오는데, 전집에서는 이 구절의 '남양인'이 '남제주 사람'으로 바뀌었다. 젊은 시절의 조작된 이국주의랄까 오리엔탈리즘이 랄까, 아무튼 언어와 상상력의 분칠粉漆이 스스로 역겨웠는지 모른다.

부사어를 새로 끼워넣어 뜻을 명료하게 한 부분도 적지 않다. 〈이 만조滿潮에 노래하다〉(전집에서는 제목이 〈제주만조濟州滿潮〉로 바뀌었다)의 "이제 밤 배들을 돌아오게 한다"는 전집에서 "이제 밤 배들을 그윽그윽 돌아오게 한다"로 바뀌었고, 같은 시의 "어느 작은 갑판 위에 인기척이 남고/ 마지막 배가 죄없이 돌아온다"는 "어느 갑판 뒤에 걸걸히 인기척이 남고/ 마지막 배가 외따로 죄없이 돌아온다"로 바뀌었다. 여기서 '그윽그윽' '걸걸히' '외따로' 같은 부사어들이 작품의 됨됨이를 낮게 했는지는 확실치 않다. 이 부사어들 덕분에 의미가 생생하고 풍성해졌다고도 할 수 있겠으나, 그 대신 시행의 긴장이 한결 풀려버린 듯하다.

놀랍게도 어떤 시행들은, 적어도 표면층위에서는, 가필을 통해 의미가 홱 뒤집히기까지 했다. 예컨대 〈대망〉의 마지막 구절 "아직 이 땅은 죄인양 남아 있습니다"는 전집에서 "아직 이 땅은 무죄로 기다리고 있습니다"로 바뀌었고, 같은 작품의 "오후에는 무심코 해후邂逅의 허리로 걸터앉았다가"의 '무심코'는 '유심히'로 바뀌었다.

텍스트를 불안정하게 만들기는 했으나, 전집을 출간하며 시인이 실천한 수정이 원래 시에 흩뿌려져 있던 일부 무질서한 이미지들을 비교적 반듯한 시적 규율 안에 통합해 가지런히 만들어놓은 것은 인정할 만하다. 무엇보다도, 시인 자신이 전집 서문에서 "앞으로 나의 시는 여기에 수록된 것으로 정본시를 삼는다.

이 시전집 이전의 것은 백지로 돌릴 결심이 서 있다"고 말하고 있다. 그러니 우리도, 시인의 뜻을 좇아, '고은 시전집'의 《해변의 운문집》을 서둘러 살피기로 하자.

《해변의 운문집》에 실린 작품 대다수는 시인이 1963년부터 머물던 제주도에서 쓰여진 것이다. "나는 창조보다도 소멸에 기여한다"는 이 시집 자서의 선언이 "그러나 얼마나 창조보다도 멸망은 찬란한가"(〈당唐의 동해안에서〉)라는 시행으로 되풀이되기도 하거니와, 《해변의 운문집》의 공간은 첫 시집 《피안감성》에서 이미 자락을 드러낸 허무의 세계다. 그 허무는 이념적 허무라기보다 감각적 허무고, 그 허무한 마음은 "옛 주소에 내 이름이 남아 있는 마음"(〈독신자의 주위〉)일 것이다. 그 허무의 감각은 "지난날의 끝을 여기에 쓴다"(〈해변의 습득물〉)거나 "저문 들에는 노을이 단명短命하게 떠나가야 한다"(〈저문 별도원別刀原에서〉) 같은 시행에서 보듯, 끝머리나 저묾의 이미지에 실려 있다.

실제로 이 시집에는 제주섬과 자연스럽게 어울리는 물과 바람의 이미지 외에 10월, 가을, 노을, 저녁처럼 끝머리나 저묾에 줄을 대고 있는 이미지들이 지침 없이 되풀이된다. 빛의 끝머리에 놓인 그 아슬아슬한 저묾의 순간이 《해변의 운문집》이 내장한 미학의 핵심이다. 그러나 그 허무의 바탕 위에 수놓인 무늬들은 서로 모순적일 만큼 다양하다. 거기엔 이국주의와 전통주의가, 세계시민주의와 국민국가주의가, 허세와 쇄말이, 방랑과 칩

거가, 자기폐쇄와 우국이, 자기파괴와 자기현시가, 무위와 노동이 동거하고 있다. 그것은 고은의 허무에 슬며시 역사가 버무려져 있다는 뜻이다.

예컨대 미적 됨됨이로는 비교적 볼품이 없고 시집의 분위기에도 썩 어울리지 않는 〈한국대인사韓國待人詞〉의 "기다림이야말로 역사의 신인新人이다./ 한국에서는 기다림이 한국사다" 같은 대목은 역사를 향한 이 시인의 (70년대 중반 이후) 선회/도약을 예비하고 있다. 소멸과 허무를 표나게 선포하고 있는 시들이 더러 임금을 화자로 삼고 있는 것도, 이 시인 특유의 허세와 자애自愛를 떠나서, '소멸 이후의 역사'에 대한 시인의 무의식적 미련과 관련 있는지도 모른다. 만일 그렇다면, 초기 고은의 허무주의는 제 스처이거나 쉼터였는지도 모른다.

초기 오장환의 항구 시편들을 연상시키는 바다 시편들을 포함해 《해변의 운문집》은 깊숙한 감각으로 아름답다. 그 아름다움은 대체로 병적인 아름다움이다. 첫 시집에 이미 드리워져 있던 병과 죽음의 이미지는 이 둘째 시집에서도 여전하다. 상상 속 누이와의 근친상간 모티프 역시 마찬가지다. "제가 가지고 있던 오랜 병"이 "착한 우단 저고리의 누님께 옮겨가" "누님의 흰 손은 떨어지고 이 세상을 하직"한 사연을 그린 〈사치奢侈〉는 이 시인이 종종 시도하는 '감염으로서의 몸 섞음' 이미지를 전형적으로 보여준다. 이런 병적 아름다움은 "어디다 머나먼 켈트족의 말로라

도 말하는 추운 곳에"(《가을 병상》)라거나 "아무도 모르는 사어死語
로써 산스크리트로써"(《산장심방山莊尋訪》), 또는 "(첫 딸 이름에) 러
시아의 부칭父稱을 넣지 않겠다"(《내 아내의 농업》) 같은 시행의 비
릿한 이국주의와 버무려지며《해변의 운문집》을 야들야들한 낭
만의 공간으로 만든다.

　《해변의 운문집》은 이렇게 말초적이면서도, 큰 틀에서는 남
성적 허세로 호방하다. 이런 야누스의 얼굴은 어쩌면 시인 자신
의 기질과 관련돼 있을지도 모르고, 또 그것은 오늘날 고은이라
는 이름이 정당하게든 부당하게든 한국 시문학을 대표하게 된
비결인지도 모른다. 회갑 무렵에 쓴 글에서 시인은 자신이 여전
히 '무지막지한 소년'으로서 미지의 문학을 동경하고 있다고 털
어놓은 바 있다. 그 소년의 마음이 여전하기를 빈다. 무엇보다도,
그는 아직 '이 세상의 80세'에 이르지 못했으므로.

〈한국일보〉, 2006. 1. 10.

20

푸줏간에 걸린 인육人肉

✦

이연주의 《매음녀가 있는 밤의 시장》

~~~~~~~~~~~~~~~~

　　이연주(1953~1992)가 생전에 낸 시집은《매음녀가 있는 밤의
시장》(1991, 이하《매음녀》)이 유일하다. 시인은 만 40세를 한 해 앞
두고 스스로 삶을 버렸다. 문단 한켠을 음산한 기운으로 쭈뼛거리
게 한 그 죽음 이후에 유고 시집《속죄양, 유다》(1993)가 나왔다.

　　이연주를 다시 읽는 것이 나는 늘 두려웠다. 그가 선택한 죽
음의 격한 방식에 짓눌려서만은 아니다. 그의 언어들은, 발화자
의 얼굴에 대한 정보 없이도, 그 자체로 나를 진저리치게 했다. 그
러나 이연주와 그의 몇몇 동료들(이들 가운데 최근까지 문자 활동이
가장 두드러진 이는 고인과 동갑내기인 김언희일 것이다)이 일궈낸 그
로테스크 구역은 시인공화국에서 가장 자극적인 풍경을 품고 있
다. 자신의 개인적 거리낌 때문에 공화국 방문객들에게 이 인상
적인 구역을 숨겨놓는 길라잡이는 무책임하다는 비난을 들을

것이다. 나는, 책임감으로 두려움을 억누르며, 십수년 만에 다시 《매음녀》를 펼친다.

생자生者의 것이든 망자의 것이든 사람의 신체가 존엄하다고 여겨지는 것은, 그것이 흔히 영혼(이 아니라면 그저 '정신'이라고 해도 좋다)이라 불리는 고귀한 기氣의 거처라는 오랜 믿음이나 가정 때문이다. 그곳에 영혼이 깃들어 있지 않(았)다면, 사람의 몸뚱이를 다른 숨탄것들의 몸뚱이와 다르게 보아야 할 이유는 없다. 그것들은 다 고깃덩어리다. 그 고깃덩어리가 푸줏간에 걸려 있다면 가축의 것으로 추정되고, 병원 응급실이나 시체실에 놓여 있다면 사람의 것으로 추정될 뿐이다.

그런데 생물학자는 대체로 정신이나 영혼 같은 데 큰 관심이 없다. 그의 눈은 사람의 몸뚱이와 딴 동물의 몸뚱이를 '질적으로' 구별하지 않는다. 그에게 사람이란 (다른 동물들처럼) 본질적으로 몸뚱어리의 존재고, 정신이나 영혼이란 몸의 일부인 뇌신경의 자극-반응 작용에 지나지 않는다. 정신은 그 자체로 존재하는 실체가 아니다. 그것은, 생리학자 제럴드 에델먼의 모호한 정의에 따르면, "물질조직의 어떤 특별한 형태들에 의존하는 특별한 유형의 과정, 다시 말해 두뇌의 형태학에 연결된 한 과정"《의식의 생물학》)일 뿐이다. 이런 인간관은 이미 과학자 사회의 확고한 지지를 얻었다. 그것을 직시하는 것은 무서운 일이지만, 거기서 고개를 돌리는 것은 부정직한 일이다.《매음녀》의 화자들은 무섭고 정직한 시선을 택했다. 그들은 인간의 몸을 푸줏간에 내걸어보기로 했다.

시집《매음녀》의 화자들이 건네는 시선은, 그러니까, 생물학자의 시선이다. 여기서 생물학자는 생리학자, 외과의사, 간호사, 약리학자, 약제사, 병리학자, 산역꾼, 검시관 따위를 포괄하는 개념이다. 다시 말해 인간을 순수하게 물질적으로 바라보는 사람들이다. 이들은 대체로 병원이나 그 둘레에서 일한다. 그렇다면《매음녀》의 상상력을 '병원의 상상력'이라 부를 수도 있겠다. 실상 이 시집의 많은 시들이 병원이라는 공간을 배경으로 삼고 있다.

《매음녀》의 화자들은 흔히 (유사)약리학자다. 그들이

주민들은 몰지각 발작 증세를 보이기 시작했소.
몇 그램의 몰핀과
몇 박스의 신경안정제를 부탁하는 바이오.

_〈집행자는 편지를 읽을 시간이 없다〉 부분

선진적 시민의식을 밀어주는
가나마이신이여!

_〈가나마이신에게〉 부분

난 걱정 없어요

고단위 비타민을 먹지요

빈혈약을, 모든 기관이 튼튼해지는 약을

병균에 감염되는 것을 막기 위해선

매일 적당량의 항생제도 먹다마다요

<유한 부인의 걱정> 부분

라고 말할 때, 이들에게 인간의 육신은 (화학)약(품)으로 조절하고 통제할 수 있는 대상일 뿐이다. 인간 육신의 대상성이 더욱 도드라지는 것은 시인의 외과적·해부학적 상상력이 발휘될 때다. 그리고 이 외과적·해부학적 상상력은 시집 《매음녀》의 육신 전체에 골고루 퍼져 있는 세균과도 같다. 이 시집 어느 곳을 펼쳐도 "살아온 날과/ 살아갈 날이/ 뼈를 발라낸/ 도살당한 고깃덩어리와 씹는다"(《유토피아는 없다》)거나 "방치된 탄생이 관 같은 요람 위에 누워 있다. 푸줏간의 비릿한 냄새"(《신생아실 노트》), 또는 "거리마다 화농한 살덩어리/ 불그스름한 피고름이 질펀하오"(《집행자는 편지를 읽을 시간이 없다》) 따위의 역한 진술이 지천이다.

이런 진술들은 흔히 부패의 상상력에 매개돼 있고, 더러 인간의 육체를 동물이나 식물의 그것들과 나란히 배치함으로써 인체의, 차라리 인육의 별 볼 일 없음을 강조한다. 예컨대

마침내 냉장고에서 야채들이 썩어가기 시작했다. 마침내 생

선 토막들이 줄줄 물을 흘리며 흐물텅 녹아가기 시작했다. 그
의 몸에서 후더분한 살 냄새가, 퀘퀘한 땀 냄새가 집안 곳곳에
배어가기 시작했다.

_〈외로운 한 증상〉 부분

　같은 시행이 그렇다. 시집 표제의 바탕이 된 듯한 〈매음녀〉
연작도 육체의 이런 비루함을 저잣거리에 표나게 전시해놓는다.
시집 《매음녀》에서 드문드문 묘사되는 섹스는 아무런 낭만적 에
로스도 유발하지 않는다. 섹스는, 그곳에서, 그로테스크한 몸뚱
어리들의 그로테스크한 결합일 뿐이다.

　이 시집에 더러 나타나는 바람 이미지도 방랑이나 사랑의
유희, 변덕 같은 해묵은 낭만적 맥락에 놓여 있지 않다. 그 바람
은, "무딘 물방울의 세포들은 전염병을 몰고 오는 바람에 쓸려
공중분해되는 격전지에서 갈쿠리 같은 병균들 와글와글 떨어
지는 것이었다"(〈집단무의식에 관한 한 보고서〉)나 "바람이 심하게
부는구려./ 병균을 실어 나르는 데 이보다 더 좋은 매체는 없지
요"(〈집행자는 편지를 읽을 시간이 없다〉)에서 보듯, 병균의 운반자일
뿐이다. 그 바람은 "광포한 바람"(〈집단무의식에 관한 한 보고서〉)이
거나, 고작 "질 나쁜 공기"(〈이십세기 최고의 행위〉)다. (특히 〈이십세
기 최고의 행위〉라는 시는 시인 자신의 마지막을 차갑게 내다본 듯한 몇
줄의 행으로 섬뜩하다.)

세상에 건네는 이런 침울한 시선에 자학이 곁들여지지 않는 다면 그것이 오히려 이상한 일일 것이다. 〈누구의 탓도 아닌, 방房〉 〈유배지의 겨울〉 〈담배 한 개피처럼〉 〈불행한 노트〉 〈잡초〉 〈밥통같은 꿈〉을 포함해 《매음녀》의 적지 않은 작품들이 자기비하, 자기혐오의 언어로 을씨년스럽거니와, "간 절은 자반 고등어"를 화자로 내세운 〈좌판에 누워〉의

창시 빠져나간 뱃가죽 좌판에 늘어붙어
식탁으로 가는
길, 기다리는

같은 대목에도 시인의 변형된 좌절감이 스며 있다.

시집 《매음녀》를 읽는 것은 고통스럽다. 그 세계는 온전한 세계가 아니라 뭉개진 세계다. 묘한 것은 그 세계가 질펀하면서 도 메마르다는 것이다. 《매음녀》는 늪이자 사막이다. 그곳은 "불그스름한 피고름"(〈집행자는 편지를 읽을 시간이 없다〉)의 세계이자, "먼지를 뒤집어쓴 길들"(〈이십세기 최고의 행위〉)의 세계다. 거기서, 육체는 부패하면서 풍화한다. 어느 쪽이든, 그 세계는 신선이나 청량과는 대척에 있다. 화자들은 거기서 신명나는 사물놀이 대신에 '폐물놀이'를 하고 있다. 〈폐물놀이〉라는 제목을 지닌 시에서 화자는 자신을 "버려진 시계나 고장난 라디오/ 헌 의자카바

나 살대가 부러진 우산"에 투사한다.

무엇이 30대의 시인으로 하여금 세상을 이리 어둡게 보도록
만들었을까? 어쩌면 그 사연은 독자들이 알 수 없는 시인 개인사
의 질곡에 있었을 수도 있다. 그의 한 화자가 "원하는 방향으로
삶이 흘러가는 사람들은/ 어떤 사람들일까……"(《매음녀 4》)라고
푸념했듯, 시인의 삶이 원치 않은 방향으로 흘렀는지도 모른다.
〈풀어진 길〉의 화자도, 이와 비슷하게,

> 어떤 사람들은 참으로 세상의 많은 것을 움직인다.
> 나는 다만 한 사람을 움직일 수 있는
> 기쁨조차 갖고 있지를 않으나—

라고 투덜댄다. 이 시의 첫 연은

> 구급차 한대가 빠른 속도로 질주해갔다.
> 사이렌 소리가 공기 속으로 파고들었다.
> 내 몸에서 어떤 핏톨들이 뛰어올랐다.
> 나는 음습한 구석으로 가서
> 담벼락을 향해 오줌줄기를 뿌리며
> 무지개, 무지개…… 그렇게 중얼거린다.

로 시작하는바, 이 대목의 위급함과 불길함, 심란함과 음습함은 시집《매음녀》의, 더 나아가 이연주 시세계 전체의 시그널인 것만 같다.

그러나 섣부른 추리는 보기 흉한 추리다. 그 추리 너머에서, 이연주는 세계를 부패와 황량의 공간으로 파악했다. 그리고 제 시선을 인간 육체의 처절한 물질성에 집중시켰다. 어느 쪽이 먼저인지는 알 수 없다. 그러니까 세계를 향한 비관적 시선이 인육의 물질성에 대한 상상력을 불러일으킨 것인지, 인체의 차가운 물질성에 대한 직시가 비관적 세계 인식으로 이어진 것인지는 알 수 없다. 어느 쪽이든, 이연주는 사람들이 보고 싶어하지 않는 어떤 것을 구태여 보여주었다.《매음녀》속에서, 인간의 몸은 생을 살아가는 것이 아니라 겨우겨우 견뎌내거나 버텨낸다. 슬프게도, 시인의 눈에 포착된 그 세계 속에서, 시인의 몸은 견딜힘이 그리 크지 않았다.

〈한국일보〉, 2006. 2. 7.

5부

◆

옛 노래 세 수

◆

01

〈누이제가〉에 대한 객담

✦

∿∿∿∿∿∿∿∿

    신라 때의 중 월명月明이 지었다는 〈누이제가〉를 읽는다. 흔
히 〈제망매가祭亡妹歌〉로 알려진 노래다. 내가 펼친 책은 홍기문
(1903~1992)의 《향가해석》(평양, 1956년. 서울 여강출판사에서 1990
년 복제 출판)인데, 그는 여기서 이 노래를 〈누이제가〉라고 부르고
있다. 기문은 이 책에서 〈제망매가〉 말고도 딴 옛 노래들의 이름
을 남쪽의 관행과는 조금씩 다르게 부른다. 예컨대 〈헌화가獻花
歌〉로 알려진 노래를 그는 〈꽃홀가〉라고 부르고, 〈원왕생가願往生
歌〉로 알려진 노래를 그는 〈달하가〉라고 부른다. 기문이 우리 옛
노래들에 붙여준 새 이름들이 죄다 성공적이라고 말할 수는 없
을지도 모르겠다. 그러나 그 이름들이 기존의 이름들에 견주어
대체로 평이하고 짧아서 부르기 편하고 이해하기 쉽다고 말할
수는 있겠다. 내 마음이 헤퍼선지, 어린 시절부터 들어 익숙한 옛

이름들보다 기문이 붙인 새 이름들을 나는 어느덧 더 좋아하게
되었다. 기문이 그 이름들을 그리 지은 것은 일차적으로 그 자신
의 취향이나 철학 때문이겠지만, 북쪽의 일반적인 학풍, 특히 국
학 분야의 학풍과도 일정한 관련이 있을 것이다.

'민족적 특수성'이 가진 명암

✦

북쪽의 그 학풍을 떠받치는 이념은, 거칠게 요약한다면, 민
족주의/민중주의랄 수 있다. 민족주의/민중주의는 근대 이래의
역사를 추진한 힘센 이념이었고, 또 그것의 시의적절한 분출이
세계 여러 곳에서 긍정적 역사전환을 도왔던 것이 사실이다. 그
것은 흔히 해방과 혁명의 정신적 연료였다.

그러나 모든 특수주의가 그렇듯 민족주의/민중주의 역시
그 편향이 지나치거나 역사적 조건이 바뀌면 부정적인 자폐와
몽매주의로 추락하기 십상이다. 우리가 어렴풋이 파악하고 있는
북쪽의 국학이 보여주고 있는 것이 바로 그 자폐와 몽매주의다.
삼라만상을 나(우리)와 남(그들)으로 나누고, 나를 선善과, 남을
악惡과 등치시키는 단순성의 철학 말이다. 그것은 마니교적 선악
2분법이 혁명적 낭만주의 또는 경제적 주관주의라는 이름의 자
폐적 몽상과 가장 나쁜 방식으로 결합한 형태다. 이 철학의 신봉

자들에게는 '있는 것'과 '있어야 할 것'이 분별되지 않고, 자신들이 무심코 만들지 모를 지옥도 자신들이 품고 있던 선의에 의해 정당화된다. 자존自尊에서 출발한 국학이 자폐에 이르러버린 것이다.

그것은 북쪽의 국학만이 아니라 에도시대 이래 일본의 국학(코쿠가쿠)이 자주 걸려든 덫이기도 하다. 그리고 그것은 남쪽의 국학 역시 쉽사리 뿌리치지 못하는 유혹이기도 하다. 사실은 '국학'이라는 말 자체가 어느 정도 그런 자폐의 씨앗을 품고 있다.

이렇게 한번 이야기를 풀어보자. 한반도와 그 부속도서에서 사용되는 말의 객관적인 이름은 한국어다. 학교의 교과과정에서는 한국어를 국어라고 부르지만, 자기 나라 언어를 국어라고 부르는 것이 널리 퍼져 있는 관행은 아니다. 영국의 학교에서는 자기들이 일상적으로 사용하는 언어를 영어라고 부르고, 프랑스 사람들 역시 자기들의 언어를 프랑스어라고 부른다. 자기 나라 언어를 국어라고 부르는 관행은 실상 동아시아 몇몇 나라에 특유한 것이다. 한국사를 국사라고 부르고 한국문학을 국문학이라고 부르는 관행과 마찬가지로, 한국어를 국어라고 부르는 관행에도 자존의 동력이 작용하고 있다.

또 그 말들에서는 일본 고전 문헌의 연구를 통해서 일본 고유의 정신과 문화를 선양하려던 17세기 이래 일본 코쿠가쿠의 메아리가 울린다. 에도시대 이래의 일본 국학자들(코쿠가쿠샤)이

중국문화에 맞서는 자존을 자기들 학문의 심리적 밑받침으로 삼았듯, 한국의 국학자들도 외국문화에 맞서는 자존에 기대어 자신들의 학문을 수립하고 있다. 그러니까 그들이 의지한 자존의 이념적 표현은, 저항적이든 패권적이든, 일종의 민족주의라고 할 수 있다. 일제하의 조선어(학), 조선사(학), 조선문학이 해방 뒤 국어(학), 국사(학), 국문학이라는 구한말기舊韓末期 본래의 이름을 되찾았을 때, 그 개명의 전범이 된 것은 일본 사람들의 관행이었을 것이다.

물론 한국 사람들이 한국어를 국어라고 부르는 것이나 일본 사람들이 일본어를 코쿠고라고 부르는 것에는, 국학이나 코쿠가쿠에 내재한 자기중심주의 말고도, 한국이나 일본이 세계에서 아주 드문 일국/일언어 사회라는 사정이 있다. 영어나 프랑스어는 영국이나 프랑스의 '제일 공용어'일 뿐이지만, 한국어나 일본어는 한국이나 일본의 명실상부한 '국어'인 것이다. 또 우리의 국학에 일본 코쿠가쿠의 그림자가 어느 정도 드리워져 있다고 하더라도, 한국 국학의 뿌리는 조선 후기의 실학이나 그 이전 시기의 민족지향적 학문들에 있는 것이지, 일본의 코쿠가쿠에 있는 것은 아니다. 게다가 국학, 국어, 국사, 국문학이라는 말보다 조선학, 조선어, 조선사, 조선문학이라는 말을 선호하는 북쪽에서 오히려 학문의 자폐성과 주관주의가 노출되고 있는 것을 보면, 국학이라는 말 자체에 '국학적 자폐성'이 필연적으로 내재해 있는 것도 아니랄 수 있다.

그렇다고는 하더라도 북쪽의 조선학이든 남쪽의 국학이든, 인간이 분명히 갖춘 세계 인식의 보편적 기준에 혹여 제국주의·식민주의의 낙인을 무작정 찍는 일은 피했으면 좋겠다. '민족적 특수성'이라는 여의봉은 매력적인 무기고, '국학'은 특히 그 여의봉을 마구 휘두르고 싶은 유혹을 참아내기 어렵다. 그러나 그 유혹에 굴복하는 순간, 학문은 이데올로기로 변한다.

기문이 〈제망매가〉에 붙여준 〈누이제가〉라는 새 이름 때문에 이야기가 빗나갔다. 그러나 사실 기문의 새 향가명들은 이 잡담의 실마리가 됐을 뿐, 그것들이 북쪽 국학의 '자폐성'이나 '몽매주의'를 드러내는 것은 결코 아니다. 앞서 이야기했듯 나 자신, 기존의 향가명들에보다는 기문이 붙인 새 이름들에 더 정이 간다. 특히 〈누이제가〉라는 이름이 그렇다. '망매亡妹'라는 말은 하도 우중충해서 '누이'의 정다움을 식혀버린다.

어차피 글의 들머리에서 잡담을 길게 한 김에 희떠운 소리 한마디 더 붙이자(하기야 이 글 전체가 중언부언의 잡담일 뿐이기는 하지만). 거의 동시대에 기문이라는 이름을 지닌 큰 국학자가 남북에 한 사람씩 있(었)다는 것이 신기하다. 한 사람은 起文이고 다른 사람은 基文이다. 물론 나는 북의 홍기문과 남의 이기문을 말하는 것이다. 감히 어른들의 학문을 평할 처지는 아니지만, 외람됨을 무릅쓰고 망언을 해본다면 학문의 스케일에서는 起文이 앞서고, 그 정교함에서는 基文이 앞서는 듯하다. 북쪽의 기문이 호서 출신이고, 남쪽의 기문이 서북 출신인 것도 공교롭다. 그들은 고향을 맞바꾸어 일가를 이루었다.

죽음과 마주선 노래의 아름다움

✦

현전하는 신라 향가 14편이 모두 다 예술적으로 빼어난 것은 아니다. 그 가운데는 단지 우리 고대어의 흔적을 흘끗 보여준다는 것 이상의 의미를 지니지 못한 노래들도 있다. 그런 노래들에 견준다면 〈누이제가〉는 아름다움으로도 빼어난 작품이다. 그 아름다움은 이 노래가 죽음을 마주보고 있다는 데서도 오는 것이리라.

죽음은 일차적으로 종교의 일감이다. 그러나 그것은 또 사랑과 함께 아마도 가장 오래되고 흔한 예술의 일감이기도 하다. 〈누이제가〉는 바로 그 죽음과 사랑에 대한 인간의 보편적 대응을 노래하고 있다. 그 보편적 대응이란 (누이의) 죽음이라는 (자신의) 운명 앞에서 생물체로서의 인간이 느끼는 무력감과, 종교라는 초월의 도구를 통해 그 죽음을 극복하고 (사랑하는 이와의) 재회를 이루려는 인간의 안간힘이다. 그 보편성에 힘입어 이 8세기의 노래는 1천수백 년의 세월을 건너뛰어 현대인의 마음에까지

파문을 일으킨다.

기문은 이 노래를 이렇게 의역했다.

생사 길이란
여기 있으려나 있을 수 없어
나는 간다는 말씀도
이르지 못하고 가버리는가
어느 가을날 이른 바람에
이리저리 떨어질 나뭇잎처럼
한 가지에서 떠나선
가는 곳 모르는구나
아야
미타찰에서 만날 것이니
내 도 닦아 기다리리라

역사에 무슨 의미가 있다면, 개인들의 삶에도 의미가 있을 것이다. 역사를 일구는 데 개인이 거드는 만큼의 의미 말이다. 반대로 역사에 의미가 없다면, 인간의 삶도 무의미할 것이다. 그때 인간의 삶은, 그것이 상대적으로 길든 짧든, 신산하든 감미롭든, 화려하든 소박하든, 우주의 우연이 빚어낸 한바탕의 꿈에 지나지 않을 것이다. 불행히도 나는 내가 읽은 역사 속에서 의미를 간

취할 수가 없었다. 그래서 나나 타인의 삶에서도 의미를 찾아낼 수 없었다. 역사도 무의미하고 삶도 무의미하다.

나의 그 불행은 내가 기독교 신자도, 마르크시스트도 아니라는 데서 왔다. 기독교 신자라면, 나는 역사와 삶에서 섭리라는 이름의 의미를 찾아냈을 것이다. 마르크시스트라면, 나는 역사와 삶에서 법칙이라는 이름의 의미를 찾아냈을 것이다. 신산한 삶일지라도, 소박하기 짝이 없는 삶일지라도, 그것이 섭리나 법칙을 통해 역사에 매개되면, 적어도 그만큼의 의미는 있는 것이라고 말할 수 있었을 것이다. 불행히도 나는 무신론자고 반마르크시스트다. 역사도 무의미하고 삶도 무의미하다.

섭리나 법칙에 대한 내 조소는 세상에 대한 내 나름의 관찰에서 온 것이다. 그런데 그 조소는 나를 단지 허무주의로 이끄는 데 그치지 않고, 염세로, 혐인嫌人으로 이끈다. 대체로 나는 사람들을 증오한다. 물론 내 증오의 첫 번째 표적은 나 자신이다. 나는 좀체로 거울을 보지 않는다. 거기에는 추하고 천하고 비루하고 욕심 많고 조바심 많고 이기적인 짐승 하나가 있다. 자신을 사랑하지 못하는 사람은 남을 사랑하지도 못한다지? 내가 그렇다. 내가 진정으로 누군가를 사랑해보았는지 모르겠다. 내 문제는 나의 추함을 나 자신의 것이라고만 생각하지 않는다는 데에 있다. 나는 나의 그런 추함과 왜소함을 일반화시켜 물귀신처럼 다른 사람들까지 옭아맨다. 인간이란 추하고 천하고 비루하고 욕심 많고 조바심 많고 이기적인 짐승이라고 나는 되뇐다. 나는 나의 삶과 타인의 삶을 혐오한다.

삶의 의지와 죽음의 두려움

✦

'그러면 너는 왜 사는가'라고 당신은 물을 것이다. '관성으로'라는 대답 이외에는 달리 할 말이 없다. 그것을 생명체에 내재해 있는 자기보존 본능, 삶에 대한 맹목적 의지라고 해도 좋다. 아무튼 내가 내 삶에서, 또는 그 삶이 거들지도 모르는 역사에서 어떤 의미를 발견해서 사는 것은 아니다. 얄궂은 것은, 내가 섭리도 법칙도 믿지 않는 만큼, 역사나 개인적 삶의 의미를 믿지 않는 만큼, 생에 대한 내 애착은 오히려 더 크다는 것이다. 내 삶이 무의미하기 때문에 나는 거기에 더 애착을 갖는다. 나는 그것을 혐오하면서 그것에 집착한다.

마흔을 막 넘겼으므로 나는 앞으로 살아갈 세월보다 더 많은 세월을 살아온 셈이다. 지나간 삶을 돌이켜보면, 그것이 세속적으로도 탐스러운 삶은 아니었다. 그것은 대체로 주변인의 삶이었고, 백수로 날을 보내고 있는 지금의 삶은 더 말할 나위도 없다. 그러나 나는 아마도 자살을 하지는 않을 것이다. 장담할 수는 없지만, 지금 생각은 그렇다. 자살의 가능성이라는 '보험'✦에 힘입어 나는 아마도 추레하게 늙어갈 것이다.

✦ 　내가 이 아이디어를 배운 것은 에밀 시오랑에게서다. 그는 삶이
아무리 힘들어도 자기는 크게 낙망하지 않는데, 왜냐하면 정 견딜
수 없을 만큼 삶이 힘들게 되면 어느 날 자살을 해버리면 그뿐이기
때문이라고 말했다. 그는 고종명했다.

　삶에 대한 의지란, 말을 바꾸면 죽음에 대한 두려움이다. 됨
됨이에 따라, 그리고 나이에 따라 차이는 있겠지만, 죽음에 대한
두려움은 인간의 보편적 감정이다. 독실한 신자라거나 견결한 혁
명가라면 그 두려움이 조금 작을 수는 있겠지만, 죽음에 대한 두
려움에서 완전히 자유로운 사람은 없을 것이다. 나 같은 무신론
자, 반혁명분자는 정도가 더 심하다. 되풀이되는 말이지만 내게
는 이곳에서의 삶 이후의 영생이나 역사적 가치부여에 대한 전
망이 없기 때문이다. 이 무의미한 삶은 나의 유일한 삶이고, 그래
서 다시는 돌아오지 않을 세상의 모든 아침들이 하나하나 아쉽
고 안타까운 것이다.
　그렇지만 남들이 그러듯 나 역시 오직 죽음에 대한 두려움
에만 사로잡혀 사는 것은 아니다. 만일 그렇다면, 나의 일상생활
이 유지될 수조차 없을 것이다. 나는 엄연히 일상생활을 한다. 그
러니까, 일상생활을 하면서는 죽음에 대해 잊는다. 그 일상생활

동안 나는 친구들과 어울려 맛난 술과 기름진 음식을 탐하고, 아이들이나 아내와 낱말맞추기 게임을 하고, 〈조선일보〉를 욕하고, 하잘것없는 책들을 읽는다.

우리가 일상생활의 마취에서 화들짝 깨어나 죽음에 대해 생각하게 되는 때는 자기나 가까운 친지가 몸이 몹시 아플 때거나, 갑자기 친지들을 잃었을 때다. 우리는 우리 자신의 죽음만 두려워하는 것이 아니라, 우리와 가까운 타인의 죽음도 두려워한다. 가까운 사람이 죽었을 때, 우리는 슬프다. 염세에 기대어 살아가는 나조차도 그렇다. 그렇다면 내 염세는 아직 덜 익은 것일지도 모른다. 내게는 아직 사랑할 누이와 벗이 있는지도 모른다. 그것이 확실치는 않지만.

팔 하나가 떨어져나가는 듯하다는 상투적 표현은 흔히 살붙이의 죽음을 맞은 사람의 슬픔을 묘사할 때 사용되지만, 그것이 엉뚱하거나 과장된 비유만도 아니고 꼭 가족의 경우에 해당되는 것만도 아니다. 가까운 친구가 세상을 버렸을 때, 우리는 실제로 사지四肢 하나가 떨어져나가는 듯한 아픔을 느낀다. 그것은 우리들의 이타주의 때문이 아니라, 이기주의 때문이다. 아니, 모든 이타주의가 확장된 이기주의라면, 그것을 이타주의 때문이라고 말할 수도 있겠다.

우리가 가족이나 친구를 묻고 슬픔을 느낄 때, 그것은 가족이나 친구를 위한 슬픔은 아니다. 그것은 우리들 자신을 위한 슬품이다. 우리는 가족이나 친구를 묻을 때, 우리들의 일부를 거기에 묻는다. 우리가 그들과 공유한 과거를 묻는다. 그들의 죽음이 아니었더라면 우리가 그들과 공유했을 미래의 가능성을 묻는다. 가까운 사람의 장례 뒤에 우리가 느끼는 슬픔은 바로 그 사라져버린 우리 자신의 일부가 유발하는 슬픔이다. 그렇다면 내가 누이를 위해 마련한 사랑은 결국 나 자신을 위해 마련한 사랑일지도 모른다. 결국 원점으로 돌아와버렸다.

과거와 미래의 가능성을 묻는 자의 슬픔

✦

8세기의 노래 〈누이제가〉는 바로 그 살붙이를 잃어버린 사람이 죽은 살붙이를 위해 부르는 위혼곡이다. 아니, 사실은 자신의 잘려나간 사지를 슬퍼하는 노래, 곧 자기 자신을 위로하기 위해 부르는 노래다.

월명이 죽은 누이를 위해 재를 올리며 지어 읊었다는 이 노래에서 사람의 마음을 가장 저미는 부분은 "어느 가을날 이른 바람에/ 이리저리 떨어질 나뭇잎처럼/ 한 가지에서 떠나선/ 가는 곳 모르는구나"라는 구절들일 것이다. 그것은 바로 잘려나간 사지에 대한 슬픔이다. 누이와 공유한 과거를 묻은 뒤의 슬픔. 누이와 공유할 수도 있었을 미래의 가능성을 묻어버린 뒤의 슬픔.

자기 자신을 위해 마련한 슬픔.

　이 노래는 첫 행부터가 절창이다. "생사길이란/ 여기 있으려 나 있을 수 없어"라는 첫 두 행에서는 누이의 죽음 앞에서 속절 없이 달관의 시늉을 내야 하는 시인의 무력함이 약여하다.

　기문이 '있을 수 없어'라고 의역한 원문의 '次肹伊遣(차힐이 유)'를 기문 자신은 물론이고 그 이전의 향가 연구자들도 모두 '저히고'로 읽고 있다. 알다시피 '저히다'는 15세기어로 '위협하다, 두렵게 하다'의 뜻이다. 우리의 삶은 바람 앞의 나뭇잎이고, 죽음 이 언제 찾아들지는 아무도 모른다. 삶은 늘상 위협받고 있다. 한 치 앞의 죽음도 내다볼 수 없을 만큼 인간은 무력하다.

　프레베르의 시에 코스마가 곡을 붙이고 이브 몽탕이 불러 유 명하게 된 〈고엽〉이라는 샹송은 이 〈누이제가〉의 연속선상에 있 다. "그러나 삶은/ 갈라놓아버리지/ 사랑하는 사람들을/ 슬며시/ 소리소문없이"라는 구절이 그렇다. 이별은 늘상 예기치 않은 순간 에 온다. 모든 이별은 갑이별이다. 운명은 우리를 늘상 '저힌다'.

　그러나 〈누이제가〉가 〈고엽〉과 똑같은 결의 노래는 아니다. 헤어진 연인들의 모래 위 발자국을 지워버리는 바닷물을 노래하 며 〈고엽〉이 추락할 때, 〈누이제가〉는 종교를 통해 그 죽음의 운 명을 초월하려 한다. 〈고엽〉의 시인은 그저 속절없을 뿐이지만, 〈누이제가〉의 시인은 종교에 귀의한 고대인답게 이 생애에서의 이별을 저 생애에서의 만남의 약속으로 보상하려 한다. 그에게는 현세의 삶 말고도 아미타불이 산다는 서방정토, 그 자신이 죽은 뒤에 다시 태어날 극락정토인 미타찰에서의 또다른 삶이 있는 것이다. 그래서 그 미타찰에서 누이를 다시 만나기 위해 그는 도를 닦는다.

그러나 내게는 서방정토가 없다. 섭리도 법칙도 믿지 않는 나는 그래서 도를 닦지도 않는다. 아마 앞으로도 닦지 않으리라. 그러니 누이여, 마흔을 갓 넘긴 내 사랑하는 누이여, 내 모르는 곳으로 서둘러 떠나지 말기를. 적어도 앞으로 한 10년쯤은. 너와 마주앉아 몇 날 며칠 붉은 포도주로 목을 적실 날이 언제일까.

《진리·자유》, 1998. 가을.

02

〈서경별곡〉의 변죽

✦

〜〜〜〜〜〜〜

고건 서울시장이 지난 11월 6일 서울 마포구 상암동의 서울 월드컵 경기장 기공식에서 "2002년 월드컵이 남북한간의 화해 와 협력 속에서 치러지고 민족통일을 앞당기는 계기가 될 수 있 도록 서울시장 이름으로 평양시 인민위원장에게 경평축구의 부 활을 제의했다"고 신문은 전한다. 일제시대에 서울과 평양을 오 가며 벌였던 '경평축구'를 되살려 2001년 서울월드컵 경기장의 첫 시범경기를 경평축구로 치르자는 제안이다. 이 제안이 현실 화되기까지는 넘어야 할 장애물들이 많겠지만, '서울의 평양 선 수들'이나 '평양의 서울 선수들'을 상상하는 것만으로도 즐겁다. 평양 선수들을 응원하는 서울 관중이나 서울 선수들을 응원하 는 평양 관중을 상상하는 것은 더 즐겁다.

나는 자신을 민족주의자라고 생각해본 적은 없다. 사실 우리가 모두 민족주의자인 것은 아니고, 또 그럴 필요도 없다. 남이나 북이나 우리 사회에서 민족주의가 가진 힘의 크기를 생각하면, 오히려 그것을 적절히 제어할 필요가 있다고 말하는 것이 옳겠다. 그러나 핏줄에 대한 쏠림은 인간의 가장 자연스러운 감정 상태 가운데 하나다. 평양 사람과 서울 사람은 누가 뭐래도 서로 겨레붙이다. 설령 1948년 이전의 역사가 완전히 망실된다고 하더라도, 평양의 김갑순과 서울의 박갑돌이 한 겨레라는 걸 증명하기는 조금도 어렵지 않다. 그들이 사용하는 말, 그들이 사용하는 문자체계, 그들의 생김새, 그들의 전통적 관습 등 뭘 보더라도 그들은 한 겨레다.

한 겨레가 반드시 한 나라를 이루고 살아야 하는 것은 아니겠지만, 한 겨레의 구성원들이 서로 으르렁거리는 것은 보기 흉하다. 사실 서로 으르렁거리는 것은 어떤 경우에도 보기 흉하지만, 겨레붙이끼리 그러는 것은 더 그렇다. 우리가 북의 형제들과도 사이좋게 지낼 수 없다면, 핏줄도 통하지 않는 외국인들과 어떻게 사이좋게 지낼 수 있겠는가? 서울시든 문화관광부든 통일부든, 고 시장의 제안이 하나의 제스처로 끝나지 않도록 인내심을 가지고 북의 당국자들과 '경평전' 부활문제를 협의했으면 한다.

'경평축구'에서 '경평'은 '경성/평양'을 줄인 말이다. 경성京城이라는 이름에는 그 이름을 지닌 도시가 서울(수도)이라는 것이 또렷이 드러나 있지만, 평양이라는 이름은 그렇지 않다. 경평전이 되살아나더라도, 북쪽 사람들은 '경평전'이라는 이름을 내켜 하지 않을지도 모른다. '경'이 '평'에 앞선 것 때문에도 그럴 것이고, '경京'이라는 글자의 의미 때문에도 그럴 것이다. '서울'이라는 말도 결국 '수도'라는 의미이기는 하지만, '경평전'이 되살아난다면, '서울/평양'이나 '평양/서울'을 줄여 '서평전'이나 '평서전'이라고 부르는 것이 낫겠다. '연고제' '고연제'의 관행을 본떠, 경기를 서울시가 주최할 경우엔 '평서전'이라고 부르고, 평양시가 주최할 경우엔 '서평전'이라고 부르기로 하면, 이름을 둘러싼 논란은 막을 수 있을 법하다.

'서경'이라는 이름이 주는 느낌

✦

사실인즉, 나는 평양이라는 이름보다는 서경이라는 이름을 더 좋아한다. '평양'이 '서경'보다 더 유래가 깊은 이름이라는 것, 역사 시기의 대부분 동안 그 도시가 '평양'이라는 이름을 지녀왔다는 걸 모르지는 않는다. 실로 평양이라는 이름에는 역사의 무게가 실려 있다. 그러나 어쩌면 바로 그 점 때문에 내가 평양이라는 이름을 달가워하지 않는지도 모른다. 평양은 내게 다른 무엇보다도 '조선민주주의 인민공화국'의 수도다. 나는 '평양'이라는 말에서 주체탑과 주석궁과 김일성 동상들을 비롯한 어마어마한 건조물들을 상상하고, 그 대형 건조물들이 상징하는 전체주의적 질서를 생각하고, 자유의 공기를 몰아내버린 그 전체주의적 질서 안에서 활기를 잃어버린 판박이형 인간, 국화빵형 인간을 연상한다. 물론 그것은 내가 유년기부터 받아온 반공교육의 폐해인지도 모른다. 그러나 내가 받아온 반공교육에 지나침이 있을지라도, 그것을 내가 인정한다고 하더라도, 이제 와서 내가 '북조선의 수도 평양'에 대한 심상을 바꿀 수 있을 것 같지는 않다.

평양에 스탈린주의 정권이 들어서기 전을 생각해도, 평양이라는 이름은 내게 산뜻하게 다가오지 않는다. 그 이름은 대체로 '평양 감사'(아마도 '평안 감사'를 잘못 말한 것이겠지만)니, '평양 기생'이니, '평양 병정'("평양 병정 발싸개 같다"는 속담은 매우 지저분하거나 흉측스러운 상태를 표현한다)이니 '평양 황고집'(아주 고집이 센 사람)이니 하는 세속의 성어成語들을 내게 떠올린다. 물론 고구려 때의 평양을 생각하면 동아시아의 맹주로서 왜를 제압하고 수·당과 어깨를 겨루던 고대의 한 풍경이 생각나 잠시 마음이 뿌듯해지기도 하지만, 고구려를 그리 만든 상무 정신이란 곧 군국주의여서, 내 연상은 이내 일본 군국주의, 박정희 군국주의, 김일성 군국주의로 번져나간다. 말하자면 북조선의 수도 평양만이 아니라 고구려의 수도 평양도 내게 산뜻하게 다가오지 않는다. 물론 나는 평양냉면을 즐겨 먹는다. 그러나 그 사실이 평양에 대한 내 심상을 산뜻하게 만들어주지는 않는다.

서경은 다르다. 그 이름은 우선 내게 익숙하지 않아서 묘한 이국 정조를 불러일으킨다. 또 도쿄東京나 베이징北京 같은 이웃 나라의 수도 이름들과도 한 계열을 이루어 수도급 도시의 이름 으로서도 당당하다. 그러나 서경이라는 이름에 내가 애착을 갖 는 배후에는 다른 무엇보다도 고려시대에 대한 내 '향수'가 작용 하고 있는 것 같다.

　　누구에게나 마음속 깊이 간직하고 있는 역사의 한 시기가 있다. 그 시기는 때로 이상화돼 역사적 현실과 동떨어지게 되기 도 하지만, 그렇게 마음속에 간직된 한 시기는 당사자의 세계관 과 일상적 정서를 반영하고 규정한다. 공자에게는 주대周代가 그 랬고, 르네상스 시기의 유럽인들에게는 고대 그리스/로마시대가 그랬고, 스탕달에게는 나폴레옹 시기의 프랑스제국이 그랬다. 내 게는 그게 고려시대다. 물론 고려시대에 대한 내 '향수'가 그 시 기에 대한 깊은 역사 지식의 뒷받침을 받고 있는 것은 아니다. 그 '향수'를 뒷받침하고 있는 것은 내가 그 시대에 대해 갖고 있는 막연한 심상이다. 그리고 그 심상의 질료는 '교양 한국사' 수준의 내 얄팍한 지식이다. 그 '교양 한국사'가 내게 만들어낸 고려시대 의 심상은 주자학이 인간의 감성을 본격적으로 옥죄기 전의 풍 속과 사고의 분방함, 사대교린事大交隣이라는 것이 불변의 외교원 칙으로 자리잡기 전의 국가적 주체성, 남조 신라와 북조 발해의 일부를 통합한 우리 민족의 첫 통일 왕조, 외국과의 교류가 일상화된 국제성 같은 것들이다.

이런 심상 자체는 현실과 동떨어진 것일 수도 있다. 또 그 심상들이 역사적 사실에 부합한다고 하더라도, 그 시대는 여러 가지 '중세적 야만'을 간직하고 있는 시대였을 것이다. 그 사회는 무지막지한 신분사회였음에 틀림이 없고, 자유선거도 의회도 독립된 법원도 없던 사회였음에 틀림이 없고, 컴퓨터는커녕 전화기도 세탁기도 텔레비전도 자동차도 좌식변기도 없던 시대였음에 틀림이 없다. 식량을 포함한 재화는 민중의 욕망을 채우기에 턱없이 부족했을 것이고, 그 부족한 재화도 아주 불평등하게 분배되었을 것이다. 요컨대 20세기 말의 문화적·기술적 편의에 익숙해져 있는 내가 고려시대로 되돌아가 살 수는 없을 것이다. 타임머신이 있다고 하더라도 말이다.

그렇더라도 고려시대는 늘 내 마음을 흔든다. 그러니까, 내가 향수를 느끼는 것은 고려시대의 실상에 대해서가 아니라, 고려시대라는 이름에 대해서인지도 모른다. 사실이 그렇다. 평양의 길거리도 모르는 내가 평양이 싫다는 것은 '평양'이라는 이름이 싫다는 것이다. 중세 전기前期의 평양, 즉 서경의 길거리도 모르는 내가 서경이 좋다는 것은 '서경'이라는 이름이 좋다는 것이다.

〈가시리〉와 〈서경별곡〉

✦

그 서경을 배경으로 삼은 노래 가운데 가장 유명한 것은 〈서경별곡〉일 것이다. 《성종실록》의 기록자에 의해 '남녀상렬지사'의 대표격으로 지목된 이 노래는, 그러나 그 계열의 다른 노래들에 견주면, 예컨대 〈쌍화점〉이나 〈만전춘 별사〉 같은 노래들에 견주면, '건전가요'라고 할 만하다. 사실 박정희 시대나 전두환 시대의 가장 고루한 공연윤리위원이라고 하더라도 〈서경별곡〉을 금지곡으로 지정하는 만행을 부리지는 않았을 것이다. 또 그 노래가 불려지던 고려시대 사람들에게도 이 노래가 '야하게' 받아들여지지는 않았을 것이다. 만약 야하게 받아들여졌다면 이 노래가 왕실의 속악가사로 애창되었을 리가 없다. 이 노래(와 수다한 고려속요들)를 야하게 본 것은 오로지 조선조의 주자학자들뿐이다. 그들의 고루함 탓에 기록을 얻지 못하고 역사의 휴지통에 처박힌 고려속요들이 많았을 것을 생각하면 가슴이 아리다.

〈서경별곡〉은 〈가시리〉와 함께 연인 사이의 이별을 노래한 대표적인 고려속요로 꼽힌다. 실은 고려속요의 범위를 벗어나서 우리의 고전 시가 전체를 놓고 보더라도, 이 두 노래만큼 이별의 아픔을 절절히 그려낸 노래를 달리 찾기 어렵다. 흔히 〈서경별곡〉은 〈가시리〉에 견주어 격이 떨어지는 노래로 간주된다. 거기에는 일리가 있다. 〈가시리〉의 화자가 보여주는 절제된 감정과

'여성다운' 품격에 견주면, 〈서경별곡〉의 화자가 보여주는 것은 감정의 여과 없는 폭발과 주변 눈치 보지 않는 비탄이기 때문이다. 그러나 내 경우에는, 〈가시리〉의 절제된 품위보다는 〈서경별곡〉의 처절한 발악이 오히려 더 마음의 줄을 퉁긴다.

연애는 가장 오래된 예술적 주제고, 연애를 그린 예술 작품의 태반은 이별을 그리고 있다. 그것은 연애가 인간의 대사大事고, 그럼에도 그것이 자주 순탄치 않다는 것을 뜻한다. 연애를 대하는 사람의 태도는 여러 가지다. 어떤 사람에게 그것은 삶의 한 에피소드일 뿐이고, 어떤 사람에게 그것은 삶의 전체를 이룬다. 〈서경별곡〉의 화자에게 연애는 곧 삶 자체다. 게다가 그에게는 미래의 기약 같은 것이 중요하지 않다. 그에게 중요한 것은 현재의 사랑이고, 그 현재의 사랑이 파탄하는 것은 그의 삶이 파탄하는 것이다. 사랑을 위해서 그는 모든 것을 버릴 수 있다. 반복구와 여음구를 빼고 〈서경별곡〉을 현대 표기로 바꿔보면 대체로 이렇다.

서경西京이 서울이지마는

닷곤 데 소성경 고외마른

여해므론 길쌈베 버리시고

괴시란데 우러곰 좇니노이다

구슬이 바위에 디신달

긴힛단 그츠리잇가

즈믄해를 외오곰 녀신달

신信잇단 그츠리잇가

대동강大洞江 너븐디 몰라서

배 내어 노한다 사공아

네 각시 럼난디 몰라서

녈 배에 연즌다 사공아

대동강 건너편 꽃을

배 타들면 꺾으리이다

〈서경별곡〉의 화자는 여성이다. 무슨 사연인지는 모르겠지만, 그와 그의 정인情人 사이에 이별의 순간이 왔다. 남자는 그를 버리고 서경을 떠나려 하고 있다. 〈서경별곡〉의 화자는 서경을 사랑한다. 아마 그가 태어나서 자란 곳일 터이다. 그러나 그는 임이 사랑해주시기만 하면 서경을 떠나 임을 뒤따를 준비가 돼 있다. 그의 삶의 기반인 길쌈베마저 버리고 말이다. 그러나 그의 임은 매정하다. 아마도 그에 대한 사랑이 식어버렸는지도 모른다. 그가 사랑하는 고향과 삶의 수단인 길쌈베를 버리고 따르겠다는데도, 임은 동행을 허락하지 않는다.

둘째 연에서 화자는 일단 이별을 현실로 받아들인다. 그래서 "구슬이 바위에 떨어진들 끈이야 끊어지겠습니까? 천 년을 외로이 살아간들 믿음이야 끊어지겠습니까?"라고 노래한다. 이 둘째 연이 노래하고 있는 것은 서양문학사에서 흔히 '낭만적 사랑'이라고 부르는 이데올로기다. 한 사람의 짝은 오직 하나고, 그것은 이미 수억 년 전부터 정해져 있었다는 생각, 그래서 오직 그 한 사람에게만 영원히 충실해야 한다는 생각이 곧 낭만적 사랑의 밑받침이다. 그 낭만적 사랑은 "임도 하나요 달도 하나다"라는 우리 속담에 구현돼 있는 이념이기도 하고, 중세와 근대 유럽의 가족제도를 떠받치고 있던 위선과 억압의 철학이기도 하다.

〈서경별곡〉의 화자는 이런 사랑의 영원성을 노래하며 마음을 다잡는 듯한 제스처를 보인다. 그러나 그것은 자신에 대한 다짐인 동시에, 내 사랑은 이렇게 견고하니, 즉 내게는 당신밖에 없으니, 지금이라도 마음을 돌려 내 곁에 있어달라는 애소이기도 할 것이다. 〈서경별곡〉의 이 둘째 연은 또다른 고려속요인 〈정석가鄭石歌〉의 마지막 연이기도 하다. 말하자면 이 '구슬 연'은 사랑의 노래에 흔히 등장하는 당시의 유형類型가사다. 〈정석가〉든 〈서경별곡〉이든, 이 노래들이 둘 이상의 노래를 합한 합성가요라는 견해는 이 '구슬 연'에 근거를 두고 있다.

아무튼 〈서경별곡〉의 화자는 사랑의 견고함을 그린 이 둘째 연을 통해서 자신이 오로지 임에게만 속해 있다는 것을 선언하고, 그 선언을 통해 임의 마음을 돌려보려고 애쓴다. 그러나 그의 임은 마음을 돌리지 않는다. 임은 끝내 화자를 뿌리치고 대동강을 건너려 한다. 그러자 화자의 격정이 다시 폭발한다. 그렇다는 것은 둘째 연에서의 차분함과 품위가 임의 마음을 돌려보려는 전술적 제스처에 지나지 않았다는 것을 뜻하기도 한다. 그 제스처가 실패하자, 화자의 정서는 균형을 잃고 격렬한 비탄으로 폭발한다.

현재의 삶을 붙잡는 자의 아름다움

◆

화자의 원망은 자신을 떠나려는 임에게만 향하는 것이 아니라, 애매한 뱃사공에게까지 향한다. 그는 외친다. "대동강이 넓은 줄 몰라서 배 내어놓았느냐 사공아, 네 계집이 음란한 줄 몰라서 내 님을 배에 태웠느냐 사공아." 대동강이 넓다면 강을 건너는 데 시간이 걸릴 것이다. 그동안에 사공은 자기 아내를 혼자 둘 수밖에 없을 것이다. 그리고 혼자 남은 사공의 아내는 남편 몰래 음행에 빠질 수도 있을 것이다. 이것이 화자의 주장이다. 사공의 아내가 음란하다는 것을 화자가 알아서 하는 말은 아닐 것이다. 단지 사공이 배를 띄우지 않으면 화자의 임이 대동강을 건널 수 없을 것이고, 그래 자신 곁에 있을 수 있을 터인데, 그 임을 배에 태운 사공이 원망스러워서 부려보는 억지일 것이다. "사공아, 네가 지금 뱃손님 받아서 돈 몇 푼 벌 때가 아니다. 네 계집은 네가 집만 비우면 음란한 짓을 할 거다. 빨리 집에나 가봐라"며 화자는 애매한 뱃사공과 그 아내에게 독기를 뿜어내고 있는 것이다.

여기서 "대동강이 넓다"는 화자의 발언에는, 달리 보면, 화자와 그의 정인情人 사이의 이별의 무게가 실린다. 대동강은 넓다. 건너기가 쉽지 않다. 일단 임이 대동강을 건너버리면, 화자와 임의 사이는 공간적으로 멀어질 것이다. 화자가 그 강을 건너기도 쉽지 않을 것이고, 임이 그 넓은 강을 건너 화자에게 돌아오기도 쉽지 않을 것이다. 그 공간적 거리가 화자와 임 사이의 심리적 거리로 변할 것임을 화자는 예감하고 있다. 임에 대한 자신의 사랑은 그리도 견고하지만, 자신에 대한 임의 마음이 그렇지 않다는 것을 화자는 알고 있다. 그래서 그는 비탄에 잠겨, 일단 임이 배를 타고 대동강을 건너면, 강 건너편 꽃을 꺾을 것이라고 울부짖는 것이다.

화자가 여기서 여과 없이 드러내고 있는 것은 강샘이다. 강샘은 자기가 사랑하는 사람이 자기 말고 남을 사랑할 때 느끼게 되는 조바심과 좌절과 미움의 감정이다. 강샘은 구약성서의 〈아가〉에 따르면 저승처럼 극성스러운 것이고, 어떤 불길보다도 거센 것이다. 그것은 자신의 열세를 초라하게 인정하는 것이지만, 그것 없이는 어떤 알짜배기 사랑도 불가능한 정열의 원천이다.

〈서경별곡〉의 화자는 이미 알고 있다. 강을 건너자마자, 임은 "꽃을 꺾으리라"는 것을.

"꽃을 꺾는다"는 것은 여자와 잠자리를 함께한다는 뜻이다. 동서양을 막론하고 꽃은 여성의 상징이다. 우리 속담에도 여자를 꽃에 비유하고 남자를 나비에 비유해 남녀 사이의 정분을 표현한 것들이 여럿 있다. "꽃 본 나비 불을 헤아리랴"라거나 "꽃 본 나비가 담 아니 넘어갈까" 같은 속담이 그렇다. "꽃 보면 꺾고 싶다"는 속담은 바로 〈서경별곡〉의 "꽃을 꺾으리이다"와 동일한 맥락에서 만들어진 것이다. 어원적으로 "꽃을 따다"라는 뜻인 영어의 deflower도 흔히 "처녀성을 빼앗는다"라는 의미로 사용된다.

〈가시리〉의 화자는,

잡사와 두어리마나난
선하면 아니 올세라

설운 님 보내옵나니
가시난 닷 도셔오소서

라고, 다소곳이 미래를 기약한다. 비록 붙잡아두고 싶지만 그것 때문에 토라지면 아니 올지도 몰라서, 섧지만 그냥 보내는 것이니 가시자마자 돌아오라는 것이다. 끝끝내 자신을 억제하

며, 임이 돌아올 여지를 만드는 것이다. 〈서경별곡〉의 화자는 이
와는 다르다. 그에게는 미래가 없고, 그래서 현재의 이별이 영원
한 이별이다. 그는 절제하지 못한 채 할 말을 다 해버리고 만다.
현실의 사랑 속에서 지혜로운 쪽은 〈가시리〉의 화자일 것이다.
떠난 임에게 〈가시리〉의 화자는 좋은 기억을 줄 것이다. 그래서
임이 돌아올 여지를 남겨둘 것이다. 반면에 임이 돌아올 여지조
차 남겨두지 않은 채 독설을 내뱉는 〈서경별곡〉의 화자에게는 정
이 확 떨어질지도 모른다. 그러나 나는 〈서경별곡〉의 화자가 더
아름다워 보인다. 그는 모든 삶이 현재의 삶이라는 것을 아는 사
람이다.

《진리·자유》, 1998. 겨울.

03

〈청산별곡 靑山別曲〉

✦

흘러가며 튀어 오르기

～～～～～～

　소리와 뜻 사이의 연분은 제멋대로다. 중세 한국인들이 '셕'
이나 '혁'이라고 불렀던 물건을 현대 한국인들은 '고삐'라고 부른
다. 이런 변덕스러움을 소쉬르는 언어의 자의성 恣意性이라 일컬었
다. 그러나 자세히 살피면, 그 자의성의 너울에도 더러 구멍이 뚫
려 있다. 말하자면 어떤 소리들이 제 몸뚱어리에 새겨놓은 의미
의 무늬들은 사뭇 인상적인 일관성을 띠기도 한다. 이렇게 의미
적으로 가지런한 문신 文身은 소리가 그 자체로서 자의성 너머에
튼튼히 간직하고 있는 고유의 상징이랄 수 있다.

　예컨대 'ㄱ' 소리가 단단함의 상징을 지녔다면 'ㄹ' 소리는 무
름의 상징을 지녔다. '죽다'와 '살다'에서 그 단단함과 무름의 맞
섬이 또렷하다. 'ㄱ'이 죽음의 소리라면, 'ㄹ'은 삶의 소리다. 'ㄹ'은
'ㄱ'하고만이 아니라 'ㄷ'하고도 맞선다. 'ㄷ'이 닫힘의 소리라면,

'ㄹ'은 열림의 소리다. '닫다'와 '열다'에서 이미 그 두 소리는 표나게 대립한다. 살아 있다는 것, 열려 있다는 것은 흐른다는 뜻이기도 하다. 그러니까 'ㄹ'은 액체성의 자음이다. 그 액체성을 직접적으로 드러내는 동사 '흐르다'에 이미 이 'ㄹ'이 흐르고 있다.

'ㄹ'은 흐른다. 술이 철철 흐르고 물이 졸졸 흐르듯. 스르르, 사르르, 까르르, 조르르, 함치르르, 찌르르, 번지르르, 반드르르, 야드르르, 보그르르, 가르르르, 와르르, 후루루 같은 의성어·의태어에서 'ㄹ'은 미끄러지며 흐른다. 물처럼, 술처럼 흐른다. 그것은 더러 데굴데굴, 데구루루 구르기도 한다. 그렇게, 'ㄹ'은 흐르면서 미끄러지고, 미끄러지면서 구른다. 말하자면 'ㄹ'은 움직인다. 나풀나풀, 한들한들 움직인다. 'ㄹ'은 꿈틀거리고 까불거리며 넘실거리고 재잘거린다. 그것은 날거나 놀거나 거닐거나 부풀어 오른다.

고려속요 〈청산별곡〉＊은 'ㄹ'을 타고 흐른다. 첫 두 연에서 이미 이 노래는 'ㄹ'의 향연이다. 〈청산별곡〉은 흐르고 구르고 미끄러진다. 그 가멸진 'ㄹ' 소리의 생기발랄에 정신을 팔다보면 이 노래의 심란한 정조情調마저 잊기 십상이다. 그러나 〈청산별곡〉은 슬픈 노래다. 화자가 "청산애 살어리랏다"라거나 "바라래 살어리랏다"라고 노래할 때, 그 푸른 산과 바다는 그가 정녕 살고 싶은 곳이 아니다. 멀위(머루)와 다래와 나마자기(나문재)와 구조개(굴조개)로 연명하는 삶을 그가 주체적으로 선택한 것 같지는 않다.

청산과 바다에서의 그 구차한 삶은 자발적 청빈이 아니라 강요된 한소寒素다.

　물론 우리는 〈청산별곡〉의 둘레에 대해 아는 바가 많지 않다. 노래가 만들어진 시기도, 작자의 이름은커녕 그의 신분이나 처지도 정확히 모른다. 우리가 작자에 대해 짐작할 수 있는 것은 고작 그가 유복하지 않은 사람이었으리라는 것 정도다. 게다가 조선조 16세기(《악장가사》)에 들어서야 채록된 고려시대 언어를 남김없이 해독하지도 못한다. 이런 문헌학적 빈곤에 따른 의미의 혼란은 이 노래가 과연 온전한 하나의 노래인가, 혹시 두 개 이상의 노래가 후세에 합쳐진 것은 아닌가, 연들이 뒤바뀌었거나 채록 과정에서 빠뜨린 사설이 있는 것 아닌가 하는 물음을 불러일으킨다. 첫 연의 '청산'만 해도, 그것을 이 노래의 화자가 꿈꾸는 이상향으로 읽는 것이 전혀 불가능하지는 않다. 그러나 현전現傳하는 상태가 본디의 온전한 형태라 치고 이 노래를 조심스럽게 읽어나가면, '청산'은 화자가 어쩔 수 없이 살아야 하는 곳이다.

　〈청산별곡〉은 패배자의 노래다. 화자는 외롭고 시름겹다. 그는 이럭저럭 낮을 지내왔지만 올 사람도 갈 사람도 없는 밤은 또 어찌 지낼까 걱정하는 주변인이다. 그는 외로움과 시름에 당당히 맞서지 못하는 유약한 인간, 눈물의 인간이다. 시름겨운 밤을 지내고 아침에 일어나 그가 하는 일이라곤 고작 우는 것뿐이다. 그가 외롭고 시름겨운 것은 삶의 터전을 잃었기 때문이다. 난리를 피해 청산으로 왔든 아니면 강제로 그곳에 옮겨졌든, 그는 떠나온 고향을 그리워한다. 이끼 묻은 쟁기를 보며, 고향에서 제가 갈던 사래(밭이랑)를 그리워한다. 그는 당하고만 살아온 인간이다. 어디다 던지던 돌이냐, 누구를 맞히려던 돌이냐는 그의 물음은 저항이나 분노의 목소리에 실려 있지 않다. 그는 이내, 미운 이도 고운 이도 없고 그저 앉아서 울 뿐이라며 징징거린다. 그는 자신을 밀쳐낸 인간을 미워할 줄도 모르는 숙명주의자다. 이 떠돌이 빙충이가 할 줄 아는 것은 우는 것뿐이고, 그가 기대는 것은 술뿐이다. 그래서 "얄리얄리 얄랑셩 얄라리 얄라"라는 후렴구는 두르러지게 얄궂다. 'ㄹ' 소리로 미끄러져 흐르는 후렴구의 경쾌함 탓에 화자의 서글픔은 순식간에 묽어진다. 이 노래에서, 무거움은 가벼움 위에 얹혀 있다.

후렴구의 경쾌함은 'ㄹ'에서만 오는 것이 아니다. 그것은 '얄랑셩'의 'ㅇ' 받침소리에서도 온다. 'ㅇ'은 가벼움과 말랑말랑함의 소리, 탄력의 소리다. 'ㅇ'은 공〔球〕의 자음이고 동그라미의 자음이다. 'ㅇ' 소리는 또랑또랑하고 오동포동하고 낭창낭창하다. 그것은 음절의 끝머리에 대롱대롱, 주렁주렁, 송이송이 매달려 있다. 그것은 아장아장 걷거나 붕붕거리거나 빙빙 돈다. 어화둥둥, 아롱아롱, 퐁당퐁당, 송송, 상냥하다, 싱싱하다, 강낭콩 같은 말들은 'ㅇ' 소리의 가벼움과 울림을, 그 원만함과 구성球性을 뽐낸다. 엉덩이와 궁둥이에서도 'ㅇ' 소리는 통통하고 말랑말랑하고 경쾌하다. 고유어에서만이 아니라 영롱하다, 낭랑하다, 생생하다 같은 한자어들에서도 마찬가지다.

앞에서 이미 빙글빙글이나 말랑말랑 같은 말이 나왔지만, 'ㅇ'과 'ㄹ'이 동거하면 그 말에선 탄력과 흐름이 동시에 느껴진다. 어슬렁어슬렁, 방실방실, 싱글싱글, 빙글빙글, 벙글벙글, 달캉달캉, 팔랑팔랑, 찰랑찰랑, 펄렁펄렁, 종알종알, 설렁설렁, 옹알옹알, 알쏭달쏭, 뱅그르르, 날쌍하다 같은 말들이 그렇다. '청산별곡'의 후렴구 "얄리얄리 얄랑셩"도 한가지다. 그것은 유체성과 탄성彈性을 동시에 지녔다. 한마디로 그것은 몰캉몰캉하다. 〈청산별곡〉의 받침대에서는 둥글둥글한 것이 뒹굴고 있다.

〈청산별곡〉에서, 'ㅇ' 소리가 후렴구만을 떠받치고 있는 것은 아니다. 3연의 "잉 무든 장글란 가지고"나 4연의 "이링공 뎌링공 하야" 같은 구절의 'ㅇ' 받침도 이 노래의 소리세계에 탄성을 베푼다. 그렇다고는 하나, 〈청산별곡〉의 소리상징이 탄성보다는 유체성에 훨씬 더 크게 기대고 있는 것은 또렷하다. 다시 말해 이 노래에선 'ㄹ'이 'ㅇ'을 이긴다. 그래서 〈청산별곡〉은 튀어 오른다기보다 흐른다. 동요로 만들어져 잘 알려진 권오순(1919~1995)의 동시 〈구슬비〉 첫 연은 〈청산별곡〉처럼 'ㅇ' 소리와 'ㄹ' 소리를 섞어 밝음을 만들어낸다. 그러나 '청산별곡'과 달리 '구슬비'의 소리배합에서는 탄성이 유체성을 이기는 것 같다. 다시 말해 'ㅇ'이 'ㄹ'을 이기는 것 같다. "송알송알 싸리잎에 은구슬/ 조롱조롱 거미줄에 옥구슬/ 대롱대롱 풀잎마다 총총/ 방긋 웃는 꽃잎마다 송송송." 그래서 이 노래는 흐른다기보다 튀어 오른다.

현전하는 여요麗謠가 대체로 그렇듯, 〈청산별곡〉이 이미지의 직조에서 독자를 탄복시키는 바는 별로 없다. 그러나 'ㄹ'과 'ㅇ'을 섞어 소리들의 탄력적 흐름을 인상적으로 짜냄으로써, 이 노래는 한국어의 도드라진 미적 표본 하나가 되었다.

✦ **청산별곡靑山別曲**

살어리 살어리랏다
청산애 살어리랏다
멀위랑 다래랑 먹고
청산애 살어리랏다
얄리얄리 얄랑셩 얄라리 얄라

우러라 우러라 새여
자고 니러 우러라 새여
널라와 시름한 나도
자고 니러 우니로라
얄리얄리 얄라셩 얄라리 얄라

가던 새 가던 새 본다
믈아래 가던 새 본다

잉무든 장글란 가지고
믈아래 가던 새 본다
얄리얄리 얄라셩 얄라리 얄라

이링공 뎌링공 하야
나즈란 디내와숀뎌
오리도 가리도 업슨
바므란 또 엇디호리라
얄리얄리 얄라셩 얄라리 얄라

어듸라 더디던 돌코
누리라 마치던 돌코
믜리도 괴리도 업시
마자셔 우니노라
얄리얄리 얄라셩 얄라리 얄라

살어리 살어리랏다
바라래 살어리랏다
나마자기 구조개랑 먹고
바라래 살어리랏다
얄리얄리 얄라셩 얄라리 얄라

가다가 가다가 드로라

에졍지 가다가 드로라
사사미 짒ㅅ대예 올아셔
해금奚琴을 혀거를 드로라
얄리얄리 얄라셩 얄라리 얄라

가다니 배브른 도긔
설진 강수를 비조라
조롱곳 누로기 매와
잡사와니 내 엇디하리잇고
얄리얄리 얄라셩 얄라리 얄라

<한국일보>, 2006. 4. 4.

6부

✦

우수리

✦

01
미래의 독자?

✦

~~~~~~~~~~

제 글이 좀더 많은 독자에게 읽히는 것은 (거의) 모든 글쟁이의 꿈이다. 당대에 많은 독자를 지니지 못한 작가는 미래의 독자들을, 자신이 죽은 뒤의 독자들을 가슴에 품고 스산한 당대를 견딘다. 그런데 어떤 작가들에게는 이런 꿈도 허용되지 않는다. 그들은 말 자체의 아름다움에 헌신하기 위해 글을 쓰는 작가들, 특히 앞으로 세력이 줄 것으로 예측되는 언어로 글을 쓰는 작가들이다. 깊숙한 사상이나 헌거로운 이념을 글에 담는 작가라면 당대에 제 글이 평가되지 못할지라도 뒷날을 기대할 수 있다. 그러나 사상이나 이념 이전에 말 자체의 아름다움, 말의 섬세한 기미에 헌신하는 작가라면 어떨까? 예컨대 최인훈과 이인성은 이른바 지식인 작가로서 우뚝하다. 그게 아니더라도, 그들의 글은 한국어 산문문학의 정점에 있다. 그들에게는 독특한 문체가 있고

(최인훈에게 왜 문체가 없으랴?), 다부진 이념이 있다(이인성에게 왜 이념이 없으랴?). 그 문체와 이념은 떼어내기 어렵게 서로 깍지끼고 있다. 그들이 일급 작가라는 증거다. 그러나 최인훈이라는 이름에서 이념이 먼저 떠오르고, 이인성이라는 이름에서 문체가 먼저 떠오르는 것은 어쩔 수 없다.

올해 말 최인훈이 노벨문학상을 받는다고 해도 나는 조금도 놀라지 않을 것이다. (노벨문학상을 둘러싼 풍문들이 누추하기는 하지만, 일단 이 상이 권위의 보증이라고 치자.) 최인훈은 그럴 만한 자격이 충분한 작가다. 그러나 나는 이인성이 올해 말 노벨문학상을 받는다면 꽤 놀랄 것이다. 그가 자격이 없어서? 아니다. 그가 카밀로 호세 셀라나 엘프리데 옐리네크보다 못할 게 뭐란 말인가? 그런데도 내가 놀랄 것이라고 말한 것은, 그가 노벨상 심사위원들에게 넉넉히 이해될 듯하지 않아서다. 이인성을 수상자로 선정한 이들은, 스톡홀름에서든 파리에서든 마드리드에서든, 그의 텍스트들을 유럽어로 읽었을 것이다. 그때 그들은 이인성의 이념을 (비록 완전히는 아닐지라도) 이해하고 평가할 수는 있을 것이다. 그러나 그들이 이인성의 문체를, 그 섬세한 기미를 느낄 수 있을까? 그럴 수도 있겠지만, 썩 힘들 것이다. 한국어 화자들도 대부분(그 '대부분'에 나 자신이 포함돼 있다는 것을 솔직하게 털어놓자) 이인성 문체의 기미를 남김없이 빨아들이지는 못한다. 그렇다면 번역의 회로를 통과했을 때 그 기미가 고스란히 보존돼 독자들에

게 다가가기는 더욱 어려울 것이다. 말하자면 이인성을 수상자로
선정한 사람들은 이인성을 잘 모른 채, 넘겨짚거나 오해한 채 결
정을 내리게 될 것이다. 내가 앞에서 꽤 놀랄 것이라고 말한 뜻은
거기 있다. 그 점에서 최인훈은 사정이 좀 낫다. 그의 문장 역시
번역의 회로에서 적잖은 상처를 입겠지만, 그 상처의 깊이는 이
인성의 경우보다 덜할 것이다. 최인훈 문장을 밀고 나가는 힘은
어떤 기미나 떨림이라기보다 이성의 투명함이기 때문이다. 두 사
람 문장의 경지에 값어치의 차이가 있다고 말하려는 것이 아니
다. 내가 말하려는 것은 이인성의 문장이 상대적으로 더 '개인적'
이라는 점이다.

　'개인성'은 스타일리스트의 필요조건이지만, 작가의 운명에
불리하게 작용하기 쉽다. 당대의 독자들도 완전히 동화하지 못
하는 문장의 어떤 기미를 미래의 독자들이 남김없이 빨아들일
수 있으리라 기대하는 것은 어리석다. 지금 살아 있는 최량의 독
자가 이인성 텍스트에서 느끼는 아름다움을 한두 세대 뒤의 독
자들은, 그들이 설령 최량의 최량이라 할지라도, 느끼기 어려울
것이다. 그들은, 앞서 가상假想한 노벨상 심사위원들처럼, 어림짐
작이나 오해를 통해서만 그 아름다움을 느낄(느끼고 있다고 착각
할) 것이다. 한 언어 안에서 어떤 낱말들의 뉘앙스를 바꾸고 특정
한 통사구조의 세련미를 부식시키는 데는 한두 세대의 세월도
충분하다. 더구나 그 언어가 중국어나 몇몇 유럽어들과 달리 다

른 자연언어와의 경쟁에서 뒤처질 가능성이 크다면? 그러니까, 뒷세대 독자들이 문장의 속살에까지 다다를 가능성도 적은 터에 그 독자들의 수마저 줄어들 전망이 크다면? 꼼꼼하고 심미적인 작가라면 이런 전망 앞에서 전율하지 않을 수 없을 테다. 문장을 갈고 닦고 쪼고 깎는 제 손에서 힘이 쭉 빠지는 것을 느끼지 않을 수 없을 테다. 거친 문장이 우리 글판에서 거리낌없이 행세하고 있는 것은 한국어가 바로 그런 운명에 놓여서일까?

《대산문화》, 2006. 여름.

02

평론문학상을 넘어서

✦

～～～～～～～

　문학제도의 한 귀퉁이를 이루는 문학상의 부문들은 그 사
회가 중요성을 부여하는 문학 장르를 드러내면서 그 장르의 글
쓰기를 북돋운다. 지금 한국에서 문학상들은 대체로 시와 소설,
평론에 주어지고 있다. 그것은 한국 문단에서 이 세 장르가 문학
을 대표하고 있다는 뜻이다. 그러나 그것이 문단 바깥에서 이뤄
지는 쓰기와 읽기의 현실을 제대로 반영하고 있는 것 같지는 않
다. 우선, 시는 독자의 수에서 소설에 크게 못 미친다. 시인들의
수는 여전히 늘어나고 있지만, 그들의 언어는 문단 바깥에서 점
점 덜 향유되고 있다. 그래도, 문학의 탄생 이래 이 장르에 부여
돼온 오래고 특별한 존엄을 생각하면, 시를 대상으로 한 문학상
이 흔한 것은 이해할 만하다. 그러나 평론은 사정이 크게 다르다.
평론의 독자는 시의 독자에 견주어도 훨씬 적거니와, 평론이 시

나 소설에 견줄 만큼 문학의 순금부분을 대표해온 것도 아니다. 그런데도 평론문학상이 적잖은 것은 문학장 안에서 평론가들이 누리고 있는 권력과 관련이 있을 것이다. 아무튼 평론이 시, 소설과 함께 문학 영역을 삼분하고, 문학상이라는 인공호흡기를 통해 생명을 연장하고 있는 것은 자연스러운 일이 아니다. 그러나 자기부정은 모든 생물체에게 힘든 일이어서, 당장 평론부문의 문학상들을 없애는 것은 거의 불가능한 일일 것이다.

그렇다면, 평론을 포함한 논픽션문학 일반을 문학상의 한 부문으로 정하면 어떨까? 따지고 보면 문학평론이라는 이름의 에세이는 논픽션문학의 한 갈래다. 헤아릴 수 없이 쏟아지고 있는 논픽션문학 작품들 가운데 오로지 평론에만 문학상을 주고, 그로써 이 장르의 위엄을 인위적으로 유지하는 것은 어색한 일이다. 기행문이나 일기나 자서전이나 편지글이나 평전이나 르포 같은 갈래가 문학평론보다 덜 문학적일 이유는 어디에도 없다. 논란이 따르기는 했지만, 처칠이 노벨문학상을 받은 것은 제2차 세계대전 회고록을 통해서였다. 베르그송도 철학적 에세이들로 노벨문학상을 받았다. 우리 쪽으로 눈을 돌려도, 문기文氣를 그윽히 품고 있으면서도 단지 그것이 시도 소설도 문학평론도 아니라는 이유로 문학공화국의 시민권을 얻지 못한 작품들이 수두룩하다. 얼른 떠오르는 것이 김성칠의《역사 앞에서》, 신영복의《감옥으로부터의 사색》, 이수태의《어른 되기의 어려움》, 김상환의

《해체론 시대의 철학》, 진중권의 《앙겔루스 노부스》 따위다. 이들 저자의 이름이 문인주소록에 올라 있지 않고 이들 책이 가장 좁은 의미의 문학에서 비껴 있다 해서 이 작품들을 문학에서 제외하는 것은 우스운 일이다. 더 우스운 일은 같은 저자가 같은 문체로 쓴 책이 다루는 대상에 따라 문학이 되기도 하고 문학 아닌 게 되기도 한다는 것이다. 예컨대 유종호의 많은 평론집이 문학에 속한다는 것을 의심하는 사람은 없겠지만, 그의 회고록 《나의 해방전후》를 문학작품으로 여기는 사람은 많지 않을 것이다. 그래서 이 책에 문학상이 주어지는 일은 없을 것이다. 그러나 이 구별은 얼마나 자의적인가?

문학상의 한 부문을 평론에서 논픽션문학 일반으로 넓혀 여러 갈래의 글에 문학적 시민권을 부여하는 것은 글쓰기 자체가 문학이라는 인식을 확산시키고, 그럼으로써 모든 분야의 글이 아름다움과 정확성을 지향하게 하는 데 도움을 줄 것이다. 제도권 문학으로부터 시민권을 얻지 못한 분야의 글은 아무래도 미적 세련과 문법적 단정함에 신경을 덜 쓰는 경우가 많다. 그래서 한국어의 모범이라고 할 만한 글들이 가장 좁은 의미의 문학 쪽에서 상대적으로 많이 나온 것이 사실이다. 그러나 곰곰 생각해보면 꼭 그래야 할 이유는 어디에도 없다. 위에서 철학자 베르그송의 예를 들었거니와, 바그너나 베를리오즈 같은 작곡가, 드골 같은 정치가도 훌륭한 문장가들이었다. 그것은 유럽에서 한

두 장르가 문학을 독과점하고 있지 않다는 사정, 특히 문학을 좁게 이해하는 문학평론이 제도권 문학장에서 과잉대표되고 있지 않다는 사정과 관련이 있을 것이다. 뛰어난 글이 먼저 있고 거기에 인정(문학상)이 따르는 것이 상례이지만, 권위 있는 문학적 인정이 어떤 분야에 주어질 때 그 분야에서 뛰어난 글이 나오리라는 것도 짐작할 수 있다. 문학평론의 특권을 폐지하고 평론을 포함한 논픽션문학 일반을 문학상의 한 부문으로 정하는 것이 매력적으로 보이는 이유가 거기 있다.

《대산문화》, 2005. 여름.

03
말의 타락

✦

〜〜〜〜〜〜〜

　욕설로 대표되는 비속어는 타락한 말의 일종이다. 그러나 그것은 한눈에 알아볼 수 있는 타락이고, 그래서 덜 위험한 타락이다. 그보다 좀 덜 눈에 띄는, 그래서 더 위험한 말의 타락은 꾸밈이다. 꾸밈의 언어는 스스로를 꾸밀 때 교태의 언어가 되고, 대상을 꾸밀 때 감탄의 언어가 된다. 한쪽에선 자기애가 넘실대고, 다른 쪽에선 팬덤fandom의 열기가 느껍다. 얼핏 보기엔 자기애가 더 보기 흉하지만, 언어적 타락의 정도에선 오십보백보다. 사실, 자기애와 팬덤의 열기는 근본이 하나이기 십상이다. 팬덤의 언어 곧 팬픽션은 흔히 작자와 대상을 동일화하기 때문이다.

　아름다움을 느끼는 능력은 복이다. 그 아름다움을 언어로 찬탄하는 능력은 더 큰 복이다. 그런데 이 복을 탕진하는 사람들이 적지 않다. 세상에 아름다운 것이 그리 많은가? 세상에 좋은 것이 그리 많은가? 아니, 범위를 좁히자. 아름다운 텍스트가 그렇게 많은가? 좋은 예술작품이 그렇게 많은가? 비평의 옷을 입고 나풀거리는 말들을 곧이곧대로 믿자면, 한국엔 아름다움과 좋음이 지천인 것 같다. 그러나 그 감탄의 언어들이 가리키는 대상을 직접 보면, 아름다움이나 좋음과는 동떨어져 있기 일쑤다. 사실 그게 당연하다. 무릇, 아름다운 것은 드물고, 좋은 것도 드문 법이니.

아름답지 않은 것을 아름답게 꾸미는 언어는 아름답지 않다. 좋지 않은 것을 좋다고 다독거리는 언어도 좋지 않다. 그것은 타락한 언어다. 지금 예술비평은 그런 타락한 언어의 전시장이다. 으레 그렇겠거니 에누리해서 읽는 책 뒤의 발문이나 전시 도록의 평문만 그런 게 아니다. 예술 저널들을 채우고 있는 비평언어들도 그런 팬픽션이 태반이다. 잦으면서 상투가 되지 않는 것은 세상에 없다. 감탄도 마찬가지다. 언어가 팽창할수록 느낌은 무뎌진다. 거듭된 감탄으로 가용어휘를 바닥내면, 정작 감탄할 대상을 만났을 때 입 다물 운명에 처하게 된다.

섬세한 미적 감각이란 신경과민의 미적 감각이 아니다. 그것은 적절한 미적 자극에 적절히 반응하는 능력이다. 10의 자극에는 10의 반응을, 5의 자극에는 5의 반응을 보이는 것이 섬세한 미적 능력이다. 물론 미적 감각은 다분히 주관적이다. 그러나 지금 한국 비평의 문제는 그런 주관성의 물렁물렁함이 아니다. 1의 자극을 받았든 5의 자극을 받았든 심지어 0의 자극을 받았든, 제게 맡겨진 모든 글뭉치와 이미지 앞에서 10의 반응을 하는 신경과민이 문제다. 그럴 때 비평은 광고카피가 된다. 팬픽션이 된다. 더 나아가 전근대적 사회의 지도자 숭배 언어가 된다. 실實이 뒷받침되지 않을 때, 가장 화사한 언어는 가장 타락한 언어다.

꾸밈의 언어보다 더 눈에 띄지 않는 말의 타락은 과잉분석이다. 물론 세상은 복잡하다. 텍스트나 이미지도 복잡하다. 복잡한 세상과 복잡한 텍스트/이미지에는 거기 걸맞게 복잡한 분석이 따라야 한다. 그러나 세상만사가 죄다 복잡한 것도 아니고, 세상의 텍스트/이미지들이 죄다 복잡한 것도 아니다. 세상만사가 죄다 복잡하다 여기는 사람은 음모론의 지지자가 된다. 세상의 텍스트/이미지들을 죄다 복잡하게 여기는 사람은 의미 만들기의 파라노이드가 된다.

말할 나위 없이, 어떤 텍스트가 하나의 의미만을 지닐 수는 없다. 텍스트는 때로 그 저자조차 깨닫지 못한 의미를 지닐 수도 있다. 그 자체로도 그러하고, 콘텍스트와의 관련 아래서도 그러하다. 그러니, 비평가는 저자가 깨닫지 못했던 의미를 발견하거나 부여할 수도 있다. 오독이 텍스트의 의미를 풍성하게 만들 수도 있다. 그러나 그것도 정도 문제다. 소설 속의 한 인물이 말한다. "파리 하늘이 그리워." 비평가가 이 발화를 분석한다. "그가 세상의 수많은 도시 가운데 하필 파리를 그리워하는 것은 청년기의 한 도막을 그 도시에 묻어두고 왔기 때문만은 아니다. 거기 더해, 그 도시의 이름이 트로이 왕자 파리스와 포개지고 할리우드 사교계의 꽃 패리스 힐튼과 포개지기 때문이다. 말하자면 파리를 향한 그의 그리움은, 무의식의 수준에서, 전쟁과 성애를 향한 그리움이다. 작가는 그 사실을 깨닫지 못했을 수도 있다. 모든 작가가 자신이 만든 인물의 내면을 속속들이 알 수 있는 것은 아니다."

황당한가? 그러나 쏟아져나오는 예술비평 언어들을 한번 들여다보라. 파리라는 도시 이름에서 전쟁과 성애의 무의식을 읽어낼 법한 '의미의 파라노이드들'이 수두룩하다. 이런 과잉분석의 언어야말로, '전문성'의 너울을 쓰고 있는 만큼, 가장 위험한 타락의 언어다.

《대산문화》, 2007. 겨울.

04
외국어로서의 한국어 교육과 문학
✦

~~~~~~~~~~~~~~~~~

　창작물(문학작품)을 읽는 것과 비-창작물(학술서적을 포함해 좁은 의미의 문학 바깥에 자리잡은 텍스트들)을 읽는 것 가운데 어느 쪽이 더 어려울까? 또 창작적 글쓰기와 이론적 글쓰기 가운데 어느 쪽이 더 어려울까? 단언할 수는 없다. 창작물이든 비-창작물이든 그 됨됨이가 문제될 테고, 글을 읽거나 쓰는 사람의 취향도 개입할 게다. 그렇지만 경향의 수준에서 말하자면, 모국어로는 창작물 쪽이 더 쉽고 외국어로는 비-창작물 쪽이 더 쉬울 듯하다. 이것은 물론 (모국어로) 일급 문학작품을 쓰는 것이 일급 이론서를 쓰는 것보다 반드시 쉽다는 뜻도 아니고, (모국어로 쓰인) 최량의 문학작품을 속속들이 이해하는 것이 최량의 이론서를 온전히 이해하는 것보다 늘 쉽다는 뜻도 아니다. 그저, 평균적으로 그러리라는 짐작일 따름이다. 문학작품의 언어는 모국어 화

자들에게 정서적 울림을 자아내는, 몸에 새겨진 말들인 경우가
많다. 그 말들은, 평균적 성인 독자라면, 사전을 찾지 않아도 대
개 알고 있다. 그 텍스트를 짜낸 문화배경도 독자들에게 익숙하
다. 그래서, 텍스트 안에 깊숙이 숨겨진 비의秘意까지는 몰라도,
내용을 움켜쥐는 데 큰 어려움은 없다. 그렇지만 이론서의 언어
는 다르다. 그것은 우리가 어려서부터 입으로 배운 언어가 아니
라 학교에서 문자를 통해 배운 언어다. 그래서 해당 분야의 정보
로 미리 무장하지 않은 독자에게, 이론서를 읽는 것은 문학작품
을 읽는 것처럼 만만하지 않다. 그런데 외국어를 읽을 땐 이 난이
難易 관계가 뒤바뀌기 십상이다. 자란 뒤에 배운 언어이므로, 그
외국어로 어지간히 책을 읽었다 해도 문학작품에 쓰인 말들에
정서적으로 감응하기가 쉽지 않다. 그 텍스트를 짜낸 문화배경
도 낯설다. 반면에 이론 텍스트를 짜는 딱딱한 개념어들을 이해
하는 것은 그리 어렵지 않다. 처음 보는 말이 나와도 (전문어)사전
만 있으면 든든하다. 사전을 찾아 뜻을 알고 나서도 그 정서적 울
림을 포착하기 어려운 문학언어들과는 다르다.

이런 역전은, 정도의 차이는 있겠으나, 쓰기에도 적용되는
것 같다. 범상한 수준의 텍스트라면, 모국어로는 창작이 이론 구
성보다 쉽다. 적어도 더 어렵지는 않다. 그러나 외국어로는 창작
이 이론 구성보다 훨씬 어렵다. 어떤 말의 뉘앙스에 대한 지식이
한결 더 섬세하게 요구되기 때문이다. 모국어를 버리고서도 큰

작가가 된 사람이 모국어를 버리고 큰 이론가가 된 사람보다 훨씬 적다는 사실은 이런 추측을 경험적으로 정당화한다. 둘 이상의 언어로 창작을 하는 작가가 둘 이상의 언어로 이론 작업을 하는 저자보다 훨씬 더 적다는 사실 역시 이런 추측을 경험적으로 정당화한다. 요즘 세상의 어지간히 뛰어난 이론가들은 제 모국어와 영어로, 경우에 따라서는 거기 한두 언어를 더해, 저술활동을 한다. 그러나 둘 이상의 언어로 문학작품을 쓰는 작가는 찾기 어렵다. 문학에서 언어 장벽은 그만큼 높다. 사뮈엘 베케트나 밀란 쿤데라 같은 이들은 그 장벽을 뛰어넘은 예외적 작가들이다. 이것은 문학이 한 자연언어의 정화精華라는 뜻이자, 그 마지막 영토라는 뜻이기도 하다.

문학은 한 자연언어의 마지막 영토다. 그 자연언어를 외국어로 배운 사람에겐 특히 그렇다. 한국어를 외국어로 배운 사람이 한국어로 버젓한 시나 소설을 쓰는 것은, 예컨대 박노자 씨처럼 버젓한 이론적 글을 쓰는 것보다 훨씬 어렵다. 외국인들이 한국어로 문학작품을 읽는 것 역시 한국어로 비-문학 텍스트를 읽는 것보다 어렵다. 언어교육론에 따라 이견이 있을 수 있겠지만, 배움은 쉬운 것에서 어려운 것으로 나아가는 것이 자연스럽다. 이것은 외국어 교육이 문학 텍스트 중심으로 이뤄지는 것이 바람직하지 않다는 뜻이다. 이를테면 한국어를 배우는 외국인이 겨우 문법의 틀을 이해한 뒤 곧바로 문학작품을 읽는 것은 바람직하지 않다. 문학작품은 신문, 잡지, 각급 교과서와 학술서적 같은 비-문학 텍스트에 익숙해진 뒤 접하는 것이 낫다. 그래야 한국어 학습에 질리지 않는다. 그리고 질리지 않은 채 한국어를 배워 이 언어에 익숙해진 외국인들이 많이 나와야, 그 가운데서 한국 문학을 한국어로 향유하는(심지어 생산하는) 사람이 생겨나기 시작할 것이다. 정부가 한국어와 한국문화를 보급하기 위해 2011년까지 100여 개의 '세종학당'을 세계 여러 곳에 세우기로 했다 한다. 반가운 일이다. 세종학당의 한국어 교육도 '문학 중심'을 피했으면 한다. 그것이 궁극적으로 한국문학을 위하는 길이다.

《대산문화》, 2007. 봄.

고종석 선집_문학

문학이라는 놀이

©고종석 2015

1판 1쇄 찍음 2015년 10월 21일
1판 1쇄 펴냄 2015년 11월 4일

지은이	고종석
펴낸이	정혜인
편집주간	성한경
기획위원	고동균
편집	천경호 성기승 배은희
아트디렉팅	안지미
표지 캐리커처	김재훈
디자인	김수연 한승연
책임 마케팅	심규완
경영지원	박유리
제작처	영신사

펴낸곳	알마 출판사
출판등록	2006년 6월 22일 제406-2006-000044호
주소	(우)121-869 서울시 마포구 연남로 1길 8, 4~5층
전화	02) 324-3800(마케팅) 02) 324-2845(편집)
전송	02) 324-1144
전자우편	alma@almabook.com
트위터	@alma_books
페이스북	www.facebook.com/almabooks

ISBN	979-11-85430-80-5 04810
	979-11-85430-03-4 (세트)

• 이 책의 판권은 지은이와 알마 출판사에 있습니다.
책 내용의 전부 또는 일부를 재사용하려면 양측의 동의를 받아야 합니다.
• 이 도서의 국립중앙도서관 출판시도서목록(CIP)은 서지정보유통지원시스템 홈페이지
(http://seoji.nl.go.kr)와 국가자료공동목록시스템(http://www.nl.go.kr/kolisnet)에서
이용하실 수 있습니다.(CIP제어번호: CIP 2015027263)

알마 출판사는 아이쿱생협과 더불어 협동조합의 가치를 구현하기 위한 출판공동체입니다.
살아 숨 쉬는 인문 교양, 대안을 담은 교육 비평, 오늘 읽는 보람을 되살린 고전을 펴냅니다.

종이 앞표지_클로로스 아쿠아 503G연 뒤표지_티크메트 127 코르크 116g/㎡ 책등_퍼스트빈지 125백 120g/㎡ 날개_스노우지 본문_클라우드 80g/㎡